清代侠义公案小说研究

范正群 著

九 州 出 版 社
JIUZHOUPRESS

图书在版编目（CIP）数据

清代侠义公案小说研究 / 范正群著. -- 北京：九
州出版社，2025. 1. -- ISBN 978-7-5225-3464-0

Ⅰ. I207.419

中国国家版本馆CIP数据核字第 2025GT7747 号

清代侠义公案小说研究

作　　者	范正群	
责任编辑	安　安	
出版发行	九州出版社	
地　　址	北京市西城区阜外大街甲 35 号（100037）	
发行电话	（010）68992190/3/5/6	
网　　址	www.jiuzhoupress.com	
电子信箱	jiuzhou@jiuzhoupress.com	
印　　刷	广东虎彩云印刷有限公司	
开　　本	710 毫米 × 1000 毫米　　16 开	
印　　张	14	
字　　数	265 千字	
版　　次	2025 年 1 月第 1 版	
印　　次	2025 年 1 月第 1 次印刷	
书　　号	ISBN 978-7-5225-3464-0	
定　　价	59.00 元	

内容摘要

　　清代侠义公案小说的划分有宽、窄两个不同的标准。这两个标准的划分，各有其道理，可以并行不悖。清代侠义公案小说无论在中国白话小说史上，还是在清代文学史中，甚或在平民文学史上，都占有独特的地位。因此，有必要对清代侠义公案小说进行深入细致的研究和分析，但由于学术界对其重视不够，清代侠义公案小说的研究虽然取得了一些成果，但其研究现状并不容乐观。鉴于此，本书以传统文化为主要切入点，对清代侠义公案小说进行了一些探讨，全书共分十一章，主要结构如下。

　　第一章为绪论部分，内容主要包括清代侠义公案小说的界定、清代侠义公案小说的文学史定位、清代侠义公案小说研究述略以及本书的总体构思、难点、创新点以及研究方法等。

　　第二章至第五章是对清代侠义公案小说的总体把握。第二章简略阐述侠义小说和公案小说各自的发展轨迹，并对其各个发展阶段的主要特点、代表作品以及对后世同类题材的影响等方面进行了简要阐述。

　　第三章论述侠义小说与公案小说合流的形成、繁盛和衰弱的过程及其原因。同时指出，侠义小说和公案小说的合流，最初是在民间通过口头流传自发进行的，这种尝试至迟从清初就开始了。后为民间说书艺人所借鉴，开始有意识的融合。至雍正、乾隆年间，这种合流在民间说书艺人那里已基本完成。书坊主看到有利可图，竞相刊刻，形成文字作品，侠义小说和公案小说的合流正式完成。这一时期当在乾隆、嘉庆年间，至迟不会超过嘉庆三年。

　　第四章剖析清代侠义公案小说"忠义"主题的形成，并分别阐述各代表作品在"忠义"这一主题下思想的不同侧重。宋代以后，侠士的忠义观开始逐步形成，曹植《白马篇》等文人游侠诗为侠义小说"忠义"主题的形成打开了局面。在"忠义"这一共同主题下，清代侠义公案小说的不同作品又呈现出各自不同的思想倾向。《施公案》强调"功名富贵"，《三侠五义》渴望"建功立业"，《彭公案》《永庆升平》"隐逸思想"有所抬头，《绿牡丹》阐述"有道则仕，无道则隐"的政治主题,《儿女英雄传》则满怀激情的歌颂"儿女真情"。

第五章对清代侠义公案小说的典型作品《三侠五义》的思想、艺术,进行例证分析。《三侠五义》试图通过对侠义精神的整合和升华,塑造一批具有完美性格的侠客形象,他们大多具有"合乎礼法""恪守道德""择主而事""珍惜生命"等传统美德,这无论是在思想上还是在艺术上都是一个大胆的尝试。《三侠五义》所构筑的侠义世界,不仅体现为侠义英雄的惩恶扬善、扶危济困,更体现为普通人的侠义胸怀和侠义行径。从文弱书生到士农工商、老弱妇孺,侠义精神无处不在。

第六章和第七章分别阐述中国清官文化和侠文化对清代侠义公案小说的影响,并进一步梳理清官与侠客关系的历史、文化渊源。清官与侠客有着极深的历史文化渊源。春秋战国时期刺客与其家主、卿相之侠与其门客、封建文人与弃恶向善的侠客、开国明君与从军的侠客等关系中都可看到清官与侠客关系的影子。在清代侠义公案小说中,清官与侠客都站在了为国为民的立场上,因而有了共同的政治目标。但二者关系仍然是不对等的,清官仍居于支配地位,而侠客的奴性则大大增强。

第八章至第十章论述中国传统文化对清代侠义公案小说的影响。第八章论述儒、释、道等传统思想对清代侠义公案小说的影响。儒家思想对清代侠义公案小说的影响,不仅体现为儒家修齐治平、忠孝节义、三纲五常等成为其主导思想,也不仅体现为儒家的伦理道德在侠客身上有清楚的烙印,更体现为侠客们的主要事迹和遭遇在一定程度上体现了中国传统文人的复杂心态。清官和侠客们所表现出的"仁者"思想、家族观念、民族意识、性道德等方面都可看到受儒家思想影响的影子。而"慧眼识才"的叙事模式,则寄托着中国传统文人希望得到社会肯定的个人愿望。同样,清代侠义公案小说亦深受道家思想和佛家思想的影响。清代侠义公案小说一方面热衷于写侠客介入社会,另一方面又无限向往逍遥自在的隐士生活,这种矛盾实际上是中国古代文人"少年任侠、中年入仕、晚年归隐"理想人生的真实反映,是儒、释、道思想共同影响的结果。

第九章论述方术文化对清代侠义公案小说的影响。清代侠义公案小说受方术文化影响很深,方技中的"中医""房中术""神仙",术数中的"五行""杂占"等在清代侠义公案小说中都有所体现,而尤以"相人术"影响最为深刻,如"风鉴识英雄"的情节设置,侠客相貌的女性化倾向、清官相貌的丑化倾向、江湖术士的骗人之术等相关描写无不深受"相人术"的影响。而且,清代侠义公案小说中的人物形貌描写很难跳出相术词汇和相术观念的"框架",从而形成了小说中人物形貌描绘的类型化、程式化。

第十章论述鬼神文化对清代侠义公案小说的影响。清代侠义公案小说充分运用小说尚奇传奇之特点,在作品中穿插大量鬼神因素,传奇人、叙异事,穿插以鬼神世界的诡秘恐怖，以达到夺魄惊魂的艺术效果，满足读者的尚奇猎奇心理。在清代侠义公案小说中，寺庙、道观、尼姑庵多为藏污纳垢的淫秽之地，和尚、道士、尼姑中亦不乏杀人越货的巨匪惯盗，各类庙会、神佛诞辰更成为恶霸无赖欺男霸女的最佳场所，作者借鬼神表现出许多滑稽、荒唐、可笑的东西，从而造成一种浓烈的喜剧效果，达到调侃讽刺的艺术效果。

第十一章为结语，论述清代侠义公案小说向武侠小说的演变过程以及演变期武侠小说的坎坷命运。20 世纪的前 20 年，是侠义公案小说寻求新突破并逐步摆脱公案小说桎梏向"武侠"小说嬗变的涅槃期。《李公案》《热血痕》《仙侠五花剑》《剑绮缘》等这一时期优秀的侠义小说从不同方面做出了新的尝试和探索，取得了一些成就，积累了一些经验，从而为武侠小说的兴盛奠定了基础。它们开辟的具有新意的武侠小说创作之路，为其后的武侠小说提供了可资借鉴的宝贵经验，这种探索和尝试，不容忽视。

序

　　范正群博士的学术专著《清代侠义公案小说研究》即将由九州出版社出版，嘱我为之作序，我欣然且惶恐：欣然者是对范博士著作的出版感到由衷的高兴，惶恐者则害怕对范博士著作的理解不够全面和深刻，说些"外行话"。还好，我俩相识、相交已逾十六载，既是同事和好友，又是学术研究上的搭档和战友；不但彼此比较熟悉和了解，而且还一同做过课题、合作过专著和共同发表过学术文章，有诸多共同的学术爱好。

　　《清代侠义公案小说研究》是在范博士的博士论文基础上进一步补充、修改、完善而成，其中的部分成果发表于《学术界》（CSSCI期刊）、《蒲松龄研究》《长春师范学院学报》《许昌学院学报》等国内学术期刊之上。范博士的博士论文前些年我曾拜读过，当时就非常赞叹。他却认为还存在诸多问题，需要反复修改和完善。结果，这一改就是十六年。今天重读范博士以其博士论文为基础完成的专著，不仅内容更为丰富，而且学术视野更为宏大。他把研究课题放置于整个中国文学发展史中去考察，梳理出其内在的发展脉络；放置于清代文学的大背景下去审视并辅之以典型文本的细致而深入地解析，发现其独特性；放置于中国文化（包括儒释道思想、清官文化、侠文化、方术文化、鬼神文化等传统文化）的视域下，洞悉其"中国特色"，颇有令人耳目一新的感觉。

　　这是一部具有较高学术价值的著作。我们知道，中国的小说研究，特别是侠义公案小说研究一直是"盲区"，虽然取得了一些成果，但其研究现状却并不容乐观。这和小说这种文体一直不受重视有关（古人一直以来把它看成"街谈巷语，道听涂说者之所造也"，一般不登大雅之堂。），更与侠义公案小说大部分没有经过文人整理和加工，因而给人感觉太"俗"密不可分。诚然，清代侠义公案小说作为一个整体，无论其思想性还是艺术性都无法与同朝的《红楼梦》《儒林外史》《老残游记》等经典名著相提并论，但同时我们更应该看到：清代侠义公案小说无论是在中国白话小说史上，还是在清代文学史上，甚或在平民文学史上，都占有极其独特的地位。因此，有必要对清代侠义公案小说进行深入细致的研究和分析，而《清代侠义公案小说研究》就是在前人相关研究的基础上，对清代侠义公案小说作了更为全面、细致、深入的研究，因而具有较高的学术价值。文化视角的切入，则进一步提升了该书的学术价值。

这是一部具有创新精神的专著。目前，学术界对清代侠义公案小说的研究多集中于作者生平、故事流传、版本演变及对作品思想意蕴和艺术特色的简单归纳和分析上，这些研究无疑都是必要的。但关于"传统文化"对侠义公案小说产生的影响方面的研究则是此类研究的"盲区"所在，相关论著数量不多，至今尚未有全面论述传统文化对清代侠义公案小说影响的相关专著。而事实上，传统文化对侠义公案小说的影响是全方位的，比如世俗化的传统思想对清代侠义公案小说的影响；比如诗歌、史传文学、戏剧、讲唱文学等文学体裁对清代侠义公案小说的影响；比如统治阶级的政策、制度的演变与侠义公案小说盛衰的关系；比如清官文化、侠文化、方术文化、法律文化、鬼神文化等对清代侠义公案小说的影响，等等。尤其是书中详细论述了武举制度对侠义小说的影响，这是其他研究者从未涉及的领域，无疑具有重要的开拓意义。

这是一部对当下具有借鉴意义的著作。习近平总书记指出："实现中华民族伟大复兴，需要物质文明极大发展，也需要精神文明极大发展。中华民族生生不息绵延发展、饱受挫折又不断浴火重生，都离不开中华文化的有力支撑。"① "中华优秀传统文化是中华民族的文化根脉，其蕴含的思想观念、人文精神、道德规范，不仅是我们中国人思想和精神的内核，对解决人类问题也有重要价值。要把优秀传统文化的精神标识提炼出来、展示出来，把优秀传统文化中具有当代价值、世界意义的文化精髓提炼出来、展示出来。"② 而本书中所阐述的"清官文化"对新时代社会的廉政建设、法治建设以及以德治国的理念都具有重要的参考价值和研究意义；而"侠文化"则可以通过创造性转化和创新性发展，达到弘扬新时代的"侠义精神"的目的：践行社会主义核心价值观，维护社会公序良俗，见义勇为、舍生取义、知恩图报，等等。所有这些都将有助于提升我们的文化自信，为"中华民族生生不息

---

① 习近平.习近平：举旗帜聚民心育新人兴文化展形象 更好完成新形势下宣传思想工作使命任务[EB/OL].（2018-08-22）[2024-06-20].http://jhsjk.people.cn/article/30244975.

② 习近平.习近平：举旗帜聚民心育新人兴文化展形象 更好完成新形势下宣传思想工作使命任务[EB/OL].（2018-08-22）[2024-06-20].http://jhsjk.people.cn/article/30244975.

连绵发展"提供"文化的有力支撑"。

"绿树阴浓夏日长"。我与范博士如今同居于学校之教师公寓,而公寓内山树环绕,一到夜晚阵阵清风袭来,心中不由爽意顿生。此时此刻,我在范博士用文字织就的"刀光剑影"中徜徉,"清官断喝"下惊叹,不由"胆气"冲天,"正气"凛然。突然想到了唐代诗人贾岛的诗歌《剑客》:"十年磨一剑,霜刃未曾试。今日把示君,谁有不平事?"范博士的《清代侠义公案小说研究》从博士论文选题到即将出版,已经接近二十个年头。由衷希望范博士用两个十年磨成的这一剑——《清代侠义公案小说研究》,能够得到更多人的关注与喜爱,再次对范博士表示祝贺!

是为序。

李锋

2024 年 6 月 20 日夏夜

目　录

第一章 绪 论

第一节 侠义公案小说的界定

侠义小说与公案小说本为两种不同的小说类型，各有其不同的发展轨迹，而又时有交叉。清中叶以后，"一些作家有意识地将两类题材合为一体，从而形成侠义公案小说"①，而嘉庆年间《施公案》的成书则是"中国公案小说与侠义小说合流的标志"②。最早将侠义小说和公案小说放在一起加以论述的是胡适，他在1922年出版的《五十年来中国之文学》一书中提到的"北方的平话小说"，从其举例来看，就是今天所谓"侠义公案小说"。不过，对"侠义公案小说"之得名影响最大的却是鲁迅《中国小说史略》。鲁迅先生在其《中国小说史略》中设专章论述清代侠义小说，并命名为"清之侠义小说及公案"。之后，"清代侠义公案小说"或曰"清代公案侠义小说"作为一种特殊的小说类型，就受到了学术界的广泛关注，研究小说史、小说发展演变史的专家学者，也大多喜欢谈论清代中叶之后侠义小说与公案小说的合流，并名之为"侠义公案小说"或"公案侠义小说"③。但侠义公案小说的具体界定却一直没有一个统一的标准，刘荫柏《清代侠义小说概叙》将清代长篇侠义小说具体划分为四大派别，分别为"侠义公案"类、"英雄儿女"类、"野史传奇"类和"荒诞志异"类。其中，侠义公案类"代表作有《施公案》《彭公案》《于公案》《三侠五义》《永庆升平》④等"；英雄儿女类"代表作有《儿女英雄传》《绿牡

---

① 李剑国、陈洪：《中国小说通史·清代卷》，高等教育出版社，2007，第1351页。

② 刘勇强：《中国古代小说史叙论》，北京大学出版社，2007，第506页。

③ 前者如北京大学中文系《中国小说史稿》，而吴小如在《读三侠五义札记》（文载《文艺学习》，1957年第四期）一文中则首次正式使用"侠义公案小说"这一名称。后者如胡士莹《话本小说概论》。

④ 刘荫柏《清代侠义小说概叙》中提到的《永庆升平》，包括《永庆升平前传》和《永庆升平后传》。为了叙述规范，除涉及引文外，本书其他地方一律用《永庆升平》。

丹全传①》《九义十八侠》等"；野史传奇类"代表作有《圣朝鼎盛万年青》《云中雁三闹太平庄全传》《金台全传》"等；荒诞志异类"代表作有《七剑十三侠》《仙侠五花剑》"。②但刘荫柏划入英雄儿女类的《儿女英雄传》《绿牡丹全传》《九义十八侠》，划入野史传奇类的《圣朝鼎盛万年青》，划入荒诞志异类的《七剑十三侠》等作品，也常常被研究侠义公案小说的学者作为侠义公案小说的代表作所征引。③造成这种具体作品划分混乱的因素如下。

其一，鲁迅先生并没有明确提出"侠义公案小说"这一概念。无论是在其《中国小说史略》中还是在其《中国小说的历史的变迁》中，鲁迅先生都没有旗帜鲜明地（地）提出"侠义公案小说"这一概念，而是萃取《忠烈侠义传》这一清代侠义小说代表作中的"侠义"二字，为此类小说命名，并突出其"大旨在揄扬勇侠，赞美粗豪，然又必不背于忠义"④的主题。至于此类小说中的清官断案故事，鲁迅先生并不怎么看重。一个明显的例证是被今人视为侠义小说与公案小说合流形成的标志性作品——道光十八年（1838）所刊《施公案》初集⑤，鲁迅只是认为其"断案之外，又有遇险，已为侠义小说先导"（鲁迅《中国小说史略》，第203页）而一笔带过。因此，鲁迅明确提出的是"侠义小说"这一概念，而非"侠义公案小说"或者"公案侠义小说"。照此看来，刘荫柏将清代长篇侠义小说细分为四大派别，是有一定道理的。

但与此同时，鲁迅先生又指出"故凡侠义小说中之英雄，在民间每极粗豪，大有绿林结习，而终必为一大僚隶卒，供使令奔走以为宠荣，此盖非心悦诚服，乐为臣仆之时不办也"（鲁迅《中国小说史略》，第204页），认为《三侠五义》等清代

---

① 刘荫柏《清代侠义小说概叙》中提到的《绿牡丹全传》，一般称为《绿牡丹》。为了叙述规范，除涉及刘荫柏引文外，本书其他地方一律用《绿牡丹》。

② 参见刘荫柏：《清代侠义小说概叙》，《明清小说研究》，1990年第2期，第41-45页。

③ 袁行霈主编《中国文学史》第九编第二章第一节《侠义公案小说》，列举的清代侠义公案小说有《三侠五义》《儿女英雄传》《荡寇志》《施公案》《绿牡丹》《彭公案》《永庆升平》《圣朝鼎盛万年青》《七剑十三侠》《仙侠五花剑》《金台全传》以及《警富新书》《清风闸》《小五义》《续小五义》等，涵盖了刘荫柏所列举的清代长篇侠义小说的四大派别，可参见袁行霈主编《中国文学史》（第四卷），高等教育出版社，1999，第461-466页。

④ 鲁迅：《中国小说史略》第二十七篇《清之侠义小说与公案》，1998，第195页。本章所引鲁迅语除注明出处者外，其他皆引自《中国小说史略》第二十七篇《清之侠义小说与公案》，不再一一注明。

⑤ 鲁迅在《中国小说史略》第二十七篇《清之侠义小说与公案》说："道光十八（我又查了原文，鲁迅原著无"年"字）（1838），有《施公案》八卷九十七回，一名《百断奇观》……"，将《施公案》的最早刊行年代定为"道光十八年"。但限于材料，鲁迅先生的这一论断并不准确。《施公案》现存最早的版本是庚辰（嘉庆二十五年）厦门文德堂刊小本。但此刊本和道光四年（1824）本衙藏本等诸多《施工案》版本，卷首都镌有落款为"嘉庆戊午孟冬月新镌"的序文，则其成书当在嘉庆三年（1798）甚至更早。

侠义派小说"叙侠义之士,除盗平叛的事情,而中间每以名臣大官,总领一切"①,明确指出清代侠义小说与此前同类作品的不同特点。鲁迅的这些论述,成为其后学者提出"侠义公案小说"或者"公案侠义小说"这一概念的理论依据。于是,鲁迅列举的《三侠五义》《施公案》《彭公案》《刘公案》《李公案》《儿女英雄传》《七剑十三侠》《圣朝鼎盛万年青》《永庆升平》《七剑十八义》《英雄大八义》等"侠义小说",被一些学者统统视为"侠义公案小说",也不无道理。

其二,侠义小说与公案小说的密切联系。齐裕焜主编的《中国古代小说演变史》一书将公案、侠义小说合论,为侠义公案小说的界定设立宽、窄两个标准,认为二者"是密切联系但又自成体系的,它们按同样的轨道发展"②。其实不止如此,二者还往往你中有我、我中有你,杂糅纠缠不清,如唐传奇中的《谢小娥传》就很难确定其究竟是侠义小说还是公案小说。一般说来,公案小说不一定掺杂侠义成分,侠义小说则必然与公案有着这样那样的联系。这种情况发展到南宋"说话"艺术的兴盛,侠义小说几乎完全融入公案小说之中。灌圃耐得翁《都城纪胜》中《瓦舍众伎》条云:"说公案,皆是搏刀杆棒,及发迹变泰之事。"③今人陈汝衡在《说书史话》中对"公案"做了如下解释:

"公案,铁骑儿被列在武的故事固然不错。但这里的'武',却并不一定专指战争。所谓'朴刀杆棒',是泛指江湖亡命,杀人报仇,造成血案,以致惊官动府一类的故事。再如强梁恶霸,犯案累累,贪官污吏,横行不法,当有侠盗人物,路见不平,用暴力方式,替人民痛痛快快地申冤雪恨,也是公案故事。总之公案项下的题材,决不可以把它限制在战争范围以内。凡有'武'的行为,足以成为统治阶级官府勘察审问对象的,都可以说是公案故事。"④

孙楷第先生在其《中国通俗小说书目·分类说明》中也说:"考宋人说话……有'公案',实即'侠义'","小说子目又有四五种,曰公案,注云'皆是朴刀杆棒发迹变泰之事',则是江湖亡命游侠受职招安之事,即侠义武勇之属矣"。⑤《中国通俗小说书目》:"其子目虽依小说史略,而大目则沿宋人之书。此非以旧称为雅,实因意义本无差别,称谓即不妨照旧耳。"⑥另外,该书卷六"明清小说部乙·说

① 鲁迅:《中国小说的历史的变迁》,载《鲁迅全集》(第九卷),人民文学出版社,1982,第339页。

② 齐裕焜:《中国古代小说演变史》,敦煌文艺出版社,1999,第545页。

③ 灌圃耐得翁:《都城纪胜》,载孟元老等《东京梦华录(外四种)》,上海古典文学出版社,1956,第98页。

④ 陈汝衡:《说书史话》,人民文学出版社,1987,第49页。

⑤ 孙楷第:《中国通俗小说书目·分类说明》,人民文学出版社,1982,第2页。

⑥ 孙楷第:《中国通俗小说书目》,人民文学出版社,1982,第5页。

公案第三"下，孙先生又将公案细分为"子目二：一侠义，一精察"。可见，按照陈汝衡、孙楷第的观点，宋代说话中的"侠义"题材，完全可以归属于"说公案"题材。

若如是，则"公案"与"侠义"实不可分，两者往往纠合在一起。胡士莹认为"可以想见，'说公案'在宋代主要是写市民生活和阶级斗争的"①，而所谓"阶级斗争"，自然与"侠义武勇之属"有密切的联系。罗烨《醉翁谈录·舌耕叙引》将"说话"分为八类，其中"公案"类十六篇，据考证只有《三现身》《圣手二郎》两篇符合今人公案小说标准；而《石头孙立》和《戴嗣宗》则可能是"水浒故事"。"三言""二拍"中，亦不乏"侠客""侠""侠僧""侠盗"之流，可也并非纯粹的"侠义小说"，如《错斩崔宁》《宋四公大闹禁魂张》《神偷寄兴一枝梅，侠盗惯行三昧戏》等名篇，都是兼合"公案"类与"侠义"类。如果我们相信《都城纪胜》的说法，把"朴刀""杆棒"列入"说公案"类中，那么，《醉翁谈录》"朴刀""杆棒"类著录的《青面兽》《花和尚》《武行者》三篇皆为公案小说，而这三篇和"公案"类的《石头孙立》和《戴嗣宗》两篇，是后来的《水浒传》中杨志、鲁达、武松、孙立、戴宗等水浒故事的出处，也是现存最早的白话侠义小说。

《水浒传》最精彩的前七十回，实际上就是由许多短篇公案故事或侠义故事连缀而成，据陈文新、苏静在《论水浒传与英侠传奇的三种类型》一文中的归纳，"公案"类故事至少涉及以下回目：第七回至第十一回（林冲故事），第十二回至第二十二回（智取生辰纲故事），第二十四回至第二十六回（武松为兄复仇故事），第四十四回至第四十六回（石秀杀嫂故事），第四十九回（解珍、解宝故事）②。总计陈文新、苏静在该论文中的罗列，《水浒传》涉及的公案故事达到了二十三回，这在《水浒传》前七十回中所占的比重已经不小，但似乎仍有遗漏，如浔阳楼宋江醉题反诗故事、清风寨花荣故事、卢俊义故事等，都具有浓郁的公案色彩。孙楷第在其《中国通俗小说书目》中，将《水浒传》归入公案类，其《分类说明》云："《水浒》《平妖》二传，皆有本事。故《史略》悉入讲史。《水浒》惟方腊事信而有征，其三十六人虽人名非假，而事实容多捏合；又其书铺张壮烈，或不以演史为主。今径入公案类。"③如果从小说内容上分析，孙楷第先生将《水浒传》归入公案类是有一定道理的。

综上，按照陈汝衡、孙楷第二位先生的观点：在南宋"说话"中，"侠义"题

---

① 胡士莹：《话本小说概论》（下册），中华书局，1980，第 76 页。
② 陈文新、苏静：《论水浒传与英侠传奇的三种类型》，《明清小说研究》2003 年第 4 期，第 186 页。
③ 孙楷第：《中国通俗小说书目·分类说明》，人民文学出版社，1982，第 6 页。

材的故事并不是不存在，而是几乎全部被纳入"公案"题材故事之中了。而且，不仅是宋元"说话"，凡因动武而成为官府勘察审问对象，因而惊官动府的，都可称为公案故事。换句话说，几乎所有的侠义题材，均可因其不可避免地要惊官动府，而可将其划入公案小说的范畴。

其三，清代侠义小说的创作实际。胡适在其《三侠五义序》中说："《三侠五义》本是一部新的《龙图公案》，但是作者做到了小半部之后，便放开手做去，不肯仅仅做一部《新龙图公案》了。所以这书后面的大半部完全是创作的，丢开了包公的故事，专力去写那班侠义。"① 其实，不仅《三侠五义》如此，《施公案》《彭公案》等也是如此。《施公案》初集还是以施公折狱故事为主，至续集作者就开始尝试逐步丢开施公的故事，专力去写黄天霸等侠义英雄。由于《施公案》《三侠五义》的成功，其后的侠义小说纷纷效仿，不约而同地拉一位清官作为全书的象征性主角，而着力描写侠客剑仙的行侠故事。《绿牡丹》中的狄仁杰，《永庆升平》中的康熙，《七剑十三侠》中的俞谦、王守仁等都是被拉来做道具的清官代表。因此，至少从形式上看，《施公案》《三侠五义》之后至民国初年的清代长篇侠义小说，大多是以"名臣大官，总领一切"，符合清代侠义公案小说的基本特点。

在上述三种因素的共同影响下，清代侠义公案小说的划分就有了宽、窄两个不同的标准：狭义的清代侠义公案小说即刘荫柏在《清代侠义小说概叙》中所说的"侠义公案类"小说，其代表作主要有《施公案》《彭公案》《三侠五义》《永庆升平》等。其主要特征是清官的作用相对较为明显，侠客在清官的领导下平叛除恶，获取功名富贵。广义的清代侠义公案小说则泛指清中叶之后至民国初这一特定历史时期内所有以"忠义"为主题的长篇白话侠义小说，其共同的人文蕴涵"大体在于回归世俗，表现了鲜明的取容于封建法权、封建伦理的倾向"。②

著者以为，清代侠义公案小说之前的侠义小说虽也不可避免地带有公案性质，但其描写重点在于犯罪过程或受害人的反抗，前者如《宋四公大闹禁魂张》，后者如《谢小娥传》。有的作品虽也同时出现了清官和侠客，但二者还处于相互对立的位置，如《宋四公大闹禁魂张》。清嘉庆以后，"忠义"成为长篇白话侠义小说的一个重要主题，侠客不再"以武犯禁"而是"以武助法"，因此，将清中叶之后至民国初这一特定历史时期内所有以"忠义"为主题的长篇白话侠义小说划分为一个统一的类型，而名之为"侠义公案小说"是可以接受的。但具体到不同作品中，清代侠义小说又呈现出不同的风格和题材，将之详细区分也是必要的。因此，清代侠义

---

① 胡适《三侠五义序》，见胡适著《中国章回小说考证》，上海书店印行，1979，第 429 页。

② 袁行霈主编《中国文学史》（第四卷），高等教育出版社，1999，第 462 页。

公案小说的两个标准，可以并行不悖。因此，本书将兼及这两个标准，以《三侠五义》《施公案》《彭公案》《儿女英雄传》《永庆升平》《绿牡丹》《七剑十三侠》《圣朝鼎盛万年青》等这一时期较有影响的侠义小说为研究重点。

第二节　清代侠义公案小说的文学史定位

清代侠义公案小说作为一个整体，无论其思想性还是其艺术性都无法与《金瓶梅》《三国演义》《红楼梦》等经典名著相提并论。但其无论在中国白话小说史上，还是在清代文学史中，甚或在平民文学史上，都占有独特的地位。

阿英《略谈晚清小说》云："在中国小说史上，有两个时期最突出的，一是唐朝的传奇小说，二是晚清小说。这两个时期小说的特点，就是全面地反映了当时政治、经济以及社会生活状况。"① 阿英虽然指的是整个晚清小说，但侠义公案小说作为晚清小说的一个特殊类型，其思想虽然未必是最先进的，其艺术成就也未必是最高的，但其流行规模却无疑是最广泛的，其对后世产生的影响也是相当深远的。因此，清代侠义公案小说虽然没有产生《水浒传》那样的经典名著，却以其整体优势（作品数量、流行程度、产生的影响等）在中国小说史尤其是白话小说史上占有举足轻重的地位。

中国文言侠义小说早在唐朝就达到其顶峰，唐代豪侠小说至今仍熠熠生辉；但纯粹的白话长篇侠义小说却在相当长的一段时期内没有发展起来，而是多和其他类型的小说产生合流和混类现象，这种合流现象一直持续到清朝中叶。如《水浒》《隋史遗文》是侠义小说和英雄传奇的合流；《绿野仙踪》是侠义小说和神魔小说的合流；《好逑传》和《儿女英雄传》是侠义小说和才子佳人小说的合流。侠义小说与公案小说合流之后，清官渐渐淡出，长篇侠义小说才真正发展成熟，并逐步演化为后世的武侠小说。因此，清代的侠义公案小说是长篇侠义小说演变过程中至关重要的一环。

中国白话小说起源于民间说话，说话始于唐，盛于宋元，至明清说话渐趋衰微消歇。而白话小说的创作从整理话本、模拟话本创作开始，逐渐走向文人独立创作的道路。这期间，话本整理产生了三个高潮。第一次在元末明初，以《三国志通俗演义》和《水浒传》为标志，随即涌现了大批文人创作的历史演义小说和英雄传奇小说。第二次在明末，以《金瓶梅》《西游记》和"三言""二拍"为标志，中国

---

① 阿英《略谈晚清小说》，转引自《施公案》附录，宝文堂书店，1982，第1391页。

白话小说开始由文人独立创作，从而大大提高了古典白话小说的艺术水平和发达速度。第三次在清末，主要对象是侠义公案小说，而以《三侠五义》《小五义》《续小五义》为中心展开。但其时已是鸦片战争之后，封建帝国已是千疮百孔，古典小说的创作也即将走到尽头，因此这次话本整理只能草草收场。只有《三侠五义》等少数侠义公案小说有幸经过文人的删改和润饰，《施公案》等大多数作品则没有这么幸运，还基本保留了说书艺人说书的原貌。因此，第三次话本整理高潮没有产生像前两次那样的经典作品。但如果我们换一个角度思考这个问题，则未尝不是一件好事。正因为没有或者较少经过文人的加工，清代侠义公案小说得以保存其原汁原味，更接近市井细民的欣赏趣味，从而形成自己独特的艺术特色，得以在市井中广泛流传。李渔的《十二楼》《连城璧》，其艺术技巧是纯熟的，但反不如艺术相对粗糙的《施公案》家喻户晓，其根本原因就在于李渔拟话本小说的文人化色彩过于浓厚。

　　清代前期和中期的文坛呈现出百花齐放的局面，中国古代文学史上曾经出现的各种文学式样都有许多创作，均产生了一些优秀的作品，这是其他时代所没有的特点。① 相形之下，清代前期和中期的小说创作虽也涌现出《儒林外史》《红楼梦》《聊斋志异》这样的不朽名著，但在正统文人的观念中，小说仍是街谈巷议的小道，登不得大雅之堂。清代中后期，其他文学式样的创作相对衰微，而以侠义公案小说为代表的白话小说的创作却空前繁盛起来，并因之促进了晚清文学的繁荣。因此，在晚清文学史上侠义公案小说占有不可替代的地位。

　　鲁迅先生在其《中国小说史略》中将侠义公案小说与宋人话本对举，强调了这类小说"平民文学"的特性；并进一步指出其在平民文学史中的地位，"是侠义小说之在清，正接宋人话本余脉，固平民文学之历七百余年而再兴者也。"（鲁迅《中国小说史略》，第 203 页）胡适也曾对清代侠义公案小说的平民文学特色及其取得的成就给以极高的评价，认为"北方的评话小说可以算是民间的文学，他的性质偏向人的方面，能使天下无数平民听了不肯放下，看了不肯放下""在这五十年之中，势力最大、流行最广的文学，……说也奇怪，……并不是梁启超的文章，也不是林

---

　　① 郭绍虞《中国文学批评史·绪论》在论及清代学术集大成特点时说："就拿文学来讲，周秦以子称，楚人以骚称，汉人以赋称，魏晋六朝以骈文称，唐人以诗称，宋人以词称，元人以曲称，明人以小说、戏曲或制艺称，至于清代的文学则于上述各种中间，或于上述各种之外，没有一种比较特殊的足以称为清代的文学，却也没有一种不成为清代的文学。盖由清代文学而言，也是包罗万象而兼有以前各代的特点的。"袁行霈主编《中国文学史》（第四卷）也认为"举凡以往各代曾经盛行过、辉煌过的文学样式，大都在清代文坛上占有一席之地"。（袁行霈主编《中国文学史》（第四卷），高等教育出版社，1999，第 242 页。）可见，清代前期、中期文坛之繁盛。

纾的小说，乃是许多白话小说。《七侠五义》《儿女英雄传》都是这个时代的作品。《七侠五义》之后，有《小五义》等续编，都是三十多年来的作品。这一类的小说很能代表北方的平民文学"，"这些南北的白话小说，乃是这五十年中国文学的最高作品，最有文学价值的作品。"①

综上，有必要对清代侠义公案小说进行深入细致的研究和分析，但由于学术界对其重视不够，清代侠义公案小说的研究虽然取得了一些成果，但其研究现状并不容乐观。因此，著者不避浅陋，拟对清代侠义公案小说进行较为深入细致的研究，以就教于方家。

第三节　清代侠义公案小说研究述略

一、侠义公案小说研究的开创期：五四新文化运动至中华人民共和国成立

侠义公案小说研究是在五四新文化运动之后，伴随着中国古代小说研究这一崭新学科的建立而产生的。其中鲁迅和胡适两位大师既是中国古代小说研究的开创者，也是侠义公案小说研究的奠基人，鲁迅的《中国小说史略》《中国小说的历史的变迁》中的相关章节和胡适的《三侠五义序》等文章奠定了侠义公案小说研究的基石，使侠义公案小说的研究一开始就站在一个较高的起点上，对后世的侠义公案小说研究产生了深远的影响。

鲁迅《中国小说史略》第二十七篇《清之侠义小说及公案》首先指出了这类小说的精神源头，接着精辟的分析了侠义公案小说产生和流行的原因，对侠义公案小说的艺术成就作出了客观、公正的评价，并进一步指出这类小说在文学史上的独特地位。最后，鲁迅还将其与宋人话本对举，强调了这类小说"平民文学"的特性；并进一步指出了侠义公案小说在文学史中的地位："是侠义小说之在清，正接宋人话本余脉，固平民文学之历七百余年而再兴者也。"（鲁迅《中国小说史略》，第203页）

胡适在《〈三侠五义〉序》一文中，重点从三个方面进行了追根溯源式的详细考证。这三个方面分别是包公崇拜现象的形成和包公断狱故事的流传，狸猫换太子故事的源流，以及《三侠五义》与《龙图公案》的渊源。在考证过程中，胡适还使

用了"母题"这一概念，开借用西方文学理论研究中国通俗文学之先例。

在胡适《〈三侠五义〉序》的影响下，当时的学术界曾一度形成一股考证侠义公案小说的小高潮，涌现出一批具有较高学术水准的学术论文，发现了一些新材料，解决了一些问题，将鲁迅和胡适开创的侠义公案小说研究向前推进了一大步。赵景深的《包公传说》考察了包公形象从宋史、宋元话本到元杂剧再到《龙图公案》《明清传奇》然后到《三侠五义》、传统京剧的演变过程，基本勾勒出"包公形象"文学发展的轮廓。他的《所罗门与包拯》则是较早运用比较文学研究中国通俗文学的成功范例。孙楷第的《包公案与包公故事》不仅勾勒出包公文学发展的基本轮廓，还细致考察了"双勘钉""盆儿鬼""抱妆盒""还魂记"等包公故事的演变过程。此外，顾随的《看〈小五义〉》则是鲜见的从艺术方面对侠义公案小说进行评析的论文。

总的来看，这一时期的侠义公案小说研究明显受到胡适的影响，以考证为主，重在文献资料的搜集、整理和辨析，研究对象则主要集中在《龙图公案》和《三侠五义》上，作者生平、故事源流和版本演变是研究的重点。一些学者开始主动借用西方文学理论的某些重要观念，如"母题""比较文学"等，来研究中国通俗文学，侠义公案小说研究因之有了一个良好的开端。

二、侠义公案小说研究的萧条期：中华人民共和国成立之后至20世纪80年代

中华人民共和国成立后，与蒸蒸日上的经济建设和全国人民高涨的政治热情形成鲜明的对比，由于政治、行政等非学术因素的介入，中国的学术研究陷入了低谷。侠义公案小说的研究也是如此，五四以来形成的良好的学术氛围遭到破坏，原来相对多元的研究模式也被引自苏联的机械的社会学批评模式所替代，学术研究在很大程度上成为当时政治的传声筒。而且侠义公案小说因其浓厚的"忠君"色彩，在当时成为批判和争论的焦点之一。"文化大革命"之前，围绕清代的侠义公案小说就产生了两次大规模的论战：首先是20世纪50年代由赵景深删改《三侠五义》所引起的学术争论，然后是60年代爆发的如何评价清官的讨论。这两次论战都带有鲜明的时代特色，政治色彩浓厚，而学术意义不大。

这一时期较有价值的学术论文有吴英华、吴绍英的《有关〈三侠五义〉作者的一首可贵的诗》和赵侃等人的《石玉昆及其〈三侠五义〉》。两篇论文均结合新发现的材料，对《三侠五义》的作者石玉昆的生平事迹及其性格和演出的情况进行了分析和总结。

此外，这一时期较严谨的学术论文还有熊起渭的《〈三侠五义〉的思想和艺

术》、吴小如的《读〈三侠五义〉札记》以及傅璇琮的《〈施公案〉是怎样一部小说》和刘世德、邓绍基的《清代公案小说的思想倾向——以〈施公案〉〈彭公案〉〈三侠五义〉为例，兼论"清官"和"侠义"的实质》等，这些文章在今天看来，大多没有深度，但在当时特殊的政治环境下，这样的论文已属难能可贵的了。"文化大革命"期间侠义公案小说的研究被迫中断，直到 20 世纪 80 年代才得以恢复正常。

20 世纪七八十年代，海外形成了一股侠义公案小说研究的小热潮，取得了一些进展，其中马幼垣的《明代公案小说的版本传统——龙图公案考》通过版本和文本的比较，辨析了《龙图公案》与其他公案小说之间的承继关系，确定了《龙图公案》中大部分作品的来源，在海外引起较大的反响。此后，他的博士论文《中国通俗文学中的包公传说》和苏珊·布莱德的《三侠五义及其与龙图公案唱本的关系》，在前人研究成果的基础上有了较大的进展。但他们的研究重点在于对明代短篇公案小说集的研究，并没有将侠义公案小说作为一个特殊的类型进行专门的研究。

三、侠义公案小说研究的繁盛期：20 世纪 80 年代至今

20 世纪 80 年代以来，侠义公案小说再次成为出版的热点，受到广大读者的欢迎，宝文堂书店出版的《传统戏曲、曲艺研究参考资料丛书》收录了《包公案》《施公案》《七侠五义》《彭公案》等侠义公案小说。该系列丛书"均约请专业工作者搜集、选择较好的版本，在保持原貌的前提下，参阅各本，作必要的勘误和标点"，并将"有关这些作品的部分评论，略加摘引，附与书后"[1]，附录部分还有与作品相关的戏剧剧目的简介。因此，整套丛书无论是对普通读者还是小说研究者都具有重要的参考价值。

20 世纪 90 年代，相关作品的搜集和整理更趋系统和合理，出现了不少公案小说的专集或丛书，如于天池主编的《北京师范大学图书馆馆藏白话公案侠义小说选刊》（北京师范大学出版社 1993）、上海古籍出版社 1993《十大古典公案侠义小说丛书》。此外，一些小说总集和丛书中也收录了不少侠义公案小说作品，如黑龙江人民出版社 1995《中国公案小说大系》，中州古籍出版社 1996《包公案大全》丛书，张振军主编的《中国古典公案小说丛书》（法律出版社 1998），三秦出版社 1998《明清公案小说系列》，刘世德、竺青主编《古代公案小说丛书》（群众出版社 1999），郑春山所编《中华公案小说大系》（长城出版社 1999），孙以年所编《中国

---

① 宝文堂书店编辑部《传统戏曲、曲艺研究参考资料丛书出版说明》，载佚名《施公案》，宝文堂书店，1982，"前言"第 1 页。

古代公案小说集成》（大众文艺出版社 2000）等。齐鲁书社 1993《中国古典小说普及丛书》则收有《三侠五义》《狄公案》等侠义公案小说。

进入 20 世纪 80 年代以来，侠义公案小说的研究取得了长足的进步，相关著述也发表了不少，萧相恺《施公案小说与施公戏》一文对施公小说与施公戏之间的源流关系进行重新梳理，并将《施公案》的最早刊行年代确定为嘉庆三年之前"嘉庆三年前（1798）《施公案奇闻》即已成书"①，苗怀明的《龙图耳录版本考述》②重点考察了《龙图耳录》各版本间的演变关系。不仅如此，苗怀明还对侠义公案小说进行了较为全面地论述，其主要相关论文有《三侠五义成书新考》③《小五义、续小五义的刊行者石铎及其文光楼书坊》④《三侠五义与小五义、续小五义关系辨》⑤等十几篇。专著如朱万曙的《包公故事源流考述》在综合运用前人研究成果的基础上，对较有影响的包公故事进行了辨本析源式的梳理。台湾辅仁大学翁文静的硕士论文《包拯故事研究》以及丁肇琴的博士论文《俗文学中包公形象之探讨》也都取得了一定的成果。20 世纪 80 年代末至 90 年代初，晚清侠义公案小说作为武侠小说的一个特殊类型受到较多关注，发表了一些研究专著、论文，如陈平原的《千古文人侠客梦》（人民文学出版社，1992）、刘荫柏的《中国武侠小说史》⑥等。

第四节　本书的总体构思和研究方法

一、本书的总体构思

在充分占有材料的基础上，通过细致、深入地分析和归纳，首先对清代侠义公案小说的萌芽、兴起、鼎盛和走向沉寂的全过程作一整体的归纳和总结；其次，对清代侠义公案小说中清官与侠客关系的历史演变过程作一具体的分析和归纳，并详细论证传统文化与侠义公案小说的相互关系。

清官与侠客关系的历史演变过程是研究的难点。清代侠义公案小说的一个基本模式就是清官与侠客通力合作，侠客效命于清官，并通过清官的举荐加官进爵。清

---

① 萧相恺：《珍本禁毁小说大观》，中州古籍出版社，1992，第 666 页。
② 文载《文教资料》，1995 年第 6 期，第 108-114 页。
③ 文载《明清小说研究》，1998 年第 3 期，第 209-224 页、第 256 页。
④ 文载《编辑学刊》，1995 年第 6 期，第 96-97 页、第 43 页。
⑤ 文载《信阳师范学院学报》，1999 年第 3 期，第 102-105 页。
⑥ 可参看其古代部分第 6 章《清代武侠小说之鼎盛期》，花山文艺出版社，1992。

官与侠客的这种关系由来已久,战国四公子与其门客,李渊、李世民父子与那些"从龙"的英雄、侠客,晚唐豪侠小说中的侠客与其所依附的高官显贵都有后世清官与侠客关系的影子。清代侠义公案小说中清官与侠客的关系在哪些方面受到了他们的影响,与他们又有何不同,是一个急需解决的问题,也是本文的难点。

传统文化对清代侠义公案小说的影响是本文研究的创新点。清代侠义公案小说为通俗小说,其思想和艺术都较多受到了世俗的影响,正因为如此,研究者较少关注传统文化对清代侠义公案小说的影响,相关论著不多,至今还没有全面论述传统文化对清代侠义小说影响的相关论著。但事实上,传统文化对侠义公案小说的影响是全方位的,如世俗化的传统思想对清代侠义公案小说的影响,诗歌、史传文学、戏剧、讲唱文学等文学体裁对清代侠义公案小说的影响,统治阶级的政策、制度的演变与侠义公案小说盛衰的关系,清官文化、侠文化、方术文化、法律文化、鬼神文化等对清代侠义公案小说的影响等。因此,有必要对传统文化与清代侠义公案小说的关系作更为深入、细致的研究。

二、本书的研究方法

基于清代侠义公案小说的具体情况十分复杂,本论文将采用多种研究方法进行研究。具体如下:

1.辩证分析法

本书将运用辩证分析法,对清代侠义公案小说进行分析,做到既不抹杀其思想的进步因素和艺术成就,也不否认和回避其思想局限和艺术缺陷。

2.比较分析法

本书将从纵横两个方面进行比较分析。既有清代侠义公案小说与唐代豪侠小说、《水浒》等英雄传奇以及现代武侠小说的纵向比较,又有清代侠义小说内部之间的横向比较,如《三侠五义》与《施公案》雷同情节的不同处理方法;《彭公案》与《永庆升平》的异同等。

3.文化视角的切入

目前,学术界对清代侠义公案小说的研究多集中在作者生平、故事流传、版本演变以及对作品思想意蕴和艺术特色的简单归纳和分析上,这些研究无疑都是必要的。但侠义公案小说是中国古代小说中非常特殊的一类,它与侠义小说、公案小说以及其他题材的法制类作品有着密切的联系,如果仅仅以文学作为切入点,是远远不够的。因此,我们应当借鉴文化学、社会学、法学等其他学科的研究方法和研究思路从多角度、多层次对侠义公案小说进行深入的分析和探讨,而不能仅停留在文学赏析和作者、作品的考证上。其中,中国传统文化对清代侠义公案小说的影响更是相关研究的薄弱环节。因此，本文拟重点从文化视角切入，对传统文化与清代侠义小说的相互关系进行重点论述，分别从清官文化、侠文化、儒释道等传统思想、方术文化、鬼神文化等几个方面阐述传统文化对清代侠义公案小说的影响，希望能抛砖引玉。

第二章　侠义小说和公案小说的发展

第一节　侠义小说的发展

侠义小说是中国古代文学的一个重要组成部分，有着悠久的发展历史。在先秦史籍中，像《左传》《国语》《战国策》中都有关于侠客行侠仗义的片段记载，它们为侠义小说提供了丰富的生活原型，堪称侠义小说的滥觞。至《史记·太史公自序》和《史记·游侠列传》，侠已经具有"救人于厄，振人不赡，仁者有乎！不既信，不倍言，义者有取焉"①和"其言必信，其行必果，已诺必诚；不爱其躯，赴士之厄困。既已存亡死生矣，而不矜其能，羞伐其德"②的行为特征和高贵品质，为后世的侠客提供了基本的行为规范，奠定了传统的侠义观。在《游侠列传》中，司马迁还以富有文学色彩的笔墨，塑造了一批"布衣之侠"的鲜活形象，他们"虽时扦当世之文罔"，被世俗看作与"豪暴之徒同类而共笑之"，却以其"私义廉洁退让"而被司马迁收入正史并加以正面客观的评价，展示出鲜明的个性特征：朱家"趋人之急，甚己之私"，剧孟虽然"家无余十金之财"但是却以"任侠显诸侯"，郭解"折节为俭，以德报怨"③……因此，正如钱基博在其《铁樵小说汇稿序》中所说："太史公序游侠，则进处士而退奸雄，是亦稗官之遗意也。"《游侠列传》虽

---

① 《史记·太史公自序》，载司马迁撰，裴骃集解，司马贞索引，张守节正义，《史记》，中华书局，1982 年第 2 版，第 3318 页。

② 《史记·游侠列传》，载司马迁撰，裴骃集解，司马贞索引，张守节正义，《史记》，中华书局，1982 年第 2 版，第 3181 页。

③ 三人事迹参见《史记·游侠列传》，载司马迁撰，裴骃集解，司马贞索引，张守节正义，《史记》，中华书局，1982 年第 2 版，第 3184–3188 页。

不是严格意义上的侠义小说，^①却从思想、艺术诸多方面为侠义小说的产生奠定了坚实的基础，堪称侠义小说的先导。

一、文言侠义小说的发展

1.汉魏六朝的文言侠义小说

东汉赵晔所撰《吴越春秋》本为记载春秋时期吴越争霸的史书，但该书具有浓郁的民间传说色彩，颇近小说家言。而"中国古代小说的特点之一，就是在纪实的基础上又有或多或少的艺术加工。如果艺术加工不多，还可以看作略有不同的记载，这在正史里也是难以避免的。如果艺术加工比较多，那就成了真正的小说了"^②。依照这个观点，《吴越春秋》中的"干将莫邪""越女袁公"实为中国古代最早的侠义小说。"干将莫邪"中的侠客是中国侠义小说史上第一位侠客形象。他之所以谋刺楚王，既非报恩，亦非复仇，完全是路见不平的舍生相助，其思想境界不仅远远高于刺客的"士为知己者死"，较之侠客的"路见不平，拔刀相助"亦属难能可贵。干宝《搜神记》中的《三王墓》即改编自《吴越春秋》，而鲁迅根据《三王墓》改编的《铸剑》更堪称改作的经典。"越女袁公"描写越女与袁公斗剑，实为后世剑侠小说的滥觞。

大约在东汉末年产生了被誉为"古今小说杂传之祖"^③的《燕丹子》，描写荆轲刺秦王的故事，颂扬荆轲舍身刺秦的侠义胸怀，具有浓厚的文学色彩。尤其值得注意的是，小说以一个"惜哉剑术疏"^④的刺客为主角，荆轲也因之成为侠义小说史上第一位失败英雄的形象。《燕丹子》和《吴越春秋》中的"干将莫邪""越女袁公"共同开创了侠义小说之先河。此后晋干宝《搜神记》、南朝宋刘义庆《世说新语》和魏曹丕《列异传》均有有关侠义题材的小说，如《搜神记·三王墓》《搜神记·李寄》《世说新语·周处》和《搜神后记·比邱尼》等小说虽"粗陈梗概"，但其塑造的侠客形象，如为民除害的李寄、改过自新的周处、行踪诡秘的比邱尼等，

---

① 亦有人将《史记》中的《游侠列传》与《刺客列传》看做侠义小说，如袁行霈主编《中国文学史》（第四卷）说："侠义小说可追溯到《史记》的《刺客列传》《游侠列传》中的一些记事"（袁行霈主编《中国文学史》（第四卷），高等教育出版社，1999，第473页）。著者以为《游侠列传》与《刺客列传》虽有一定的艺术加工，但基本上是"实录"，虚构不多，称之为有关侠义题材的叙事散文似乎更为妥帖。

② 程毅中：《清稗类钞中的公案小说》，转引自苗怀明《中国古代文言公案小说的演变轨迹及其文学品格》，《许昌师专学报》，2001年第6期，第53页。

③ 胡应麟：《少室山房笔丛》，载黄霖、韩同文选注《中国历代小说论著选》（上），江西人民出版社，1982，第151页。

④ 语出晋人陶潜的《咏荆轲》诗。

都给读者留下了深刻的印象。从而为古代侠义小说的人物长廊，增添了栩栩如生的新成员。

东汉至魏晋六朝时期是侠义小说的生成期，因此，这一时期的侠义小说或者涉及侠义题材的作品，不可避免地带有初级阶段作品的局限和不足，这主要表现为作品的"粗陈梗概"①和艺术上的幼稚。而汉魏六朝"张皇鬼神，称道灵异"②的社会风气，又使这一时期的侠义小说带有浓厚的神诞怪异色彩：有的行侠手段过于怪诞诡异，如《干将莫邪》《比邱尼》；有的多涉异类，如《李寄》《周处》；有的则事迹新奇，如《燕丹子》"乌头白，马生角"的奇异等。但其对后世侠义小说尤其是唐代豪侠小说产生的影响却是不可估量的，明人胡应麟《少室山房笔丛（卅六）》云："变异之谈，盛于六朝，然多是传录舛讹，未必尽幻设语；至唐人乃作意好奇，假小说以寄笔端。"③鲁迅先生《中国小说史略》第八篇《唐之传奇文》（上）更进一步点明唐传奇与魏晋志怪小说的渊源："传奇者流，源盖出于志怪；然施之以藻绘，扩其波澜，故所成就乃特异。"④具体到侠义题材，唐代豪侠小说继承了汉魏六朝侠义小说的"变异之谈"，更"作意好奇"，使唐代的豪侠多行踪神秘、行事诡异。汉魏六朝对唐代豪侠小说产生巨大影响的侠义小说，特别值得一提的是《搜神后记》中的《比邱尼》，比邱尼震慑"逐凌君上"的行侠主题、诡异的行侠方式（"裸身挥刀，破腹出脏，断截身首，支分脔切"⑤）、神秘的行踪（"末年，忽有一比邱尼，失其名，来自远方，投温为檀越""尼后辞去，不知所在"⑥），都不禁让人想起唐代豪侠小说中的红线、聂隐娘、昆仑奴一类人物。有人认为"唐代的侠，其实就是魏晋南北朝的侠"⑦，此说有一定道理。

2.唐代豪侠小说

唐人"始有意为小说"⑧，唐传奇标志着中国小说的真正成熟，也标志着侠义小说的真正成熟。这主要表现在三个方面：其一，侠义小说作品众多。范烟桥《中国小说史》在谈到唐传奇时云："在此时代，婚姻不良，为人生痛苦的思想，渐起呻吟；而藩镇跋扈，平民渴盼一种侠客之救济；故写恋爱、豪侠之小说，产生甚

---

① 鲁迅：《中国小说史略》第八篇《唐之传奇文》（上），上海古籍出版社，1998，第44页。
② 鲁迅：《中国小说史略》第五篇《六朝之鬼神志怪书》（上），上海古籍出版社，1998，第24页。
③ 胡应麟：《少室山房笔丛》，转引自《鲁迅全集》（第九卷），人民文学出版社，1982，第70页。
④ 鲁迅：《中国小说史略》第八篇《唐之传奇文》（上），上海古籍出版社，1998，第44页。
⑤ 陶潜：《搜神后记》，汪绍楹校注，中华书局，1981，第11页。
⑥ 陶潜：《搜神后记》，汪绍楹校注，中华书局，1981，第11页。
⑦ 龚鹏程：《侠的精神文化史论》，山东画报出版社，2008，第69页。
⑧ 鲁迅：《中国小说史略》第八篇《唐之传奇文》（上），上海古籍出版社，1998，第44页。

富。"①的确，唐代社会风气尚游侠，豪侠小说也随之大盛，佳作纷呈：李公佐《谢小娥传》，许尧佐《柳氏传》，蒋防《霍小玉传》，薛用弱《贾人妻》，薛调《无双传》，裴铏《聂隐娘》《韦自东》《昆仑奴》，袁郊《红线》《懒残》，皇甫氏《崔慎思》《义侠》《车中女子》《嘉兴绳技》《张仲殷》，康骈《田膨郎》《潘将军》《麻衣张盖人》，沈亚之《冯燕传》，段成式《僧侠》《京西店老人》《兰陵老人》，杜光庭《虬髯客传》，柳埕《上清传》，牛肃《吴保安》，皇甫枚《李龟寿》，李亢《侯彝》，冯翊《张佑》等，均为影响深远的名篇佳构。侠义小说开始成为与"言情""神魔"鼎足而三的一类重要的小说题材。宋初李昉等所编《太平广记》卷一九三至一九六，特将十八种唐人传奇列入"豪侠"类。

其二，侠义小说的思想性、艺术性都达到一定高度。唐代豪侠小说继承了司马迁在《游侠列传》《刺客列传》中所倡导的坚持正义、恩怨分明和锄强扶弱、济危扶困的传统游侠精神以及刺客所奉行的"士为知己者死"的信仰，其基本的思想倾向无疑是值得肯定的。尤其是侠女红线，于"夜漏三时，往返七百里；入危邦，经五六城"盗盒示警而归，不仅一无杀伤，还使"两地保其城池，万人全其性命，使乱臣知惧，烈士安谋！"②就行侠的客观效果而言，红线堪称"侠之大者"。

就艺术性而言，唐代豪侠小说也达到了一个前所未有的高度，如《虬髯客传》以其生动的故事内容，传神的细节描写，异常浓缩的情节结构和令人目不暇接的情节转换为后世侠义小说的创作提供了可资借鉴和学习的典范性样板。尤其是其首创的"慧眼识英豪"式的情节模式，对后世侠义小说的影响更具有划时代的意义，"英雄美女"因之成为后世侠义小说最司空见惯的情节模式之一。

其三，丰富的人物形象和复杂的人物性格。侠客形象在唐代豪侠小说中得到了极大的丰富和发展，从江湖盗贼到绿林豪杰，从僧道尼姑到闺阁女子，从身份低贱的奴仆到中下级武官，甚至包括文质彬彬的书生、年逾古稀的老者，皆可成为行侠仗义之人。在诸多不同类型的侠客形象中，女侠的出现在文学史上具有划时代的意义。古代妇女的生活圈子非常狭小，大抵局限于闺房，如《牡丹亭》中的杜丽娘，竟然连后花园也是不常去的。她们"既不能从事社会活动，在礼教的制约下也不能随便与亲友往来"③，因此，"即使是在受胡风浸染的唐代，真实的人生中也绝没有纵横南北、闯荡天下的女子"④。汉魏六朝的侠义小说中也曾出现过女侠形象，如"越女袁公"中的越女，《比邱尼》中的比邱尼，《李寄》中的李寄等，但这些女侠

①　范烟桥：《中国小说史》，华夏出版社，1967，第137页
②　袁郊：《红线》，载张友鹤选注《唐宋传奇选》，人民文学出版社，1979，第145-146页。
③　汪晓原：《性张力下的中国人》，上海人民出版社，1995，第140-141页。
④　于晓骊、刘靖渊：《解语花——传统男性文学中的女性形象》，河北人民出版社，2001，第96页。

行事多流于诡异怪诞，人物形象较为单薄，更缺乏女性应有的特征。唐传奇中女侠故事较之前代大大增多，人物形象也更加立体丰满。红拂"慧眼识英豪"的远见卓识，红线如"一叶坠露"的轻盈和妩媚，谢小娥矢志复仇的坚韧和机智，聂隐娘匪夷所思的剑术，车中女子出神入化的盗窃手段，崔慎思妾、贾人妻杀死幼子的残酷等都给人留下了深刻的印象。

唐传奇的作者秉承"实录"精神，在塑造人物形象的过程中真正做到了"爱而知其丑，憎而知其善"[①]。因此，出现在唐传奇中的那些豪气冲天的侠客就具有了复杂多元的性格特征，既有救人困厄的侠风义举，亦有不尚道义的负面性格，其中最典型的当属《冯燕传》塑造的"冯燕"这一复杂的侠客形象。冯燕本来是一个因为杀人而被官府追捕的游侠，为了逃避官府追捕，逃到了"滑"这个地方。后来，冯燕与张婴的妻子私通，张婴的妻子想要唆使冯燕杀死自己的丈夫——张婴，冯燕出于侠义精神杀死了张婴的妻子。其后。冯燕得知张婴竟然因此蒙受不白之冤，被误认为是杀死自己妻子的凶手。于是，冯燕挺身而出，到官府自首，竟然得到赦免。在这个故事中，我们可以看到冯燕为义气不计生死的侠肝义胆，但我们同样可以看到他杀人亡命和通奸人妻的匪气和流氓习气。这并非败笔，而是能够更加凸显出侠客形象的立体感。

3. 宋明时期文言侠义小说的整理和出版

经历了有唐一代的兴盛之后，文言侠义小说的创作在宋明时期渐渐趋于沉寂。尽管侠义小说在宋明笔记小说中屡有出现，涌现出一批脍炙人口的佳作，宋代作品如吴淑《江淮异人录·洪州书生》、罗大经《鹤林玉露·秀州刺客》以及洪迈《夷坚志》中的的《侠妇人》《解洵娶妇》等。但从整体上分析，宋代的文言侠义小说描写侠客缺少唐代豪侠小说的宏伟气象。明代瞿佑在其《剪灯新话·秋香亭记》中虽然热切地期盼昆仑奴似的豪侠出现，却没有从正面予以形象的刻画。李昌祺《剪灯余话》虽然不乏对侠客的浓墨重彩的描绘，比如《青城舞剑录》中的碧线，便与唐传奇中的女侠红线有几分相像之处；其他如《武平灵怪录》里"豪侠不羁，用财如粪土"的齐仲和，《芙蓉屏》里侠义无私的高言，均是其中较为成功的侠客形象。但若将这些侠客与唐代豪侠相比，就难免有模仿之嫌。因此，明代的文言侠义小说，虽然比宋代略有起色，但仍然很难跳出唐代豪侠小说的窠臼。

但宋明时期对文言侠义小说的主要贡献并不在于侠义小说的创作，而在于对侠义小说的整理和出版。宋人李昉等编的《太平广记》用四卷篇幅独辟"豪侠"一类，所收作品以唐代豪侠小说为主，同时兼及晋代的《西京杂记》和宋代的《北

---

① 刘知几：《史通·惑经》，载浦起龙通释《史通通释》第3册，上海书店影印本，1988，第67页。

梦琐言》等作品中所收的侠义小说。明人王世贞编辑的《剑侠传》杂采《吴越春秋》、唐传奇、宋代笔记小说中的侠义小说，成为首部侠义小说专集。"独辟一类"和"辑为专集"，无论是在中国侠义小说发展史还是在其出版史上都是破天荒的大事，不仅使大量的侠义小说得以完整的保存下来，并且为其后侠义小说的创作提供了一批可资借鉴的创作范本。不仅如此，《太平广记》为官修小说总集，王世贞为"后七子"文学领袖，他们在文坛上都具有权威性和统治力。因此，他们将侠义小说"独辟一类"和"辑为专集"的做法为侠义小说在文坛上公开占有一席之地，扫清了舆论上的障碍。《太平广记》独辟"豪侠"一类的做法对清人颇有启发，张潮《虞初新志》、郑澍若《虞初续志》、黄承增《广虞初新志》、陈世箴《敏求轩述记》、俞樾《荟蕞编》，以及清末民初的《虞初支志》《虞初广志》《虞初近志》都采入了大量侠义小说；王世贞《剑侠传》之后亦有《续剑侠传》等侠义小说专集的出现。许多侠义小说因之得以广泛流传，可谓影响深远。

4.清代文言侠义小说的繁盛

经过宋明时代的沉寂和积淀，文言侠义小说的创作在清代达到高潮。这主要表现在以下几个方面。

其一，作者众多，名家辈出。侠客仗义行侠的故事在清代是个热门题材，参与创作的大小作者人数之众甚至超过了唐代，更遑论宋明了。名家辈出，康熙朝有李渔、蒲松龄、张山来、王士禛等，乾隆嘉庆年间有袁枚、乐钧、和邦额、长白浩歌子、沈起凤、曾衍东、徐承烈、纪昀、屠绅、俞蛟、方元鲲、宋永岳等，道光咸丰年间有汤用中、朱翊清、高继衍、潘纶恩、俞超等，同治光绪年间有宣鼎、许奉恩、邹弢、吴炽昌、程麟、王韬等，清末民初有俞樾、李伯元、徐珂等。

其二，内容广泛。清代的文言侠义小说除了继承传统侠义小说所表现的主题外，还继续拓展创作领域，将艺术的笔触伸向社会生活的各个方面。在清人的笔下，不仅出现了各种传统的侠客形象，还涌现出一批具有鲜明时代烙印的新的侠客形象。其中不仅有游戏人间、戏弄官府的喜剧之侠，如朱翊清《空空儿》中的空空儿，高继衍《槛中人》中的槛中人，程趾祥《杨八》中的杨八，李伯元《靴子李》中的靴子李；亦有因社会动荡、吏治腐朽而无力回天、以身赴义的悲剧之侠，如金捧闾《女剑侠传》、崔东璧《漳南侠士传》、俞蛟《颜鸣皋传》、宣鼎《郝腾蛟》等篇中的侠客即为此类。至于李岳瑞《春冰室野乘》中的《记大刀王五事》描写一代豪侠王五参与政治斗争，陆士谔《冯婉贞》描写女侠冯婉贞保家卫国之事，更是直接反映了中国近代史的重大事件。

其三，创作风格的多样化。清代文言侠义小说的创作不仅涌现出一大批作家，其中不少人还形成了自己独特的创作风格，如蒲松龄笔锋的冷峻犀利，王士禛谋篇布局的云遮雾障，乐钧描绘"侠情"的缠绵悱恻，吴炽昌倾力塑造的乱世女侠，曾衍东对唐传奇的翻陈出新，许奉恩故事结构的波澜壮阔，俞蛟对乱世人生的悲悯慨叹，邹弢铺叙江湖的恩怨情仇，宣鼎状写侠客之传奇色彩，王韬洋溢全篇的奇思妙想……风格各异的诸多作家共同促进了清代文言侠义小说创作风格的多样化。

其四，名篇佳作层出不穷。由于清代文言侠义小说的创作队伍拥有一批文学修养深厚的鸿儒硕德，因此也涌现出一批思想性深刻或艺术性精湛的名篇佳作。蒲松龄《田七郎》对"士为知己者死"的反思和疑问，宣鼎《燕尾儿》面对侠义之举的两难选择和困惑，郑昌时《高二太爷》任侠好义的侠客被"握符审机"者逼上自刎之路的无奈和控诉，金捧阊《女剑侠传》、崔东璧《漳南侠士传》、俞蛟《颜鸣皋传》、宣鼎《郝腾蛟》诸篇对侠士无力回天的悲悯和慨叹，均流露出作者对传统侠义思想的反思和对侠客现实处境的关注，以及对帝国主义侵略下的近代中国前途和命运的迷茫和探索，具有积极的进步意义。就艺术性而言，王士禛《剑侠》扑朔迷离的谋篇布局，黄轩祖《龙门鲤》颇具个性的人物刻画，管世灏《绳技侠女》生动传神的场面描写，都给人留下深刻的印象。甚至一些流传不广的作品中也屡有佳作，如《杨娥传》叙云南奇女子杨娥"貌美而矫捷过人"，曾护送永明王到缅甸。后永明王与杨娥的丈夫都被吴三桂杀害。杨娥企图以美貌接近吴三桂并刺杀之：

> 吴三桂闻之，欲纳娥，娥忽中寒疾。疾亟，（其兄）鹅头往视之。时已深夜，入其房，一灯碧色，寒风飒然。床头设永明王与其夫张之灵。鹅头呼妹不应，就视之，奄奄然仅存一息。鹅头抚之泣。娥忽跃然推兄曰：汝亦健儿，何作女子态耶？遂启其襟，飕然出一匕首，寒光射人，不可逼观。娥左手把兄袖，右手执匕首，东向指曰：吴三桂逆贼，杀君王，致吾夫死绝域，誓不与之共天地，故觅此报仇物以待之。计吾之貌与艺，足以动之，故忍耻自炫，冀老贼闻而纳娥，吾计成矣。不幸疾风，此天不欲我为国家报仇也！言已，一恸而绝，犹握匕首东指云。①

杨娥之欲刺杀吴三桂，既有家仇，更有国恨，国恨尤在家仇之上。其思想境界远在"士为知己者死"的古代刺客（如曹沫、专诸、豫让、聂政、荆轲等）和唐传奇中那些旨在复仇的女性刺客之上。而杨娥之死的凄婉悲壮更是具有极强的艺术感染力。

---

① 《杨娥传》一卷，题"刘钧著"。出自《香艳丛书》，虫天子辑，清宣统中国学扶轮社排印本。转引自陈文新《传统小说与小说传统》，武汉大学出版社，2005，第74页。

二、白话侠义小说的发展

中国白话小说源于民间说话。说话始于唐，《叶净能诗话》中的叶净能入朝前曾惩处占人妻女的岳神和祟人女儿的妖狐，颇具侠客风范。宋、元时代"说话"大兴，宋末罗烨《醉翁谈录》记载当时的"说话"门类有"有灵怪、烟粉、奇传、公案，兼朴刀、杆棒、妖术、神仙"，无侠义题材。有关侠义的"朴刀""杆棒"，在宋末罗烨的《醉翁谈录》中各载 11 种名目，今仅存"朴刀"《十条龙陶铁僧》(即《万秀娘仇报山亭儿》)和"杆棒"《杨温拦路虎传》各一种，不见描写侠义的独特之处。分别著录在"朴刀"和"杆棒"中的《花和尚》《青面兽》《武行者》三篇侠义题材的故事为《水浒传》鲁智深、杨志、武松三人故事所从出，"公案"类的《石头孙立》《戴嗣宗》当即《水浒传》中的孙立、戴宗故事，由《水浒传》中的相关故事推断，大约对断案的经过只是简略的叙述，而重在侠客行侠过程的描绘，当为较早的白话侠义小说。

白话侠义小说的形成和发展，使宋代侠义小说出现文言与白话双峰对峙的新格局。二者之间的差异不仅表现为文体的差异，更表现为作者审美情趣的不同以及由此引起的创作风格的迥然有别。一般而言，文言侠义小说的作者多为文学修养较高的封建文人，体现的是文人士大夫阶层的审美情趣；白话侠义小说的作者多为说书艺人，体现的是"市井细民"的审美情趣。文言侠义小说如阳春白雪，曲调高雅而"和者寡"；白话侠义小说如下里巴人，虽然俚俗却和者甚众。文言侠义小说如高山流水，优雅精致；白话侠义小说如十面埋伏，充满金戈铁马的雄壮。文言侠义小说喜欢描写侠客的轻功，重在其潇洒，如红线"一叶坠露"之轻盈；白话侠义小说更津津乐道于侠客的勇力，重在其实惠，所谓"一力降十会"是也。文言侠义小说中的侠客多用剑，是因其具有浓郁的象征意义；白话侠义小说中的英雄往往"十八般兵器，样样精通"，是因其更为实用。文言侠义小说喜欢让他们的侠客归隐，骨子里则是文人"尚隐"情结的体现；白话侠义小说则更愿意让他们的英雄"高官得作、骏马任骑"，其实质不过是市井细民的白日梦。

明代的短篇白话侠义小说仍不见大的起色，散见于"三言""二拍"中的《赵太祖千里送京娘》《李汧公穷邸遇侠客》《刘东山夸技顺城门，十八兄奇踪村酒肆》《程元玉店肆代偿钱，十一娘云岗纵谭侠》《神偷寄兴一枝梅，侠盗惯行三昧戏》是明代白话短篇侠义小说的代表作。

明代章回小说兴起，长篇小说的主要流派和类型如历史演义、英雄传奇、世情小说、才子佳人小说、神魔小说均已成熟，但纯粹的长篇侠义小说却没有发展起来，而是多和其他类型的小说产生合流和混类现象，这种合流现象一直持续到清朝中叶。如《水浒传》《隋史遗文》是侠义小说和英雄传奇的合流;《绿野仙踪》是侠义小说和神魔小说的合流;《好逑传》和《儿女英雄传》是侠义小说和才子佳人小说的合流。其中,《水浒传》和《三遂平妖传》在中国侠义小说发展史上,均居于枢纽地位,宛如奇峰并插、锦屏对峙。《水浒传》虽非纯粹的侠义小说,但该书兼具"银字儿""说公案""说铁骑儿"三种小说性质,再加上"讲史",一炉共冶,九转丹成,对我国长篇侠义章回小说的产生和发展影响至深。清代侠义公案小说至少在以下几个方面受到了《水浒传》的深刻影响:①以章回体、白话文为其外在表现形式,古典文言退而为点缀之用。②"以武犯禁"与"忠义"思想的结合。③穿针引线的情节技法。④江湖豪杰的结义习气。⑤绿林好汉各有其绰号。当然,《水浒传》"武松血溅鸳鸯楼"之类滥杀无辜的描写,以及只讲义气、不论是非的思想对后世长篇侠义小说的创作也产生了不良影响。而罗贯中的《三遂平妖传》则故事玄奇,有飞剑跳丸、降妖伏魔等情节,对民国初年糅合豪侠、剑侠内容的武侠小说如《江湖奇侠传》《蜀山剑侠传》等长篇巨制,影响极大。

清康熙年间佚名的《济公传》以济颠和尚游戏风尘、渡世救人为主干,穿插剑客、侠士锄强扶弱的英雄事迹及正邪斗法、捉妖降魔等情节,为后世武侠小说演叙风尘异人重要渊源之一。乾隆时有李百川《绿野仙踪》,叙冷于冰连收猿不邪等六弟子行侠江湖事,实开近代武侠小说"大开山门"风气之先。明清之际,名教中人编《好逑传》,又名《侠义风月传》,打破历来才子佳人男人皆文弱、女人多懦怯之庸俗窠臼,而以侠骨柔情贯穿全篇。康熙年间夏敬渠所作《野叟曝言》则介于神魔小说与人情小说之间,亦有武侠趣味;但其封建思想过于浓厚。上述作品虽在不同程度上具有侠义小说的某些特点,并对侠义公案小说产生影响,但均非纯粹意义上的侠义小说。白话长篇侠义小说的创作究竟路在何方,成为侠义小说作者不得不思考的问题。

第二节 公案小说的发展

作为一种文学体裁,"公案小说"的界定尚存在着分歧,广义的"公案小说"以题材为分类依据,如孟犁野就认为"凡以广义性的散文,形象地叙写政治、刑民案件和官吏折狱断案的故事,其中有人物、有情节,结构较为完整的作品,均应划入'公案小说'之列"①。与其持同样观点的还有黄岩柏,他在《公案小说史话》中

---

① 孟犁野:《中国公案小说艺术发展史》,警官教育出版社,1996,第4页。

说公案小说"是中国古代小说的一种题材分类；它是并列描写或侧重描写作案、断案的小说"，更进一步解释说"并列描写作案与断案；侧重描写作案，而断案只是一个结尾的；侧重描写断案，而作案的案情自然夹带于其中的。这三大类型，全是公案小说"，而那些"只写作案，一点不写断案的，不是公案小说"①。依照这个观点，公案小说产生甚早。狭义的"公案小说"则以体裁为分类依据，如刘世德就认为"狭义的公案小说，专指明代的公案小说"②。本书所说的"公案小说"，侧重于以题材为分类依据，也即广义的"公案小说"。

一、先秦两汉魏晋时期优秀的公案小说及相关记载

公案小说的渊源甚早，其出现与历史上的法律文献和史传文学中狱讼案件及官吏执法等文字记述都有密切关系。早在《尚书》《左传》《荀子》《韩非子》等先秦著作中，就已经有不少涉及案狱的内容，《尚书·太甲》中有"太甲既立，不明，伊尹放诸桐"③的文字记载，这段文字虽然只有短短十一个字，却是中国官吏秉公执法的最早记载。而《韩非子》所载子产"闻声辨奸"故事更是对公案文学创作产生了深远影响：

> 郑子产晨出，过东匠之间，闻妇人之哭，抚其御之手而听之。有间，遣吏执而问之，则手绞其夫者也。异日，其御问曰："夫子何以知之？"子产曰："其声惧。凡人于其亲爱也，始病而忧，临死而惧，已死而哀。今哭已死不哀而惧，是以知其有奸也。"④

---

① 黄岩柏：《公案小说史话》，辽宁教育出版社，1993，第1页。
② 刘世德：《狄梁公四大奇案·前言》，载刘世德、竺青主编《古代公案小说丛书：狄梁公四大奇案 狄仁杰奇案》，群众出版社，2000。另外，袁行霈主编《中国文学史》（第四卷）说："公案小说可追溯到唐代张鹜的《朝野金载》、康骈的《剧谈录》等笔记中的一些故事"（袁行霈主编《中国文学史》第四卷，高等教育出版社，1999，第473页注释1），显然同时考虑到"题材"和"体裁"两种因素的影响。杨绪容《百家公案研究》，亦主张综合考虑"题材"和"体裁"两种因素，而将唐传奇定为公案小说的正式形成期。
③ 《尚书·商书·太甲上》云："太甲既立，不明。伊尹放诸桐。三年，复归于亳，思庸，伊尹作《太甲》三篇"（黄怀信注训《尚书注训》，齐鲁书社，2009，第106页），相当于《太甲》三篇（上、中、下）的写作缘起。
④ 陈奇猷：《韩非子集释》，中华书局，1958，第860页。

《周礼》有"以五声听狱讼"①的记载，子产"闻声辨奸"故事是对其形象化的演绎。当然，在《韩非子》那里，这还不能说是公案小说，而只是官吏决狱的史实记载，但这个故事对后世公案小说的创作却产生了深远的影响，《搜神记》中的《严遵》、《酉阳杂俎》中的《韩滉》、《折狱龟鉴》中的张讼断案、《百家公案》中的《判阿吴夫死不明》《判阿杨谋杀亲夫》、《龙图公案》中的《白塔巷》都是对子产故事的改写。至清代侠义公案小说，该故事又被改头换面划入施公名下。

至两汉魏晋六朝的史书中已出现了大量官吏执法公正和破解谜案的故事。执法公正的故事，如《史记》载张释之秉公治罪的故事；《汉书》载汉武帝不肯因亲党而枉法的故事；《后汉书》载董宣秉公审理湖阳公主苍头白日杀人的故事、祭尊奉法无私的故事、李膺执法不从君命的故事等；《魏书》记载的崔震奉法不徇私的故事、崔光韶不受请托的故事。清官凭借其智慧破解谜案的故事如《三国志》记载的国舅勘书折狱的故事、高柔辨冤的故事、孙登比丸知冤的故事、孙亮审理蜜中鼠屎的故事；《魏书》记载的司马悦凭借刀鞘得贼的故事、李崇审理妄认死尸的故事；《南史》记载的傅琰破鸡得情的故事；《周书》记载的柳庆审理贾人失金案的故事；《北史》记载的李惠智断夺羊案的故事。同时期的文学作品，如《冤魂志》《搜神记》《世说新语》等文学作品中也开始出现以公案故事为题材的小说。东汉应劭《风俗通义》中的"黄霸智断夺子案""何武断争财案"；东晋干宝《搜神记》所载"东海孝妇""严尊""李娥"的故事；南朝刘义庆《幽明录》所载"胡粉女子"的故事；南朝颜子推《冤魂志》所载"弘氏受冤报复案""王纯雪冤案"的故事等，初步具备了公案小说的一些基本特征，当为较早的公案小说。更重要的是，这一时期的史传作品和文学作品中记载的众多官吏执法事迹，为公案小说提供了大量创作素材。如东汉应劭《风俗通义》所载"何武断争财案"：

> 沛郡有富家公，资二千余万。小妇子年才数岁，顷失其母，又无亲近。其女不贤，公病困，思念恐其争财，儿必不全，因呼族人为遗令书：悉以财属女，但遗一剑与儿，年十五以还付之。其后又不肯与，儿诣郡自言求剑。谨按时太守大司空何武也，得其辞，因录女及婿，省其手书，顾谓椽史曰：女性强梁，婿复贪鄙，畏贼害其儿，又计小儿正得此，则不能全护，故其俾与女，内实寄之耳，不当以剑与之乎？夫剑者，亦所以决断。限年十五者，

---

① 《周礼·秋官·小司寇》云："以五声听狱讼，求民情；一曰辞听。观其出言，不直则烦。二曰色听。观其颜色，不直则赧然。三曰气听。观其气息，不直则喘。四曰耳听。观其听聆，不直则惑。五曰目听。观其眸子视，不直则眊然。"（王文锦、陈玉霞点校《周礼正义》之《秋官·小司寇》，中华书局，1987，第2770-2771页。）

智力足以自居。度此女婿必不复还其剑，当问县官，县官或能证察，得见伸展，此凡庸何能用虑强远如是哉！悉夺取财以与子，曰："弊女恶婿温饱十岁，亦以幸矣。"于是论者乃服。①

明朝余象斗《廉明公案·滕同知断庶子金》《廉明公案·韩推府判家业归男》，虚舟生《海公案·判给家财分庶子》《海公案·家业还支应元》，佚名《龙图公案·扯画轴》《龙图公案·昧遗嘱》以及冯梦龙《古今小说·滕大尹鬼断家私》等公案小说都明显受到"何武断争财案"故事的影响。至于长兄、长女侵占幼子家产继承权的案件在后世的公案小说中更成为民事案件的一大重要类型，而猜谜破案在后世公案小说中也成为清官破案的一个重要手段。

魏晋时期优秀的公案小说，多散见于当时的笔记小说之中，如上述东晋干宝《搜神记》中的《东海孝妇》《李娥》《严遵》，南朝刘义庆《幽明录》中的《胡粉女子》，南朝颜子推《冤魂志》中的"弘氏受冤报复案""王纯雪冤案"等。这些作品的作者多为虔诚的佛道信徒或其追随者，其关注焦点为因果循环的善恶报应。因此，神鬼灵怪在折狱过程中占有至关重要的地位，其中出现的清官实际上多为善恶果报的执行者，是正义和法律的象征，却缺少鲜明的个性。但这些作品中描写的清官断案方式，对后世清官文学塑造清官形象产生了深远影响，如《严遵》中听哭辨奸的严遵，为后世清官文学描写清官断案技巧提供了鲜活的样板。《东海孝妇》中一审（贪官、糊涂官）成冤，二审（清官）昭雪的结构模式成为公案小说常用的叙事模式之一。《李娥》审理冥界鬼魂事和《胡粉女子》所涉及的私情公案，也成为公案小说常常涉及的题材。

二、唐宋文言公案小说

唐宋文言公案小说虽然也有如《三水小牍·绿翘》《御史台记·米俊臣》之类揭露社会丑恶现象和批判法制腐朽的优秀作品，但绝大部分作品更津津乐道于清官在破案过程中展现出的过人智慧和司法才能及其司法品格。在大多数唐宋文言公案小说中，清官断案主要依靠细致的调查研究、周密的逻辑推理与准确掌握犯罪心理学等科学的手段和方法来侦破案件。唐宋文言公案小说作品叙述案情之复杂，清官破案手法之高明、丰富而又各具特色，皆堪称绝妙。以唐人文言公案小说为例，清官破案就曾经使用过多种破案手段：有缜密的逻辑推理法，如《剧谈录·袁滋》《桂苑丛谈·李德裕》；有重事实证据的"据证法"，如《朝野佥载·张楚金》《朔史·崔碣》《三水小牍·绿翘》；有利用罪犯的犯罪心理巧妙破案的"用谲法"，如

---

① 吴树平：《风俗通义校释》，天津人民出版社，1980，第421页。

《朝野佥载·裴子云》《国史异篡·李杰》《玉堂闲话·刘崇龟》；有与现代破案手法高度近似的侦探和追踪，如《酉阳杂俎·韩混》《纪闻·苏无名》；也有类似清代侠义公案小说清官与侠客联手破案的描写，如《剧谈录·潘将军》《剧谈录·田膨郎》《谢小娥传》。在这些作品中，我们看到清官破案主要依靠其过人的智慧、娴熟的法律知识以及辨疑析难的司法品格，而较少受到"神判"的影响。

唐代"公案小说不仅在数量规模上有较大的增加，而且在艺术水平上也有所突破"，如牛肃的《纪闻》、康骈的《剧谈录》、高彦休的《阙史》等笔记中都记载了许多公案故事。其中的《崔思兢》《苏无名》《袁滋》《赵和》等堪称唐代短篇公案小说的名篇佳构。《太平广记》一书"精查"类共收 31 篇公案小说作品，其中仅唐代作品就占 20 余篇，散见于其他笔记野史中的公案作品也有不少。因此，唐传奇为"公案小说产生并逐步走向成熟的时期"①。但如果与同时期的侠义小说相较，就相形见绌了。

经过唐代文言公案小说的漫长酝酿和不断推动，公案小说终于在宋元时期迎来成熟期，并伴随中国古代小说的发展而出现文言公案小说与白话公案小说的分野和对峙。文言公案小说方面，出现了一批对后世影响深远的文言公案小说集，如郑克的《折狱龟鉴》、桂万荣的《棠阴比事》以及和凝、和㠓父子的《疑狱集》②等。宋元文言公案小说集记载了许多清官断案事迹，为其后公案小说的发展提供和保存了大量创作素材。

宋代文言公案小说继承了唐人小说"精察"这一传统，宋初和凝、和㠓父子在《疑狱集》序言中说该书"采自古以来有争讼难决、精察得情者"，目的是"使愚夫增智，听讼而不敢因循；酷吏敛威，决狱而皆思平允。助国家之政理，为卿士之指南"③。其他公案小说集如郑克的《折狱龟鉴》、桂万荣的《棠阴比事》，其创作目的都大同小异。而散见于《太平广记》《夷坚志》《绿窗新话》《醉翁谈录》等作品中的比较优秀的公案小说，其描绘重点是破案人员（清官）运用智慧破案，很少受到"神判"的影响。这些作品中的清官大多具有如下特点：精通刑律、明察善断、善于剖析疑难、积极为老百姓昭雪鸣冤等。《太平广记》将公案小说列入"精察"类，"精察"二字准确抓住并高度概括了唐宋文言公案小说中清官形象的主要行为特征。

在唐宋文言公案小说当中，我们可以清晰地看到作者（封建文人）对清官过人

---

① 黄岩柏：《中国公案小说史》，辽宁人民出版社，1991，第 77 页。

② 学术界有人倾向于将《疑狱集》《折狱龟鉴》《棠荫比事》以及明代的《棠荫比事续编、补编》《详刑要览》《折狱龟鉴补》等作品归入"法家书"。但此类作品有故事，有人物，有作案、断案描写，将之视为公案小说亦未尝不可。

③ 和凝父子：《疑狱集·序》，载《疑狱集》，台湾商务印书馆影印《四库全书》本，1986。

智慧的描写、歌颂和赞扬，究其实质，不过是作者（封建文人）对文人士大夫阶层智慧的沾沾自喜，这种自赞自夸的审美趣味的形成与作者们的社会地位不无关系。文言公案小说的作者多是具有较高社会地位，具有相当文化素养的文人士大夫，甚至不乏赫赫有名的才子、大儒，他们中的多数人担任过官阶高低不一的官职，有审理案件的实际经验，对案狱之事十分熟悉，而且有自己独到的体会。社会地位和实践经验决定了他们必将自觉按照统治阶级制定的标准，不遗余力的描写与刻画出符合统治阶级政治需求的所谓清官形象，并以此作为封建社会执法官吏学习和借鉴的"折狱龟鉴"。

三、宋代白话公案小说

宋代白话公案小说兴起，白话公案小说主要采取话本体的形式，皆是由民间说书而来，并达到较高的艺术水准。南宋灌圃耐得翁在其《都城纪胜》的"瓦舍众伎"条目中说："说话有四家。一者小说，谓之银字儿，如烟粉、灵怪、传奇、说公案，皆是搏刀赶棒、及发迹变泰之事……"[1]首次将"说公案"明确列入小说四家之中。稍后，宋元之际的罗烨在《醉翁谈录》一书的"小说开辟"篇中，说到"话本"题材分类的时候，列举了 16 种公案故事篇目，说："言石头孙立、姜女寻夫……此乃谓之公案。"也就是说当时如以孟姜女千里寻夫，并且哭倒长城有了官司等故事为题材的创作，都可列入公案小说。而该书还明确分立了"私情公案"与"花判公案"故事 16 种，内有一种《静女私通陈彦臣》，虽然该书将之列入"烟粉"类，实际上也是公案作品。南宋洪迈《夷坚志》中也出现了题为《艾大中公案》《何村公案》之类将鬼怪与公案融为一体的故事，是今见最早以公案为小说题目的作品。宋代小说《简帖和尚》题目下还注有"公案传奇"字样。另外，今存大体可以肯定为宋元"公案"类话本的尚有《合同文字记》《错斩崔宁》《三现身包龙图断冤》《错认尸》《计押番金鳗产祸》《宋四公大闹禁魂张》《曹伯明错勘赃记》等多种。一切均说明白话公案小说在宋代已经萌芽并且随时代的发展而逐渐流传开来。

与文人的自娱自乐，并希望其作品能"助国家之政理，为卿士之指南"的创作目的不同，宋代话本体公案小说的作者多以"说话"作为其主要谋生手段，因此，如何迎合和满足普通老百姓的欣赏习惯、阅读情趣以及审美习惯是他们首先需要考虑的问题。为满足市井细民的"尚奇""猎奇"心理，宋代话本体公案小说多着重刻画作案者、作案过程及被害者遭遇，以此反映社会人生，对断狱审案过程的描写

---

① 　灌圃耐得翁：《都城纪胜》，载孟元老等《东京梦华录（外四种）》，上海古典文学出版社，1956，第 98 页。

则很简略。作案者或被害者成为小说的主角，清官退居次要地位，如《错斩崔宁》《简帖和尚》等，正如小野四平所说："宋代的公案小说，与其说是以描写特定的裁判乃至裁判官为特色的所谓裁判小说或侦探小说，毋宁说作为取材于裁判事件的人情小说的性质更为强烈。"①

四、明清公案小说

元杂剧虽然开创了文人写剧的时代，但其中的公案剧继承的是宋代话本体公案小说的特点，清官的"精察"和智慧不再是其主要特点，而更多的是包公之类铁面无私、刚直不阿、为民申冤的形象。元杂剧中的相当一部分作品，案情本身并不复杂，甚至可以说是简单明了，执法的难度在于犯法者的显赫地位和错综复杂的关系网，如《鲁斋郎》《延安府》《蝴蝶梦》《生金阁》等皆是如此。

宋元之后，文言公案小说在明清两代仍有新的发展，出现了一大批专门收录公案小说的公案小说总集和摘录公案小说的选集。总集如明代冯梦龙的《智囊补》、吴讷的《棠荫比事续编、补编》《详刑要览》、孙能传的《益智编》，清代徐珂的《清稗类钞》、胡文炳的《折狱龟鉴补》、吴沃尧的《中国侦探案》等。而散见于各种笔记野史中的公案作品，虽不太引人注目，但其总量相当惊人，较具艺术水准的如清人许奉恩《里乘》卷8所收13篇都为公案作品，顾公燮《消夏闲记摘抄》则有于成龙、陈鹏念私访被骗的记载。其他如孟瑢樾《半暇笔谈》中的《私访见欺》，焦循《忆书》中的《甘泉冤案》，清末民初王浩《拍案惊异》中的《漳州府窃案》《奇案骇闻》，陆长春《香饮楼宾谈》中的《武进盗案》《泰州冤狱》《蔡三》等都是较有影响的公案作品。

但这一时期记载公案小说相对较多，并且达到更高艺术水准的文言作品，首推蒲松龄的《聊斋志异》以及纪昀的《阅微草堂笔记》。蒲松龄的《聊斋志异》被称为"全公案小说史的'龙头'"②，"中国文言体（笔记、传奇体）短篇公案小说创作的高峰"③，其中的《胭脂》《席方平》等公案类名篇，无论是思想性还是艺术性都达到了相当高的水准，堪称短篇文言公案小说的典范。《阅微草堂笔记》中的《献县疑案》《明晟断惊雷》《难断之案》《交河吏》《滴血辨子》等亦是文言短篇公案小说的名篇。

———————————

① 小野四平：《短篇白话小说中的判案》，载施小炜译《中国近代白话短篇小说研究》，上海古籍出版社，1997，第225页。

② 黄岩柏：《中国公案小说史》，辽宁人民出版社，1991，第222页。

③ 孟犁野：《惊险性传奇性现实性：〈三侠五义〉的美学特色》，转引自苗怀明《中国古代文言公案小说的演变轨迹及其文学品格》，《许昌师专学报》，2001年第6期，第54页。

明代的白话公案小说散见于《清平山堂话本》、"三言""二拍"、《型世言》等话本小说和拟话本小说中。这些作品分别散见于不同的话本集中，总量相当惊人。仅以"三言""二拍"为例，据刘世德的统计，在总共二百篇短篇小说中，公案小说有六十四篇，占全部作品的百分之三十二。其中，"《喻世明言》有八篇，《警世通言》有七篇，《醒世恒言》也有七篇，《初刻拍案惊奇》有十四篇，《二刻拍案惊奇》更是多达十八篇"①。这一时期白话公案小说中的清官更世俗化，更接近民众，市民化色彩也浓厚起来，大多不再以无私的铁面出现，而出现了新的面孔。比如在冯梦龙的"三言"中，就有充分体察民情，尊重人的感情，敢于冲破封建礼法束缚而乱点鸳鸯谱、成人之美的风流乔太守（《乔太守乱点鸳鸯谱》）；也有精明、公正与私欲糅为一体，既不是贪官，也绝对称不上"清官"的滕大尹（《滕大尹鬼断家私》）；有既是为官清廉公正的清官，又是昏聩无能的考官的蒯遇时（《老门生三世报恩》）。而在拟话本小说中，还反复出现以人情取代律法，以人判代替法判的倾向，如《淫妇背夫遭诛，侠士蒙恩得宥》（《型世言》第一回）中的杀人犯仅因替人开脱罪责就轻松得宥；《醒世恒言》卷39《汪大尹火烧宝莲寺》中的宝莲寺众僧，则不分主从，全部被斩杀，"须臾之间，百余和尚，齐皆斩讫，犹如乱滚西瓜"，法律成为一纸空文。

在艺术上，这一时期的短篇白话公案小说也取得了一定的成就。语言以清新活泼的口语为主，而杂以古典雅致的雅语，使作品既具有浓郁的生活气息，又不乏典雅高贵的气质，真正做到了雅俗共赏。叙事则综合运用悬念、插叙、倒叙等艺术手法，使故事情节曲折细腻，具有较高的艺术魅力。

明代中叶以后，白话公案小说创作进入了繁盛期，出现了《龙图公案》《包龙图判百家公案》《郭青螺六省听讼录新民公案》《皇明诸司公案传》《古今律条公案》《海刚峰先生居官公案传》《国朝名公神断详刑公案》《国朝宪台折狱苏冤神明公案》等一系列的公案短篇故事专集，并显示出向长篇过渡的倾向。"三言""二拍"中也出现了大量的公案小说。但与同时期的文言公案小说相比，除"三言""二拍"中的部分作品具有较高水准外，这一时期的白话公案小说无论是思想性还是艺术性，都还比较幼稚。如李春芳的《海刚峰先生居官公案传》以审案人海瑞贯穿全篇，每回演述一个故事，除少数情节较为曲折外，大部分枯燥乏味。余象斗的《皇明诸司公案》搜罗古今一些贤吏折狱的异闻，近似笔记，缺少小说应具有的形象性和生动性。佚名的《龙图公案》世传有繁（百则）简（六十六则）两种，都是各篇独立不相连属，只以包公串联全书，较之前代写包公的作品，书中宣传封建礼教气息

---

① 参见刘世德：《百家公案·前言》，安遇时编集、石雷校点《百家公案》，群众出版社，1999。

颇浓。

　　清初一直到乾隆年间，公案小说创作渐趋衰弱，主要靠文人创作的拟话本支撑局面，其中较有特色的当属李渔拟话本小说集《无声戏》《连城璧》《十二楼》中的公案作品。如李渔小说《连城璧》卯集《清官不受扒灰谤，义士难申窃妇冤》写成都某知府为官清廉、正直，却因其偏执的办案作风而差点冤枉了无辜的书生蒋瑜，对刘鹗"揭清官之恶"主题的发现似乎有所启发。乾隆之后，拟话本小说的创作也渐趋沉寂。白话小说方面，雍正年间刊刻的《世无匹》兼叙侠义和公案，并呈现出由中篇向长篇过渡的倾向，是侠义小说和公案小说合流的过渡作品。清代中期的《清风闸》系包公断案故事，书中封建伦理道德的说教气息颇浓，其思想主旨和清代侠义公案小说相近。总的来说，清初一直到侠义公案小说的出现，公案小说的创作陷入萧条期，有影响的作品不多。公案小说的创作陷入困境，急需求变。

第三章　清代侠义公案小说的兴起、
繁盛及衰弱

第一节　清代侠义公案小说的兴起

一、侠义小说和公案小说的合流

1.《施公案》的成书时间以及施公故事的流传时间

学术界多将侠义小说和公案小说的合流时间定为近代早期[1]，这种说法颇值得商榷。鲁迅先生在《中国小说史略》中说："道光十八（1838），有《施公案》八卷九十七回，一名《百断奇观》，记康熙时施仕纶（当作世纶）为泰州知州至漕运总督时行事，文意俱拙，略如明人之《包公案》，而稍加曲折，一案或亘数回；且断案之外，又有遇险，已为侠义小说先导。"[2]论者于是将《施公案》认定为公案小说与侠义小说合流最终形成的标志性作品。但限于史料，鲁迅将其创作时间定为道光十八年（1838）并不准确。该书现存最早的版本是庚辰（嘉庆二十五年，1820年）厦门文德堂刊小本。但此刊本和道光四年（1824）本衙藏本等诸多《施工案》版本，卷首都镌有落款为"嘉庆戊午孟冬月新镌"的序文，则其成书当在嘉庆三年（1798）甚至更早。说唱鼓词《刘公案》第二十三部第三回云：

> 三档就是《施公案》，这人在京都大有名，他本姓黄叫黄老，"辅臣"二字是众人称，说得是，施公私访桃花寺，西山庙内拿恶僧。[3]

---

[1]　如袁行霈主编《中国文学史》（第四卷）说："近代前期，二者合流，出现了大量的侠义公案小说。"（袁行霈主编《中国文学史》第四卷第，高等教育出版社，1999，473页注释1）

[2]　鲁迅：《中国小说史略》第二十七篇《清之侠义小说与公案》，上海古籍出版社，1998，第202-203页。本章所引鲁迅语除注明出处者外，皆出于此，不再一一注明。

[3]　佚名：《刘公案》，浙江人民美术出版社，2017，第401页。

黄辅臣是清代乾嘉年间著名的说书艺人，《刘公案》提到的"施公私访桃花寺，西山庙内拿恶僧"，其故事均见于现存的《施公案》，该书又几乎没有经过文人的删改和润色，那么黄辅臣说书的底本应当与现存的《施公案》相接近。《施公案》卷首题为"嘉庆戊午孟冬月新镌"的序文，其中的"新镌"二字是相对此书而言？如果此说成立，则《施公案》的实际成书时间当在乾隆年间。何况黄辅臣未必是该书的首创者。至少，我们从《刘公案》的这段记载中可以确定施公故事在乾隆嘉庆年间已基本定型。至于《施公案》故事开始流传的时间，则应当更早，清人陈康祺《郎潜纪闻二笔》云：

> 少时即闻乡里父老言施世纶为清官。入都后则闻院曲盲词，有演唱其政绩者。盖由小说中刻有《施公案》一书，比公为宋之包孝肃、明之海忠介，故俗口流传，至今不泯也。……公平生得力在'不侮鳏寡，不畏强御'二语。盖二百年茅檐妇孺之口，不尽无凭也。①

陈生于清道光二十年（1840），同治十年（1871）成进士，官至刑部员外郎。从他的这些话，可见施公故事早已在民间流传。刊刻于雍正十年（1732）以前的石成金所撰的《雨花香》第三十八种《剐淫妇》讲述得就是施公断案的故事，该故事亦见于现存的《施公案》。可见，至少在雍正年间，施公故事已被文人采入小说集中。

2.其他公案故事的流传时间

《三侠五义》：石玉昆主要生活在嘉庆、道光年间，比过去人们印象中的时间要早②。富查贵庆曾有诗吟颂石玉昆，诗序云："石生玉昆，工柳敬亭之技，有盛名者近二十年。"③据披露这首诗的吴英华、吴绍英介绍："它当作于道光十七年以前"④。由此可知，石玉昆至少在嘉庆末年或道光初年就已经成名。实际上，他成名的时间可能还要更早。在道光四年（1824）年的庆升平班戏目中，有不少《三侠五义》的重要关目，如《琼林宴》《三侠五义》《遇后》《花蝴蝶》等。《三侠五义》为石玉昆所创，戏曲从此取材，必定是在《三侠五义》广为流传之后。按常理，艺人在成名前要经过一段时间的学徒训练。即使石玉昆天赋高，出道早，其成名时至少

---

① 转引自《施公案》附录，宝文堂书店，1982，第1381页。

② 鲁迅《中国小说史略》第二十七篇《清之侠义小说及公案》称"石玉昆殆亦咸丰时说话人"；孙楷第《中国通俗小说书目》说石玉昆"咸同间鬻伎京师"，限于材料，二者的论断都不够准确。阿英《关于石玉昆》则认为石玉昆的活动年代主要是在道光时期，据现有的资料看，此说较为准确。

③ 吴英华、吴绍英：《有关〈三侠五义〉作者的一首可贵的诗》，《天津日报》1961年8月29日。

④ 吴英华、吴绍英：《有关〈三侠五义〉作者的一首可贵的诗》，《天津日报》1961年8月29日。

也得有二三十岁。这样，即使保守地估算，石玉昆出生也当在嘉庆五年（1800）年以前，而《三侠五义》故事的广泛流传则应当在嘉庆末年至道光初年之间。

《彭公案》：《彭公案》的成书（光绪十八年，1892年）虽然晚于《施公案》，但从人物形象和故事情节的衔接和发展等方面综合分析，《施公案》颇有些像《彭公案》的续集。如《彭公案》中救驾有功、名噪一时的黄三太，在《施公案》故事中已经去世多年；而《施公案》中的侠客代表、叱咤风云的金镖黄天霸以及他的三个结义哥哥：贺天保、武天虬、濮天雕等人在《彭公案》都有出场，不过，只是一群十五六岁的少年。更明显的例证是《彭公案》第二十八回谈到金大力时说："下文在《施公案》里，保施公在扬州拿了无数盗贼，这是后话不提。"①种种迹象表明，《彭公案》故事的形成似在《施公案》之前。另外，纪昀《阅微草堂笔记》卷八《如是我闻》中载有窦二东（墩）事②，而窦二东（墩）则是《彭公案》中的重要人物。纪书写于乾隆五十四年（1789）至嘉庆三年（1798）之间，早于《施公案》的刊行年代，这也可以作为彭公故事早于《施公案》的旁证。

《永庆升平前传》：其成书虽在光绪十八年，但其流传则较早，有该书作者郭广瑞的《自序》为证：

> 余少游四海，在都尝听评词演《永庆升平》一书，……国初以来，有此实事流传。咸丰年间，有姜振名先生，乃评谈今古之人，尝演说此书，未能有人刊刻传流于世。余长听哈辅源先生演说，熟记在心，闲暇之时，录成四卷，……遂增删补改，录实事百数回……③

可见，《永庆升平前传》相关故事同《三侠五义》《施公案》《彭公案》等侠义公案小说一样，也经历了一个从民间口头流传到说书艺人的艺术加工再到书坊主刊刻的漫长过程。在这个漫长的发展过程中，公案故事与侠客故事逐步融合，其中，人民群众和说书艺人起了很大作用。至于文人独立撰写的侠义公案小说，如《绿牡丹》的现存最早刊本为道光辛卯十一年，亦在近代之前。

---

① 贪梦道人：《彭公案》，华夏出版社，1995，第71页。如非特别注明，本文所引《彭公案》原文均出自本书。下文所引《彭公案》原文，只注书名、页码，以便查阅。

② 纪昀原文如下："又闻窦二东之党，每能夜入人家，伺妇女就寝，胁以刃，禁勿语，并衾褥卷之，挟以越屋数十重。晓钟将动，仍卷之送还。被盗者惘惘如梦。一夕，失妇家伏人于室，俟其送还，突出搏击。乃一手挥刀格斗，一手掷妇于床上，如风旋电掣，倏已无踪。殆唐代剑客之支流乎？"（引自纪昀著，孙致中校点《纪晓岚文集》第二册，河北教育出版社1995，第175页。）

③ 姜振名、哈辅源演说，郭广瑞撰著，尔弓点校《永庆升平前传·序》，荆楚书社，1988，第1页。

3.结论

侠义小说和公案小说的合流，大致可以分为三步：最初是在民间通过口头流传自发进行的，这种尝试至迟从清初就开始了。后为民间说书艺人所借鉴，开始有意识地融合，至雍正、乾隆年间，这种合流在民间说书艺人那里已基本完成。书坊主看到有利可图，竞相刊刻，形成文字作品，侠义小说和公案小说的合流正式完成。这一时期当在乾隆、嘉庆年间，至迟不会超过嘉庆三年（1798）。因此，将侠义小说和公案小说的合流时间定为近代早期有两点不够准确：其一，忽视了人民群众和说书艺人的贡献；其二，即使仅以此类文字作品出现为准，这一定位也不够准确，因为《施公案》《绿牡丹》等侠义公案小说的代表作在近代以前已有刊本流传。

二、侠义小说和公案小说合流的原因

侠义小说和公案小说的合流，不仅是侠义小说和公案小说两种小说类型自身演变的必然结果，同时又受到政治、文化、大众审美心理等诸多因素的深刻影响。

1.政治原因

（1）"异族"统治色彩的淡化：由于清王朝是所谓"异族"统治，清初曾激起民众的激烈反抗：不仅反清起义此起彼伏，就连文人们也大多采取不与统治者合作的态度，许多绿林人物也纷纷组织秘密帮会以"反清复明"，如"天地会"等。清初的这一社会现实反映在小说创作中，就产生了一批带有鲜明政治色彩的小说，如吕熊《女仙外史》叙义军勤王事，陈忱《水浒后传》叙李俊等水浒英雄远避海外事等都流露出浓厚的反清意识。正如鲁迅《中国小说史略》所说"清初，'流寇'悉平，遗民未忘旧君，遂渐念草泽英雄之为明宣力者，故陈忱作《后水浒传》，则使李俊去国而王于暹罗（鲁迅《中国小说史略》，第204页）"。

至清代中叶，清统治者采取积极学习汉族文化、重用汉族人作官、大兴文字狱、武力镇压等各种手段，妄图消除其"异族"统治色彩。经过长期努力，其"异族"统治色彩大大淡化，并终于获得了民众的认可。鲁迅认为清王朝"历康熙至乾隆百三十余年，威力广被，人民慑服，即士人亦无贰心"（鲁迅《中国小说史略》，第204页），反映在小说创作中，就有俞万春《荡寇志》的出现，"道光时俞万春作《结水浒传》，则使一百八人无一幸免"（鲁迅《中国小说史略》，第204页）。其实，民众对清政权的认可，"威力广被"是一个重要原因，而统治者积极学习汉族文化并逐步汉化，从而淡化了民众的"夷夏之防"则是另一个重要原因。清代侠义公案小说英雄"终必为一大僚隶卒，供使令奔走以为宠荣"（鲁迅《中国小说史略》，第204页），只能产生于民众对清政权的普遍认可，才能得到广泛的流传，"此盖非心悦诚服，乐为臣仆之时不办也"（鲁迅《中国小说史略》，第204页）。而清政权要想得到民众的普遍认可，充分汉化是其先决条件。

（2）统治者对侠客政策的变化：侠客"以武犯禁"，法外施法，必然引起统治者的不满。统治者采取的对策最初就是"剿灭"，残酷镇压。如秦始皇"收天下之兵""隳名城，杀豪杰"（贾谊《过秦论》）。清初统治者也曾残酷镇压，但收效甚微，遂调整为剿抚并用、以抚为主，以贼治贼，于是大批绿林人物投身官府。所以鲁迅指出："时去明亡已久远，说书之地又为北京，其先又屡平内乱，游民辄以从军得功名，归耀其乡里，亦甚动野人歆羡"（鲁迅《中国小说史略》，第204页）。《三侠五义》中的卢方和丁氏双侠，以及《施公案》中的贺天保、黄天霸等等诸如此类侠客的出现，究其原因，正是因为统治者对侠客政策的变化，从而导致地方武装（地主）和江湖人物（侠客）纷纷效忠王室的结果。因此，清代侠义公案小说内容上的改变，既适应了清王朝彼时的策略改变和政治需要，也是对当时社会现实的真实反映。

（3）清代自嘉庆以后，国势转衰。在现实生活中，地方官遇到的已不仅是一般的单个的奸夫淫妇和小偷小盗，而是越来越多的豢养大批打手（拳师、保镖）的地主恶霸、桀骜不驯的绿林好汉或成帮结伙的秘密会社乃至较大规模的起义队伍。这些恶霸、绿林好汉、秘密会社甚至包括一些农民起义队伍，对上对抗官府，对下欺压百姓。因此，他们的存在不仅严重威胁着清王朝的统治，对最广大意义上的人民群众的生命财产安全也是不小的威胁。而要对付这些既武艺高强又人数众多的恶霸和秘密帮会，无论是明镜高悬的清官，还是除暴安良的侠客，都会感到力不从心。因此，二者的联合既适应了清王朝的政治需要，也符合最广大人民群众的愿望。此类故事首先在民间流传，足见普通民众对清官和侠客联手的肯定和期盼。

2.中国侠文化的传统和《水浒传》等英雄传奇的影响

（1）"建功立业"情结：中国古人有根深蒂固的"建功立业"情结，即使侠客也多受此影响，如周处从"为害乡里"到终成"忠臣孝子"[1]，又如《虬髯客传》中的李靖"以奇特之才，辅清平之主，竭心尽善，必及人臣"。[2]从汉代到唐代的游侠诗反复咏叹的一个主题就是"建功立业"，如曹植之"捐躯赴国难，视死忽如归"（《白马篇》），王维之"孰知不向边庭苦，纵死犹闻侠骨香"（《少年行》），张籍之"斩得名王献桂宫，封侯起第一日中"（《少年行》），李白之"丈夫赌命报天子，当斩胡头衣锦归"（《送外甥郑灌从军》），李贺之"男儿何不带吴钩，收取关山五十州"（《南园》）等诗句无不洋溢着诗人建功立业的豪迈与激情。这一主题直接影响

---

① 刘义庆：《世说新语·自新第十五》，载《世说新语》，浙江古籍出版社，1998，第267页。

② 杜光庭：《虬髯客传》，载张友鹤选注《唐宋传奇选》，人民文学出版社，1979，第127页。

到英雄传奇的创作：宋江念念不忘"为弟兄们寻个出路"（《水浒传》第71回），这个出路就是建功立业、出将入相；秦琼弹"金锏"而歌："旅舍荒凉雨又风，苍天著意困英雄。欲知未了平生事，尽在一声长叹中"①。秦琼所谓的"未了平生事"，细细想来，无非就是出将入相、建功立业而已。

要想建功立业，只有投靠"英主"。唐传奇《虬髯客传》和《聂隐娘》等豪侠小说，其所描写的侠客，如李靖、聂隐娘等已经开始出现弃暗投明的迹象；至明代侠义小说，这种建功立业情结表现得已相当明显，《风流悟》中那个身怀绝艺、仗义疏财的盗贼莫拿我后归顺官府，做了总兵；《警寤钟》中那个飞檐走壁、轻功卓绝的神偷云里手也金盆洗手，官至金事；《水浒传》更具体地描写了宋江等一百八人接受招安，为朝廷征剿方腊农民起义的故事。这些直接启发了侠义公案小说"虽意在叙勇侠之士，游行村市，安良除暴，为国立功，而必以一名臣大吏为中枢，以总领一切豪俊"（鲁迅《中国小说史略》，第198页）的叙事模式。

（2）侠客的"忠义"之心：中国古代侠客虽"以武犯禁"，却很少有意识的反抗朝廷，所谓杀官造反，多为"逼上梁山"式的无奈之举。至两宋时期，由于频频遭受外族入侵，反而激起了侠客的"忠义"之心，他们痛恨贪官，却更不甘心接受异族统治。而要抗击异族侵略，就必须依靠朝廷的力量，于是"反贪官不反朝廷"就成了侠客的最佳选择，这很像后来"扶清灭洋"的义和团。宋江"替天行道为主，全仗忠义为臣"（《水浒传》第42回），阮氏三雄"酷吏脏官都杀尽，忠心报答赵官家"（《水浒传》第19回），皆是此种思想的反映。所以李贽《忠义水浒传序》认为宋江"身居水浒之中，心在朝廷之上；一意招安，专图报国；卒至于犯大难，成大功，服毒自缢，同死而不辞，则忠义之烈也！"《水浒后传》写李俊等幸存的水浒英雄在海外立国，却依然接受"大宋高宗皇帝"的封王赐爵，并"奉宋朝正朔，一切文移俱用绍兴年号"（《水浒后传》第40回）。清代侠义公案小说写清官带领一群"侠客"除"盗"平"叛"，究其实质，正是对古代侠义小说"忠义"思想的继承和发展。

3. 听众、读者的接受心理

侠义公案小说产生以前，充斥清代文坛的是"满纸情香粉体"的才子佳人小说或者通篇"牛鬼蛇神"的所谓神魔小说，这些作品大多陈陈相因，"千部共出一套"②。久而久之，读者未免日久生厌，因此鲁迅先生认为《三侠五义》等侠义公案类小说"值世间方饱于妖异之说，脂粉之谈，而此遂以粗豪脱略见长，于说部中露

---

① 袁于令编撰，萧相恺、欧阳健校注《隋史遗文》，中州古籍出版社，1990，第59页。
② 曹雪芹著，脂砚斋评《红楼梦》，齐鲁书社，1994，第6页。

头角也"（鲁迅《中国小说史略》，第 199 页）。退思主人在光绪己卯年（1879）《三侠五义序》中也自信地说此书："较读才子佳人杂书，满纸情香粉体，差足胜耳！" ①月湖渔隐认为："小说之作不一，或写牛鬼蛇神之怪状，或绘花前月下之私情。一种陈腐秽俗之气，障人心目。盖作者陈陈相因，而读者亦厌乎数见。今于世风颓靡中得几个侠士，以平世间一切不平事，此虽属偏激之谈，而要其侠肠义胆，流露于字里行间，不特令阅者赏心悦目，而廉顽立懦之义，即于是乎在" ②。《红楼梦》《西游记》等古典名著虽仍在发挥其独特的艺术魅力，但"《红楼梦》等专讲柔情，《西游记》一派，又专讲妖怪，人们大概也很觉得厌气了"，于是随着"时势屡更，人情日异于昔"，终至"渐生别流"。可见，正是由于听众和读者求新趋异心理的推动，促成了侠义小说和公案小说的合流。侠义公案类小说先是在民间口头流传，然后是说书艺人有意识的加工、创造，最后是书商的大量刊刻，其根本原因就在于迎合听众和读者的这种求新趋异心理。

4.文体的演变

明代章回小说兴起，长篇小说的主要流派和类型如历史演义、英雄传奇、世情小说、才子佳人小说、神魔小说等均已发展成熟。为了推陈出新，各流派、各类型的小说之间的相互借鉴、相互吸收和相互影响不可避免。因此从明代开始一直到清代中叶出现了一批兼具两种或多种流派特征的长篇小说，如《水浒》是英雄传奇和侠义小说的融合，《隋史遗文》兼具历史演义、英雄传奇和侠义小说的特点，《隋唐演义》则熔历史演义、英雄传奇、才子佳人小说的写作笔法于一炉，《女仙外史》代表着神魔小说与历史演义的结合，《绿野仙踪》则将神魔小说和侠义小说融为一体，《侠义风月传》体现了侠义小说和才子佳人小说的融合，《儿女英雄传》则首次将才子佳人小说、侠义小说和公案小说融为一体。至清代中叶，侠义小说和公案小说的创作均陷入困境。短篇侠义小说自唐代豪侠小说的辉煌之后，一直难有大的作为，始终无法摆脱唐代豪侠小说的影响。长篇侠义小说又一直依附于《水浒传》《隋史遗文》《侠义风月传》《绿野仙踪》等其他类型的小说，没有形成自己独特的魅力。公案小说则始终局限在一个老圈子里，徘徊不前，即使在明代中叶——公案小说的"黄金时代"，大量公案小说依然是相互之间的抄袭和模拟。入清以后，则主要依靠文人的拟话本小说支撑门面，至雍正、乾隆之后，拟话本小说也逐渐走向消亡。为了生存，公案小说已到了不得不求变的地步。二者均思变迁，而当时的小说合流浪潮为其提供了可资借鉴的现实思路，二者在漫长的发展过程中又出现过较

---

①　退思主人：《三侠五义·序》，转引自石玉昆《三侠五义》附录，中华书局，1996，第 696 页。

②　月湖渔隐：《七剑十三侠·序》，载唐芸洲《七剑十三侠》，齐鲁书社，1993，"序"第 1 页。

为成功的相互渗透。因此，侠义小说和公案小说的合流自然水到渠成。

第二节　侠义公案小说的繁盛

一、侠义公案小说的繁盛

侠义公案小说一经产生就引起当时社会各阶层的广泛关注，至光绪年间，终于形成了侠义公案小说的一个创作狂潮，侠义公案小说进入繁盛期。

早在嘉庆、道光年间，《施公案》以及石玉昆说唱的《龙图公案》就已经在北方地区造成轰动。光绪年间，《忠烈侠义传》一经问世，就在北京城畅销一时，几年之内，多次再版。江南地区本来流行言情小说，打打杀杀的侠客作风远远不如才子佳人的风花雪月更能吸引南方人的眼球。① 但经过俞曲园的删改、修订，并将《三侠五义》易名为《七侠五义》，由上海广百宋斋用大字体推出之后，南方人的读书风气竟然为之改变，侠义公案小说一跃成为创作和出版的主流。接着，《施公案》《彭公案》等侠义公案类小说相继在南方出版。侠义公案小说终于形成席卷全国之势，其风头甚至一度盖过了梁启超的文章和林纾的翻译小说。《七剑十三侠》《剑侠图》……加上原来的《绿牡丹》《儿女英雄传》以及《三侠五义》系列、《施公案》系列、《彭公案》系列，林林总总不下百十种，汇成一股席卷全国的侠义公案小说的狂潮。

几乎与《三侠五义》《施公案》《彭公案》风行全国同时，大量的续书和拟作也如雨后春笋般的涌现出来。先是号称根据石玉昆原稿出版的《忠烈小五义》《续小五义》相继出笼，并风靡一时。接着是各类续作的蜂拥而起，甚至一续再续，形成了以《三侠五义》《施公案》《彭公案》为中心的三个作品系列。其中《三侠五义》被续至24集，总回数达一千多回；《施公案》被续至10集，总回数达528回；《彭公案》被续至20集，总回数达一千多回。续书之多，篇幅之大，堪称一时之最。

续书之外，各类拟作、仿作也纷至沓来，《永庆升平前传》《永庆升平后传》《大八义》《小八义》《争春园》《李公案》《刘公案》，一时间"乱哄哄你方唱罢我登场"②，并迅速风靡全国。

---

① 《七侠五义》出版前，江南地区比较流行的侠义公案小说《绿牡丹》将女侠花碧莲的痴情苦恋演绎得感人肺腑，似与江南地区的读书习惯有很大关系。

② 曹雪芹著，脂砚斋评《红楼梦》，齐鲁书社，1994，第22页。

二、侠义公案小说繁盛的原因

造成侠义公案小说繁盛的原因是多方面的，除前面二者合流提到的原因以外，清代说书业的繁荣、印刷技术的提高、出版业的兴盛等都是促进侠义公案小说的创作走向繁盛的原因。除此之外，还有三个因素不得不提。

1.清统治者文化政策的松动

为巩固其封建统治，历朝历代的统治者均很注重对思想和文化的控制，秦始皇之焚书坑儒，汉武帝之罢黜百家，明清的文字狱，都是如此。由于清政府是所谓"异族"统治，其对思想、文化的控制尤其严密。除了臭名昭著的文字狱之外，还有规模宏大的禁书运动，其打击的主要对象之一就是小说、戏曲等通俗文学。清统治者打着"正人心，厚风俗"的旗号，将禁毁小说作为加强文化控制的手段之一。早在康熙五十三年（1714），清政府就已经颁布了禁书令：

> 凡场肆市卖一应小说淫词，在内交与八旗都统、都察院、顺天府，在外交与督抚，转行所属文武官弁，严查禁绝，将版与书，一并尽行销毁。如仍行造作刻印者，系官革职；军民杖一百，流三千里；市卖者杖一百，徒三年。该管官不行查出者，初次罚俸六个月，二次罚俸一年，三次降一级调用。①

该项禁令后曾多次重新颁布，如雍正二年（1724）、乾隆三年（1738）、嘉庆七年（1802）、道光十四年（1834）都曾将其作为定例重新颁布施行。嘉庆以后，清廷陷入内忧外患的窘境，统治者如坐针毡，更加大了禁书的力度，在近代前后掀起了两次规模宏大的禁书运动：其一是道光一八年江苏按查使裕谦禁毁"淫词小说"一百种，另一次为同治七年（1868）江苏巡抚丁日昌查禁"诲淫诲盗"之作二百六十八种。②其中丁日昌发起的禁书运动由江苏试点，很快推行到全国，取得了较为显著的效果。这场禁书运动一直持续到光绪年间才不了了之。

丁日昌在禁毁"淫词小说"的通令中说："《水浒》《西厢》等书，几于家置一编，人怀一箧。原其著造之始，大率少年浮躁，以绮腻为风流，乡曲武豪，藉放纵

---

① 参见《大清圣祖仁皇帝实录》卷二五八，转引自王晓传辑录《元明清三代禁毁小说戏曲史料》，作家出版社，1958，第24-25页。

② 可参看王晓传辑录《元明清三代禁毁小说戏曲史料》（作家出版社，1958）所载《同治七年江苏巡抚丁日昌查禁淫词小说》（第121-126页）、《同治七年江苏巡抚续查禁淫书》（第127-128页）、《丁日昌通饬禁毁淫词小说》（128-129页）、《丁日昌山阳县禀遵饬查淫书并呈示稿及收卖书自由》（第129-130页）、《丁日昌通饬禁开设戏馆点演淫戏》（第130-131页）。

为任侠;而愚民少识,遂以犯上作乱之事,视为寻常。地方官漠不关心,以致盗贼奸情,纷歧叠出。"(《抚吴公牍》卷一)可见,以放纵任侠著称的侠义小说是其禁毁的重点之一。在其首次应禁书目中,《龙图公案》赫然名列榜首,《绿牡丹》的作者虽立意杀尽天下奸佞,以保明主江山,但因其放纵任侠,使读者"遂以犯上作乱之事,视为寻常"而颇涉忌讳,因而也"有幸"上了丁日昌的"黑名单"。侠义公案小说虽竭力维护纲常名教,但江湖豪侠的杀人越货毕竟属于敏感问题,为了不触动统治者那根脆弱的神经,自然还是不出版为好。

虽然"上有政策,下有对策",《龙图公案》依旧在市井间传唱;《绿牡丹》改名《四望亭全传》之后,也依然广泛流传。但无论如何,由丁日昌发起的这场禁书运动,对中国通俗小说尤其是侠义公案小说的出版和创作都是一个严重的障碍。因此,侠义公案小说虽然早已成熟,却并没有形成出版的热潮。

直到光绪年间,统治者自顾不暇,自然放松了对文化的控制,中国古典小说的创作和出版也因之迎来了它的最后一个繁盛期。侠义公案小说当仁不让的成为这个创作高峰的主力军。

2.古代武举制度的演变对侠义小说的影响

现在的学术界提起"科举"一词,往往特指文科举,武举在无形中被有意无意地忽略了。确实,古代的武举制度无论从设置时间、录取规模,还是从完善程度和产生的影响等方面都无法与文科举相提并论。但无论如何,作为一种曾经存在了几千年的制度,自然会对后世产生一定的影响,尽管这种影响长期被忽视。其中,侠义小说漫长的发展过程就有武举制度影响的痕迹。

中国古代侠义小说的发展有一个漫长而曲折的过程,司马迁《史记》中的《游侠列传》和《刺客列传》已经是比较成熟的侠义题材作品了,但此后侠义小说的前进步伐却显得无比的沉重和步履艰难,直至唐代豪侠小说的出现,侠义小说才开始大放异彩。

唐代武举制度始于武则天统治时期。武则天长安二年(702)诏"天下诸州,宣教武艺。"[①],并明确规定:武举考试由兵部主持,每年举行一次考试,考试合格者授予相应武职。按照学界的普遍观点,这就是"武举"或者"武科"的正式出台。之后,武举考试不但为大多数封建王朝所继承和沿袭,并逐步演变成为统治阶级网罗武备人才的重要制度。武则天开设武举后,政府公开教人习武艺;又制木马,于民间教人练习骑射。于是在北朝尚武风气的基础上,推波助澜,使习武蔚然

---

① 《唐会要》卷五九,转引自周兴涛、赵蓉、周虹《唐宋武制举考论》,《孙子研究》,2022 年第 9 期,第 19 页。

成风，甚至连文人学子，亦击剑骑射，好尚武艺。如大诗人李白即负剑周游天下；另一大诗人杜甫也曾呼鹰逐兽，纵马射飞禽。安史之乱后，武举出身的郭子仪成为中兴唐朝第一人，更为武举们提供了一个建功立业的榜样，因之此后的大唐帝国武风尤盛。席卷全国的习武热不可避免的导致了盗贼的蜂拥而起，李涉《赠盗诗》说："风雨潇潇江山村，绿林豪客夜知闻。相逢不用相回避，世上如今半是君"，可见当时盗贼之盛。深受盗贼之苦的普通民众自然希望侠客们能惩奸除恶。

随着武举的设置、尚武风气的形成，任侠之风也在唐代弥漫开来，唐代任侠者风起云涌，任侠人数之多是前所未有的。史书中所记载唐人任侠的经历不在少数，种种侠义行为在唐代可谓处处可见。大量见义勇为、杀人报仇的活生生的侠客形象从文人笔端走入唐传奇，并逐步由最初的配角上升为小说的主人公。至晚唐，豪侠小说达到鼎盛，在中国侠义文学史上熠熠生辉。

宋朝武举文武并重，不单考较武艺，更注重考核武举子的军事理论素养，推行"以策问定去留，以弓马定高下"的政策，打破了以弓马选将帅的传统，开辟了在和平条件下选拔军事人才的新路，对从高门贵族子弟中选拔将领的倾向形成了冲击。但过于艰深的"策论"考试，使那些粗鲁不文的赳赳武夫们望而却步。加上宋朝"重文轻武"的社会背景和"以文制武"的统兵体制，宋朝用武举选拔优秀将帅以提高军官素质的理想未能得以充分实现。

明代武职的获取，主要有两个方面：一是世荫承袭，二是行伍。武举只是点缀和补充。而且，明代武举授官的高低直接与考生身份挂钩，如果没有较高的世袭官位，单凭武进士这一重身份，远不能获得一个较高的入仕起点。因此，明代武举对那些身份卑微的民间习武者缺乏足够的吸引力。所以，明代武举出人不多。

宋、明两代侠义小说鲜有佳作，原因固然是多方面的，但武举制度的不成功，无疑是其中一个重要因素。清代与宋、明两代的情况相比，明显有了较大不同。虽然从制度上分析，清代武举制度基本沿袭明末，无论考试程序还是考试办法等都没有太大变化，但清代统治者对武举的重视程度却远远超过明代。清代武官的正途依然是行伍，武举依旧居于次要地位，但现实却是通过武举获取官职者不断增多，在军队中占有的比例也逐步水涨船高。加上清王朝的大肆宣传和提倡，武举制度日益严密，录取也相对比较公正，所以，那些民间习武之人对武举考试产生了浓厚的兴趣，甚至趋之若鹜。武生、武举人、武进士，清代武举向军队输送了各种层次的人才，其中产生了不少杰出人物。昭莫多战役中论功为第一的总兵官殷化成，长期战斗在东南沿海的福建同安人李长庚，鸦片战争中英勇牺牲的定海总兵葛云飞，都是其中的杰出代表。鲁迅先生说"游民辄以从军得功名，归耀其乡里，亦甚动野人歆羡"（鲁迅《中国小说史略》，第 204 页），这些从军得功名的游民的主力军当为清代武举制度培养的大批武生、武举人、武进士。

清代武举制度对清代侠义公案小说的深远影响，我们可以从具体作品中得到反证，《三侠五义》中的白玉堂是武生员，展昭是武进士，就连王朝、马汉亦曾"科考武场"，因"被庞太师逐出"，才占山为王。《彭公案》众侠客中亦有多名武生、武进士，如花刀太保刘得猛、花枪太保刘得勇、孔寿、赵勇都是武秀才出身。至于书中出现的武职官员，更是多为武举出身，如"把总常恩字万年，乃是武举出身"。彭应虎"乃是河南参将彭应龙之弟，由武举人在兵部效力，升了漾墩守备，乃是要缺，兼理民事"。还有依仗武举身份为非作歹者，如武文华依仗着是武举人，扰乱公堂，更交接权奸，参奏彭公，使其丢官罢职。反王佟金柱选拔元帅，考得竟也是"弓刀石、马步箭"。《绿牡丹》中骆宏勋的父亲骆龙"由武进士出身，初任定兴县游击之职"，书中的几位重要侠客，如金鞭胡理、病尉迟任正千、骆宏勋以及其家人余谦，武功均为骆龙所传授。另一侠客徐松朋则"世居南门，祖、父皆武学生员"。《儿女英雄传》中的邓九公"弓刀石、马步箭"样样高人一筹，却因文化科水平太差，被降为武进士的最后一名，邓九公一气之下，跑去做了保镖。侠女十三妹擅长用刀和箭，力气又大得惊人，"考武举的头号石头，不够他一滴溜的"，似乎也是受到了清朝武举制度的影响。《圣朝鼎盛万年青》还描写了广东武举与山东武举因争夺马道，而发生集体冲突的事件。至于金殿试艺，侠客热衷于表演暗器，如展昭的袖箭，徐良的一手三暗器，黄天霸的金镖，亦可看到清代武举的影子。

3.主要矛盾的转化

帝国主义的入侵给中华民族带来了深重的灾难，中国社会最主要的矛盾由地主阶级和农民的矛盾转化为帝国主义和中华民族的矛盾。当软弱腐败的清政府在战场上节节败退，签订一个又一个不平等的、丧权辱国的条约时，民众在失望之余，转而将希望寄托在身怀绝艺甚至刀枪不入的江湖豪杰的身上，希望他们能够和政府联手，共同抵御外来侵略。义和团由反清的秘密组织发展到公开打出"扶清灭洋"的旗号，就是顺应了民众的这种期望。他们鼓吹的"刀枪不入"，后来发展到不惧子弹和大炮，这不仅对普通民众是一个极大的鼓舞，对束手无策的清政府也未尝不是一种诱惑。慈禧太后就曾经试图利用义和团来对付八国联军。《续小五义》中襄阳王勾结西夏，《彭公案》中的五路天王齐集四绝山，在当时看来，都属于外族入侵，侠客们在清官的领导下浴血奋战就有了抗击外来侵略的现实意义。他们的大获全胜，对饱受帝国主义蹂躏和践踏的普通民众无疑是一种心理慰藉，同时也有利于增加中华民族抗击外来侵略的信心和决心。《彭公案》中将三路天王起名为白起戈，就有嘲讽外来侵略者白动干戈之意。

第三节 侠义公案小说的衰弱

一、侠义公案小说的演变

侠义公案小说自合流之时起就一直处于不断演变的过程之中，其基本倾向是公案成分逐渐减少，侠义成分日益增多；清官由小说的主角逐渐沦为道具，侠客成为小说的主角。而且，在"忠义"这一共同主题下，不同作品又呈现出不同的题材特点。具体说来，大致有以下几种基本模式。

1.以《绿牡丹》《儿女英雄传》等侠义小说为代表，注重描写英雄豪侠的"儿女真情"，开后世"侠情小说"之先河。

2.以《三侠五义》系列、《施公案》系列、《彭公案》系列为代表，清官逐渐淡出，着重描写侠客的"义举"，是旧派武侠小说主要借鉴的对象。

3.以《永庆升平》为代表，重点描写英雄从军剿灭乱匪，以军功获取功名，有向英雄传奇回归的趋势。

4.以《李公案》为代表，清官逐渐转型，具有了"侦探"的某些特征，逐渐演变为后世的侦探小说。

5.以《圣朝鼎盛万年青》为代表，清官（乾隆）蜕变为江湖草莽，实为后世"戏说"正史之渊薮。

6.以《七剑十三侠》《仙侠五花剑》为代表，"剑仙"出现，直接启发了旧派武侠小说的"剑仙"系列小说。

二、侠义公案小说的衰落

从光绪末年到民国初年，侠义公案小说逐渐走向衰落，究其原因，大约有如下几点：

1.侠义公案小说自身的演变

清代侠义公案小说自合流之日起就处于逐步分离的过程中，一般来说，创作时间越往后，清官戏越少，侠客戏越重。侠客逐步成为小说的主角，清官的作用不断削弱，并最终退出。与之相对应，陈腐的封建伦理道德和神鬼因素所占比重也越来越小。也就是说，"公案"的痕迹越来越淡，以至于无法辨认，而更接近于今人眼中的"武侠小说"。

2.西方侦探小说的冲击

清末民初，侦探小说大量译入，并形成一股侦探小说的翻译热潮，正如吴趼人所云："近日所译侦探案，不知凡几，充塞坊间，而犹有不足以应购求者之虑。"[①]陈平原也认为当时"对'新小说'家及其读者最具有魅力的，实际上并非政治小说，而是侦探小说"[②]。

翻译侦探小说的流行，受到冲击最大的当然就是中国传统的公案小说。经过千余年演变发展的公案小说虽然在中国小说史上具有一定的地位和价值，但是作为一种通俗文学样式，在当时的背景下，其社会功能、认知功能、娱乐功能、审美功能等方面与西方侦探小说之间还存在着差距。侠义公案小说作为一种特殊类型的公案小说，自然也会受到冲击。

3.近代学者对侠义公案小说的批判

清代侠义公案小说自诞生之日起就有其天生的不足之处，忠孝节义、三纲五常等封建伦理道德以及善恶果报等宿命论思想，神鬼因素的大量介入，破案手法的单一，情节结构的雷同化，全知视角的叙事模式等都有其天生的艺术缺陷，这些都成为近代学者批判侠义公案小说的靶子。加上大量续作、拟作的粗制滥造，造成了人们的审美疲劳，也倒尽了人们的胃口。鲁迅说其"大抵千篇一律，语多不通"，还是持平之论；石庵斥责侠义公案小说及其续作"满纸贼盗捕快，你偷我拿，闹嚷喧天，每阅一卷，必令人作呕作吐三日"，批评其中的侠客"今日强盗，明日受爵，则借犯上作乱之行，为射取功位之具，其害将有不堪言者"[③]，言辞就比较尖锐了。陆绍明《月月小说发刊词》也对侠义小说情节结构的模式化提出了批评，认为此类小说"写侠勇则红线飞来，碧髯闪去；座中壮士，嚼指断臂；帐下健儿，砍山射石；铁枪铜鼓，宝马雕弓；写一时之威，一战之勇；猿鹤虫沙，风声鹤唳，写一时之变，一日之穷。侠勇之小说，亦陈陈相因。此写侠勇小说之弊也"[④]。

此外，清末民初的社会剧变，清末的法律改革，"小说界革命"的影响，资产阶级思想的传播，清王朝的覆灭、中华民国的建立，都使原有的封建伦理道德如忠孝节义、三纲五常等遭到了猛烈冲击，这些都是清代侠义公案小说走向衰弱的原因。但侠义公案小说并没有完全退出历史舞台，而是在困境中积极求新求变，并最终完成了侠义公案小说向武侠小说之演变。

---

① 吴趼人：《中国侦探案弁言》，载海风主编《吴趼人全集：第七卷》，北方文艺出版社，1998，第72页。

② 陈平原：《中国小说叙事模式的转变》，上海人民出版社，1988，第45页。

③ 石庵《忏忿室随笔》，转引自《施公案》附录，宝文堂书店，1989，第1392页。

④ 陆绍明：《月月小说发刊词》，《月月小说》第1年第3期。转引自陈平原、夏晓虹编《20世纪中国小说理论资料》第1卷，北京大学出版社，1997，第198页。

第四章 "忠义"主题下的不同侧重

第一节 儒对侠的改造和"忠义"主题的形成

侠文化作为中国文化的一个重要组成部分，不可避免的要吸收其他文化尤其是儒家文化的一些观念，并与原有的"侠义"精神相融合，并加以改造，于是传统的"侠义"观念就有了新的内涵。

从根本上说，儒家对侠客是排斥的，但由于侠士在平民阶层的巨大影响力以及儒与侠在诸多方面的相互兼容和相通，儒士们一直试图对侠士加以改造和影响，试图将其行为纳入儒家伦理道德规范体系之中。尤其是儒家思想取得统治地位后，积极入世的儒家思想占据了中国大众文化的主导地位，更自觉加深了对侠的改造和影响。

一般而言，侠士继承的是史前英雄时期的尚武精神，而儒士继承的则是夏商周三代的礼乐文化传统。但儒家虽反对暴力，却极重视武备，古代儒士所从事的"六艺"中就包括"射"和"御"，"六艺"精通才算是合格的士。可见，古代的儒士多为文武双全之人，至少会有一副健壮的身躯。传说开创儒学的孔子就是有武功的，"孔子之劲，能拓国门之关，而不肯以力闻"[1]。事实上，春秋战国之际，周政权名存实亡，各诸侯国连年混战，孔子怀着一颗忧国忧民之心，以积极入世的精神，周游列国，试图推行自己的政治主张，宣扬其社会理想。而若想实现其政治主张和学说，非有侠肝义胆的侠士介入不可。子路入孔门之前，就是一位仗剑浪游天下的侠士，后"去其危冠，解其长剑，而受教于子"，于是"天下人皆曰孔丘能止暴营非"[2]，实为儒家对侠改造之范例。孔门弟子颜渊重名轻财，子路舍生取义，均可看作儒家行侠的典范。

---

[1] 参见《列子·说符第八》，另外，《吕氏春秋·慎大览》《淮南子·道应训》《颜氏家训·诫兵篇》都有类似记载。

[2] 语出《庄子·盗跖》，载王叔岷《庄子校诂》，中华书局，2007，第 1180 页。

西汉史学家司马迁在《史记》中对侠进行了规范和整理，《史记·太史公自序》论游侠的本质是："救人于厄，振人不赡，仁者有乎！不既信，不倍言，义者有取焉。"①明白提出"仁""义"二字，认为真正意义上的大侠，应该有仁人之风，有义者之气节。而《游侠列传》则更进一步勾勒出游侠的基本精神面貌和行为特征："其行虽不轨于正义，然其言必信，其行必果，已诺必诚；不爱其躯，赴士之厄困。既已存亡死生矣，而不矜其能，羞伐其德。盖亦有足多者焉。"②司马迁虽说并非十足的儒教信徒，但他概括和赞扬的中国游侠的一些基本特征，如"救人于厄，振人不赡"，如"言必信""行必果"，如"不爱其躯，赴士之厄困"，均与儒家的政治主张有共通之处。"仁""义"的明确提出，更可看出儒家思想影响的痕迹，虽然侠士和儒家对"仁""义"的理解各不相同。至于司马迁所说游侠之行"不轨于正义"中的"正义"，显然是指儒家之大义。

此后，史学家班固、荀悦等人从统治阶级的利益出发，对游侠大肆批判和攻击，其根本原因就在于侠客所行"不轨于正义"，不合统治阶级所认可的儒家道德规范。而从唐代文人李德裕开始，上层社会的封建文人开始自觉用儒家伦理影响和规范侠士的行为，从而使侠义精神儒学伦理化。李德裕在其《豪侠论》中指出："夫侠者，盖非常人也；虽然以诺许人，必以节义为本。义非侠不立，侠非义不成，难兼之矣。"他认为侠客"所与者邪，所害者正"，因此，"士之任气而不知义，皆可谓之盗矣"。可见，李德裕所说的"义"，正是孟子的"君臣之义"中的"义"，是儒家伦理体系中，"劳心者治人，劳力者治于人。治于人者食人，治人者食于人，天下之通义也"（《孟子·滕文公上》）中的"义"。

宋代以后，程朱理学作为新儒家伦理对包括侠文化在内的平民文化进行了强烈的渗透，侠义精神中逐渐出现了儒家的某些重要的伦理观念，如"忧国忧民""忠君报国"等，侠士的忠义观开始逐步形成。侠士的忠义观与传统侠义精神相结合所产生的最直接后果就是侠客社会责任感的增强，"为民除害""替天行道"成为侠客们义不容辞的责任和义务。

侠士的"忠义"观念逐步形成的过程，也是统治阶级及其御用文人开始认真思考侠士如何为其所用的过程。苏轼虽为一代文豪，却依然摆脱不了御用文人的味道。他在《战国任侠论》中将侠客概括为"智、勇、辩、力"等"秀杰"之士，认为"此四者皆天民之秀杰者也，类不能恶衣食以养人，皆役人以自养者也"。在此

---

① 《史记·太史公自序》，载司马迁撰，裴骃集解，司马贞索引，张守节正义，《史记》，中华书局，1982 年第 2 版，第 3318 页。

② 《史记·游侠列传》，载司马迁撰，裴骃集解，司马贞索引，张守节正义，《史记》，中华书局，1982 年第 2 版，第 3181 页。

基础上，他进一步强调不要忽视这些"秀杰"之士的长处和优势，反对朝廷简单的禁止和取缔，而应该加以笼络和安抚。即使不能像"先王"那样"分天下之富贵与此四者共之"，也应像六国之时那样，"凡民之秀杰者，多以客养之，不失职也"。他认为秦朝之所以很快灭亡，与秦朝对侠士的杀戮有关："（秦朝）隳名城杀豪杰，民之秀异者，散而归田亩。向之食于四公子、吕不韦之徒者，皆安归哉？不知其能槁项黄首老死于布褐乎？抑将辍耕太息以候时也？秦之乱，虽成于二世，然始皇知畏此四者，有以处之，使不失职，秦之亡不至若是速也。纵百万虎狼于山林而饥渴之，不知其将噬人，世以始皇为智，吾不信也。"因此，统治者对侠义之士应该"区处条理，使各安其处"，只有这样，国家才会长治久安。

朝廷及上层文人对侠士政策的改变，也影响到了侠文学的创作。如宋代《醉翁谈录》"朴刀类"中收录的十一个名目中，我们可以比较明确地了解其故事内容的只有三四个，均与杀人造反有关；其他名目，如《青面兽》，应该就是杨志卖刀的故事，我们可以依据《大宋宣和遗事》推断其故事梗概，同样与杀人造反关系密切；《李从吉》又名《徐京落草》，我们可以根据《水浒传》推断出徐京、李从吉的出身与经历："旧日都是绿林丛中出身，后来受了招安，直做到许大官职"。他们"幼年游历江湖，使枪卖药"，是地地道道的游民。由此可见，游民被逼落草为寇，后来又接受朝廷招安，是"朴刀"类"说话"的基本套路和典型情节。当然，在中国古代侠文学中，较全面的描绘了侠客从自发的侠义行为转向相对自觉的忠义行为的全过程的当属《水浒传》。

所谓"忠义"忠的自然是国家，但是，在封建社会中，忠于国家在很大程度上就是忠于君主。对皇帝忠，便很难再顾及朋友之义。宋江被招安之后，便无法再顾及什么兄弟不兄弟的了，为了对皇帝忠，只好对兄弟不义，一壶药酒下去，宋江保住了自己的"一世清名忠义"（《水浒传》第120回），却赔上了对其最忠心耿耿的兄弟的性命。

事实证明，"忠"与"义"有时是很难兼顾的，但自宋代开始形成的忠义观却继续在侠文学中发挥影响，清代侠义公案小说的出现，是这种侠客"忠义"观的集中体现。《三侠五义》重在叙述"文正诸臣之忠也，金氏等辈之烈也，欧阳众士之侠也，玉堂多人之义也"，使"读者有拍案称快之乐，无废书长叹之时"①。正续《小五义》"所言皆忠烈侠义之事，最易感发人之正气，非若淫词艳曲，有害纲常；

---

① 退思主人：《三侠五义·序》，转引自石玉昆述，王军点校《三侠五义》附录，中华书局，1996，第696页。

志怪传奇，无关名教"①。《彭公案》借徐胜之口，大发忠义之言："我视死如归，死后也落个流芳百世，总算为国尽忠。我是堂堂正正奇男子，轰轰烈烈大丈夫，不象你这叛国逆贼，食君之禄，不能致君泽民，竟甘作叛逆，上辱祖宗，祸及本身，量你这小小弹丸之地，乌合之众，天兵一至，必是玉石俱焚！当今圣上聪若尧舜，德配天地，四夷来朝，八方宁静，五谷丰登，万民乐业，汝官居总戎，乃作此叛逆之事，父母被辱，妻子蒙羞，终身遭人唾骂，百世厌弃。"②《绿牡丹》中的鲍自安等人"虽截劫江湖，杀人无厌，亦非不分贤愚，而尽图其财杀之也！凡遇公平商贾、忠良仕宦，从未敢丝毫惊恐；而小人断杀者，皆张、栾、王、薛等门中之人耳！"③《儿女英雄传》缘起首回亦以"忠""孝""节""义"四字隐盖全篇。至于《施公案》《永庆升平》《七剑十三侠》等所叙亦无非"忠""孝""节""义"之事也。《圣朝鼎盛万年青》更是典型的歌功颂德之作。

第二节　汉唐游侠诗对"忠义"主题的深远影响

游侠诗是我国古代诗歌艺术中的一朵奇葩，源远流长，影响深远。从先秦到魏晋到大唐再到清末，游侠诗可谓绵延不绝，铿锵于耳。尤其是从汉代到唐代的游侠诗反复咏叹的一个主题就是"建功立业"，将游侠与功名富贵相结合，其思想倾向符合儒家对忠和义的追求，因此就有了极大的合法性，同时对侠义小说忠义主题的形成产生了深远影响。在这方面，曹植《白马篇》的开拓之功不容忽视。

在道德观念上，《白马篇》高扬爱国主义大旗，为保家卫国，可以不惜己身，"捐躯赴国难，视死忽如归"；可以舍弃小家，"父母且不顾，何言子与妻"。总之为国家公义可以舍弃任何个人利益，"名在壮士籍，不得中顾私"。《白马篇》同样在宣扬侠客的轻身精神，但与传统游侠的轻身精神在本质上有了很大不同：前者强调的是为国捐躯、是抵抗外族侵略；后者则是民间私斗、借交报仇。两种不同的轻身精神相比较，前者无论是精神境界还是社会价值，无疑都要比后者更高、更大。因此，两种轻身精神所表现出的英雄形象，在境界上有云泥之别，不可同日而语。

---

① 宝兴堂主人：《小五义·序》，载程秉权，程淑琴整理《小五义》，春风文艺出版社，1998，卷首序第1页。

② 贪梦道人：《彭公案》，华夏出版社，1998，第219页。如非特别注明，本章所引《彭公案》原文皆出自本书。

③ 佚名：《绿牡丹》，浙江古籍出版社，1997，第96页。如非特别注明，本章所引《绿牡丹》原文皆出自本书。

后世游侠大多接受了立功边塞、为国捐躯这一条看起来更加光明的道路，并逐渐丧失了游侠的独立性，从而为功名富贵所笼络。同时，站在统治者的角度，侠客从军报国，立功边塞，也有利于稳固封建专制统治的基础，因而必将为统治者所鼓励和提倡。

曹植将忠君报国，舍生取义的儒家思想和任侠尚武的游侠精神完美地结合在一起，为游侠找到了一条显亲扬名的光明大道，因而为其后的游侠诗所普遍继承。如南朝宋袁淑："飘节去函谷，投佩出甘泉。嗟此务远图，心为四海悬。"① 南朝宋鲍照："埋身守汉境，沈命对胡封。"② 南齐孔稚圭："汉家嫖姚将，驰突匈奴庭。少年斗猛气，怒发为君征。"③ 南朝梁徐悱："闻有边烽息，飞候至长安。然诺窃自许，捐躯谅不难。"④ 隋炀帝："宛河推勇气，陇蜀擅威强。轮台受降虏，高阙翦名王。"⑤ 唐陈子昂《感遇》三十五："感时思报国，拔剑起蒿莱。"唐骆宾王《宿温城望军营》："投笔怀班业，临戎想霍勋。还应雪汉耻，持此报明君。"唐虞世南《结客少年场行》："报恩为豪侠，死难在横行。……但令一顾重，不吝百身轻。"唐王维《少年行》："孰知不向边庭苦，纵死犹闻侠骨香。"……侠的理想与报效国家已经融为一体。

曹植《白马篇》之后，游侠，至少是游侠诗中的游侠，其最终的出路和归宿就基本上确定了，那就是从军报国、立功边塞。不过，游侠诗中的游侠，思想境界仍然有高下之分。按其思想境界，可分为以下几类：高者为国为民，视死如归，他们"捐躯赴国难，视死忽如归""感时思报国，拔剑起蒿莱""孰知不向边庭苦，纵死犹闻侠骨香"。次者以荣华富贵为目的，以建功立业为手段，他们"偏坐金鞍调白羽，纷纷射杀五单于"，为的是"天子临轩赐侯印，将军佩出明光宫""斩得名王献桂宫，封侯起第一日中"。再次者则单纯只为功名富贵，所谓从军报国、立功边塞都是猎取功名富贵的手段，甚至为了功名富贵，可以不择手段。思想境界最为低下者，则是那些以军功为护身符而胡作非为的长安恶少，如唐代诗人王建《羽林行》中描写的长安恶少"楼下劫商楼上醉""百回杀人身合死"却因其战功而屡获赦免："赦书尚有收城功"，甚至"出来依旧属羽林，立在殿前射飞禽"。总之是以改弦易辙、服务皇权为主导思想。后来侠义作品中反复强调"为国为民，侠之大者"，并将之作为立身根本，从本原上说，正是受到曹植的影响。总之，曹植开创的道路，

① 《宋诗》（卷五），载逯钦立《先秦汉魏晋南北朝诗》，中华书局，1983，第 1211 页。

② 《宋诗》（卷七），载逯钦立《先秦汉魏晋南北朝诗》，中华书局，1983，第 171 页。

③ 《齐诗》（卷二），载逯钦立《先秦汉魏晋南北朝诗》，中华书局，1983，第 1408 页。

④ 《梁诗》（卷十二），载逯钦立《先秦汉魏晋南北朝诗》，中华书局，1983，第 1771 页。

⑤ 《隋诗》（卷三），载逯钦立《先秦汉魏晋南北朝诗》，中华书局，1983，第 2663 页。

为文人游侠诗歌创作的兴起，以及游侠精神取得士人的认同，乃至侠义小说"忠义"主题的形成打开了局面。

第三节　清代侠义公案小说主题的不同侧重

"忠义"是清代侠义公案小说的共同主题，但由于作者身份、地位、文学修养以及思想水平的不同，清代侠义公案小说在"忠义"这一共同主题下，不同作品又呈现出各自不同的思想倾向。

一、《施公案》：功名富贵乃一篇之骨

热衷于功名富贵是清代侠义公案小说的共同点，但没有哪一部小说像《施公案》表现的那么赤裸和大胆，这主要表现在黄天霸和施公身上。黄天霸对功名富贵的热衷在他屡次顶撞施公的言行中表露无遗，如施公奉调上京，黄天霸告辞归隐，施公劝其跟随自己上京。

> 施忠（即黄天霸，著者注）闻听冷笑，口尊："老爷，快快歇心，休提上京之话。小人们不敢从命，无如福薄，灰却上进之心。想起老爷未上任之先，带领施安装扮出门；熊家有难，命在顷刻。若非佛天保佑，来一壮士，外号傻三，名叫李升，黉夜救你出险地。他不过得一马快役职。黄河出水寇，上司行文到县，限期一月捉齐，违限革职。彼时命傻三去访，命丧水中。嗣后老爷闻信，也属平常，赏银数两而已。他妻无靠，嫁与别人。算是跟官一场，白白丧命，痴心妄想，总成画饼。老爷恩收天霸，小的擒水寇，保住老爷前程；后来累次尽心。细想此事，如作春梦。临危急回头一想，因此心灰意懒。恩公免此设想，小的从此不再跟官了！"贤臣闻听，愧汗交流。（王）栋、（王）梁听不过意，叫声："黄兄长不必讲了。古云尽忠而不能怜下。恩公待你我三人，情出恒常，只是命途不济。大家畅饮，看看天亮，好各干其事。"①

施公以功名富贵打动黄天霸，使其甘心情愿地为自己驱使，并不惜改名施忠，表现出十足的奴性。但这种奴性是以可预期的高官厚禄为前提的，一旦施公不能满

----

① 佚名：《施公案》，宝文堂书店，1982，第152-153页。本章后文所引《施公案》原文，也出自本书，不再另加脚注。

足其光宗耀祖的美梦，黄天霸便会流露出强烈的不满。施公最初不明白这个道理，视黄天霸等绿林豪杰为家奴，以为能呼之即来，挥之即去，却又不能提供黄天霸们所渴盼的功名富贵，令黄天霸等人"灰却上进之心"，情愿归隐。在此，黄天霸毫不讳饰其对功名富贵的热衷。另外，黄天霸镖打武天虹之后，以及施公山东放粮往请黄天霸再度出山之时，黄天霸也曾有大段发泄心中不满的言论，其中心意思无非是："小的为老爷，只为图名上进，孰知劳而成空。""小的使碎心机，总买不动恩公之心。""老爷只顾不用我天霸，闭塞投者，以挡后来。"其对功名利禄的热衷，由此可见一斑。

与黄天霸热衷于功名富贵相辅相成的是，施公亦常常以之引诱侠客为其效力。如《施公案》第三十八回写贺天保、黄天霸等人自关宅救出施公后，施公欲用二人为其捉拿关升、三片。

> 贤臣闻听，说："好汉请起，有话商议。"众人站起。施公说："众位好汉，本县有拙言奉告：依我瞧来，你们这样的壮士，何愁高迁。今言投顺施某，感情不尽，就是一家。本县保举做官了，你们二位目下就可显矣！施某岂敢埋没了众位好汉，即时改过，还望三思。"贤臣又带笑说："施某还有一件奉恩：拿捉关升、三片，再把王姓夫妻救出，一并解进官衙。难民好作状头。本县动刑严究，好定恶人重罪。"（《施公案》，第80-81页）

施公先以保举作官打动二人之心，然后请求二人为其捉拿贼人，果然奏效。在高官厚禄的诱惑下，黄天霸使碎心计，直至杀死义兄、逼死盟嫂。贺天保虽没有立即追随施公，但当二人再次相遇，施公再度以"不愁身荣贵显"游说贺天保，终于成功说服贺天保为其效力。

在高官厚禄的诱惑下，施公周围聚集了一批热衷于功名富贵的绿林豪杰，黄天霸、李昆、李七侯、金大力、关太、何路通、郭起凤、王殿臣、贺人杰、张桂兰、郝素玉、殷赛红这些男女侠客无一不是此道中人，正可谓"功名富贵乃一篇之骨"。

与《施公案》主旨相近的有正续《小五义》，都立足于功名富贵，但均不如《施公案》表现得那么赤裸和大胆。

二、《三侠五义》的"忠义"观与其建功立业情结

两宋时期，中原相继沦丧，胡马铁骑纵横驰骋。沦陷区的人们不甘于异族统治，出现了许多以反抗异族统治为宗旨的秘密结社，如河北路各州县的"忠义社"；以及抗击异族侵略的平民武装，如"红巾军""八字军""五马山寨义军"等。其中集中了一大批具有侠义精神的武林侠客，他们以国家民族大义为己任，致

力于抗击异族侵略，为国锄奸，为民除害，侠客的"忠义"观念逐步形成，传统的"侠义"精神得到了升华。他们开始有意识、有目的的活动，"为国为民"的"侠之大者"出现，这显然与儒家忧国忧民的思想有关。

在侠客由"侠义"逐渐向"忠义"的转变过程中，原有的侠文化传统、"侠义"精神都顽强的保留下来。"忠""侠""义"成为侠客的基本特点，对国家、民族"忠"，对朋友、兄弟"义"，对弱势群体"侠"。在中国古代侠文学中，《水浒传》较早、较全面的描绘了侠客从自发的侠义行为转向相对自觉的忠义行为的全过程：以宋江为首的梁山好汉以个体的行侠仗义开始，在江湖义气的旗帜下聚集到一起，最后因为"忠义"而落入"招安"的悲剧结局，在"忠"与"义"的对抗中，完成了从"侠义"到"忠义"的转变。这种"忠"与"义"的对抗，在《施公案》中尚有其余波，黄天霸之弑兄杀嫂，就是这两种观念激烈对抗的结果。真正较好地解决了二者之间的矛盾，是从《三侠五义》开始的。

《三侠五义》之所以能成功地将"忠"和"义"纳入一个统一的体系，很大程度上是因为小说作者对"江湖义气"的改造和升华。江湖义气是"侠义"精神的一个重要组成部分，古之侠客为江湖义气可以赴汤蹈火、不计死生，如吴保安之弃家赎友，如羊角哀之阴助左伯桃，他们的精神和行为的确令人赞叹。但这种江湖义气却具有严重的缺陷和狭隘性，它将义务局限于结义兄弟和朋友，而且它不理会所谓兄弟与朋友之事是否符合伦理道德和正义标准。换言之，侠客之江湖义气缺乏一种起码的是非观念，具有很大的盲目性。《三侠五义》对江湖义气作出了必要的规范和限制，将其纳入儒家伦理体系之中，能否为国为民、扶危济困成为衡量江湖义气的前提和基础。侠客们能否患难与共、生死相依，不在于相互关系的亲疏远近，而在于能否道义相通。在他们看来，仁爱、正义、道德和责任，无论是面对自己的亲人，还是陌路人，甚至于和自己有过节之人，其实都是一样的。白玉堂屡次与展昭合气，开封府寄柬留刀，御花园题诗杀命，太师府私改奏折，犯下"滔天大罪"，但因其"屡次做的俱是磊磊落落之事"（《三侠五义》，第256页），与展昭彼此道义相通，因之，展昭曾不只一次的表示，要与之"荣辱共之"。而一旦展昭闻知白玉堂强抢民女，立刻气冲斗牛，不顾自己身临险境，直斥其非。如此是非分明，比之《水浒传》是非界限的模糊不清，无疑是一个极大的进步。

一旦兄弟朋友之间的江湖义气与国家民族之大义产生矛盾，侠客们首先会照顾国家民族之大义，在此基础上兼顾兄弟朋友之间的江湖义气。如白玉堂触犯法律之后，卢方、蒋平诸人首先从大义出发，演出"独龙桥盟兄擒义弟"的一幕。而后，他们又感念结义之情，甘愿与之同罪。最后，当然是天子开恩，皆大欢喜。至此，《三侠五义》中的侠客形象及其独立崇高的人格精神达到了完美的境界。

与《三侠五义》的"忠义"观相辅相成的是侠客的建功立业情结。建功立业与功名富贵本如孪生兄弟,密不可分。建功立业往往能获取功名富贵;追求功名富贵者,则必须要建功立业。但从主观动机上分析,二者则有着高下之分。建功立业者重在"轰轰烈烈作一场事业",至于作不作官,则是无足轻重的事情。"大丈夫生于天地之间,理宜与国家出力报效",丁氏双侠是这么说的,也是这么作的,却不愿为官。欧阳春、智化、沈中元等人或不喜张扬,或殚精竭虑,或忍辱负重,都成就了自己的一番事业,却在事成后飘然而去。包公陈州放粮归来,知道已得罪权奸,恐怕要丢官罢职,却仍旧不慌不忙顺路探访民间冤情,为的是"如今趁此权衡未失,放完赈后,偏要各处访查访查,要作几件惊天动地之事,一来不负朝廷,二来与民除害,三来也显显我包某胸中的抱负"。可见,包公作官是为了能够更好的建功立业,绝非贪恋荣华富贵。

与施公以高官厚禄打动侠客为其效力不同,包公则是以"忠义"说服侠客报效君主,如包公劝解卢方不必为白玉堂之事担心。

> 包公笑道:"卢校尉不要如此,全在本阁身上,包管五义士无事。你等不知圣上此时励精图治,惟恐野有遗贤,时常的训示本阁,叫细细访查贤豪俊义,焉有见怪之理。只要你等以后与国家出力报效,不负圣恩就是了。"①

不仅包公如此,就连展昭劝说王朝等四人弃暗投明,也是以"忠义"为武器。

> 包公问道:"我看四位俱是豪杰,为何作这勾当?"王朝道:"我等皆为功名未遂,亦不过暂借此安身,不得已而为之。"展爷道:"我看众弟兄皆是异姓骨肉。今日恰逢包公在此,虽则目下革职,将来朝廷必要擢用。那时众位兄弟何不设法弃暗投明,与国出力,岂不是好?"
> 王朝道:"我等久有此心。老爷倘蒙朝廷擢用,我等俱愿效力。"包公只得答应:"岂敢,岂敢。"大家饮至四更方散。(《三侠五义》,第43页)

如果说王朝等人还具有较强的功名心,那么展昭已将着重点放在"与国出力"上,其思想境界已高出他们一截。所以,展昭作官之后,会感到矛盾,"兄台再休提那封职。小弟其实不愿意。似乎你我弟兄疏散惯了,寻山觅水,何等的潇洒。今一旦为官羁绊,反觉心中不能畅快,实实出于不得已也"。

但建功立业与功名富贵在很多时候是"一而二,二而一"的关系,特别是当侠

---

① 石玉昆述,王军点校《三侠五义》,中华书局,1996,第559页。如非特别注明,本章所引《三侠五义》原文皆出自本书。

客入仕之后，二者已浑然一体，很难将其分开。《施公案》念念不忘功名富贵，《三侠五义》时时强调要建功立业，很多情况下只是称呼的不同而已，这是由作者或者说修订者身份地位的不同造成的。《施公案》是根据说书艺人的底本直接翻刻而成，很少经过文人的加工润色，作品散发出浓郁的民间文学气息，粗犷、直率是其主要特征。因而，书中的清官、侠客毫不掩饰其对功名富贵的热切追求，其表现方式的赤裸和大胆，颇有几分可爱之处。《三侠五义》历经多位文人的整理、修订以及润色加工，文笔更加流畅，但也多了一些文人的矜持甚或虚伪，作者倾尽心力塑造的理想儒侠展昭总给人以虚伪之感，即为明证。因此，《三侠五义》为侠客追求功名富贵裹上了一层漂亮的外衣，即所谓建功立业。这是文人的聪明之处，也是文人的狡猾之处。至正续《小五义》文人加工的痕迹较少，因而其故事情节虽接续《三侠五义》，但作品中流露出对功名富贵的大胆追求，就其思想倾向而言，倒更接近于《施公案》。

三、《彭公案》《永庆升平》：隐逸思想的抬头

《施公案》汲汲于对功名富贵的追求，《三侠五义》洋溢着建功立业的进取精神，《彭公案》《永庆升平》则一方面继续追逐着荣华富贵，另一方面又对功名富贵进行了反思，这种反思在《彭公案》中已露端倪，如第二三九回马玉龙路遇二渔翁对坐饮酒。

> 走出有三四里之遥，已来到河边，远远见有灯光。及至身临切近一瞧，却是一只渔舟，有两个年迈之人，正对坐吃酒。这道河是从东向西，那船靠着南岸，船上点着一个灯笼，有一张小桌，摆着一盘鱼，一瓶烧酒。就听西边这个老者说："人生在世，也不过身衣口食，何必争名夺利？像你我在船上，借着朦胧月色，好酒活鱼，也颇可谈心。世间最乐的事，也就是遇见知己的良友，对坐吃酒谈心，岂不甚好。"东边坐着的那个老者，有六十多岁，也说："兄弟，你说这话对，像这荒中乱世，功名富贵又该如何！"（《彭公案》，第 659 页）

"荒中乱世，功名富贵又该如何！"这句话宛如暮鼓晨钟，惊醒了多少名利场中人。红莲和尚、龙雅仙师、霍金章，金须道赵智全、银须道董妙清战场上一笑泯恩仇，相携归隐；白马李七侯，小方朔欧阳德，赛毛遂杨香武，四头太岁戴秉章这些昔日名利场中的风云人物，或遁入佛门，或皈依三清，或隐居乡野，无不远离名缰利锁，过着"向林间啸傲山间宿。耕绿野，饭黄犊"的隐士生活。

《彭公案》的隐逸思想在《永庆升平》中进一步得到发展，最突出的例证《永

庆升平后传》第六十六回"空观英雄遇隐士"。作者先极力渲染隐居处所的险峻和幽雅。

> 冲天占地,转日生云。冲天处,尖峰直直;占地处,远脉迢迢。转日的乃岭头松郁郁,生云的乃崖下石嶙嶙。松郁郁四时八节常青,石嶙嶙万年千载不改。林内每听夜猿啼,岸下常见妖蟒过。山禽声咽咽,走兽吼呼呼。山獐山鹿成群作对松松走,山鸭山鹤大阵攒群密密飞。山桃山果观不尽,山花山草应时新。虽然危险不能行,却是游人来往处。众人走至山顶之上,见正北有一座庙,一层殿,东西各有配房。山门关闭,上有一块匾,三个大字是"空空观"。①

山峰直插云霄,令人望而生畏;苍松古石,交相辉映,又添几分幽静;山禽走兽,往来其中,疑非人间;花草桃果,四时常新,恍若仙境。此真乃神人居所也。接着,"未见其人,先闻其声",一阵优美的歌声传入众侠义的耳中。

> 玉殿琼楼,金锁银钩,总不如山谷清幽。蒲团纸帐,瓦钵瓷瓯,西山作伴,云月为俦。高官骏马,永无追求。我也不知春,不知夏,不知秋。万事俱休,名利都勾。乐清闲,乐自在,乐悠悠。(《永庆升平后传》,第227页)

一个优游山水,以"西山作伴,云月为俦""万事俱休,名利都勾"的无欲无求的隐士形象已呼之欲出。隐士的容貌服饰描写不见特别之处,惟作者特意强调其"身穿一件旧道袍"(《永庆升平后传》,第227页),暗示其已隐居多年,更是其无欲无求的最好注脚。隐士自云:"山人乃佚名,自号贪梦道人"(《永庆升平后传》,第228页),"终日在庙中参修,也不知度过多少春秋了"(《永庆升平后传》,第228页),忘记姓名,不知岁月更迭,惟贪一梦而已,真正达到了"万事俱休,名利都勾"的仙人境界。

尤其需要注意的是,贪梦道人乃《永庆升平》的作者之一。因此,书中出现的这位"贪梦道人"实际充当着作者代言人的身份,他"不知春,不知夏,不知秋","乐清闲,乐自在,乐悠悠"的隐居生活,体现的是作者的向往和憧憬,也是对世人执着于名利的劝戒。

回首诗是作品的一部分,尤其当数量众多的回首诗整体表现出一种明显的思想倾向时,更应当引起我们的充分注意,因为这将有助于我们更准确的理解作品。

---

① 佚名:《永庆升平后传》,启智书局,1934,第227页。如非特别注明,本章所引《永庆升平后传》原文皆出自本书。

《永庆升平》一百八十多首回首诗中，对隐居生活的向往和对功名富贵的反思和否定占据了绝大部分。大致说来，有以下几种表现。

其一，"山水优游身外事，烟霞啸傲性中天"，（此处所引诗歌均出自《永庆升平》回首诗）隐居生活的诗化描写。隐士们或"醉后衔杯奉菩提，觉后禅机有趣。陶潜篱畔菊密，浩然策蹇奔驰"，或"遣怀漫效商山隐，还自敲残半局棋"，或"山水优游身外事，烟霞啸傲性中天"，或"访名儒，伴道流"，或"尘世纷纷一笔勾，林泉深处任遨游"。总之，"吾生有志，喜乐林泉。栽松种竹，随分随缘。一不望声名振地，一不望富贵擎天；一不望一言定国，一不望七步成篇。愿只愿草枯林漫，钓鱼河湾；樽无乏酒，厨不断烟。一生无荣无辱，不敢妄贪。香焚宝鼎，答谢龙天"。作者大量引用诸如此类美化隐居生活的诗歌，与小说正文中间或穿插的隐士与隐居处所的诗化描写，相得益彰，充分流露出作者浓郁的隐逸思想。

其二，"人生只为名利忙，事业百年梦一场"，对功名富贵的否定。与对隐居生活的向往伴随而来的是对世俗功名富贵的否定。"才见英雄定家邦，回头半途在郊荒""汉武玉堂人岂在，石家金穴水空流""舍死当年笑五侯，含花撮锦逞风流。如今声势归何处？孤冢斜阳漫对愁"，是《三国演义》"古今多少事，都付笑谈中"[①]式的无奈，是《红楼梦》"古今将相今何在？荒冢一堆草没了"[②]式的悲怆，是《三侠五义》欧阳春"几辈英雄，而今何在"式的浩叹。"一世功名千世孽，半生荣贵半生障"，是对功名的否定；"富贵从来未许求，几人骑鹤上扬州？"，是对富贵的淡泊；"骑牛远远过前村，短笛横吹隔垄闻。多少长安名利客，机关用尽不如君"，是对追求名利者的讥讽；"凤侣鸾俦，恩爱牵缠何日休？活鬼乔相守，缘尽还分手。休，为你两绸缪，披枷带杻。觑破冤家，各自寻门走，因此把鱼水夫妻一笔勾"是对恩爱夫妻的劝戒；"不敢笑他年少妇，而今我已悔封侯""官大财多能几时，惹得自己白头早"，是对高官厚禄的漠然；"石崇夜梦坠马，醒来告诉乡人。担酒牵羊贺满门，给他压惊解闷。范丹时被虎咬，人言自不小心。看来敬富不敬贫，世态炎凉堪可恨""贫者妒人有，美者笑人丑"，是对世态炎凉的无奈。总之，"富贵五更春梦，功名一片浮云。至亲骨肉亦非真，恩爱反成仇恨。莫讲金枷套颈，休言玉锁缠身。清心寡欲在凡尘，快乐风光本分"，因此，人们应"日日深杯酒满，朝朝小圃花开。自歌自舞自开怀，且喜无拘无碍"。回首诗对功名富贵的否定与小说主人公汲汲于功名富贵形成巨大的反差，表现出作者复杂矛盾的内心世界。

① 罗贯中：《三国演义·卷首词》。罗贯中著，毛纶、毛宗岗评改《三国志演义》，山东文艺出版社，1995，第1页。

② 曹雪芹著，脂砚斋评《红楼梦》，齐鲁书社，1994，第20页。

其三,"花前月下能几时?不如且把金樽倒",人生苦短,应及时享乐。作者对功名富贵的复杂心理和浓郁的隐逸情怀,其根源在于一个古老的难题,即"人生苦短""人生如梦",这在众多回首诗中也多有流露。"人生百岁古来少,先出少年后出老。中间光景不多时,又有闲愁与烦恼,月过了中秋月不明,花到了三春花不好,花前月下能几时?不如且把金樽倒""大数到来难消让,何必劳碌逞刚强",是对"人生苦短"的嗟叹;"岂独吴王事可怜,人生回首总凄然。空嗟落日犹如梦,不记东风几多年"是对"人生如梦"的无奈。正因为"人生苦短""人生如梦",所以应安于现状,及时享乐"一年又过一年春,百岁曾无百岁人。能向花中几回醉,十千沽酒莫辞贫","堪笑世人死认真,劳苦枉作千年调。从今快活似神仙,哈哈嘻嘻只是笑","眼前受用都是福,何须怨恨怒冲冲。昨日花开满树红,今朝花落一场空。花落鸟啼春事尽,方知向在艳阳中。"都是叫人要及时享乐,不要为名缰利锁所羁绊。

另外,回首诗还流露出"寿夭富贵与贫穷,全不由人由天公""万事皆由天定,人生自有安排"的宿命论思想,因此人们应安贫乐道,要"身安茅屋稳,性定菜根香。识破世间事,淡中滋味长""粗衣淡饭不妄求,竹篱茅舍权遮盖"。

此外,安贫乐道、知足常乐、与世无争也是《永庆升平》反复吟咏的主题,这些都表现出作者浓郁的出世思想,与作品中不时流露出的对功名富贵的厌倦,相辅相成,互为佐证。

当然,《彭公案》《永庆升平》流露出的隐逸思想,是一种消极的宗教情绪。但相对于《施公案》之热衷于功名富贵,为此可以不择手段,《彭公案》《永庆升平》隐逸思想的加强,也可以说是一种反驳。

四、《绿牡丹》:有道则仕,无道则隐

《绿牡丹》对其后的侠义小说影响最大的无疑是女侠花碧莲的痴情苦恋,但作者的本意是要表现一个重大主题,即国家治乱对英雄豪杰产生的深刻影响。《绿牡丹》开篇说得很明白,"世上不拘英雄豪杰、庸俗之人,皆乐生于有道之朝,恶生于无道之国,何也?国家有道,所用者忠良之辈,所退者奸佞之徒。英雄得展其志,庸愚安乐于野。若逢无道之君,亲谗佞而疏贤良,近小人而远君子。怀才之士,不得展试其才,隐姓埋名,自然气短。即庸辈之流,行止听命于人,朝更夕改,亦不得乐业,正所谓'宁做太平犬,不为乱离人'。今闻一件故事,亦是谗佞得意,权得国柄;豪杰丧志,流落江湖",这一主题似乎受到了《水浒传》"乱自上作"的深刻影响。但《绿牡丹》在"忠义"问题上更进一步,强调要"无道则隐"。正如狄人杰责备鲍自安所说:"有道则仕,无道则隐,此系圣贤之高志也!你既不

肯出，则由于无道之秋，亦当务田园、埋名姓，因何截劫江湖，杀之无厌而为强盗乎？"

与"有道则仕，无道则隐"的主题相关，作者竭力要刻画的治世之能臣、乱世之隐士其实是老英雄鲍自安。他"流落江湖，亦非乐意为盗。处于奸谗得志之时，不敢出头，无奈埋没耳！"却秉怀忠义，"凡遇奸臣门下之人或新赴，或官满回家，从未叫他过去一个"；而"凡遇公平商贾、忠良仕宦，从未敢丝毫惊恐"。对忠义之士更是喜爱有加，如余谦疑其主人为鲍自安所害，不仅百般辱骂，更欲与其拼命，而鲍自安不仅不动怒，还赞叹不已。

> 鲍自安道："夜间若非老拙躲闪得快，早为他斧下之鬼！"将夜间吵骂之事说了一遍，"在我房外怒骂，我不知道，问其所以，方知小女得罪，大驾躲至空山。恐大虫惊吓大驾，哀告余大叔暂且饶恕，让我带人寻找；倘有不测，杀斩未迟，他老人家才放我出来。至今不见大爷回来，只当大爷受害，故又跳骂了。"骆宏勋道："有罪！有罪！待我上前打这畜生。"鲍自安道："我与大爷虽初会，实不啻久交，那个还记怪不成！正是余大叔忠义过人，胆量出众。非老拙自赞，即使有三头六臂之徒，若至我舍下，也少不得收心忍气。余大叔今毫无惧色，尚拼命报主，非忠义而行么？且莫拦他，倘看见大爷驾回，自不跳骂了。"（《绿牡丹》，第 100 页）

鲍自安不仅忠义过人，还博古通今，无一不晓。骆宏勋初见之下，就为其学识所折服，暗想道："此人惜乎生于乱世，若在朝中，真治世之能臣也。"鲍自安虽"无奈埋没"，却心怀壮志，时刻准备着伺机而动，一旦机会降临，他就会如大鹏展翅，做出惊天动地的大事。他敏锐地抓住朝廷恩开女科的机会，率领众英雄进京，助狄仁杰诛灭奸贼，迎请庐陵王复位，成就了自己和众英雄的一番事业，迎来太平盛世。

《绿牡丹》结局让众英雄高官厚禄，似与其他侠义公案小说无甚区别，实际上却是作者"有道则仕"思想的深刻体现，与此前众英雄"无道则隐"一样，都体现了"圣贤之高志"，正如小说第五十六回所说："埋没英雄在绿林，只因朝政不相平。今朝一旦扬名姓，管教竹帛显威名。"这样，《绿牡丹》就将江湖豪杰提升到治世能臣的高度，成为"圣贤之高志"的忠实执行者。

五、《儿女英雄传》：功名富贵让位于"儿女真情"

《儿女英雄传》被认为是侠情小说的真正滥觞，其依据是文康提出了"儿女无非天性，英雄不外人情"①，"有了英雄至性才成就得儿女心肠，有了儿女真情才作得出英雄事业"（《儿女英雄传》，第1页）的论点，并有人以此为据，指责《儿女英雄传》在这方面贯彻得非常糟糕。但这实在是对《儿女英雄传》"儿女心肠"的一种狭隘的理解。《儿女英雄传》缘起首回这样解释"儿女心肠"。

> 譬如世上的人，立志要作个忠臣，这就是个英雄心，忠臣断无不爱君的，爱君这便是个儿女心；立志要作个孝子，这就是个英雄心，孝子断无不爱亲的，爱亲这便是个儿女心。至于"节义"两个字，从君亲推到兄弟、夫妇、朋友的相处，同此一心，理无二致。必是先有了这个心，才有古往今来那无数忠臣烈士的文死谏、武死战，才有大舜的完廪浚井，秦伯、仲雍的逃至荆蛮，才有郊祁弟兄的问答，才有冀缺夫妻的相敬，才有汉光武、严子陵的忘形。这纯是一团天理人情，没得一毫矫揉造作。浅言之，不过英雄儿女常谈；细按去，便是大圣大贤身份。（《儿女英雄传》，第1-2页）

在作者看来，忠孝节义、骨肉伦常都是"儿女心肠"。因此，君臣、父子、母子、师徒、兄弟、姐妹、夫妻、朋友、主仆之间乃至陌生人之间的一切美好情感均属于所谓"儿女心"。由此观之，《儿女英雄传》时时刻刻都在写"儿女心"。安老爷夫妻爱子情切，是"儿女心"；安公子为救父亲，千里奔驰，是"儿女心"；老仆华忠为安公子鞠躬尽瘁，是"儿女心"；十三妹路见不平，拔刀相助，是"儿女心"；安公子、张金凤、何玉凤的夫妻情，张金凤、何玉凤的姐妹情，安太太与张金凤、何玉凤的婆媳情，邓九公、褚大娘子的父女情，邓九公、何玉凤的师徒情，安老爷、邓九公的友情，诸如此类的种种情感，都属于作者所谓"儿女心肠"，至于男女之间的爱情只是其中比较特殊的一种而已。可以说，作者比较成功的贯彻了"儿女无非天性，英雄不外人情"，"有了英雄至性才成就得儿女心肠，有了儿女真情才做得出英雄事业"的论点。只是，作者将这些"儿女心肠"融合于忠孝节义等伦理纲常之中，不太为现代人所接受而已。

由于作者对"儿女真情"的强调，骨肉亲情、爱情、友情成为描写的重点，功名富贵退居次要地位。当然，作者并不反对功名富贵，但一旦功名富贵与骨肉亲情产生矛盾，书中人物的选择往往是后者。《儿女英雄传》第四十回写安老爷闻知其子被放了"乌苏里台的参赞大臣"后，登时"满脸煞白，两手冰冷，浑身一个整颤了"，邓九公等人多方解劝，都无济于事，作者此处有一大段安老爷心理活动的精彩描写。

---

① 文康著《儿女英雄传》，浙江古籍出版社，1997，第1页。如非特别注明，本章所引《儿女英雄传》原文皆出自本书。

这位老爷天生的是天性重，人欲轻，再加一生蹭蹬，半世迂拘，他不是容易教养成那等个好儿子，不是容易物色得那等两个好媳妇，才成果起这分好人家来。如今眼看着书香门第是接下去了，衣饭生涯是靠得住了，他那个儿子只按部就班的也就作到公卿，正用不着到那等地方去名外图利；他那分家计只安分守己的也便不愁温饱，正用不着叫儿子到那等地方去死里求生。按安老爷此时的光景，正应了"无官一身轻，有子万事足"的那两句俗语，再不想凭空里无端的岔出这等个大岔儿来。这个岔儿一岔，在旁人说句不关痛痒的话，正道是"宦途无定，食路有方"。他自己想到不违性情上头，就未免觉得儿女伤心，英雄短气；至于那途路风霜之苦，骨肉离别之难，还是他心里第二、第三件事。（《儿女英雄传》，第575页）

众人解劝多遵循人之常情，安公子得任高官本为喜事，只是路途遥远而已。因此，多在"途路风霜之苦，骨肉离别之难"上下功夫劝解。岂不知在安老爷的心中，这些都是细枝末节。他真正担心的正是这个外人羡慕不已的高官，心疼儿子要到"那等地方去死里求生"，这是更进一步的骨肉亲情。因此，众人只能越劝越烦。

鲁迅先生认为，《儿女英雄传》乃文人有憾于《红楼》之作。不错，《红楼梦》是将一切美好情感毁灭了给人看的悲剧，《儿女英雄传》是历经磨难后真情永驻的喜剧。《儿女英雄传》当然不如《红楼梦》主题的深邃凝重，文康也远不及曹雪芹的如椽巨笔，但《儿女英雄传》全方位的热情讴歌人世间一切美好的感情，自具有其进步意义和独特价值。

第五章 《三侠五义》思想、艺术例析

第一节 侠义世界的构筑

在中国文化中，侠客仿佛具有天然的亲和力，无论是浪迹江湖的游侠、狂放不羁的怪侠、千金一诺的豪侠、惩奸除恶的义侠、飞檐走壁的盗侠、风流倜傥的情侠，还是温文尔雅的儒侠、侠骨佛肠的佛侠、飘逸洒脱的道侠，乃至飒爽英姿的女侠、悬壶济世的医侠、僻居乡野的隐侠，无不令人产生无限的遐思，而悠然神往之。但这些纵横睥睨、风光无限的侠客背后，亦有其负面性格和严重缺陷，汉魏六朝侠客之神秘诡异，唐传奇侠客之滥杀无辜，梁山好汉之是非不清，无不令人心有所憾焉。《三侠五义》试图通过对侠义精神的整合和升华，塑造一批具有完美性格的侠客形象，这无论是在思想上还是在艺术上都是一个大胆的尝试，虽然这种尝试并不十分成功。

一、具有完美人格的侠客

1.合乎礼法、恪守道德

自从被韩非子冠以"以武犯禁"的罪名之后，中国古代的侠客就站在了法律的对立面，成为法律追逐的对象。20世纪初，侠客的这一特点被一些革命党人所利用，成为他们反对专制的思想武器，如民国志士汤增璧在其《崇侠篇》中说："儒为专制所深资，侠则专制之劲敌。舍儒崇侠，清明宁一之风，刚健中正之德，乃有所属，而民以兴起。"梁启超也在其《中国之武士道》一书中说："侠之犯禁，势所必然也。顾犯之而天下归之者何也？其所必禁者，有不慊于天下之人心；而犯之者，乃大慊于天下之人心也。"认为侠客的"犯禁"行为，乃直斥封建主义之弊端，是大快人心的正义之举。但梁启超此语具有鲜明的政治倾向，颇有以偏概全之嫌。事实上，当封建统治处于一个相对清明的时期，它所制定的法律虽然在总体上是维护其统治、保护特权阶层利益的，但作为最高统治者的皇帝，为了其统治能够长治久安，自然要维护最广大平民百姓的基本权利，关键在于法律是否能够得到真正公正的贯彻执行；侠之犯禁，固然有"大慊于天下之人心"之处，但毫无疑问，他们"以暴易暴"的行为，严重扰乱了社会秩序，甚至危及普通民众的生命财产安全。因此，普通民众对于官府和侠客的态度是矛盾的，一方面，他们崇拜和歌颂清官；另一方面，他们又热切地渴盼侠客的出现。"……所以中国的国魂里大概总有这两种魂：官魂和匪魂。……社会诸色人等爱看《双官诰》，也爱看《四杰村》，望偏安巴蜀的刘玄德成功，也愿意打家劫舍的宋公明得法。至少，是受了官的恩惠时则艳羡官僚，受了官的剥削时便同情匪类。"① 清官和侠客联手，在惩奸除恶、维护法律尊严的同时，又能够适当变通，当遇到"极恶之人，王法治他不得"时，可以由那些"异人侠士剑客之流去收拾他"②，这实际上相当于同时满足了普通民众的"官魂"和"匪魂"两种崇拜情结。以《三侠五义》为代表的清代侠义公案小说能够形成席卷全国的阅读狂潮，市井细民的这两种心理渴求当为重要因素之一。

当然，侠客要取得清官的支持，必须付出一定的代价，其中最大的代价就是野性的部分消失，成为遵纪守法的良好公民。展昭、蒋平诸人之所以被很多现代人讥为奴才，很大程度上就是因为他们维护封建礼法的积极性和主动性，展昭甚至曾经义正词严的指责白玉堂"可见山野的绿林，无知的草寇，不知法纪。你非君上，也非官长，何敢妄言刺客二字，说得无伦无理"。③

但侠客维护法律有一个基本前提，即法律必须合乎道德。中国古代法律是充分道德化的法律，在某种程度上，《三侠五义》中的侠客与其说是在捍卫法律的尊严，毋宁说是在恪守传统伦理道德。一旦法律与道德伦理发生抵牾，他们会毫不犹豫的选择后者，甚至不惜枉法以追求合乎伦理道德的结果。白玉堂开封府寄柬留刀，御花园题诗杀命，太师府私改奏折，严重触犯了法律，但因其"屡次做的俱是磊磊落落之事"（《三侠五义》，第256页），天子和包公不仅不加怪罪，还加封其官职，展昭也不只一次的表示，要与之祸福同担，究其实质就是道德的力量战胜了法律。更典型的例子是侠客们通力合作，栽赃马朝贤一事：智化、艾虎在马强的霸王庄中卧底，深知马强、马刚兄弟俩作恶多端，是倚仗其叔父马朝贤的势力，于是下决心把恶势力连根铲除，于是就有了盗取九龙冠、艾虎出首（实是栽赃陷害）等情节。结果马氏叔侄被抄家斩首，不留一点儿后患。此事涉及多位侠客，既有在野的智化、艾虎、丁兆蕙，又有在朝的白玉堂，甚至包括清官颜查散，可以说是清官和侠客的

---

① 参见鲁迅《华盖亭续编·学界三魂》，转引自王得后、钱理群编《鲁迅杂文全编》，浙江文艺出版社，1993，第350-351页。

② 唐芸洲《七剑十三侠》，齐鲁书社，1993，第1页。

③ 石玉昆述，王军点校《三侠五义》，中华书局，1996，第315页。如非特别注明，本章所引《三侠五义》原文皆出自本书。

集体杰作。盗取御用之物、栽赃朝中大臣，如此"滔天大罪"，竟没有一人提出异议，可见在清官和侠客的心目中，道德和正义压倒一切。只求问心无愧，不择手段，是侠客一以贯之的信条。

2.择主而事

"士为知己者死"①是中国古代侠客行侠的一大重要信条，也为历代文人所激赏。但在《三侠五义》之前，"为知己者死"的"士"，常常不问知己者之人格品行。如伍子胥之与专诸、要离，燕丹之与田光、荆轲，王仙客之与古押衙，武承休之与田七郎，均带有鲜明的功利目的，侠客们虽明知其用心，仍甘心为其赴死，可谓不善择主焉。黄天霸为追求功名富贵，不惜改名施忠，成为施公的高级奴才。施公对百姓而言虽不失为清官，但其视英雄豪杰为奴仆，亦难称明主。《三侠五义》中侠客追随的清官，则必为名臣大吏、干国忠良，更重要的是他们不仅关心民生疾苦，亦能礼贤下士，确为明主。侠客们在追随清官之前，甚至要经过谨小慎微的试探，如白玉堂三试颜查散、寄柬留刀试探包公，就是典型的例子。一旦选择了明主，侠客们就会忠心耿耿的辅佐清官，除暴安良、建功立业，"虽九死其犹未悔"②。这较之那些不辨是非、盲目效忠者，无疑是一个巨大的进步。

为了说明择主而事的重要性，作者还专门设置了南侠展昭和刺客项福这两个相互对立的人物形象，指出绿林豪杰投靠官府的两种情形。

"富与贵，是人之所欲也，不以其道得之，不处也"（《论语·里仁》），绿林人物投身官府，追求功名富贵，本无可非议，关键在于其所托何人，所为何事。展昭所依托的包拯是"古今清官第一"，是公正廉明的代名词，是正义的化身；展昭所为之事，皆为行侠仗义、惩强扶弱的义举。他是一个顶天立地的英雄，无愧于侠客的称号。反之，若投靠奸邪，助纣为虐，则必为众人所不耻。书中作为展昭的对立面出现的刺客项福，就是极好的例证。项福其人"身体魁梧，品貌雄壮，真是一条好汉"（《三侠五义》，第81页），可惜他错投门路，依托权奸，成为其帮凶。展昭骂他："瞧不得这么一条大汉，原来是一个馅谀的狗才。可惜他辜负了好胎骨！"（《三侠五义》，第81页）。白玉堂听说他投靠权奸，也勃然大怒："不听则可，听了登时怒气喷喷，面红过耳，微微冷笑，道：'你敢则投在他门下了？好！'急唤从人会了账，立起身来，回头就走，一直下楼去了"（《三侠五义》，第85页）。这里，作者以展昭和项福为对立面，指出绿林豪杰投靠官府的两种情形，若依托清官，为

---

① 语出《战国策·赵策一》："士为知己者死，女为悦己者容，吾其报知氏之仇矣。"《史记·刺客列传》亦有类似记载。

② 语出屈原《离骚》："亦余心之所善兮，虽九死其尤未悔。"

民除害，必将成为万民景仰的英雄；反之必为人唾骂。展昭若投靠权奸，就是另一个项福；项福若能为包拯所用，就是又一个展昭。孔子云"不义而富且贵，于我如浮云"（《论语·述而》），能否坚持正义是展昭和项福的根本差别，也是侠客和投身权奸的江湖败类之间的根本差别。展昭诸人追随清官，行侠仗义，无愧于一个"侠"字；项福依托权奸，助纣为虐，实为乱臣贼子。在这里，作者为"侠"与"贼"划分出一条泾渭分明的分界线，大大改变了江湖人物是非模糊的状况。

3.珍惜生命

纵横江湖、快意恩仇的侠客在行侠仗义、除暴安良之余，亦往往殃及无辜；"为知己者"死的"士"不仅不惜己身，也往往无视其他人的生死。燕太子丹为结荆轲之心，斩美人手而献之，荆轲亦坦然受之；聂隐娘被训练成冷酷的杀手，欲刺某人，必先"断其所爱"[1]；武松为复仇，血溅鸳鸯楼，其中多为无辜的侍女小厮；古押衙为报王仙客知遇之恩，不仅以死报之，还冤杀了十余人；宋江为逼降秦明，不惜屠村，"杀死的男子妇人，不计其数"[2]，还间接害死了秦明全家；"李逵劫法场时，抢起板斧来排头砍去，而所砍的是看客"[3]。在中国古代侠文化中，向来不乏对意气深长的赞美，却缺乏对生命最起码的尊重。

《三侠五义》则试图改变这种状况，体现出对生命的珍惜和尊重。这主要体现在两个方面：其一，珍惜自己的生命。"身体发肤，受之父母"，在儒家文化中，并不缺乏对生命的珍惜和尊重。但在侠文化中，则更加强调"士为知己者死"的义气。《三侠五义》则体现出侠客对生命的珍爱，不仅尊重蚁民的生命，也珍惜自己的生命，绝不轻言生死，这在古代侠义小说中，是很少见的。白玉堂惨死后，其骨殖埋在君山，蒋平等人前往盗取，巧遇哭奠白玉堂的柳青，柳青责备蒋平等人不为白玉堂报仇："你还问我！我先问你：你们既结了生死之交，为何白五兄死了许多日期，你们连个仇也不报，是何道理？"（《三侠五义》，第 641 页）。蒋平的回答体现出侠客对自己生命的珍惜："员外原来为此。这报仇二字岂是性急的呢。大丈夫作事，当行则行，当止则止。我五弟既然自作聪明，轻身丧命。他已自误，我等岂肯再误。故此今夜前来，先将五弟骨殖取回，使他魂归原籍，然后再与他作慢慢的报仇，何晚之有？若不分事之轻重，不知先后，一味的邀虚名儿，毫无实惠，那又是徒劳无益了。所谓'运筹帷幄，决胜千里'，员外何得怪我之深呀？（《三侠五义》，第 641 页）"珍惜生命，并不等于贪生怕死，而是有所为有所不为。在中国古

---

① 裴铏：《聂隐娘》，转引自张友鹤选注《唐宋传奇选》，人民文学出版社，1979，第 155 页。

② 施耐庵：《水浒全传》，上海古籍出版社，1990，第 168 页。

③ 鲁迅：《三闲集·流氓的变迁》，转引自王得后、钱理群编《鲁迅杂文全编》，浙江文艺出版社，1993，第 620 页。

代侠文化中，强调侠客应珍惜生命，理论上自墨家学派始；而在创作实践中，自觉贯彻这一原则的，则始自《三侠五义》。

其二，尊重他人生命。《三侠五义》中的侠客体现出对他人生命的充分尊重。他们不再滥杀无辜，其所杀之人必有其取死之道，有时或许不合乎律法，却一定合乎道德。正如白玉堂斩杀牛驴子时所说："你初念贪财还可饶恕，后来又生害人之心，便是可杀不可留了。(《三侠五义》，第218页)"牛驴子并未能实施杀人，属"犯罪未遂"，按照法律，绝不至于丢掉性命。但其杀心已萌，若无白玉堂的出现，柳小姐必将遭其毒手，依照中国传统道德，牛驴子死得并不冤枉，所谓"其心可诛"是也。对罪不至死者，侠客往往只是略加薄惩，以收劝恶向善之功。如对于为富不仁的守财奴，他们通常的做法只是盗取其部分钱财作为惩处，并将之用于赈老济贫。他们甚至不愿依靠武力，认为"若是持刀威吓，那就不是侠士的行为了。(《三侠五义》，第176页)"行事最为"狠毒"的白玉堂亦不过削去其双耳而已，比之梁山好汉的动辄杀人放火，《三侠五义》珍惜生命的思想尤为难能可贵。

4.完美人格

胡适在其《三侠五义序》中说："向来小说家描写英雄，总要说得他像全德的天神一样，所以读者不能相信这种人才是真有的。"但胡适的这一论断似乎并不适合《三侠五义》之前的大部分侠义小说：荆轲剑术荒疏，导致千古遗恨；古押衙滥杀无辜，令人发指；冯燕杀人亡命又通奸人妻；红线贪恋口腹之欲；贾人妻、王立妾手刃幼子；聂隐娘诡秘莫测，令父母生畏；黄天霸弑兄逼嫂……中国古代文学中的侠客们，不仅不"像全德的天神"，而且大多存在严重的道德缺陷甚至犯有不可饶恕的错误。《三侠五义》则开始刻意塑造具有完美人格的侠客形象：慈悲为怀的欧阳春，多谋善断的智化，忍辱负重的沈中元，忠厚老成的丁兆兰，调皮活泼的丁兆蕙，宅心仁厚的卢方，个个"出身清白，连先前也并无坏处"，在道德上均无可指责，堪称道德楷模。当然，最富理想色彩的还是南侠展昭。展昭之成为全书主角之一，不在其武功有多高①，也不在于其谋略有多深（茶铺偷郑新，显见其机智不

---

① 《三侠五义》第三十九回写展昭与白玉堂比武："二人也不言语，惟闻刀剑之声，叮当乱响。展爷不过招架，并不还手。见他刀刀紧逼，门路精奇。南侠暗暗喝采想道：'这朋友好不知进退。我让着你，不肯伤你，又何必赶尽杀绝。难道我还怕你不成。'暗道：'也叫他知道知道。'便把宝剑一横，等万临近，用个鹤唳长空之势，用力往上一削，只听喳的一声，那人的刀已分为两段，不敢进步。只见他将身一纵已上了墙头，展爷一跃身也跟上去；那人却上了耳房，展爷又跃身而上；及至到了耳房，那人却上了大堂的房上；展爷赶至大堂房上，那人一伏身越过脊去。展爷不敢紧追，恐有暗器，却退了几步。从这边房脊，刚要越过。瞥见眼前一道红光，忙说'不好'！把头一低，刚躲过门面，却把头巾打落。那物落在房上，咕噜噜滚将下去——又知是个石子"（《三侠五义》，第233页）。可见，展昭与白玉堂武功当在伯仲之间，甚至要略逊于白玉堂。但展昭为名声显赫的南侠，白玉堂则只能为义士，根本原因就在于展昭是道德君子，而白玉堂则有这样那样的小缺点。

如丁兆蕙；负气上陷空岛，被白玉堂捉弄得七荤八素，则见其心计不如白玉堂），而在于其全忠全孝及其侠肝义胆，兼具侠客和儒士的特点，是理想儒侠的代表。

首先，展昭是一个真正的侠客，"真是行侠仗义之人，到处随遇而安，非是他务必要拔树搜根，只因见了不平之事，他便放不下，仿佛与自己的事一般，因此才不愧那个'侠'字。（《三侠五义》，第 85 页）"作者通过描写展昭辅佐清官和救助受难百姓这两方面的行动，树立起一个为国为民的正统侠客的形象。同时，作者又让他先举荐王朝、马汉等四壮士投入开封府，然后以义气感召五鼠，最终帮助包公建立起"总领豪俊"的地位，完成公案小说的结构。

其次，展昭还是一个恪守封建道德的楷模。他忠君爱民，时刻不忘维护朝廷法纪；他克尽孝道，于老母堂前晨昏定省；他恪守礼教，严守男女之大防；他尊老惜贫，对老仆礼遇有加；他知恩图报，念念不忘相爷栽培；他处事谦让，待人平和，温润如玉。总之，展昭不愧为侠客中之谦谦君子也。

再次，展昭还是一位雅士。《三侠五义》中，展昭是最喜欢寻幽探胜的侠客。其母去世，服满之后，"他便只身出门，到处游山玩水"（《三侠五义》，第 76 页）。他"皆因游过西湖一次，他时刻在念，不能去怀；因此谎言，特为赏玩西湖的景致。这也是他性之所爱"（《三侠五义》，第 167 页）。与丁二爷乘舟奔松江府"惟有展爷今日坐在船上，玩赏沿途景致，不觉就神清气爽，快乐非常"（《三侠五义》，第 179 页）。与欧阳春观赏诛龙桥，寡然无味不同，"朝游名山，暮宿古庙"（《三侠五义》，第 124 页）成为展昭的最大嗜好，而在《三侠五义》的作者看来，"赏玩风景原是读书人所为"（《三侠五义》，第 423 页），属文人雅致。

展昭的兵器是一把地地道道的宝剑——巨阙，这是和展昭的身份、地位相辅相成的。它既象征着展昭作为南方人的细腻和典雅，又象征着儒家的儒雅风流，同时还暗喻展昭轻功的轻灵和洒脱，更是正义的化身。正如欧阳春的宝刀，暗示了欧阳春作为北方人的厚重、大气和豪爽一样，展昭的剑也是契合其身份和地位的。

可见，展昭是作者精心设计的富有儒家文化意蕴的儒侠形象，是"全德的天神"。但尽善尽美往往并不能给读者留下深刻的印象，因为"读者不能相信这种人才是真有的"[1]。正如《红楼梦》中尽善尽美的薛宝琴远不如满口"爱哥哥"的史湘云更令人赏识，尽善尽美的展昭亦远不如"有些近情近理的短处"的白玉堂更令人难忘。鲁迅认为《三国演义》"欲显刘备之长厚而似伪，状诸葛之多智而近妖"[2]，

---

[1]　胡适：《三侠五义·序》，载《胡适文存》第 3 卷，华文出版社 2013 年版，第 293 页。

[2]　鲁迅：《中国小说史略》第十四篇《元明传来之讲史（上）》，载《鲁迅全集》（第九卷），人民文学出版社，1982，第 129 页。

《三侠五义》中的展昭亦有"似伪"之嫌，但这实为侠义小说描写传统儒侠之通病，《三侠剑》中的胜英、《萍踪侠影》中的张丹枫、《书剑恩仇录》中的陈家洛，都有类似缺点，非独展昭一人也。

二、普通民众的侠义精神

《三侠五义》所构筑的侠义世界，不仅体现为侠义英雄的惩恶扬善、扶危济困，更体现为普通人（相对于身怀武功的侠客而言）的侠义胸怀和侠义行径。从文弱书生到士农工商、老弱妇孺，侠义精神无处不在。仅"狸猫换太子"一案，就先后有"一腔忠义，不顾死生"（《三侠五义》，第3页）的首领陈林，"为人正直，素怀忠义"（《三侠五义》，第2页）的宫人寇珠，"做事豪侠，往往为他人奋不顾身"（《三侠五义》，第4-5页）的小太监余忠，"为人忠诚"（《三侠五义》，第4页）的冷宫总管秦凤等人为搭救太子和李后或舍生忘死，或忍辱负重。小沙窝的老者张三，"为人耿直，好行侠义，因此人都称他为'别古'。与众不同谓之'别'，不合时宜谓之'古'"（《三侠五义》，第36页）。颜查散进京赶考，书生金必正不仅赠送银两，更为其设想周到："我们相公知道相公无人，惟恐上京路途遥远不便，叫小人特来服侍相公进京。又说这位老主管有了年纪，眼力不行，可以在家伺候老太太，照看门户，彼此都可以放心。又叫小人带来十两银子，惟恐路上盘川不足，是要富余些个好"（《三侠五义》，第191页）。他如"忠义持家"（《三侠五义》，第165页）的义仆展忠，"正直爽快，爱说爱笑"（《三侠五义》，第302页）的宁妈妈，临危向善、救人妻子的雇工帮闲杨芳……正如《忠烈侠义传序》所云："其中烈妇、烈女、义仆、义鬟以及吏役、平民、僧俗人等好侠尚义者，不可枚举"。甚至泼皮无赖也能弃恶向善，如江樊"原是破落户出身"，后"上了开封府当皂隶，暗暗的熬上了差役头目。林春久已听得江樊在开封府当差，就要仍然结识于他。谁知江樊见了相爷秉正除奸，又见展爷等英雄豪侠，心中羡慕，颇有向上之心。他竟改邪归正。将夙日所为之事一想，全然不是在规矩之中，以后总要做好事当好人才是"（《三侠五义》，第288页）。比之侠客们的"以武行侠"，这些普通人的侠义行径尤为难能，因之更令人敬佩，他们从不同侧面诠释和丰富了侠义精神的具体内涵，与那些飞檐走壁、扶危济困的侠客共同构筑了《三侠五义》的侠义世界。

第二节　《三侠五义》的情节设置

鲁迅先生在其《中国小说史略》中说："《三侠五义》为市井细民写心，乃似较有《水浒》余韵，然亦仅其外貌，而非精神。""其中所叙的侠客，大半粗豪，很像《水浒》中的人物，故其事实虽然来自《龙图公案》，而源流则仍出于《水浒》。"陈平原则认为"英雄传奇之影响于侠义小说，最主要的有两点，一是打斗场面的描写，一是侠义主题的表现"①。石庵先生称《三侠五义》"其笔墨纯从《水浒传》脱化而出"，"惟笔墨不及《水浒》之老练简洁耳，然亦小说中少有之作也"②。其实，《三侠五义》之受惠于《水浒传》又何止这些，姑且不论具体的细节描写和场面的袭用，其情节设置亦多受《水浒传》的启发而有所创新。

一、草蛇灰线，伏脉千里

金圣叹在《读第五才子书法》中说："有草蛇灰线法。……骤看之，有如无物，及至细寻其中便有一条线索，拽之通体俱动。"③运用"草蛇灰线法"的意义在于增强故事情节的有机性，通过反复使用同一词语，多次交代某一特定事物，或者多次出现某一人物，可以形成一条若有若无、时断时续的线索，为故事情节的发展埋下一条似有若无的伏线，使故事的发展既出乎意料之外，又在情理之中，在艺术上则可以达到首尾呼应、相互贯通的艺术效果。

自金圣叹提出"草蛇灰线法"之后，为其后的小说作者和小说批评家所袭用，如脂砚斋曾经多次指出："此处透出探春，正是草蛇灰线，后方不突然。""后数十回若兰在射圃所佩之麒麟，正此麒麟也。提纲伏于此回中，所谓草蛇灰线在千里之外"。"用清明烧纸徐徐引入园内烧纸，较之前文用燕窝隔回照应，别有草蛇灰线之趣，令人不觉。前文一接，怪蛇出水，此文一引，春云吐岫。"④张竹坡则将其解释为："文学千曲百曲之妙，手写此处却心觑彼处，因心觑彼处乃手写此处。"⑤

《三侠五义》中柳青这一人物形象的设置，就颇有"手挥目送"之艺术效果。柳青首次登场正值锦毛鼠大闹东京、钻天鼠心急如焚之时，柳青前来邀集五鼠共同劫取不义之财；此后是展昭陷空岛被擒，柳青正在陷空岛作客；接着是蒋平等人智擒白玉堂，柳青负气而走；然后是五松峰群雄盗骨又偶遇柳青；最后是蒋平定日盗簪，戏耍柳青。此后的柳青，就"泯然众人矣"。可以说，除了重义气和他的熏香

① 参见陈平原《千古文人侠客梦》，新世纪出版社，2002年，第102页。

② 参见石庵《忏愆室随笔》，文载《扬子江小说报》第一期，转引自顾启音《天地间另是一种笔墨——〈三侠五义〉序说》。该文系顾启音为《三侠五义》所作的序，载《三侠五义》，中华书局，1996，序言第5页。

③ 金圣叹：《金圣叹全集》，光明日报出版社，1997，第346页。

④ 曹雪芹著，脂砚斋评《红楼梦》，齐鲁书社，1994，第63页。

⑤ 兰陵笑笑生：《金瓶梅》，齐鲁书社，1994，第1页。

盒子之外，柳青给人的印象并不深刻，但柳青结交五义、与白玉堂成莫逆之交、为给白玉堂复仇而加入群雄却构成了一条忽隐忽现的重要线索。作者煞费苦心的安排这个绿林人物，实际上只是为了利用其熏香盒子迷倒钟雄而已。柳青或者说他的熏香盒子是群雄能否平定君山的关键因素之一，因此不得不在定君山之前作些必要的铺垫。同时，因为故事发展过程中描写的重点各不相同，在定君山之前关于柳青的描写不能花费太多笔墨，因此作者用简洁凝练的语言，时断时续的加以暗示，使之既不至于喧宾夺主，又不至于给人以突兀之感。作者有关柳青的描写，"手写此处却心觑彼处，因心觑彼处乃手写此处"，线索若有若无却又时隐时现，使故事情节首尾呼应，达到了"草蛇灰线、伏脉千里"的艺术效果。

二、二次巧遇，成就妙文

高明的小说作者往往在故事情节高潮到来之前，先安排引子，使故事情节一步步走向高潮，这就是所谓"弄引法"。正如金圣叹所云："有弄引法。谓有一段大文字，不好突然便起，且先作一段小文字在前引之。如写索超前，先写周谨，十分光前，先说五事等是也。《庄子》云'始于青萍之末，盛于土囊之口。'《礼》云'鲁人有事于泰山，必先有事于配林。'"[1]此处的"一段大文字"，就是小说情节的高潮部分，"一段小文字"则是高潮到来之前的引子。具体到《三侠五义》之中，"弄引法"主要表现为小说人物的二次巧遇法。如包公初逢展昭，二人"一文一武，言语投机"（《三侠五义》，第19页），把酒言欢，其乐融融。至晚，包公主仆误投金龙寺，展南侠除奸救人，则是一幅惊心动魄的侠客演武图。两次巧遇，一在白天，一在夜晚，前者气氛的祥和与后者气氛的紧张形成强烈的对比，正如金氏所云："每每惊天动地之事，其来必轻轻冉冉。"[2]正因为前面有把酒言欢的一段引子，才有后文展南侠惩奸除恶的一段妙文。其他如白玉堂与展昭日间相会于安平镇酒肆，虽无言语交流，却颇有惺惺相惜之感；夜间就有了"苗家集双侠对分金"这样一段如花似锦的妙文。展南侠与丁二侠的相识也是如此，先有二人"探底细酒肆巧相逢"的一段引子，才有"丁兆蕙茶铺偷郑新"高潮的到来。这里，人物的日间相遇是引子，也是情节的序幕和开端，其作用在于为高潮的出现做好必要的铺垫。

"弄引法"中的引子还有另外一种表现形态，即作者往往在一个大事件发生之前，有意先做一点暗示，使读者产生"山雨欲来风满楼"[3]的预感，从而达到引人

---

① 金圣叹：《金圣叹全集》，光明日报出版社，1997，第22页。

② 金圣叹：《金圣叹全集》，光明日报出版社，1997，第22页。

③ 语出许浑诗《咸阳城东楼》。

入胜的艺术效果。也即金氏所云："每欲起一篇大文字，必于前文先露一个消息，使文情渐渐隐隆而起，犹如山川出云，乃始肤寸也。"①如白玉堂进京找"御猫"合气，却在陷空岛小头目邓彪口中说出，使展昭更使读者预感到将有大事发生。果然不出所料，美英雄三试颜查散，开封府寄柬留刀，御花园题诗杀命，文光楼大闹太师宴，白玉堂智偷三宝，通天窟困住"御猫"，独龙桥盟兄擒义弟等一系列精彩的故事情节，都在邓彪漫不经心的话语中初露端倪。又如白玉堂遇害后，其骨殖被葬在君山，成为君山一役的引子。

无论是何种情况的引子，都要注意其与中心情节的联系应处于一种若有若无的状态之中，"使读者如游深山，不觉迤逦而入"。也就是说，要引得"无痕有影"。如第一百八回蒋平向甘婆婆介绍其与甘豹交情时，曾提及柳青和他的"五鼓鸡鸣断魂香"，后文就有定日盗簪收服柳青和利用其"五鼓鸡鸣断魂香"迷倒钟雄的精彩情节。这里，作者巧妙的运用了"弄引法"，蒋平的话本是顺口说出，似有若无，却果然言中。金圣叹啧啧称赞《水浒传》"每每后文事，偏在前文闲中先逗一句"，而又逗得"无痕有影"。《三侠五义》此处即是如许之妙笔。

三、余波演漾，一波三折

小说情节达到高潮后，往往并不会戛然而止，而是更作余波以荡漾之，此种情节设置，金圣叹称之为"獭尾法"："谓一段大文字后，不好寂然便住，更作余波演漾之。如梁中书东郭演武归去后，知县时文彬升堂。武松打虎下冈来，遇著两个猎户，血溅鸳鸯楼后，为城壕边月色等是也。"②《三侠五义》亦有类似描写，如包公逃离金龙寺、借宿农家，却又"忽见火光冲天"。智化牢内暗杀奸之后，却又不见了太守。假包三公子之案甫完，却又顺势转入五鼠之事。此三例，形象的说明了獭尾的特征和作用。包公一例，意在从气氛上形成由紧张到平和的缓冲；智化一例，意在从惊吓程度上形成由强而弱的跌宕；假包三公子一例，意在完成从殊死的政治斗争到侠客内部意气之争的转变，以舒缓读者紧张的心理状态。这三处獭尾虽然形式各不相同，但都是为了阻止小说情节高潮的戛然而止，以使读者体味到"余音绕梁，三日不绝"③的艺术韵味。

高明的作者运用獭尾法，往往能做到波中有浪，浪后有波，波浪相连，周而复始，甚至演至终篇。《三侠五义》太守倪继祖的相关故事即成功地运用了獭尾法，

---

① 金圣叹：《金圣叹全集》，光明日报出版社，1997，第82页。

② 金圣叹：《金圣叹全集》，光明日报出版社，1997，第23页。

③ 语出《列子·汤问》："昔韩娥东之齐，匮粮，过雍门，鬻歌假食。既去，而余音绕梁欐，三日不绝，左右以其人弗去。"

从而产生一波三折、摇曳多姿的艺术效果。倪继祖私访，被霸王庄贼人所擒，是第一个高潮，"美绛贞私放新黄堂"则为獭尾；"倪太守途中重遇难"，使刚刚缓和的气氛再度紧张起来，是为第二个高潮，"黑妖狐牢内暗杀奸"，使紧张的气氛再度缓和，则为獭尾；欧阳春力擒恶霸形成第三个高潮，"对莲瓣太守定良缘"由金戈铁马过渡到风花雪月，是为獭尾；不料又起风波，"倪太守解任赴京师"成为第四个高潮，却因欧阳春未到案，引出北侠与锦毛鼠较艺这样花团锦簇的一段文字，是为獭尾；"白玉堂气短拜双侠"巧遇智化，引出清官、侠客联手栽赃马朝贤的一段大文字，是为第五个高潮，至五堂会审艾虎处小生波澜。作者这种反复极力摇曳巨浪的情节结构安排，不仅使人物形象得到了鲜明的刻画，而且对小说情节的描述，更显示出跌宕起伏、绚丽多彩的艺术效果。

金圣叹在总结《水浒》情节技法时有所谓"欲合故纵法"，"如白龙庙前，李俊、二张、二童、二穆等救船已到，即写李逵重要杀入城去。还道村玄女庙中，赵能、赵得都已出去，却有树根绊跌士兵叫喊等。令人到临了，又加倍吃吓是也。"[1]其实，所谓"欲合故纵法"只是从技巧上突出了"獭尾"应小生波澜，以小波澜跌落大波浪，《三侠五义》写智化牢内暗杀奸之后，却又不见了太守；五堂会审艾虎忽有真假马朝贤之辨，无不令人"到临了，又加倍吃吓是也"。正如金氏所云："一篇如奔风激浪，至此已得收港，却不肯便住，故又另自蹴起一波，其才如许。"[2]

四、以极曲折之笔叙极径直之事

金圣叹将《水浒》中巧妙联结两条情节线索的方法，称为"鸾胶续弦法"。"如燕青往梁山泊报信，路遇杨雄、石秀，彼此须互不相识，且由梁山泊到大名府，彼此既同取小径，又岂有止一小径之理，看他便顺手借如意子打鹊求卦，先斗出巧来，然后用一拳打倒石秀，逗出姓名来等是也。都是刻苦算得出来。"[3]

运用"鸾胶续弦法"，首先要做到"斗出巧来"，也就是说作为"鸾胶"的特定事件必须要合乎情理、妥帖巧妙。如包公为邢吉妖法所魇，奄奄一息；"浪迹萍踪，原无定向"的南侠展昭焉能及时赶到？且看《三侠五义》如何"斗出巧来"。包公入阁，拜为首相之事被"当作一件新闻，处处传闻"，自然能传到游侠江湖的展昭耳内。以展昭的性格和二人的关系，展昭"前往开封探望一番"也在情理之中。展昭性喜遨游名胜古迹，"朝游名山，暮宿古庙"乃其秉性，落宿"通真观"也是合

① 金圣叹:《金圣叹全集》，光明日报出版社，1997，第23页。

② 同上。

③ 金圣叹:《金圣叹全集》，光明日报出版社，1997，第24页。

情合理。展昭夜间出来行侠，将恶人季婪儿"提至旷野，拔剑斩讫"也是再自然不过的事情。不料竟到了"通真观"的后阁，展昭为图近便翻墙而入，也符合其身份。竟因此于无意中探听到邢吉镇魇包公的阴谋，虽为巧合，却也合乎情理。一连串的巧合层层相因，环环相扣，合情合理，丝毫不使人感到突兀生硬。"如此交卸过来，文字便无牵合之迹"，否则，"天下容或有如是之巧事，而文家必无如是之率笔也"。① 这样写，"读之甚似极曲折者，却不知其极径直也"，正是由于"鸾胶"的巧妙应用，掩护了本来径直巧合的故事情节，使其变得曲曲弯弯，入情入理，完全符合事件发展和生活本身的逻辑。金圣叹反对"如是之率笔"，肯定文字应"无牵合之迹"，正是要强调既出乎意料之外却又在情理之中的"斗出巧来"。又如《三侠五义》第二十三回白雄打虎甥舅相逢也成功运用了"鸾胶续弦法"。因包公的进谏，朝廷加开恩科，范仲禹进京赶考，白氏母子相随前往探亲。科考完毕，范生一家三口同往万全山拜访岳母妻舅。一家三口如何会被分为三处，偏偏让年仅七岁的范金哥与舅舅相逢？作者运用一系列合乎情理的巧合作为"鸾胶"，于起承转合间将故事情节演绎的摇曳多姿。先是范仲禹进山问路，无果而回，归来却不见了妻儿。原来是恶霸威烈侯率领一群豪奴进山打猎，惊起一只猛虎，叼走金哥，却恰逢一个樵夫砍柴，情急智生，救下金哥，带回家中，细细盘问之下，方知是其外甥。在当时社会，恶霸打猎乃至欺男霸女，猛兽出没深山，樵夫砍柴都是司空见惯的事情，而作者将这些捏合在一起，竟成就了甥舅相逢的一段妙文。

五、禹王金锁法

所谓禹王金锁法，就是利用某种媒介和穿针引线者将互相并不相识的人捏合在一起的情节技法。《水浒传》第十七回，作者借林冲为媒介，以曹正为穿针引线者，将鲁达和杨志捏合在一起的方法就是典型的"禹王金锁法"，正如金圣叹所云："林冲实不在此书中，而忽然生出曹正自称林冲徒弟，于是杨志自述遇见林冲，鲁达又述遇见林冲，一时遂令林冲身虽不在，而神采奕奕，兼使杨鲁二人，遂得加倍亲热，不独以同乡为投分也。此譬如二龙性各不驯，必得禹王金锁，方得制之一处。今杨志鲁达如二孽龙，必不相能，作者凭空以林冲为禹王金锁，而又巧借曹正以为贯索之蛮奴。"② 这里，充当媒介的人物如林冲，就是"金锁"，而穿针引线的人物如曹正，就是"贯索奴"。可见，使用禹王金锁法将部分英雄捏合在一起，可以避免"唱筹量米"式的琐碎和呆板，有利于将分散于多条情节线索中的主要人物汇聚

---

① 金圣叹:《金圣叹全集》，光明日报出版社，1997，第416页。

② 金圣叹:《金圣叹全集》，光明日报出版社，1997，第529页。

到一处，使众多的人物相互结识，重新构成新的情节系列。

《三侠五义》运用禹王金锁法与《水浒传》有异曲同工之妙而又能自出机杼。如第一百八回中"相女配夫闺阁本分"的故事，先是写甘婆婆欲请蒋平为其女儿甘玉兰说亲，因自述乃甘豹之妻，而蒋平与甘豹及其徒弟柳青皆有交情。于是乎，甘玉兰成了蒋平的侄女，为侄女说亲，自然义不容辞。此处，蒋平与甘玉兰宛如"二孽龙"，各不相识；已经亡故的甘豹则为"禹王金锁"，将二人捏合在一起；穿针引线的甘婆婆就是"贯索奴"。不料，甘玉兰的意中人竟是女扮男装的艾虎未婚妻沙凤仙。于是，沙凤仙自称艾虎，代夫聘妻，彼此未谋一面的甘玉兰与艾虎竟因此成为夫妻。此段文字妙在甘玉兰与艾虎这"二孽龙"之一的艾虎并不在此回书中，而充当媒介的"禹王金锁"沙凤仙却成为重要角色，蒋平也转换角色，成了穿针引线的"贯索奴"。作者连续两次运用禹王金锁法，将互不相识的甘婆婆、甘玉兰、蒋平、沙凤仙、秋葵、艾虎等众多男女英雄捏合在一起，而能自然天成，不露人工斧凿的痕迹，这些无不有赖于作者的踌躇经营，"都是刻苦算得出来"。

金圣叹总结《水浒传》的这些情节技法，未必都是《水浒传》的首创，金圣叹也说"《水浒传》方法，都从《史记》出来"。惟《水浒传》运用得更为娴熟和巧妙，又经金圣叹的评点和总结，遂成为其后小说作者和小说评点家借鉴和模仿的典范。如毛宗岗盛赞《三国演义》文法有十四妙，就袭用了金圣叹的相关理论并有所完善；脂砚斋概括《红楼梦》构思特点的所谓"由小至大法"，实际上就是金氏的"弄引法"。至于胡适在《水浒传考证》中痛加指责的"草蛇灰线法"[①]，更是在《水浒传》《红楼梦》《金瓶梅》以及话本小说中有着普遍的运用，也为小说评点家所津津乐道。因此，以《水浒传》等经典著作为借鉴和模仿的现实榜样，并独出机杼，不仅是作品中存在的事实，也完全符合小说艺术的发展规律，自有其积极的意义。

---

① 胡适《水浒传考证》："圣叹最得意的批评是指出景阳冈一段连写十八次'哨棒'，紫石街一段连写十四次'帘子'和三十八次'笑'。圣叹说这是'草蛇灰线法'！这种机械的文评正是八股选家的流毒。读了不但没有益处，并且养成一种八股式的文学观念，是很有害的。"

第六章 清官文化与清代侠义公案小说

第一节 "清官"一词的由来及其政治品质

"清官"一词早在魏晋六朝时代就已经普遍应用了，如《晋书·刘颂传》云"约己洁素者，蒙俭德之报，列于清官之上"，《晋书·何遵传》谓"（子嵩）博览坟籍，尤善史汉，少历清官，领著作郎"，《梁书·张率传》曰"迁秘书丞，引见玉衡殿，高祖曰'秘书丞天下清官，东南胄望，未有为之者，今以相处，足为卿誉'"，《北史·景穆十二王传》称他们"皆以宗室，早历清官"，等等。但此处的"清官"乃是"清贵的官职"之意，此类官职多由豪门大族担任，地位显贵而政事不繁。唐柳宗元《田门助教厅壁记》："旧制以拾遗为八品清官，故必名实者居于其位"；郭沫若《中国史稿》第三编第八章第一节指出："当时的官职有清浊之分，清官只能由士族担任，寒人则只能作浊官。"① 可见，这里的"清官"与今天意义上的"清官"相差甚远。

关于今天意义上的"清官"一词的产生和流行，段宝林指出"从清官产生和流传的时间来看，清官一词，与包公关系甚大，似乎可以说是包公清官故事流传之后而盛行的"②。此说很有道理，包拯居官清廉刚正，宋元文人多喜用"清"来赞誉他，如《梦溪笔谈》卷二二说"人谓包希仁笑比黄河清"，《邵氏见闻录》卷一说"包孝肃为使，时号清严"，王珪《华阳集》卷一五也说他"抱峻清之节，济深远之谋"……随着包公故事的家喻户晓、妇孺皆知，"清官"一词也随之流行开来。于是，我们就不难理解为什么略同于今天意义上的"清官"一词见诸文字记载的，迟至金代才出现。金人元好问有"能吏寻常见，公廉第一难，只从明府到，人信有清官"（金·元好问《元遗山集》）的诗句，将"清官"与"公廉"对举。明代李贽《焚书》卷四中亦有"彼为巨盗，我为清官"的记载，将"清官"与"巨盗"对称，

---

① 郭沫若：《中国史稿》，人民出版社，1979。
② 段宝林：《关于包公的人类学思考》，文载《光明日报》1999 年 5 月 6 日。

乃"清明""清正""清廉"之意，可见清官最基本的特征是"公正廉洁"。

在此之前，与"清官"意义相近的有"清白吏""清吏""清臣"等。"清白吏"，如《后汉书·杨震传》载："性公廉，不受私谒，子孙常蔬食步行。故旧长者或欲为开产业，震不肯，曰：'使后世称为清白吏子孙，以此遗之，不亦厚乎？'""清吏"，如《南史·梁纪中·武帝下》："诏在位群臣，各举所知，凡是清吏，咸所荐用。"

一、普通民众心目中的"清官"："清官"就是好官

无论是元好问诗歌中的清官，还是之前的"清白吏""清吏""清臣"都无法真正完全涵盖今天我们所说的"清官"一词的全部涵义。大致说来，"清官"一词更多地流行于民间，代表着普通老百姓的意愿，而普通民众接触最多、感触最深也最为痛恨的就是那些横征暴敛的贪官污吏。于是，不收钱的"清官"自然就成了好官，理所当然具有其他作为官吏应该具有的一切优秀品质。因此，古往今来所有官吏的优点往往都被移植在清官身上，使其成为正义的化身，成为法律的象征。"清官"一词的内涵因之而大大扩展。贺卫方认为"假如我们能够在中国古人中间进行一次民意测验的话，关于司法者职业道德的项目大抵上会由这样一些品质组成，即刚直不阿、铁面无私、清正廉洁、忠于君主和体恤民情"[1]。贺卫方的总结大体公正全面，这也是普通老百姓心目中的"清官"应该具备的基本素质，但仍有遗漏，如明察善断、智慧过人等。事实上，不同时代、不同阶级、不同阶层乃至不同人心中都有一个"清官"的标准，因而其涵义也就有了流动性，无法用语言对其下一个准确的定义。但大体说来，在普通百姓心目中"清官"就是好官，是古往今来所有贤能官吏优秀品质的累积和叠加，他们不仅要"不伤财不害民"，还必须能"上保国家，为人所不能为不敢为之事；雪人所不能雪不易雪之冤。无论民间细故，即宫闱细事亦静心审察，有精明之气，有果决之才"，只有做到这些，他们才有可能成为"官声好，官位正，一清而无不清"[2]的"清官"。简单的说，老百姓心目中的"清官"至少应具备以下三个条件：①清廉、不要钱，这是"清官"应具备的最基本条件。②清正，也就是说，"清官"要秉公执法，既不畏强权，也不徇私情，就如元杂剧中的包公，既要能打龙袍、铡驸马，又要能不徇私情，将犯法的亲侄子送到自己的铡刀之下。③清明，富有智慧，要明察善断，如子产闻声而能辨奸，"无论民间细故，即宫闱细事亦静心审察，有精明之气，有果决之才"。三者缺一不可，

---

①　贺卫方：《司法的理念和制度》，中国政法大学出版社，1998，第74页。

②　佚名：《狄公案》，齐鲁书社，1994，第1页。

"清官"之不易做由此可见一斑。但正因为其不易，才会得到市井细民的顶礼膜拜和不断神化，从而产生了"清官"崇拜，子产就是第一位受到崇拜的"清官"，《史记·循吏列传》记载子产死后，"老少啼哭曰：'子产去我死乎？民将安归？'"刘向《说苑·东海孝妇》记载于公任东海郡曹掾时因为反对太守冤杀孝妇周青，得到东海郡百姓的爱戴，为之立生祠，号曰"于公祠"，是较早为"清官"建立生祠的记载。此后，送万民伞、青天大老爷匾，清官离任，百姓遮道相送等记载屡屡见诸于史传作品和文学作品中，"清官崇拜"由个别现象发展成为一种民族文化，这大概也是中华民族所独有的吧。清官断案故事也在"清官崇拜"的浪潮中不断演变，由最初的实事流传到不断的传奇化再到最后的"神化"。清代侠义公案小说中的包公、施公、彭公、海公等清官形象都不同程度的带有"神化"色彩。

二、文人眼中的"清官"："清官"就是不要钱的官

较早将"清"作为一种政治品质，并明确提出的人是孔子。《论语·公冶长》子张询问孔子对令尹子文和陈文子为官的评价。孔子评价子文为"忠"，评价陈文子为"清"，二人都没有得到孔子"仁"的评价。由此可见，按照孔子的观点，为官之人至少应该同时具备"忠""清""仁"三个方面，才可以算作一个称职的好官。在这里，"忠"是对君主的忠心，"仁"体现为勤政爱民，而"清"作为一种政治品质，主要是指"清廉""不要钱"。至少，此后的历代文人学者大都是这样理解的。

按照晋李秉《家诫》的记载，晋武帝司马炎曾对李秉等大臣说："为官长当清，当慎，当勤。修此三者，何患不治乎？"① 清人方大湜进一步解释说："晋司马炎居官三字诀，曰清，曰慎，曰勤。真西山先生云，士大夫万分廉洁，止是小善，一点贪污，便为大恶，三字之中，自以清为第一要义。官如不清，虽有他美，不得谓之好官。然廉而不慎，则动静云为，必多疏略；廉而不勤，则政事纷繁，必多废弛，仍不得谓之好官。"② 将"清"与"廉洁"对举，而与"慎""勤"并列，显见"不要钱"的官即是"清官"。

宋人罗大经曾云："杨伯子尝为余言：'士大夫若清廉，便是七分人了。盖公、忠、仁、明，皆自此生。'"③ 将"清"与"公""忠""仁""明"并列为一个好官的基本政治品质之一。这里的"清"也是"清廉""不要钱"。元人徐元瑞说得更具

---

① 陈寿撰，裴松之注《三国志》卷十八《李通传》，中华书局，2008，第321页。

② 方大湜：《平平言》卷一《清慎勤》，载方大湜《平平言·桑蚕提要》，湖南科学技术出版社，2011，第43页。

③ 罗大经：《鹤林玉露》甲编卷四《清廉》，上海书店据涵芬楼旧版影印本，1990，第85—86页。

体："谓甘心淡泊，绝意粉华；不纳苞苴，不受贿赂；门无请谒，身无嫌疑；饮食宴会，稍以非义，皆谢却之。"① "不纳苞苴，不受贿赂，门无请谒"就是"清"，可见，不要钱不收贿赂的官即是"清官"。清人唐甄《潜书》下篇上《为政》也认为："已不受财贿，群吏亦不敢受，可不谓清乎？""不受财贿"即可谓之"清"。

正如宋人罗大经所说，大多数"清官"因为"清"而易于培养"公""忠""仁""明"等居官应具有的优秀品质，从而成为好官。正因为此，"清官"一词产生虽晚，但中国古代很早就已经开始关注官吏的廉洁问题。早在原始社会末期即开始倡廉，春秋战国时廉政建设有了进一步发展。《周礼·天官·冢宰第一》提出了审查官吏的六项标准，号称"六廉"：一曰廉善，二曰廉能，三曰廉敬，四曰廉政，五曰廉洁，六曰廉辨。用我们今天的话说，就是"第一是审察他们是否把事情做好，第二是审察他们是否能彻底推行政令，第三是审察他们是否谨慎勤劳，第四是审察他们是否公正廉直，第五是审察他们是否守法，第六是审察他们是否能明辨是非"。其中，廉善是对官吏基本能力的考察，廉能是对统治者是否忠心的考察，廉敬、廉正、廉洁是对官吏自身修养的考察，廉辨是对官吏处理政事能力的进一步要求，即要能察善断。这六项标准已初步具备了我们今天所说的"清官"的基本特征，是清官文化的滥觞。《晏子春秋·杂下》更直截了当地说："廉者，政之本也。"可见，能够做到廉洁自律是多么重要。

于是，为官是否"清廉"成为政府选拔官吏和品评官吏好坏的一个重要标准。如"汉人取吏，曰廉、平、不苛……人须心中无欲，方能心平。心平方能事平。故廉又为平之本"②。宋代著名清官包拯也曾上疏说："臣闻廉者，民之表也；贪者，民之贼也。今天下郡县至广，官吏至众，而赃污摘发，无日无之。……欲乞今后应臣僚犯赃抵罪，不从轻贷，并依条施行，纵遇大赦，更不录用；或所犯若轻者，只得授副使、上佐。如此，则廉吏知所劝，贪夫知所惧矣。"③清人程含章也说："廉能之吏，上司贤之，百姓爱之，身名俱泰，用度常觉宽然。而贪污之吏，朘民之膏，吮民之血，卒之身败名灭，妻子流离。天道昭昭，报应不爽，吏亦何乐乎贪而不廉哉！"④

---

① 徐元瑞：《吏学指南》（外三种），浙江古籍出版社，1988，第135页。

② 陈弘谋：《在官法戒录》卷一《总论》，转引自刘俊文等编《官箴书集成》（第1册），黄山出版社，1997，第613页。

③ 包拯：《包拯集》卷三《乞不用赃吏》，载杨国宜校注《包拯集校注》，黄山书社，1996，第230-231页。

④ 程含章：《与山左属官书》，文载徐栋辑、丁日昌选评《牧令书辑要》卷八《屏恶》，转引自张原君、陶毅主编《为官之道——清代四大官箴书辑要》，学习出版社，1999，第181页。

历代学者文人也对官之"清廉"赞誉有加。宋真德秀曰:"律己以廉。凡名士大夫者,万分廉洁,止是小善,一点贪污,便是大恶。不廉之吏,如蒙不洁,虽有他美,莫能自赎。故此以为四事之首。"①南宋大诗人陆游在《春日杂兴》诗中云:"但得官清吏不横,即是村中歌舞时。"元代名臣张养浩说:"普天率土,生人无穷也,然受国宠灵而为民司牧者,能几何?人既受命以牧斯民矣,而不能守公廉之心,是不自爱也,宁不为世所诮耶?况一身之微,所享能几?厥心溪壑,适以自贼。一或罪及,上孤国恩,中贻亲辱,下使乡邻朋友蒙垢包羞,虽任累千金,不足以偿一夕缧绁之苦。与其戚于已败,曷若严于未然?嗟尔有官,所宜深戒。"②明人也有"吏不畏吾严而畏吾公,民不服吾能而服吾廉。廉则吏不敢慢,公则民不敢欺。公生明,廉生威"的说法。③清人刚毅也曾说:"清节之操,一尘不染,谓之廉。"④清人王永吉云:"大臣不廉,无以率下,则小臣必污;小臣不廉,无以治民,则风俗必坏。层累而下,诛求勿已,害必加于百姓而患仍中于邦家,欲冀太平之理不可得矣。"⑤可见,"清"作为一种政治品质,受到了大多数学者、文人的肯定和赞赏。

三、清代侠义公案小说中的清官

清代侠义公案小说中的清官形象主要受到了民众对清官涵义理解的影响,认为清官就是好官,具体表现为以下几个方面:其一,清官的神化和传奇化。由于民间清官崇拜的影响,清代侠义公案小说中出现的清官形象具有明显的神化和传奇化特征,《三侠五义》中的包拯是魁星下凡,《施公案》中的施公、《彭公案》中的彭公都是"星主",《海公案》中的海公前身为食人的猛禽;清官破案受阻,会有神明提供破案线索,私访遇险会有神明相救,这些都是其神化的表现。至于其传奇化,则以《三侠五义》包公出身故事最具文化意蕴。包公的出生和成长充满了"天将降大任于斯人"的神秘氛围。包公降生之时,奎星兆梦,其父惊惧,以为"家门不幸,

---

① 真德秀:《西山政训》,转引自韩雨楼《中国古代官箴文化的清廉思想及其启示》,《河北省社会主义学院学报》,2020年第4期,第93页。

② 张养浩:《为政忠告·牧民忠告》卷上《戒贪》,转引自《史学指南》(外三种),浙江古籍出版社,1988,第278页。

③ 明代开始流行的一则官箴。明英宗天顺初年,时任山东巡抚年富将这则官箴刻于石碑之上,从此流传开来。可参看高寿仙《公生明,廉生威》,《光明日报》2020年10月15日,13版。

④ 刚毅:《居官镜·臣道》,转引自曲长海《古代官箴中的廉政教育理念及其当代启示》,《廉政文化研究》,2019年第4期,第79页。

⑤ 王永吉:《御定人臣儆心录》,转引自吕丽、李雪蓉《古代官箴中"廉"的理念论析》,《净月学刊》,2015年第4期,第23页。

生此妖邪，真是冤家到了"（《三侠五义》，第9页）。后在次子包海的撺掇下，令其将包公弃之荒郊野外，幸得猛虎相救。这一情节设置，既说明包公乃奎星下凡，主天下文章，必为国之栋梁；另一方面，因生时异征而遭弃和屡蒙动物救助的故事则取意于《诗经·大雅·生民》中有关周始祖弃的记载。包公被大哥救出后，又屡被二哥夫妇谋害，则是效仿舜大孝故事。其中，金簪落井，更是直接改编自舜的事迹。不同的是，舜故事中，起保护和劝导作用的是他的两个妻子，包公故事中则换作了大哥夫妇。而包公之所以历经磨难，"自离娘胎，受了多少折磨，较比仁宗，坎坷更加百倍"（《三侠五义》第7页），则取意于孟子"天将降大任于斯人"，言其日后必担大任。包公之出身故事，作者连用周始祖弃、舜的故事和孟子的话比拟包公，言其日后必将成为儒家之大贤。其二，清官永远是正确的。清代侠义公案小说也描写了清官的一些缺点，如清官喜用酷刑，《三侠五义》中的包公、《施公案》中的施公、《彭公案》中的彭公、《海公案》中的海瑞、《狄公案》中的狄公，无一不是严刑逼供的坚定追随者，"那怕你坚心似铁，难尝官法如炉"，是这些清官的口头禅和座右铭；差役常常无辜受责，如《施公案》中的施公常常将"九黄""七珠""流医"之类不知所云的所谓线索交差役查办，访查不出就大刑伺候，甚至连昔日的绿林好汉如王栋、王梁兄弟也常常被打得皮开肉绽；清官的冷酷无情，如海瑞主持太监再行阉割场面的残酷和血腥，施公逼死节妇的冷酷和动辄将手下差役打得鲜血淋漓的残忍，甚至侠客亦受其影响，如黄天霸逼死盟嫂的冷血，这些都不能不说是历史的倒退。但遗憾的是，清官的这些缺点在清代侠义公案小说中却被当作优点，大加赞扬。另外，清官的某些措施实际上不利于经济的发展，但这些措施仍然被作为"清廉"的典范而加以褒奖，如惜红居士的《李公案》第一回赞扬李公为官清廉，说"凡是他老先生属下，所有戏园、酒馆、估衣、绸缎、古董，以及柳巷花街、秦楼楚馆，多弄得一星生意毫无，只好叫苦连天，闭关歇业"。甚至对于清官一些无伤大雅的受贿，如施公先后接受索御史、梁九公等人的贿赂，也于调侃中抱一种欣赏的态度，和电视连续剧《铁齿铜牙纪晓岚》中纪晓岚敲诈和珅颇有几分相像，但纪晓岚敲诈来的钱财多用来"济贫"，而我们的青天大老爷施公则将其揣入了自己的腰包。

四、"清官"不等于好官

在旧时对官员政治品质的要求中，"清"只是居官的一个方面，官"清"未必一定"公""忠""仁""明"。因此，与市井细民对"清官"的顶礼膜拜不同，文人士大夫在对"清官"赞誉有加之外，还保持着清醒的头脑，能够敏锐的发现"清官"的某些不足或者缺点。欧阳修就曾批评包拯"素少学问，朝廷事体或有不思"①，王铚《默记》记载的一则小故事恰可作为欧阳修这一批评的注脚：包拯任陕西都转运使，前往华阴县视察，发现华州西岳庙门牌楼被烧，责问知县姚嗣宗，姚嗣宗答曰为贼所烧。包拯责问贼人为谁，姚答曰黄巢，于是"希仁知其戏己，默然而去"。堂堂朝廷大员，竟然不知道这么重要的历史典故，以致被下属所戏，欧阳修批评他"素少学问"，斯言不诬也。

当然，包拯只是学问欠缺，尚不致影响他秉公执法，而"清官"的另一些特征却是致命的缺点了：第一，清官的偏执。李渔小说《连城璧》卯集《清官不受扒灰谤，义士难申窃妇冤》写成都某知府"做官极其清正，有'一钱太守'之名；又兼不任耳目，不受嘱托。百姓有状告在他手里，他再不批属县，一概亲提。审明白了，也不申上司，罪轻的打一顿板子，逐出免供；罪重的立刻毙诸杖下。他生平极重的是纲常伦理之事，他性子极恼的是伤风败俗之人。凡有奸情告在他手里，原告没有一个不赢，被告没有一个不输到底"②。如此偏执的办案作风，直接导致他差一点儿冤枉了正直的书生蒋瑜。李渔小说虽是虚构，却有着现实社会的影子，如明代的海瑞抑制豪强照顾小民的办案原则是"与其屈兄，宁屈其弟；与其屈其叔伯，宁屈其侄；与其屈贫民，宁屈富民；与其屈愚直，宁屈刁顽。事在争产业，与其屈小民，宁屈乡宦，以救弊也"③。又如清代的施世纶"遇事偏执，民与诸生诉，彼必袒民；诸生与缙绅诉，彼必袒诸生"④。清人黄六鸿在分析地方官心态时说："若事物之来，稍参喜怒于其间，则理与情皆有所偏用，而不能无滥与枉之弊。"⑤海瑞、施世纶办案带有强烈的感情色彩，当然难免"滥与枉之弊"。康熙就曾批评施世纶"夫处事唯求得中，岂可偏私？"（康熙四十年十月上谕）但正是海瑞、施世纶这种偏执的办案作风为他们赢得了更多小民的支持，《施公案》《海公案》中描写的各类案件，无不以小民、弱者一方的胜利告终，如此偏颇的办案风格，司法的公正与严肃何在？

第二，清官多刻。袁枚在其《清说》中说："清、勤、慎三字，司马昭训长史之言也，后人奉之，不以人废言耳。然以畏功为'慎'，以琐屑为'勤'，犹之可也；以溪刻为'清'，所伤者大，不可以不辨。"黄六鸿也说："与其滥而近乎苟，

---

① 《欧阳修奏议集》卷一五《论包拯除三司使上书》，转引自杨国宜《包拯集校录·附录一》，黄山书社，1999，第303页。

② 李渔：《连城璧》卯集《清官不受扒灰谤，义士难申窃妇冤》，华文出版社，2018，第59页。

③ 海瑞著，陈义钟编校《海瑞集·上编·兴革条例》，中华书局，1983，第117、139页。

④ 赵尔巽：《清史稿》卷二七七《施世纶传》，中华书局，1983，第191页。

⑤ 黄六鸿：《福惠全书》卷4《莅任部三：戒燥怒》，载国家数字博物馆·数字国学·史部·《福惠全书》卷四。

毋宁枉而近乎恕。恕犹不失为慈祥，苛则未免流于惨刻矣"①。遗憾的是，清官们似乎更喜欢苛刻，他们"好事吹求，苛刻是务，以深文巧诋为能，以哀矜勿喜为拙"②，往往会因之得到升迁。海瑞在就任南直隶巡抚之始就公布了督抚条约三十六款，其中某些条款就过于琐碎和苛刻。

> 巡抚在各府县逗留，地方官供给的伙食标准为每天纹银二钱至三钱，鸡鱼肉均可供应，但不得供应鹅及黄酒。境内的公文，今后一律使用廉价纸张；过去的公文习惯上在文后都留有空白，今后也一律废止。自条约公布之日起，境内的若干奢侈品要停止制造，包括特殊的纺织品、头饰、纸张之具以及甜食。③

如此琐碎苛刻而又不切实际的举措，已经埋下了失败的种子。但海瑞虽然在政治上失败了，却因其清廉的名声而屡获高位。此后，有清一代的清官更几乎成为苛刻的代名词，其潜在的社会危害早已引起当时一些有识之士的关注。如作为一国之君的康熙就曾直截了当地说"清官多刻，刻则下属难安"，并进一步解释说"为官之人，凡所用之物，若皆取诸其家，其何以济？"（康熙五十三年上谕）

第三，"不明而廉者"。还有一类清官，他们"不贪而民曰穷，不酷而下曰病"，袁枚称之为"不明而廉者"。他说："今人不明之是求，而先廉之是求，不知不明而廉，不如不明而贪也。不明而贪，贪即其医昏之药也，贫者死，富者生焉。不明而廉，则无药可治，而贫富全死于非法矣。"④话虽说得有些绝对，却正中"不明而廉者"的软肋，因为这些不明而廉、有守无才的所谓清官，其为害之烈亦不下于"清而酷"者，他们往往"廉而不慎，则动静云为，必多疏略"。如明嘉靖年间南直隶"绩溪县知县黄莹，忠厚有余而操守不则，剖断迁缓而智识欠明，政事多出于吏书，号令每挠于典史；萎靡之器，民怨日积而不知；绵薄之才，县治大坏而可惜"⑤。与袁枚持同样观点的还有李渔，他在其小说《连城璧》卯集《清官不受扒灰谤，义士难申窃妇冤》篇首起句"从来廉吏最难为，不似贪官病可医。执法法中生弊窦，矢

---

① 黄六鸿：《福惠全书》卷4《莅任部三：戒燥怒》，载国家数字博物馆·数字国学·史部·《福惠全书》卷四。

② 张萱：《西园闻见录》卷97《听讼·前言》，转引自国家数字博物馆·影印古籍·《西园闻见录》（第六十六册），卷97，第24页。

③ 《海瑞集》第242-254页，转引自黄仁宇《万历十五年》，中华书局，1982，第141页。

④ 袁枚：《小仓山房尺牍》卷二《复江苏臬使钱屿沙先生》，扫叶山房书局，1926，第12-13页。

⑤ 《吏部考功司题稿覆巡按直隶御史江浚劾官疏》，嘉靖二十二年五月初六日具题，载《钞本明实录》（第15册），线装书局，2005，第473页。

公公里受奸欺。怒棋响处民情抑，铁笔摇时生命危。莫道狱成无可改，好将山案自推移"的诗后敷陈一篇大义说如下。

> 这首诗是劝世上做清官的，也要虚衷舍己，体贴民情，切不可说我无愧于天，无怍于人，就审错几桩词讼，百姓也怨不得我。这句话，那些有守无才的官府，个个拿来塞责，不知误了多少人的性命。所以怪不得近来的风俗，偏是贪官起身有人脱靴，清官去后没人尸祝，只因贪官的毛病有药可医，清官的过失无人敢谏的缘故。①

从这个意义上讲，"清官"未必一定是好官，甚至在逼不得已之时，"清"还可以退居次要地位。

第四，"廉而不勤"者。清人方大湜说："廉而不勤，则政事纷繁，必多废弛，仍不得谓之好官。"②山西太原府清源县知县刘祚就是这么一位"廉而不勤"的"清官"，他"性成柔懦，事复周章。词讼稽于处分，人多淹滞；体统疏于防检，吏肆奸欺；堡城虽近官而不修，公事则累月而不报，已见人心之不向，实兹地方之受殃"③。此类"清官"虽然为官"清廉"，但与国无益、与民无益，要之何用？

第五，清官的部分措施不利于经济发展。如上述海瑞督抚条款中的"自条约公布之日起，境内的若干奢侈品要停止制造，包括特殊的纺织品、头饰、纸张之具以及甜食"④等措施，就肯定会对当地商品经济的发展产生不良影响。在清代侠义公案小说中，清官的类似措施也被作为美德加以宣扬，如惜红居士的《李公案》第一回赞扬李公为官清廉，说："凡是他老先生属下，所有戏园、酒馆、估衣、绸缎、古董、以及柳巷花街、秦楼楚馆，多弄得一星生意毫无，只好叫苦连天，闭关歇业。"⑤《施公案》写施公进京后，立刻向康熙进谏，将从事歌舞表演的"秧歌脚"驱逐出境。这些措施无疑都会严重阻碍当地经济的发展。

第六，清官的人格缺陷。清官往往并不像市井细民们想象的那么尽善尽美，也会有这样那样的缺点，甚至存在严重的人格缺陷，如海瑞就因多娶妻妾而为人所诟病，但海瑞逼死亲生幼女的举动更加骇人听闻。明人姚叔祥在其《见只编》如下。

---

① 李渔：《连城璧》卯集《清官不受扒灰谤，义士难申窃妇冤》，华文出版社，2018，第59页

② 方大湜：《平平言》卷一《清慎勤》，载方大湜《平平言·桑蚕提要》，湖南科学技术出版社，2011，第43页。

③ 《吏部考功司题稿覆巡按直隶御史江浚劾官疏》，嘉靖二十二年，五月初二，载《钞本明实录》（第15册），线装书局，2005，第473-474页。

④ 海瑞《海瑞集》242页，转引自黄仁宇《万历十五年》，中华书局，1982，第141页。

⑤ 落魄道人、惜红居士：《八贤传·李公案》，远方出版社，2007，第119页。

> 海忠介有五岁女，方啖饵，忠介问："饵从谁与？"女答曰："僮某"。忠介怒曰："女子岂漫受僮饵？非吾女也！能即饿死，方称吾女。"女即涕泣不饮啖。家人百计进食，卒拒之，七日而死。①

清人周亮工《书影》亦有类似记载，在"好货好色"不再受抨击的明代，海瑞尚如此迂腐，竟然因为如此小事逼死亲生幼女，不能不让人惊诧其心肠之狠之硬，这很容易让人想起《儒林外史》中那位劝亲生女儿自杀殉夫的王玉辉，但王玉辉至少还有三次触景生情，伤心落泪，不知海瑞是否也曾伤心落泪？遗憾的是，在清代侠义公案小说中，清官的这种迂腐甚至人格缺陷竟然被当作一种美德而加以宣扬，如海瑞主持太监再行阉割场面的残酷和血腥，施公逼死节妇的冷酷和动辄将手下差役打得鲜血淋漓的残忍，甚至侠客亦受其影响，如黄天霸逼死盟嫂的冷血，这些都不能不说是历史的倒退。

除此之外，还有一些所谓的"清官"实为沽名钓誉之徒，一旦因为"清廉"的好名声得到高官厚禄，立刻就会原形毕露。康熙就曾气愤地指责他们："任科道时多有敢言沽直声以得升迁者，及为大僚，辄不敢言，问以小事，皆云不知。前后顿不相符。"②（康熙四十一年正月上谕）

退一步讲，即使清官个个都是道德楷模，满腹经纶，也不利于实现司法公正。因为"清官崇拜"这一文化现象本身，就包含着个体在法律面前的不平等因素。中国古代的地方官多以"父母官"自居，将其治下的百姓称为"子民"，就是这种不平等关系的具体体现，正如马克思所说：

> 小农人数众多，他们的生活条件相同。但是彼此间并没有发生多种多样的关系。……他们不能以自己的名义来保护自己的阶级利益，无论是通过议会或通过国民公会，他们不能代表自己，一定要别人来代表他们。他们的代表一定要同时是他们的主宰，是高高站在他们上面的权威，是不受限制的政府权力，这种权力保护他们不受其他阶级侵犯，并从上面赐给他们雨水和阳光。③

在中国古代社会，这些"高高站在他们上面"，并"从上面赐给他们雨水和阳

---

① 姚士麟：《见只编》，载《丛书集成新编》（第119册），台湾新文丰出版公司，无出版年月，第646-647页。

② 朱维铮：《走出中世纪》，上海人民出版社，1987，第74页。

③ 马克思《路易·波拿巴的雾月十八日》，中共中央马克思恩格斯列宁斯大林著作编译局《马克思恩格斯全集：第八卷》，人民出版社，1961，第217页。

光"的人，就是所谓的"明君"和"清官"。他们以"青天大老爷"的姿态，施舍给那些"不成熟的孩子"①，使他们感恩戴德，这是何等的不平等！当然，在封建社会里，清官的存在自有其积极的社会意义。但无论如何，清官的作用毕竟有限，正如黄仁宇在《万历十五年》一书中评价海瑞与整个官僚制度抗争的结果是"个人道德之长，仍不能补救组织和技术之短"②，这与民间文学包括清代侠义公案小说对清官的盲目崇拜形成巨大的落差。于是，清官潜在的社会危害与清代侠义公案小说对清官的盲目崇拜、追捧相互激荡，并最终促成了《老残游记》"揭清官之恶"主题的发现。

第二节　清官的法律意识

中国先民的法律意识萌芽甚早，《尚书·周书·吕刑》记载周文王"作五虐之刑曰法"③，说明当时的统治者已有一套比较完备的法律，只是并未向民众公开而已。此后，春秋时期郑国的子产铸刑书，成为第一部公布于众的法律。又经商鞅变法的法律实践和韩非的理论提倡，统治者已经接受了"国无常弱，无常强。奉法者强，则国强；奉法者弱，则国弱"（《韩非子·五蠹》）的观点，大力提倡和宣扬法律的尊严，中国历史上确也产生了一大批奉公守法的贤臣循吏，如《史记》中按法治罪的张释之；《汉书》中不以亲党诬法的汉武帝；《后汉书》中秉公审理湖阳公主苍头白日杀人案的董宣、奉法无私的祭尊、执法不从君命的李膺；《魏书》中奉法不徇私的崔震、不受请托的崔光韶等。但中国传统法律由于渗入了太多非法律的东西，导致其先天不足，一直无法真正做到"法律面前，人人平等"，奉公守法在大多数时候成为一句空话。

一、礼法一体：个体在法律面前的不平等

中国传统法律自诞生之日起，就受到儒家"礼治"思想的深刻影响，使其呈现出礼法一体甚至礼大于法的中国特色。"礼"作为儒家制约人们外部行为的准则，其根本目的是建立一种"君君臣臣，父父子子"的等级森严、尊卑有别的秩序井然的社会。古代法制的首要任务就是确保这个等级社会不受侵犯，因此，传统法律对

---

① 康德:《历史理性批判文集》，商务印书馆，1991，第 15 页。

② 黄仁宇:《万历十五年》，中华书局，1982，第 135 页。

③ 黄怀信注训，《尚书注训》，齐鲁书社，2009，第 321 页。

大大小小的贵族给以特权。早在《尚书·周书·吕刑》中就已经明文规定"上刑适轻,下服;下刑适重,上服。轻重诸罚有权"①。此后的法律在保护贵族特权方面愈演愈烈,正如一位研究者所说:"儒家关于君子小人及贵贱上下的理论仍为社会的中心思想,习俗和法律一直承认他们之间优越与卑劣关系之对立,承认他们不同的社会地位,承认他们不同的生活方式,赋予士大夫以法律上、政治上、经济上种种特权"②。例如清代法律规定"清宗室、觉罗犯罪:或夺所属人丁,或罚金,不加鞭责。虽叛逆重罪,不拟死刑,不监禁刑部"③。"凡京官及在外五品以上官有犯,奏闻请旨,不许擅问。六品以下,听分巡御史、按察司并分司取问明白,议拟奏闻区处。若府、州、县官犯罪,所辖上司不得擅自勾问。止许开具所犯事由,实封奏闻。若许准推问,依律仪拟回奏,候委官审实,方许判决"④。因此,在漫长的封建社会,统治者总是标榜"王子犯法,与庶民同罪",实际情况却是"刑不上大夫","乱世用重典"只是针对"庶民"。人们看到的一方面是"株连",灭三族,夷九族,甚至把学生添上,凑够十族,非常残酷;另一方面却是"荫庇","朝内有人好做官",裙带之风猛刮,门生故吏,舅子衙门,有的今日犯法,明日升官,法已不法,国已不国,最终人亡政息。

在清代侠义公案小说中,亦不乏此类描写。如《狄公案》华国祥儿媳中毒身亡案中,华国祥基于他举人身份地位所享有的特权,显得有恃无恐,不仅私下里发泄其对狄公的不满,"我今日倒要前去催审,看他如何对我,不然上控的状子,是免不了的"⑤。同时,在公堂之上,亦敢当面指责狄公"父台乃民之父母,居官食禄,理合为民申冤,难道举人有心牵害这胡作宾不成?即如父台所言,不定是他毒害,就此含糊了事吗?举人身尚在缙绅,出了这案,尚且如此怠慢,那百姓岂不是冤沉海底吗?若照这样,平日也尽是虚名了"⑥。在其他侠义公案小说中大都有举人因其特殊身份而胡作非为,或得到清官特殊照顾的描写,《彭公案》中的武文华更是倚仗其武举身份勾结官府,包揽词讼,无恶不作。彭公就任三河县知县之前,其前任官员就因不肯与武文华合作而丢官罢职,后武文华为阻挠彭公审讯恶霸左青龙,不

---

① 黄怀信注训,《尚书注训》,齐鲁书社,2009,第328页。

② 瞿同祖:《中国法律与中国社会》,中华书局,1981,第136页。

③ 光绪《大清会典事例》卷10,《顺治实录》卷72,转引自张晋藩《清代民法综论》,中国政法大学出版社,1998,第301页。

④ 《大清律集解附例》卷1《名例·应议者犯罪》,载沈之奇撰,怀效锋、李俊点校《大清律辑注》,法律出版社,2000,第14-15页。

⑤ 佚名:《狄公案》,齐鲁书社,1993,第60页。

⑥ 佚名:《狄公案》,齐鲁书社,1993,第57页。

仅倚仗其武举身份大闹公堂，更动用关系，一度使彭公步其前任后尘。

传统法律对特权阶层的保护，导致普通民众对官府、对法律的畏惧心理，所谓"衙门口，朝南开，有理无钱莫进来"，所谓"民不与官斗"，所谓"屈死不告状"，都是这种畏惧心理的真实反映。这种畏惧心理使人们在现实生活中恪守"家丑不可外扬""退一步海阔天空""吃亏是福"的信条，尽可能的避免纷争。一旦纷争发生，也会首先放在上下、尊卑、亲疏等"礼"的关系网中，依靠调处解决，力求大事化小，小事化了，而不愿也不习惯诉诸法律。即使冲突激化到一定程度，已无法调和，仍有相当一部分人宁愿采取非常手段甚至不惜违法犯罪也不愿诉诸法律。民间这种"惧讼""息讼"的消极思想是中华民族在漫长的封建礼治思想的不断熏陶和灌输下，在长期的封建社会的法律实践中逐渐形成的，并最终积累沉淀为整个中华民族的"集体无意识"，造成中华民族整体法律意识的淡薄。

普通百姓这种"惧讼""息讼"的消极意识往往会被别有用心之人所利用，成为他们泄私愤嫁祸于人或者讹诈钱财的重要手段。《施公案》地藏庵人头案中，九黄杀人后将人头挂在尼姑庵门前，尼姑害怕打官司，以钱财收买老道抛去首级；老道将首级抛入刘君佩院中，刘君佩掩埋人头时却被王公弼的表弟发现，欲讹诈其钱财，刘君佩无力支付，竟然杀人灭口，害死了王公弼的表弟。地藏庵尼姑、刘君佩本来都是受害人，却都不愿惹上官司而采取非法手段妄图息事宁人，刘君佩更是宁愿杀人灭口也不愿意打官司，致使自己也丢掉了性命。可见，民间这种"惧讼""息讼"的消极意识是多么的根深蒂固！《狄公案》孔万德旅店房客被杀一案中，地甲胡德"这事原晓得不是万德，不过想讹诈他"，胡德作为当地地甲，虽不能说精通律例，但对唐律应该有基本的了解，《唐律·斗讼》明确规定"诸强盗及杀人贼发，……当告而不告，一日杖六十"。胡德知法犯法，冒着可能挨打的风险，对店主孔万德进行敲诈和勒索，正是利用了孔万德"惧讼""息讼"的心理。孔万德作为买卖人，当然不希望杀人案件在自己经营的旅馆发生；如果此类案件已经发生，更加不喜欢声张，所以明明没有杀人的孔万德最终还是选择了"私了"。平时省吃俭用，乃至"一毛不拔"的孔万德们，一旦遭遇此类事件，宁肯破财免灾，也不敢通过法律途径解决问题，这无疑为别有用心的胡德们提供了敲诈勒索的机会。可以说，《狄公案》对这个案件的描写，比较符合当时的社会现实和普通老百姓的思维逻辑。

二、刑政相参：道德对法律的干涉

在理论上，中国文化的主流似乎一直在强调仁政，以德治国，教化百姓。周公之"敬天保民"，孔子之"仁者爱人"，孟子之"仁政"说，《左传》之"民本"思想，黄老之学的"无为而治"，都是极好的例证。但这些"仁政"是相对于"顺民"

而言，对于所谓"刁民"，统治者向来不吝惜采用严刑峻法。《周礼》云："乱世用重典"，《左传》批评郑庄公"失政刑矣。政以治民，刑以正邪。既无德政，又无威刑，是以及邪"，都是在强调"威刑"的震慑作用。所以孔子曰："圣人之治化也，必刑政相参焉"。所谓"刑"，就是法律；所谓"政"，就是德政，即统治者通过自己的身体力行，为百姓树立道德楷模，以期能教化百姓，推行其所倡导的伦理道德。经过统治者长期的灌输，这些伦理道德逐步成为整个中华民族共同接受的行为准则，也即传统道德。

一般说来，法律与道德在总体上是一致的，法律是充分道德化的法律，事实上，由于普遍的道德化倾向，所有法律问题同时也都是道德问题，完全与道德无关的法律是不存在的；同时，提倡道德也往往能够有助于维护法律。但当二者发生冲突时，我们应该怎么办？依照现代人的观点，当然应该首先维护法律的尊严，然后适当照顾道德。但在古代，实际情况却并非如此，"当法与情理产生冲突时，人们基本上倾向于情理优先，最起码公案小说作品是这样描写的，这样做法看似有'违法'之嫌，尽管只是文学作品虚设的情景，但它在本质上恰恰体现了古代立法的原则和精神，即本乎伦理道德"①。因此，至少在文学作品中，道德在某些时候是大于法律的，最典型的例子是唐沈亚之的《冯燕传》。冯燕本是因杀人逃避官府追捕而至滑的游侠，后与张婴之妻私通，张婴之妻欲唆使冯燕杀死张婴，冯燕反而激于义愤杀死了张婴之妻。后得知张婴为此蒙受不白之冤，遂挺身而出，至官府自首，竟得赦免。在这个故事中，我们可以看到冯燕杀人亡命和通奸人妻，已经严重触犯了法律，理应受到法律的严惩。但他为义气不计生死的侠肝义胆无疑更符合当时人们的道德观念。于是，在强大的道德力量面前，法律变成了一纸空文，冯燕凭借道德的力量，逃脱了法律的制裁。这个故事为历代文人所津津乐道，明西湖渔隐主人《欢喜冤家》第 8 回《铁念三激怒诛淫妇》、明陆人龙《型世言》第 5 回《淫妇背夫遭诛，侠士蒙恩得宥》等皆由此衍化而来，可见这个故事是多么的深入人心。

必须指出的是，所谓传统道德，多为统治者所提倡，有利于维护其统治，并经过长期的灌输，积淀成为人们的自觉意识，因而具有很大的局限性，如《冯燕传》就充分暴露出传统道德对女性权利的漠视。正如一位研究者所言："在这个故事里，我们有冯燕的角度：他毙了一个对丈夫不忠的女人。我们有丈夫的角度：他被妻子背叛，而且受到莫大的冤枉。我们有官府和生活大众的角度：淫妇受到了应有的惩罚，正义得以伸张。但是女人的角度在哪里呢？丈夫经常殴妻，这个男人是否值得她忠诚？冯燕爱她又杀她，难道不是对真情的出卖？社会片面的拥抱男性英雄，难

---

① 梁治平：《寻求自然秩序中的和谐》，中国政法大学出版社，1997，第 181 页。

道不是彻底地蔑视了女性的基本人权？整个事件如果由女人来叙述，会变成什么样的事件？"①可惜，这只可能是我们现代人的思想和观点，在封建社会中，女性是没有话语权的。

在清代侠义公案小说中，道德对法律的干涉主要表现为两个方面。其一，忠孝节义、三纲五常等封建伦理道德对法律的干涉，这是清代侠义公案小说最为人诟病之处。如《狄公案》狄公对所谓的淫妇毕周氏的处罚，"置了一架异样的物件，名叫木驴——此乃狄公创造之始……以儆百姓中的妇人……其形有三尺多高矮，如同板凳相仿，四只脚朝下，脚下有四个滚路的车轮，上面有四尺多长、六寸宽一横木。面子中间，造有一个柳木驴鞍，上系了一根圆头的木杵，却是可上可下，只要车轮一走，这杵就鼓动起来"②。难怪一向强悍的淫妇毕周氏一旦看到这个物件，"已是神魂出窍，吓得如死人一般，雪白的面目变作了灰黑的骷髅，听人摆布"③。毕周氏因通奸而杀人，理应斩首示众，但因其所犯为奸淫大罪，严重触犯了封建伦理道德，简直"十恶不赦"，于是狄公发明了所谓木驴之刑，不但要从肉体上还要从精神上彻底击垮毕周氏，从而达到杀一儆百的目的。《施公案》中亦有类似的故事情节，《狄公案》似乎受到了前者的影响。其实早在雍正年间刊刻的石成金小说《扬州近事雨花香》第三十八种《剐淫妇》就已经有施公造木驴剐淫妇的详细描写④，如此惨无人道的刑罚，却为小说作者们津津乐道，乐此不疲，究其实质，就在于毕周氏等"淫妇"的行为，严重违背了封建伦理道德，那些以维护封建道统为己任的清官们，自然恨之入骨，杀之犹不可以解其恨。

其二，清官的人情味。清官之所以受到市井细民的顶礼膜拜，很大程度上是因为清官充当着小民保护伞的角色。由于古代法律的不健全和不合理，尤其是法律对特权阶层利益的保护，造成个体利益在法律面前的事实上的不平等，清官人情味的介入，可以使个体得到尽可能公正的待遇，因而得到普通老百姓的拥护。如《三侠五义》写陈大户与张有道之妻通奸，欲谋害张有道，口头以六亩地作饵，诱使狗儿为其寻觅"尸龟"，并用其害死张有道，公孙策私访察得实情，激于义愤，为尤氏婆媳伪造字据，包公一看，认得是公孙策的笔迹，心中暗笑道："说不得，这可要讹陈大户了"（《三侠五义》，第61页），为维护弱小者的利益，包公不惜枉法以帮助之，这是包公审案的"变通"之处，充分体现了包公的人情味。《施公案》中民妇茄子被偷案、老妇告"穷"案等均为琐事，施公本可置之不理，但施公却以其同

---

① 龙英台：《活的文化，死的理解》，南方周末，1999 年 4 月 9 日。
② 佚名：《狄公案》，齐鲁书社，1993，第 85 页。
③ 佚名：《狄公案》，齐鲁书社，1993，第 85 页。
④ 参看侯忠义等主编《中国古代珍稀本小说》第九辑，春风文艺出版社，1997，第 658 页。

情弱者之心以及其智慧，妥善处置，使弱者权利得到维护，这是施公断案中体现出的人情味。在古代法律制度不健全甚至严重不平等的情况下，清官人情味的增加有利于最大限度的维护弱小者的利益，是有其进步意义的。

三、理、情、礼、法：古代法官判案的多重标准

由于传统道德、儒家"礼治"思想等对法律的干涉，造成整个民族法律意识的淡薄。这并非仅仅表现为民间"惧讼""息讼"的消极意识，更表现为古代法官在判案时往往并不单纯依靠法律，而是采取多重标准，甚至对单纯依照法律条文者持讽刺态度。如杨维桢《刑统赋序》认为"刑定律有限，情博受无穷，世欲以有限之律律天下无穷之情，亦不难哉？"俞戬卓《刑统赋序》也认为"徒守其文在律之所已定者，不足以该其情也。"他们"向以能运用多重标准——理、情、礼、法——为骄傲，对斤斤计较于成文法条规定者相当鄙视"[①]。日本学者滋贺秀三"在一定程度上查阅了清代包括审判在内的有关一般民政的史料文献后，注意到当时的人士在处理公务之际、考虑作为自己判断指针的时候，时常着重于将'情''理''法'相提并论"[②]。

这里，所谓"情"当指人情，也即人心、民情，《汉书·文帝纪》："今万家之县，云无应令，岂实人情？"[③]《北齐书·卢文伟传》："文伟性轻财，爱宾客，善于抚接，好行小惠，是以所在颇得人情。"[④]《后汉书·卓茂传》："律设大法，礼顺人情。"[⑤]又程子云："王道之大本乎人情。"所谓"理"当指理化，也即治理和教化，《后汉书·樊宏传》："分地以用天道，实廪以崇礼节，取诸理化，则亦可以施于政也。"[⑥]因此，所谓"情理"就是指符合人心、民情的，有助于统治者治理、教化百姓的价值判断标准，也即传统伦理道德。滋贺秀三认为"所谓情理就是作为习惯的价值判断标准，而且'情理'概念中含有充分注意和尊重各地不同的风俗习惯的要求"[⑦]。这里"作为习惯的价值判断标准"，即指传统道德。所谓"礼"，即儒家用

① 范忠信、郑定、詹学农：《情理法与中国人——中国传统法律文化探微》，中国人民大学出版社，1992，第 232 页。

② 滋贺秀三著，范愉译，《清代诉讼制度之民事法源的概括性考察》，载滋贺秀三等著，王亚新、梁治平主编《明清时期的民事审判与民间契约》，法律出版社，1998，第 21—22 页。

③ 班固撰，颜师古注，《汉书》，中华书局简体字本，1999，第 90 页。

④ 李百药：《北齐书》，中华书局简体字本，1999，第 218 页。

⑤ 范晔撰，李贤注，《后汉书》，中华书局简体字本，1999，第 218 页。

⑥ 范晔撰，李贤注，《后汉书》，中华书局简体字本，1999，第 753 页。

⑦ 滋贺秀三：《中国法文化的考察——以诉讼的形态为素材》，载滋贺秀三等著，王亚新、梁治平编《明清时期的民事审判与民间契约》，法律出版社，1998，第 14 页。

以"定亲疏、决嫌疑、别同异、明是非"的行为规范。它既是统治者制定法律的理论基础，又与道德是"一而二，二而一"的关系。儒家礼治思想经过统治者长期的灌输，积淀为整个民族的"集体无意识"，成为传统伦理道德。因此，道德、礼治与法律是密切联系的"三位一体"，但三者均处于不断变化之中，在总体一致的前提下，三者有时也会相互抵触。如果这种情况出现，最有利于统治者维护其统治、最有利于法官获得最广泛支持的，无疑是民心之向背，即人情，而对民心向背产生决定影响的其实是传统道德。因此，古代法官在判案时，首先考虑的不是法律，而是人心、民情，是教化百姓，是传统的伦理道德。正如梁治平在《寻求自然秩序中的和谐》一书中所云："中国古代的法官依靠什么来处断案件，是道德，还是法律？如果说，道德的精神业已渗透了法律，他们只须依照成文的法律去行事，即是在执行道德，那么因为同样的缘故，他们在很多情况下会有充分的理由背离成文的律令，因为道德原则要求具体情况具体分析。"① 他们往往"立足在当时一般的价值观基础上，却着力于分别找到与每个具体案件的微妙之处相适合的最佳个别方案，即合乎'情理'的解决"②。例如《明镜公案》中《王御史判奸成婚》一案，王御史判通奸的青年男女成婚时说："据律则通奸者该各杖八十，姑念汝天生一对，财貌两全。古云'君子乐成人之美'，当权正好行方便。吾何惜一屈法，不以成人美乎？"③ 有人以不合律法责之，王御史振振有词，"岂不闻卓茂云：'律设大法，礼顺人情。'又程子云：'王道之大本乎人情。'则苟顺于情即合礼合道，何奸于律？"④论者也认为："判奸成婚本不合律，但以文士才女各未婚娶，爱惜其才，判之成婚。一时人情不以为非，可见善持法者在变通从宜，不必胶柱鼓瑟也。"⑤

道德、礼治等对法律的干涉，是一把双刃剑。一方面，由于古代法律的不健全和不合理，道德对法律的干涉可以最大限度的维护法律个体的利益，使个体得到尽可能公正的待遇；另一方面，道德、礼治等对法律的干涉造成国民法律意识的淡薄，不利于法律的健全和完善，使古代中国成为人治社会而非法治社会，其后果是从根本上不利于维护最广大法律个体的合法权益。

---

① 梁治平：《寻求自然秩序中的和谐》，中国政法大学出版社，1997，第283页。

② 寺田浩明：《日本的清代司法制度研究与对"法"的理解》，载滋贺秀三等著，王亚新、梁治平编《明清时期的民事审判与民间契约》，法律出版社，1998，第126页。

③ 佚名：《明镜公案》卷四《婚姻类·王御史判奸成婚》，转引自国学数字博物馆—数字国学—史部—《明镜公案》卷四。

④ 佚名：《明镜公案》卷四《婚姻类·王御史判奸成婚》，转引自国学数字博物馆—数字国学—史部—《明镜公案》卷四。

⑤ 佚名：《明镜公案》卷四《婚姻类·王御史判奸成婚》，转引自国学数字博物馆—数字国学—史部—《明镜公案》卷四。按：这几句话是《明镜公案》作者按语。

第三节　侠义公案小说清官形象的几个来源

无论是前朝的包公、海瑞，还是本朝的施世纶、彭朋、于成龙，清代侠义公案小说中的清官形象，不仅有其鲜明的个性，更有其共性。而其共性实质是历代官员优秀品质的累积和叠加，大致说来，清代侠义公案小说中的清官形象至少受到了以下几类官员的深刻影响：

一、明察善断、公正廉洁——贤相循吏的影响

清代侠义公案小说中的清官形象最直接的文学渊源当是历史和文学作品中的贤相循吏，他们公正廉洁而又明察善断，为清代侠义公案小说清官形象的塑造提供了大量素材。战国时期魏国的西门豹，"清克洁悫，秋毫之端无私利"（《韩非子·外储说左下》）；三国时期的兖州刺史裴潜，"尝作一胡床，及去任，挂之梁间。人服其介"[1]；隋朝赵范为齐州别驾，入朝，父老送之，曰："公清如水，请酌一杯水以奉饯"[2]；唐冯元叔"所乘马，不食民间刍豆。人谓之斋马"[3]；宋包拯知端州，州岁贡砚，必进数倍以遗要人。拯命仅足贡数即已。秩满归，不持一砚[4]；明兵部侍郎于谦巡抚河南，回京时连河南的土特产……土蘑菇与线香都没带。赋诗名志："绢帕蘑菇与线香，本资民用反为殃；清风两袖朝天去，免得闾阎话短长"[5]……这是廉洁自律的典范。

公正执法如《史记》张释之按法治罪；《汉书》汉武帝不以亲党诬法；《后汉书》董宣审理湖阳公主苍头白日杀人案、祭尊奉法无私、李膺执法不从君命；《三国志》崔震奉法不徇私、崔光韶不受请托等。明察善断如子产闻哭知奸的故事对后世文学作品影响很大，《搜神记》中的《严遵》，《酉阳杂俎》中的《韩滉》，《折狱龟鉴》中的张讼断案，《百家公案》中的《判阿吴夫死不明》《判阿杨谋杀亲夫》，《龙图公案》中的《白塔巷》，乃至《三侠五义》《施公案》都有对这个故事的改写。裁决遗产案则源于东汉应劭的《风俗通义》，明代余象斗《廉明公案》中的《滕同知断庶子金》《韩推府判家业归男》；虚舟生《海公案》中的《判给家财分庶子》《家业还

---

[1]　陈寿撰、裴松之注《三国志》卷二十三，中华书局，2006，第401页。

[2]　张岱缀辑、龚明德校勘《夜航船》，四川文艺出版社，2023，第241页。

[3]　张岱缀辑、龚明德校勘《夜航船》，四川文艺出版社，2023，第240页。

[4]　张岱缀辑、龚明德校勘《夜航船》，四川文艺出版社，2023，第243-244页。

[5]　杭州市政协文史和学习委员会、杭州于谦祠编《于谦》，杭州出版社，1998，第18-19页。

支应元》;《龙图公案》中的《扯画轴》《昧遗嘱》;冯梦龙《古今小说》中的《腾大尹鬼断家私》乃至清代侠义公案小说的相关案件皆源于此。他如东汉应劭《风俗通义》所载黄霸智断夺子案;《三国志》所载国舅勘书折狱、高柔辨冤、孙登比丸知冤、孙亮审理蜜中鼠屎案;《魏书》所载司马悦刀鞘得贼、李崇审理妄认死尸案;《南史》所载傅琰破鸡得情案;《周书》所载柳庆审理贾人失金案;《北史》所载李惠智断夺羊案都为清官形象的塑造提供了鲜活的素材。

二、待下以礼与江湖义气——司马迁、班固所谓卿相之侠

清官门下人才分多种类型和层次,以包拯为例,文有公孙策出谋划策,日常生活和家庭琐事则有包兴、李才打理;至于铲奸除恶、锄暴安良,则有众位侠客义士,而这些侠客义士又分为若干层次:有武艺高强的侠客,如南侠展昭;有义气深重的义士,如陷空岛五鼠;有赤胆忠心的壮士,如王朝、马汉、张龙、赵虎;甚至有弃暗投明的泼皮光棍,如差役江樊。但凡人有一技之长,或小才微善,清官均录而用之,这种兼容并蓄、海纳百川的胸襟和气度,其历史文化渊源可追溯至以战国四公子为代表的所谓卿相之侠。《史记·游侠列传》云:"近世延陵、孟尝、春申、平原、信陵之徒,皆因王者亲属,藉于有土卿相之富厚,招天下贤者,显名诸侯,不可谓不贤者矣。比如顺风而呼,声非加疾,其势激也。"《汉书·游侠传》曰:"由是列国公子,魏有信陵、赵有平原、齐有孟尝、楚有春申,皆借王公之势,竞为游侠,鸡鸣狗盗,无不宾礼。"他们对所谓卿相之侠的态度虽有好恶的细微区别,却均明确指出战国四公子广揽贤才之举及其产生的深刻影响。

清官对其门下人才表现出异乎寻常的尊重和礼遇,如包拯之礼遇展昭、五鼠,施世纶之三请万君兆,皆是如此,其形象塑造亦有战国四公子的影子。信陵君"为人仁而下士,士无贤无不肖皆谦而礼交之,不敢以其富贵骄士",其礼遇侯生之举更是礼贤下士的典范:

> 公子于是乃置酒大会宾客。坐定,公子从车骑,虚左,自迎夷门侯生。侯生摄敝衣冠,直上载公子上坐,不让,欲以观公子。公子执辔愈恭。侯生又谓公子曰:"臣有客在市屠中,愿枉车骑过之。"公子引车入市,侯生下见其客朱亥,俾倪,故久立与其客语,微察公子。公子颜色愈和。①

包拯主动结交展昭,赐酒席给命案在身的卢方,虽未亲自作陪,但其门下全

---

① 《史记·魏公子列传》,载司马迁撰,裴骃集解,司马贞索引,张守节正义,《史记》,中华书局,1982年第2版,第2378页。

体在座，且尊卢方上座，隐隐有信陵君之风。颜查散则颇有孟尝君之风，《战国策·齐策四》有如下记载。

> 齐人有冯谖者，贫乏不能自存，使人属孟尝君，愿寄食门下。孟尝君曰："客何好？"曰："客无好也。"曰："客何能？"曰："客无能也。"孟尝君笑而受之曰："诺。"左右以君贱之也，食以草具。居有顷，倚柱弹其剑，歌曰："长铗归来乎！食无鱼。"左右以告。孟尝君曰："食之，比门下之客。"居有顷，复弹其铗，歌曰："长铗归来乎！出无车。"左右皆笑之，以告。孟尝君曰："为之驾，比门下之车客。"于是乘其车，揭其剑，过其友曰："孟尝君客我。"后有顷，复弹其剑铗，歌曰："长铗归来乎！无以为家。"左右皆恶之，以为贪而不知足。孟尝君问："冯公有亲乎？"对曰："有老母。"孟尝君使人给其食用，无使乏。于是冯谖不复歌。①

这个脍炙人口的故事对后世文学创作产生的影响主要表现在两个方面：其一，失意文人或失意英雄弹剑作歌而抒愤，前者如文人的部分游侠诗，后者如《隋史遗文》中落魄江湖的秦叔宝弹铜而歌；其二，侠义公案小说用来展现清官的识才之能、爱才之心、容才之量，最明显的例证是民国艺人李少霆的长篇小说《三侠闹京都》中原兵部尚书海庭芳告老还乡后，广揽贤才，分设"聚贤堂""会英堂"和"广义厅"。住进"聚贤堂"的都是文有安邦之才，武有定国之志的高人贤士，待为上宾。次一点的就住"会英堂"，再次一点的就住"广义厅"。老侠客邬柳堂化装成穷酸老者，以歌声打动海庭芳，从"广义厅"住进"会英堂"，再到"聚贤堂"。《三侠五义》中"美英雄三试颜查散"的情节设置抑或受到孟尝君故事的启发，二者有很多相似之处，如侠客以穷困潦倒的形象出现，以"食无鱼"起兴展开故事情节，以侠客的歌声或诗歌结构故事，左右之人对侠客奇特举止的厌恶和反感，公子或清官的大度，公子或清官后均得到侠客鼎力相助等。不过，《三侠五义》对这个故事重新进行了艺术加工，使其呈现出一些不同的特点，如冯谖用来打动孟尝君的是"长铗归来乎"的歌声，白玉堂则换作诸葛亮"草堂春睡足"的酸诗；孟尝君贵为公子，家财万贯，自然不在乎多冯谖一个吃闲饭的，颜查散则穷困潦倒，吃了上顿没下顿，因而尤为难能；孟尝君并没有发现冯谖的真才实学，颜查散则慧眼识英才，认为其"斯文中含着一股英雄气概"②，识见亦高孟尝君一筹。孟尝君故事中的

① 参见《战国策·齐策四·齐人有冯谖者》，载何建章译《白话战国策》，岳麓书社，1992，第567页。
② 石玉昆述，王军点校《三侠五义》，中华书局，1996，第198页。本章所引《三侠五义》原文，皆出此书。

左右在"美英雄三试颜查散"中形象化为小书童雨墨，不仅有力的衬托出颜查散的识才之能、爱才之心、容才之量，而且故事的趣味性也因之大大增强。

三、刑政相参，严刑竣法——史书中酷吏形象的影响

在我们的潜意识中，清官之与酷吏，正如黑与白、正与反、是与非一样水火不容。但在清代的侠义公案小说中出现的清官形象却几乎都带有酷吏作风。包公下车伊始便刑毙赵大，审郭槐一案更将其酷吏作风显露无遗。施公的口头禅就是"那怕你坚心似铁，难尝官法如炉"，并每每用之与实践而无往不胜，就连普通老百姓也知道这位施大人"最是狠刑"。彭公也是严刑逼供的坚定追随者，他审魏保英移尸案，几次三番动用大刑，直到魏保英受刑不过，招出实情。其用刑之酷，比其前辈包公也不遑多让。海清天也不例外，他主持对太监的"再行阉割"，其场面之血腥，令人不忍卒读，而海瑞仍然能"谈笑自若"①，其心肠之狠之硬，令人惊愕。

清官喜用酷刑，其原因是多方面的，如中国古代"刑政相参"的施政理念，古代刑侦技术的单调和落后，明清官场实际情况的真实反映，渲染清官的威严气象等，而史书中某些酷吏形象的影响也是一个重要方面。酷吏对清官的影响不仅体现为对严刑竣法的崇拜，更体现为其剪灭豪强的非常手段和刚直不阿的执法态度，如西汉著名酷吏郅都"敢直谏，面折大臣於朝"，其"行法不避贵戚，列侯宗室见侧目而视，号曰'苍鹰'"。郅都还雷厉风行，迅速剪灭横行一方的地方豪强，如济南瞷氏"宗人三百余家，豪猾，二千石莫能制，于是景帝乃拜都为济南太守。至则族灭瞷氏首恶，余皆股栗。居岁余，郡中不拾遗。旁十余郡守畏都如大府"。郅都还是一个不折不扣的清官，他"为人勇，有气力，公廉，不发私书，问遗无所受，请寄无所听。常自称曰：'已倍亲而仕，身固当奉职死节官下，终不顾妻子矣。'"②将郅都与清代侠义公案小说中的清官相比较，我们会发现二者之间没有本质的区别。

第四节 清官的人情味与世俗化

由于明清人文思潮和市民思想的影响，清代侠义公案小说中的清官形象，在继承传统清官基本特点的基础上，又呈现出某些新的特点，主要体现为清官人情味的

---

① 佚名：《海公大红袍全传》，宝文堂书店，1984，第102页。

② 《史记·酷吏列传》，载司马迁撰，裴骃集解，司马贞索引，张守节正义，《史记》，中华书局，1982年第2版，第3133页。

增加和世俗化倾向的增强。

包公是古今清官第一，是正义的化身，是刚直不阿的典型代表。但在《三侠五义》中，传统之外，包公身上也出现了一些新的特点，正是这些新特点，使包公从一个铁面无私、不食人间烟火的神转变为活生生的有血有肉的人，令人更感亲切。如太师庞吉令道士刑吉作法镇魇包公，被南侠撞破，包公上书参奏庞吉，仁宗"念他是椒房之戚，着从宽罚禄三年"，而包公"亦知他是国戚，皇上眷顾，而且又将他罚禄，也就罢了"（《三侠五义》，第 133 页）。明知扳不倒对方，便不再作无谓的抗争，而是耐心的寻找下一个机会，在殊死的忠奸斗争中，包公表现出以往少有的"圆滑"。包公奉旨前往陈州稽查放赈之事，圣上赐其"御札三道"，公孙策强解"御札"作"御铡"，绘成龙、虎、狗三把铡刀，包公将错就错，制成御刑，掌握了生杀大权，后用龙头铡铡了无恶不作的庞昱，在政治斗争中，包公展现出其灵活的一面；陈大户与张有道之妻通奸，欲谋害张有道，口头以六亩地作饵，诱使狗儿为其寻觅"尸龟"，并用其害死张有道，公孙策私访察得实情，激于义愤，为尤氏婆媳伪造字据，包公一看，认得是公孙策的笔迹，心中暗笑道："说不得，这可要讹陈大户了"（《三侠五义》，第 61 页），为维护弱小者的利益，包公不惜枉法以帮助之，这是包公审案的"变通"之处；包公陈州放赈归来，"诰命来至屋内，只见包公在那里吃茶，放下茶杯，立起身来，笑道：有劳夫人传宣，官差完了"（《三侠五义》，第 105 页），这是日常生活中的"包氏幽默"……包公身上的这些新特点，使其在可敬可畏之外，平添了几分可亲和可爱。应该说，《三侠五义》包公形象的塑造是相当成功的，但这些都是枝叶，骨子里，包公仍是一个富有浓厚儒家文化意蕴的传统型清官。

与包公的一身正气、不怒自威的清官形象不同，施公则是一位充分世俗化的清官。他采用圆滑的政治手腕，巧妙周旋于官场，甚至无伤大雅的受贿。他先后抓住陶提督和索御史的小辫子[①]，扬言要面君参奏，却又在收受重礼后偃旗息鼓，大事化小，小事化了。他在康熙下令全国斋求求雨期间，宴请文武百官，令他们当众呕吐出带有肉汁的食物，又抓住了众官员的小辫子，只因为他收了索御史的贿赂，惧人参奏，有害其"清廉正直"之名。施公还牢记"忠也要尽，和气也不可伤"的古训，因此，他既弹劾了穿宫太监越职擅权，却又暗中接纳了梁、王两位太监头子的贿赂，积极为太监们免祸而出谋划策。在这里，已没有了《三侠五义》中包公与庞

---

① 陶提督私放对子马，为其撞见，本欲面君，却因收受陶提督人情而采用了折衷的方式，只强调清室家例，而不具体参奏其人，既解决了问题，又不得罪陶提督，落下二十封白花花的银子不说，还送了陶提督一个顺水人情；施公与索御史射箭赌钱，施公设计诱使索御史用脚踏住上有"康熙"字样的制钱，给索御史安上"欺君大罪"。

昱那样殊死的忠奸斗争，而带有了几分"戏说"的性质。因此，施公与其他清官不同，他在官场中游刃有余，将文武百官玩弄于股掌之间，又不失时机的发点小财，可谓名利双收。但如此圆滑的政治手腕，这样"巧妙"的生财之道，是包公等传统型清官所不能为也不屑为的。

施公的世俗化还体现为他满口的俚词俗语，张口常言道，闭口俗话说，活脱脱市井细民的口吻和语气。甚至，他的思维方式都是世俗化的，如他以功名富贵打动义士为其效力，却又视绿林豪杰为奴仆，终使黄天霸、王栋、王梁诸人意懒心灰、归隐林下；奉旨请回黄天霸之后，又待以客礼，壮士长、壮士短，尊敬中带着一些生分；黄天霸等人在其推荐、提拔之下，终于得为高官，自然对其感激涕零，他又不失时机的改口称他们为"贤弟"，以示亲热。施公察言观色、审时度势的本领的确非同小可。至此，除了为民除害、明察善断之外，传统型清官的其他特点几乎完全被颠覆了。施公是一个无愧大义却小节有亏的另类清官，其性格的复杂、矛盾在此前的清官形象中是很少见的。

彭公则是另外一种类型的世俗化清官。在官场上，他既没有施公那样稳固的靠山（施琅），也没有施公那样圆滑的政治手腕，一个小小的武举就令他几乎丢官罢职。但他从实用主义出发，千方百计拉拢绿林豪杰为其效力。为收复白马李七侯，他枉法赦免了作恶多端的恶霸李八侯，以市恩相要挟，可以说正好抓住了绿林豪杰恩仇必报的特点，桀骜不驯的白马李七侯就这样为其所用。这一点，要比施公纯以功名富贵打动人心要高明的多。后彭公被武举武文华诬告，罢去官职。众绿林豪杰指镖借银，为其买官，彭公虽事先并不知情，但得知原委后，他不仅不加以制止，反而担心其事不成。因而，彭公颇有以钱买官和纵容绿林豪杰打劫的嫌疑。白马李七侯被玉面虎张耀宗激走，彭公因有了武艺更加高强的侠客相助，并没有特别流露出对为其立下汗马功劳的李七侯的怀念，这些都是其实用主义的具体表现。

以往文学作品中清官身上传统道德色彩过于浓厚，往往成为高大全式的人物，虽然可敬可畏，但并不可信可亲。明代滕大尹、乔太守式清官的出现打破了这种现象，因而具有特别的意义，它反映出明代中叶以后商品经济的发展以及思想解放运动对现实人生和文学作品的影响，主要表现为"好货好色"不再受抨击，对经济利益的追求，对青年男女的两情相悦，社会普遍持一种宽容态度，这不仅影响到普通民众，也波及到为官做宦者。清代侠义公案小说继承并发展了这一创作倾向，施公、彭公等清官形象颠覆了传统清官的"清廉"特点，成为爱财的清官，如果单以其思想境界而言，他们远远比不上包公等传统型清官。但正因为他们有这样那样的缺点，才更给人以真实感，使之成为文学作品中众多清官形象中独具特色的这一个。

第七章　侠文化与清代侠义公案小说

第一节　侠义精神的形成及其复杂内涵

中国的侠客与日本武士最大的不同就在于日本武士重武技的较量，而中国的侠客更看重武德的修养，即所谓的侠义精神。这种侠义精神有着比侠义小说更为悠久的历史，并为侠义小说提供了精神支持和伦理依据。早在上古时代，诸如盘古开天辟地，女娲补天，夸父逐日，后羿射日，神农尝百草，邢天舞干戚，共工怒撞不周山等优美悲壮的神话故事中就已经孕育着侠义精神的若干因素，当为后世侠义精神的最早源头。

春秋战国时期，诸侯纷争，战乱频仍，人民饱受战乱之苦，这就为侠客们扶危济困提供了充分的活动空间。因此，春秋战国时代是中国古代侠客活动格外有声有色的时期，豫让、聂政、荆轲等都是声名显赫的侠客。伴随着侠客的产生和其作为一个阶层的发展壮大，就有了记载侠客事迹和评论侠客行为的文字。

一、道家：侠义的最高境界乃以德御剑

道家与侠客的处世观似乎是相互对立的：道家推崇清静无为，提倡顺其自然；侠客则刚猛好斗，醉心于快意恩仇。因此，自命清高的道家向来看不起混迹于游民之中的侠客，庄子在《说剑》中就将剑客描绘得狼狈不堪，最后竟集体服剑自杀。但正是在《说剑》一篇中，庄子提出剑分"君子剑""诸侯剑""庶人剑"三等的观点，提倡以德御剑、匡诸侯、服天下、利苍生的"君子剑"，反对"无异于斗鸡，无所用国事"的"庶人剑"。[①]庄子本意虽在讽谏，但以德御剑的观点对后世侠义小说中侠客伦理道德的建构产生了深远影响，实开侠客伦理之先河。庄子还借传奇人物"盗跖"之口提出了"盗亦有道"的观点。

---

① 语出《庄子·说剑》，载王叔岷《庄子校诂》，中华书局，2007，第1219页。

跖之徒问于跖曰："盗亦有道乎？"跖曰："何适而无有道也？夫妄意室中之藏，圣也；入先，勇也；出后，义也；知可否，知也；分均，仁也。"①

"盗跖"之"盗亦有道"的观点，后经《吕氏春秋》的大力宣扬，成为后世侠盗一类人物自觉遵守的行侠准则，同时也为侠义小说塑造此类人物提供了伦理依据。庄子这些议论揭示了侠义行为背后的系统伦理准则"盗之道"，开创了侠义小说的伦理之河，自然对后世侠义小说的创作产生深远影响。

二、墨家：公义重于私仇

侠客被称为"别墨"，韩非更认为"墨"就是"侠"，今人亦有"侠出于墨"之说，如吕思勉先生在其《先秦学术思想概论》一书中认为"墨之徒党多为侠，多'以武犯禁'，为时主之所忌。巨子死而遗教衰，其党徒乃渐服于其为游侠之旧。高者不过能'不爱其躯，以赴士之阨困'，而不尽'轨于正义'。下者则并不免'为盗跖之居民间'者矣"②。

墨家与侠客的确存在诸多相似之处，如《墨子·兼爱下》主张"言必信，行必果；使言行之合，犹合符节"，并且为了追求"兴天下之大利"，常常"用天下之大罚"来"除天下之大害"，乃至"不惮以身为牺牲"，这与侠客的重然诺、轻生死有着天然的一致。但以《左传》《国语》《战国策》《史记》《汉书》等史书所记载的侠客事迹来看，侠客的思想境界与墨家相去甚远。《吕氏春秋·去私篇》有如下记载。

墨者有巨子腹䵏，居秦，其子杀人，秦惠王曰："先生之年长矣，非有它子也，寡人已令吏弗诛矣，先生之以此听寡人矣。"腹䵏，对曰："墨者之法曰：'杀人者死，伤人者刑。'此所以禁杀伤人也。夫禁杀伤人者，天下之大义也。王虽为之赐，而令吏弗诛，腹䵏，不可不行墨者之法。"不许惠王，而遂杀之。子，人之所私也。忍所私以行大义，巨子可谓公矣。③

---

① 语出《庄子·盗跖》，载王叔岷《庄子校诂》，中华书局，2007，第1189页。

② 支持这一观点的人还有很多，如侯外庐先生认为后期墨子学派中的一支"变为社会运动的游侠"（侯外庐等：《中国思想史通论》第1卷，人民出版社，1957，第197页）。闻一多也认为"墨家失败了，一气愤，自由行动起来，产生所谓游侠了。"（闻一多：《闻一多全集》第3卷，三联书店，1982，第417页）顾颉刚更明白指出"任侠源于墨家"（顾颉刚：《顾颉刚读书笔记》，台北联经出版事业公司，1990，第442页）。当然，也有人表示反对，如郭沫若就认为"儒墨自儒墨，任侠自任侠，古人并不曾混同，我们也不好任意混同的"（郭沫若：《青铜时代·墨子的思想》，科学出版社，1952，第180页）。

③ 《吕氏春秋·卷一·孟春纪第一》，载吕不韦、刘安著，杨言点校《吕氏春秋·淮南子》，岳麓书社，1989，第6页。

蒋智由在《中国之武士道·蒋序》中说："余尝病太史公传游侠，其所取多借交报仇之人，而为国家之大侠缺焉。"①的确，《游侠列传》中的侠客缺乏国家意识，但在封建社会中，"为国"在很大程度上即是"为君"，自有其局限性。而墨子之法充分尊重"蚁民"之"贱命"，将其视为"天下之大义"，甚至高于封建时代的国法；即便是"巨子"本人杀人犯法，同样罪不可恕，更何况其他！正是在此基础上，《墨子·非攻下》特别指出，武王伐纣"非所谓攻也，所谓诛也"！因为纣王残暴不仁，天下大乱，所以武王迫不得已才"代天行诛"！这不仅比侠客睚眦必报，斤斤计较于个人恩怨的行为无疑要高尚的多，其进步性更远在其他各家之上。所以，蒋智由满怀激情的歌颂墨家的"公义"。

> 观于墨子，重茧救宋，其急国家之难若此，大抵其道在重于赴公义，而关于一身一家私恩私怨之报复者甚尠焉。此真侠之至大，纯而无私，公而不偏，而可为千古任侠者之模范焉。夫报复私怨，杀仇敌而快心，此野蛮时代之风，任侠者固已耻之。若捐躯以报恩，此固为任侠者所许，而可为任侠中品德之一种。虽然，吾以为必有赴公义之精神，而次之乃许其报私恩焉。不然，彼固日日欲赴公义，而适以所处之地位，有不能不报私恩之事，而后乃以报私恩为名焉。要之所重乎武侠者，为大侠，毋为小侠，为公武毋为私武。由是"戒妄杀"乃悬为后世侠者共遵共守之信条；相较之下，刺客为"报私怨"而率性杀人，所见之"义"又特其小也！②

较之刺客的报私怨、侠客的捐躯以报恩，墨家"赴公义"无疑更令人钦佩。而且，墨家虽然也会为弱国的自卫而战，事不成甚至也会自杀以谢罪，但那是为维护"天下之公义"而战，在本质上则是主张非战的。而侠客则醉心于快意恩仇，时刻准备着挥舞起手中的利剑，刺向对方的胸膛。因此，墨家是高度自律而又有严密组织的集团苦行僧，侠客则是天马行空、仗剑浪游天下的极端自由主义者，二者有本质的区别。因此，墨家主张的"戒妄杀"在侠义小说中并没有真正得到贯彻，从唐代的豪侠小说到《水浒传》，我们在侠客行侠仗义的背后，看到了太多屈死的冤魂。这种状况直到清代侠义公案小说出现才有所改善。

---

① 蒋智由：《中国之武士道·蒋序》，载梁启超《饮冰室合集》，饮冰室专集之24，中华书局1989，第7册。

② 蒋智由：《中国之武士道·蒋序》，载梁启超《饮冰室合集》，饮冰室专集之24，中华书局1989，第7册。

三、儒家：游侠的本质是"仁"与"义"

儒家对侠的态度是矛盾的，他们看重侠的刚毅果敢的品性，认为"士可杀不可辱"。孟子更进一步，推崇真正的大丈夫应当"富贵不能淫，贫贱不能移，威武不能屈"，这些无不和古代侠客所遵循的最高境界保持着天然的一致。因此，儒士们一直试图对侠士加以改造和影响，试图将其行为纳入儒家伦理道德规范体系之中。尤其是儒家思想取得统治地位后，积极入世的儒家思想占据了中国大众文化的主导地位，更自觉加深了对侠的改造和影响。早在西周时期，周武王就曾经在其《剑铭》中提出以仁德为武的观点，强调带剑之人应"带之以为服，动必行德，行德则兴，倍德则崩"。《小五义》第九十五回写展昭等人谈到"紫电"剑在采花贼燕飞手中，展爷听毕，说"道爷，这剑早晚必要归你的手中。这乃是宝物，总得有德者居之，德薄者失之。似燕飞这样不肖之子，如何在他手中长久的？"《续小五义》第二十一回写北侠出家，将其宝刀赠与义子艾虎，并语重心长地说："这宝物是有德者得之，德薄者失之。倘若错用此物，必遭天诛地灭。再说你年纪尚轻，初通人道，你可晓得万恶淫为首，百善孝为先。若要犯了这个淫字，连我都有意外之灾。所有我嘱咐你的言语，必须牢牢谨记，倘有妄杀无辜的时节，你自己起誓。"都可见周武王《剑铭》所提出的武侠伦理对清代侠义公案小说的深远影响。春秋战国之际，子路弃侠从儒，亦堪称儒家对侠改造之范例。孔门弟子颜渊重名轻财，子路殉身取义，均可看作儒家行侠的典范。

《史记·仲尼弟子列传》中说子路曾经问孔子："君子尚勇乎？"孔子回答说："义之为上。君子好勇而无义则乱，小人好勇而无义则盗。"[①]在这里，孔子把"勇"纳入"义"的约束之中，提出用"义"来衡量"勇"的意义，隐约流露出孔子试图用儒家伦理道德影响侠客的努力。战国时候的孟子进一步提出了"勇"的三种类型，即"勇者之勇""智者之勇"和"仁者之勇"，并将孔子的学生曾子列为"仁者之勇"的代表，亦隐约有改造侠客之目的。

西汉史学家司马迁在《史记》中对侠进行了规范和整理，《史记·太史公自序》论游侠的本质是："救人于厄，振人不赡，仁者有乎！不既信，不倍言，义者有取焉。"明白提出"仁""义"二字，认为真正意义上的大侠，应该有仁人之风范，有义者之气节。而《游侠列传》则更进一步勾勒出游侠基本的行为特征和精神面貌："其行虽不轨于正义，然其言必信，其行必果，已诺必诚；不爱其躯，赴士之厄困。

---

① 《史记·仲尼弟子列传》，载司马迁撰，裴骃集解，司马贞索引，张守节正义，《史记》，中华书局，1982年第2版，第2192页。

既已存亡死生矣，而不矜其能，羞伐其德。盖亦有足多者焉。"司马迁虽说并非十足的儒教信徒，但他概况和赞扬的中国游侠的一些基本特征，如"救人于厄，振人不赡"，如"言必信""行必果"，如"不爱其躯，赴士之厄困"，均与儒家的政治主张有共通之处。仁、义的明确提出，更可看出儒家思想影响的痕迹，虽然侠士和儒家对仁、义的理解各不相同。至于司马迁所说游侠之行"不轨于正义"中的"正义"，则显然是指儒家之大义。

此外，法家、名家、阴阳家、兵家以及后来的佛教等诸子百家对古人侠义精神的形成和侠文学的发展均产生过这样那样的影响，极大地丰富了侠义精神的内涵。

第二节 "侠客"涵义的不确定性及其流动性

试图给"侠"下一个完整定义是一件吃力不讨好的事情，因为不同时代、不同阶级、不同阶层乃至不同个人心中都有自己的"侠客"标准。当然，作为一种社会现象，不同时代的"侠客"都具有鲜明的时代特色。因此，"侠客"涵义就具有不确定性和流动性特点。

一、先秦两汉之侠

最早对"侠"这一社会现象做出评价的是战国时代的韩非，他站在法家的立场上，从维护社会秩序的角度出发，指责侠客是国家的五种蠹虫之一，也是六种"奸伪无益之民"之一，指责"侠以武犯禁"破坏了法律，认为这些所谓的侠客"行剑攻杀，暴傲之民也，而世尊之曰廉勇之士；活贼匿奸，当死之民也，而世尊之曰任誉之士。"因此，他给侠客下的定义是："带剑者，聚徒属，立节操，以显其名，而犯五官之禁"，其主要特征表现为"弃官宠交""肆意陈欲""以武犯禁"。结合《韩非子·五蠹》和《韩非子·六反》的说法，"侠"就是"带剑者"，是"行剑攻杀""活贼匿奸""弃官宠交""肆意陈欲"的奸民，是一群在野的武士。

按照韩非的说法，侠客其实是一个鱼龙混杂、良莠不齐的武士群体。《说文解字》持同一观点："侠，俜也。从人夹声。"段玉裁《说文解字注》解曰：《经传》多假侠为夹，凡夹皆用侠。""夹"是一个会意字，从字形分析，"人的胁下有衣甲"是为"夹"；"夹"和"甲"读音相近，秦汉典籍中常常互相通用，可见，侠士即带甲之士，也就是武士。《说文》又曰："俜，使也。从人，甹声。""甹，侠也。"段玉裁注曰："今人谓轻生曰甹娉命，即此甹命。""甹命"之"甹"今字记作"拼"，可见，侠士也就是拼命之士。

　　韩非的观点未免有失公允，西汉史学家司马迁则是较早对"侠"做出全面、公正、客观评价的人。他认为"今游侠，其行虽不轨于正义，然其言必信，其行必果，已诺必诚，不爱其躯，赴士之厄困，既已存亡生死也，而不衿其所能，羞伐其德，盖亦有足多者焉"。司马迁热情的赞颂"游侠"尤其是布衣之侠和闾间之侠的高风亮节，赞美他们"虽时抨当世之网，然其私义廉洁退让，有足称者"。司马迁还高度凝练和概括了游侠的本质，也就是"仁"和"义"："救人于厄，振人不赡，仁者有乎；不既信，不倍言，义者有取焉"。

　　不仅如此，司马迁还将韩非子所说的"带剑者"分为"游侠"和"刺客"两类，分别为他们立传。二者虽具有重义轻生的共同特点，但在思想境界上却有高下之分，游侠"救人于厄，振人不赡"，施恩不望报甚至施恩拒报，是典型的"利他主义者"；刺客多"士为知己者死"，是知恩图报意识的反映，只考虑"知己者"的利益，其实是变相的"利己主义"。因此，司马迁为他们分别立传，自有其深意在焉。

　　班固作《汉书》，亦设《游侠列传》，但已经是批评大于赞扬了，而且班固开始有意识地大量歌颂卿相之侠，韩非子关于侠客"弃官宠交"的特点被颠覆，季札、战国四公子、季布、陈遵、原涉等高官显宦进入侠客队伍，并在很大程度上成为侠客的标志性人物，成为后世文人反复咏叹的主角。不仅如此，班固在《汉书》中只为侠客立传，而不再为刺客立传，于无形中泯灭了司马迁试图将"侠客"与"刺客"区分开来的努力，其后刺客又重新回到了侠客队伍即为明证。

二、汉唐游侠诗："羽林郎"成为侠客新贵

　　早期侠客很少关心国家和民族大义，曹植《白马篇》塑造了"捐躯赴国难，视死忽如归"的边塞游侠形象，其首创之功不容忽视。其后，侠客游侠边塞、从军报国成为汉唐游侠诗的一个重要主题，建功立业成为侠客的最好出路，游侠诗成为汉唐诗歌创作的主流之一。

　　唐诗中的"游侠""少年"，已与汉代和汉以前的游侠大有不同。他们不再是隐姓埋名的侠客，而是声势显赫的"羽林郎"，如李嶷《少年行》三首其一"十八羽林郎，戎衣事汉王"，李廓《长安少年行》十首其一"身从左中尉，官属左春坊"，杜牧《少年行》"官为骏马监，职帅羽林儿"，张籍《少年行》"少年从猎出长扬，其中新拜羽林郎"，曹邺《怨歌行》"丈夫好弓箭，行坐说金吾"……

　　"羽林郎"只是沿用了汉以来传统的称呼，即京城长安的禁卫军军士，《汉书》载"汉兴，六郡良家子选给羽林、期门，以材力为官，名将多出焉。"他们大多有贵戚、贵宦的家庭背景，有特权，如李益《汉宫少年行》描写游侠"金张许史伺颜

色，王侯将相莫敢论"，其地位之高、权势之大，令人惊叹；他们以游侠自居，个个鲜衣怒马、臂鹰挟弹，日日呼朋引伴，斗鸡飞鹰，夜夜挟妓浪游、眠花宿柳，他们"朝游茂陵道，夜宿凤凰城"（李巙《少年行三首》），"划戴扬州帽，重熏异国香"（李廓《长安少年行》其一），"斗鸡下社尘初合，走马章台日半斜"（崔颢《渭城少年行》），"入门不肯自升堂，美人扶踏金阶月"（顾况《公子行》），"马上抱鸡三市斗，袖中携剑五陵游"（于鹄《公子行》）……他们的生活，代表了长安城中最无忧无虑、最放纵无羁的一群人，"肆意陈欲"是他们的主要特征。

　　唐代游侠诗对"侠少"的描写是有其现实依据的，《开元天宝遗事》记载："长安侠少，每至春时，结朋连党，各置矮马，饰以锦鞯金络，并辔于花树下往来，使仆从执酒皿而从之，遇好圃则驻马而饮。""长安有平康坊，妓女所居之地，京都侠少萃集于此，……时人谓此坊为风流渊薮。"中唐诗人韦应物《逢杨开府》诗，自述其生平曰："少事武皇帝，无赖侍恩私。身作里中横，家藏亡命儿。朝持樗蒲局，暮窃东邻姬。司隶不敢捕，立在自王粹。骗山风雪夜，长扬羽猎时。一字都不识，饮酒肆顽痴。武皇升仙去，憔悴被人欺。读书事已晚，把笔学题诗。"可见，唐代游侠诗中的"侠少"形象，其行径已迹近市井无赖，诗人王建称之为"恶少"："长安恶少出名字，楼下劫商楼上醉。天明下直明光宫，散入五陵松柏中。百回杀人身合死，赦书尚有收城功。九衢一日消息定，乡吏籍中重改姓。出来依旧属羽林，立在殿前射飞禽。"

　　或许受唐代游侠诗的影响，唐传奇塑造的侠客形象亦有"追求享乐，纵任性情"的负面性格，如红线、红拂、昆仑奴、古押衙之所以一度依附权贵，追求享乐是其主要原因。冯燕因杀人而亡命江湖却又通奸人妻，更是追求享乐的典型。但唐传奇中的侠客形象对后世影响更为深远的还是重新融入侠客队伍的刺客形象。红线之轻盈，聂隐娘之诡密，谢小娥之坚韧，贾人妻之冷酷，无不对后世侠文学的创作产生了深远的影响。

　　宋元以后，侠客流品日趋复杂，惯偷、强盗、刺客等等均可称之为侠客。侠客与流氓无赖之间，没有明确的界限，《水浒》众英雄中就不乏无赖之徒。王英乃好色之徒，白胜是市井泼皮，戴宗、蔡庆、蔡福喜榨人钱财，穆春、穆弘、李俊、张横、张顺、孔明、孔亮诸人横行一方，除了重"义气"，在他们身上，我们很难发现其行侠仗义的影子。至于武松义夺快活林，其实质不过是帮助一个无赖打败了另一个无赖而已。

　　明清之际，卿相之侠逐步演变为清官，除暴安良和光宗耀祖成为侠客的主要目标。与此同时，一些作品还刻意强调侠客与流氓无赖、盗贼的区别，如《三侠五义》中的侠客"个个出身清白，连先前也没有坏处"。

三、现代人心目中的"侠":"原侠"概念的提出

现代人对侠客也是见仁见智、众说纷纭,刘若愚在《中国的侠》①一书中列举了"侠"的八种特征;侯健在《武侠小说论》②总结出"侠"的十种特征;田毓英在《西班牙骑士与中国侠》③一书中罗列了"侠"的十一种特征;崔奉源在《中国古典短篇侠义小说研究》④一书提出"侠"的八种特征……都各有自己的说法,其结论相去甚远。因此,有人引入了"原侠"这一概念。

> "原侠"就是原始的侠、纯粹的侠、抽象的侠,原始的、纯粹的侠是某种人的一种特殊的气质、品性;"原侠"是中国后来"侠"以及"侠文化"的最初源头;"原侠"基本的内容就是"轻财""轻生"。⑤

"原侠"抓住了好武之士"轻财""轻生"这一基本特点,而舍弃了"侠"的其他特征,无形中泯灭了侠客与武林败类的区别。于是,提出"原侠"这一概念者,又用"原侠+善"和"原侠+恶"这两种相互对立的结构来区别"侠"与"匪"。

> 在中国武侠小说中,最为普遍的结构是"原侠+善","善"从其与社会关系角度可以区分为大善小善:大者可以为国为民,小者可以为亲为友,所谓借交报仇;从两性关系看,善又表现为对于情之专一,这个结构特点形成了中国侠形象的高度伦理化特征。⑥

> 作为这一结构的对立,是"原侠+恶","恶"可以有大恶小恶,大者祸国殃民,小者打家劫舍,奸淫掳掠,恶的核心是自私自利的快乐原则,极端地体现这一快乐原则的,是采花贼,而采花贼也正是罪大恶极的恶人,所谓武林败类,人人得而诛之。⑦

这样,在理论上侠客与盗匪就有了一条泾渭分明的分界线。但如果具体到某个侠客形象,这种划分就有些苍白,因为侠客往往集善恶于一身,事实上,中国古代文学作品中的侠既有"原侠+大善+小恶"者,如冯燕为义气不计死生(大善),

---

① 刘若愚著,周清霖、唐发饶译《中国的侠》,上海三联书店,1991。
② 侯健:《武侠小说论》,载《中国小说比较研究》,台北东大图书公司,1983。
③ 田毓英:《西班牙骑士与中国侠》,台湾商务印书馆,1983。
④ 崔奉源:《中国古典短篇侠义小说研究》,台湾联经出版社,1987 年。
⑤ 范伯群:《中国近现代通俗文学史》(上卷),江苏教育出版社,1999,第 442 页。
⑥ 范伯群:《中国近现代通俗文学史》(上卷),江苏教育出版社,1999,第 448 页。
⑦ 范伯群:《中国近现代通俗文学史》(上卷),江苏教育出版社,1999,第 449 页。

却又通奸人妻（小恶）；也有"原侠＋大善＋大恶"，如古押衙"士为知己者死"（大善），却又冤杀十数人（大恶）；甚至也有"原侠＋大恶＋小善"者，唐代游侠诗中那些打家劫舍、奸淫掳掠、无恶不作的长安恶少（大恶），很多是在边塞战争中立下汗马功劳的边塞游侠儿（小善）。即使偶有一两位"全德的天神"，如展昭，却又给人以虚伪之感。但无论如何，"原侠"概念的提出，至少从理论上对"侠"与"匪"做了精确的界定，是有其进步意义的。

第三节　清官与侠客的关系

清官与侠客的正式结盟虽然迟至晚明才真正形成，但二者之间的关系却有着极深的历史文化渊源，不得不稍加论述。

一、知遇之恩，以死报之：刺客与其家主

高官显宦或贵族子弟倾心结纳，恩遇至厚，刺客为报其知遇之恩，奋不顾身行刺家主仇敌，这是春秋战国时期刺客与其家主的典型关系，也是对中国侠文化影响至深的所谓"士为知己者死"的侠义精神。如曹沫率领鲁军与齐军作战，三战三败；可是，鲁庄公不但不肯治罪，甚至"犹复以为将"①。鲁庄公对曹沫可谓有恩有德，焉能不报？于是，曹沫在齐鲁会盟中，亲执匕首劫持齐桓公，逼其退还所侵占的鲁国土地。又如专诸以鱼肠剑刺杀吴王僚，自己亦死于乱刃之下，是因公子光以"善客待之"，且曰："光之身，子之身也。"②如此恩遇，能不奋身以报？还有聂政刺杀韩相侠累，只因严仲子倾心结纳，优待有加，为报恩，聂政自然粉身碎骨，在所不惜。最感人的是豫让，为报知遇之恩，豫让涂漆吞炭易容变声，先后三次狙杀赵襄子，只是因智伯以"国士遇我，我故国士报之"③。最悲壮的则是荆轲，图穷匕见，从容就义，虽身死事败，留下千古憾事，但其为酬恩主慷慨赴死的精神，却激励着后世无数豪杰志士争相效仿。

其实，在司马迁看来，这些人只能称为刺客，却不能称为侠士。因为虽然二

---

① 《史记·刺客列传》，载司马迁撰，裴骃集解，司马贞索引，张守节正义，《史记》，中华书局，1982 年第 2 版，第 2515 页。

② 《史记·刺客列传》，载司马迁撰，裴骃集解，司马贞索引，张守节正义，《史记》，中华书局，1982 年第 2 版，第 2517 页。

③ 《史记·刺客列传》，载司马迁撰，裴骃集解，司马贞索引，张守节正义，《史记》，中华书局，1982 年第 2 版，第 2519 页。

者皆重然诺、轻生死，但他们在立身行事的动机与做法上，却有着天壤之别。刺客"报恩"以武，其行事是被动的，且往往不辨是非曲直，"士为知己者死"是其精神支柱，却不问这个"知己者"是何等样人！游侠"施恩"以仁，其行事是主动的，且具有一定的是非分辨能力，如郭解姊之子为人所杀，郭解了解情况后认为"公杀之固当，吾儿不直"，竟不治杀人者之罪。权贵折节下交，恩遇刺客，财物等实惠必不可少，这就使人对刺客的思想境界打了一个大大的问号，而侠客"专趋人之急，甚己之私"，以至自己往往"家无余财，衣不完采，食不重味，乘不过轺牛"，[1]对此，我们只有敬佩。因此，司马迁为游侠、刺客立传，泾渭分明，实有深意在焉。

但这些刺客及其事迹却对后世侠文化产生了深远的影响，被誉为"古今小说杂传之祖"的《燕丹子》的主角就是那个谋刺秦王而不成的刺客荆轲，此外，红线、聂隐娘、古押衙、贾人妻、王立妾、田七郎莫不是刺客之流。黄天霸为报施公知遇之恩，杀死盟兄、逼死盟嫂，大约也受到了古代刺客的影响。《续小五义》甚至设计了新版"专诸刺王僚"的故事情节：玉面小专诸白芸生以鱼肠剑刺透据说是当年王僚所穿的宝铠，杀死了武艺高强、力大无穷的赛王僚王纪先。

二、士无定主，择贤而事：门客与卿相之侠

"春秋之时，天子微弱，诸侯力政"，各诸侯国频繁的兼并和争霸战争，造成了社会的大动荡，形成"邦无定交，士无定主"的局面。因此，高门权贵多折节下交、广纳贤才，最著名的当属延陵季札和战国四公子等后世所谓卿相之侠。众士人则自由出入于高门权贵之间，择主而事，来去自由。《史记·平原君列传》就记载了身为战国四公子之一的平原君两次经历过士人的大量流失。一次是因其美妾笑"民家之躄者"。

> 民家有躄者，槃散行汲。平原君美人居楼上，临见，大笑之。明日，躄者至平原君门，请曰："臣闻君之喜士，士不远千里而至者，以君能贵士而贱妾也。臣不幸有罢癃之病，而君之后宫临而笑臣，臣愿得笑臣者头。"平原君笑应曰："诺。"躄者去，平原君笑曰："观此竖子，乃欲以一笑之故杀吾美人，不亦甚乎！"终不杀。居岁余，宾客门下舍人稍稍引去者过半。平原君怪之，曰："胜所以待诸君者未尝敢失礼，而去者何多也？"门下一人前对曰："以君之不杀笑躄者，以君为爱色而贱士，士即去耳。"于是平原君乃斩笑躄

---

① 《史记·游侠列传》，载司马迁撰，裴骃集解，司马贞索引，张守节正义，《史记》，中华书局，1982年第2版，第3184—3188页。

者美人头，自造门进躄者，因谢焉。其后门下乃复稍稍来。①

躄者因一笑之故，竟要求平原君斩其美人之头，只为证明其"贵士而贱妾"。平原君不肯照办，竟导致"宾客门下舍人稍稍引去者过半"。而士人的多寡往往成为衡量高门权贵政治影响力的一个重要方面，平原君只好"斩笑躄者美人头，自造门进躄者"，谢罪了事。"士"在贵公子心目中地位之重要，由此可见一斑。平原君另一次士人的大量流失，则是因为信陵君拜访赵国处士毛公、薛公。

> 公子闻赵有处士毛公藏于博徒，薛公藏于卖浆家，公子欲见两人，两人自匿不肯见公子。公子闻所在，乃间步往从此两人游，甚欢。平原君闻之，谓其夫人曰："始吾闻夫人弟公子天下无双，今吾闻之，乃妄从博徒卖浆者游，公子妄人耳。"夫人以告公子。公子乃谢夫人去，曰："始吾闻平原君贤，故负魏王而救赵，以称平原君。平原君之游，徒豪举耳，不求士也。无忌自在大梁时，常闻此两人贤，至赵，恐不得见。以无忌从之游，尚恐其不我欲也，今平原君乃以为羞，其不足从游。"乃装为去。夫人具以语平原君。平原君乃免冠谢，固留公子。平原君门下闻之，半去平原君归公子，天下士复往归公子，公子倾平原君客。②

平原君之善养士、贵士，与"士无贤无不肖皆谦而礼交之，不敢以其富贵骄士"③的信陵君相比，颇有叶公好龙之嫌，可谓优劣立判，难怪信陵君能"倾平原君客"。

为体现其自身价值，士人在决心投入某位公子门下之前，甚至常常对权贵们进行一番考察，如冯谖之弹铗而歌，如侯嬴之倨然上座。战国四公子等后世所谓卿相之侠及其门客的相关故事对清代侠义公案小说影响甚大：如包公礼贤下士，从展昭到五义再到四壮士，无论他们武功如何、脾气禀性如何，包公都能以礼待之，颇有信陵君的风范；美英雄三试颜查散的情节设置亦可从中发现冯谖和孟尝君故事影响的痕迹；甚至连鸡鸣狗盗的故事也被改头换面写进了小说。④

---

① 《史记·平原君虞卿列传》，载司马迁撰，裴骃集解，司马贞索引，张守节正义，《史记》，中华书局，1982年第2版，第2365-2366页。

② 《史记·魏公子列传》，载司马迁撰，裴骃集解，司马贞索引，张守节正义，《史记》，中华书局，1982年第2版，第2382-2383页。

③ 《史记·魏公子列传》，载司马迁撰，裴骃集解，司马贞索引，张守节正义，《史记》，中华书局，1982年第2版，第2377页。

④ 《彭公案》杨香武三盗九龙杯的情节设置，其实就是加长版的鸡鸣狗盗故事。

三、"以利择主"与"以义择主"：汉代的宾客潮

春秋战国时期的"养士"之风，到两汉时期愈演愈烈，形成一股宾客潮，这种炽热的宾客风给后代留下了许多辉煌的传说，兹举一例。《西京杂记》卷四载："平津侯（公孙弘）自以布衣为宰相，乃开东阁，营宾馆，以招天下之士。其一曰钦贤馆，以待大贤；次曰翘材馆，以待大材；次曰接士馆，以待国士。其有德任毗赞、佐理阴阳者，处钦贤之馆。其有才堪九烈将军二千石者，居翘材之馆。其有一介之善，一方之艺，居接士之馆。"汉代的宾客潮大抵如此。

汉代的宾客来源十分庞杂，几乎无所不包，侠客自然也必不可少。侠者在宾客中的作用大致有以下几种：①成为主人的卫士，保卫主人的安全。如《后汉书·来歙列传》中说，王莽末年，南阳皇族刘縯、刘秀兄弟起兵反莽，王莽认为来歙是刘氏兄弟的亲戚，于是"收系之"，他的宾客竟集中起来，把主人救了出来："宾客共篡夺，得免"。②身逢乱世，协助主人守城，保一方平安。如《后汉书·刘植列传》中说王郎起兵造反，刘植"与弟喜、从兄歆率宗族宾客，聚兵数千人据昌城"。不仅保住了一方平安，而且弟兄三人都获得了高官。其中，侠者的作用不可忽视。又如《后汉书·岑彭传》叙岑彭坚守城池，"将宾客战斗甚力"，以致"汉兵攻之数月，城中粮尽，人相食"才举城投降。③成为主人豢养的打手。如《汉书·胡建传》中说汉昭帝的姐姐盖主横霸成性，竟然唆使手下的"奴客"用弓弩射杀执行公务的官吏。④协助主人谋反。如《汉书·荆燕吴传》云吴王刘濞造反，其手下宾客下邳侠者周丘主动请缨，为刘濞说降下邳等地，得兵十万。⑤为主人复仇。如许贡为孙策所杀，他手下的三位宾客以全部死亡的代价，杀死了孙策，为许贡报了仇。①

从上述侠者的事迹来看，混迹于宾客队伍中的侠者已经出现了重"利"和重"义"的分化。重"利"者唯主人之命是从，沦落为主人豢养的打手和工具，甚至积极帮助主人谋反。一旦主人罢官，就马上换一副冷冰冰的面孔，甚至一走了之。春秋战国时期"士为知己者死"的侠义精神在这些人身上已荡然无存。如汉武帝时的廷尉翟公，家中宾客盈门；后被罢官，家中立刻变得冷冷清清；再次出任廷尉后，翟公拒绝了家中的喧闹，并挥毫写下了一行大字："一死一生，乃知交情；一贫一富，乃知交态；一贵一贱，交情乃见。"②

与主人以"义"相系的宾客，虽然数量较少，但因其非凡的举止赢得了人们的

---

① 参见陈寿撰，裴松之注《三国志·吴书·孙破虏讨逆传第一》，中华书局，2006，第638页。

② 司马迁：《史记》卷一百二十，中华书局，2006，第699页。

高度评价。如上举来歙、刘植、岑彭、许贡诸人的宾客皆是如此。

"以利择主"与"以义择主"的不同，后成为清代侠义公案小说区分"侠客"与"盗贼"的一条重要依据。如《三侠五义》中的展昭投靠"古今清官第一"的包拯，成为著名侠客；而同样有一副好容貌的刺客项福，因其依托权奸，而为人所不齿，沦落为盗贼。

四、解职遇险，千里救难：清官与侠客关系的雏形

由于儒与侠在诸多方面存在着天然的一致，文人（清官）与侠客的相互救助，成为中国古代侠文化的一道亮丽风景，而两汉时期尤为突出。"兴汉三杰"之一的张良就曾藏匿杀人者楚国贵族项伯；东汉人郅恽代友复仇后，只是经历了短期关押便被当地县令释放；钟离意任县令时，上表朝廷，为复仇者防广求情，最终防广被免去了死刑；赵娥以女子之身为父亲报仇后，当地县令公开表示，即使被罢官也要释放赵娥；苏不韦复仇后，大名士郭林宗就站出来为其说话①……这是文人（清官）救助侠客的例子。而侠客救助文人（清官）的事迹更令人感动。东汉"党锢之祸"发生后，名列"八及"之首的张俭开始了惊心动魄的逃亡生涯，他所到之处，"望门投止莫不重其名行，破家相容"。张俭在宦官集团动用皇帝诏令，展开全国追捕的情况下，辗转逃亡一千余里，竟奇迹般地活了下来，但这个奇迹的缔造是以"其所经历，伏重诛者以十数，宗亲并皆殄灭，郡县为之残破"②的惨重代价换来的，这是一群不知名的侠客用他们的生命和热血，共同谱写的侠义精神的悲壮赞歌。"昔时人已没，千载有余情"，千载之后读之，仍能令人血脉喷张，不能自已。而《后汉书·第五种传》所载清官第五种与侠士孙斌的事迹，则更接近于清代侠义公案小说"清官遇难，侠客相救"的结构模式。

无论是高门权贵及其倾心结纳的刺客，还是卿相之侠以及他们折节下交的门客，他们之间均非真正意义上的上下级关系，而是一种介于上下级和宾主之间的关系。而且，他们没有共同的政治目标，刺客、门客们追求的是物质利益的极大满足或者人格上的极度尊重，贵族公子们则更注重其政治利益的获得或者其政治地位的进一步巩固，二者是一种互取所需、相互利用的关系。而清官与侠客的联合，则有其共同的政治目标，如忠君爱民、除暴安良等。这种清官与侠客关系的雏形，最早见诸记载的当为《后汉书·第五种传》所载清官第五种与侠士孙斌的关系。

---

① 　张良事参见《史记·张丞相列传》及《汉书·张良传》；郅恽事参见《后汉书·郅恽列传》；防广事参见《后汉书·钟离意列传》；赵娥事参见《后汉书·列女传》；苏不韦事参见《后汉书·苏章列传》。

② 　范晔：《后汉书·党锢列传·张俭》，载《后汉书》卷六十七，岳麓书社，1994，第952页。

初，种为卫相，以门下掾孙斌贤，善遇之。及当徙斥，斌具闻超谋，乃谓其友人同县阎子直及高密甄子然曰："盖盗憎其主，从来旧矣。第五使君当投畀土，而单超外属为彼郡守。夫危者易仆，可为寒心。吾今方追使君，庶免其难。若奉使君以还，将以付子。"二人曰："子其行矣，是吾心也。"于是斌将侠客晨夜追种，及之于太原，遮险格杀送吏，因下马与种，斌自步从。一日一夜行四百余里，遂得脱归。①

第五种慧眼识才，善遇门下掾孙斌，本出于公心，无私人目的，这与高门权贵、卿相之侠等结交刺客、养士有着根本的区别。至于后来，孙斌率领一群侠客千里救难，则为后世清官落难，侠客相救模式的雏形。

五、感君良言，弃恶向善：文人与侠客

从表面上看，手无缚鸡之力的文弱书生与"力拔山兮气盖世"的侠客似乎有着天壤之别，其实不然，二者有着千丝万缕的联系。从历史上看，侠客和儒生的前身都是先秦时期的"士"，这些"士"要接受礼、乐、射、御、书、数等六个方面的教育，号称"六艺"。"六艺"中既有文的要求，也有武的规范，因此，"吾国古代之士，皆武士也"，他们"皆有勇，国有戎事则奋身而起，不避危难，文、武人才初未尝界而为二也"。只是到了战国时期，士人中的一部分蜕化为"以读书为专业，揣摩为手腕，取尊荣为目标"的文士；另外一些好武者则"自成一集团，不与文士混。以两集团之对立而有新名词出焉：文者谓之'儒'，武者谓之'侠'，……古代文、武兼包之士至是分歧为二"②。

二者虽然分离，但在精神层面，仍然有着若隐若现的联系。至两汉时期，同属"游民"阶层的游侠和游士，由于有闯荡江湖的相似经历，容易在心理上产生共鸣，从而有利于相互沟通。于是，儒家思想与侠义精神相互影响，使两汉时期的文人对侠客表现出极大的宽容和赞许，甚至一些文人也颇具豪侠气息。如学者魏朗曾在光天化日之下"操刃"为兄报仇；"诸儒宗之"的文人崔瑗得知兄长被杀后，怒火填膺，"手刃"仇人为兄报仇。另一方面，一些侠者在社会风气的影响下，最终走上了学者的道路，如东汉人王涣年轻时好侠行，"数通剽轻少年"，晚而改节，开始"敦儒学，习《尚书》"，后"由此显名"③。

---

① 范晔撰，李贤注，《后汉书》，中华书局简体字本，1999，第947页。
② 参见顾颉刚《史林杂识初编·武士与文士之蜕化》，转引自彭卫《古道侠风》汉代卷《龙蛇沧桑》，中国青年出版社，1998，第193页。
③ 魏朗诸人事迹参见《后汉书·循吏列传》。

　　由于对侠客充满了好感，文人有时会主动为其提供一些支持和帮助，而最大的帮助莫过于能够令其悔恶向善、止暴营非。孔子成功的使子路弃剑从文，受教于孔子，当为文人劝降侠客之先例。东汉太原界休人郭林宗，也是这样一位善于止暴营非的儒士，《后汉书·郭符许列传第五十八》中的宋果"性轻悍，喜与人报仇"，郭林宗"乃训之义方，惧以祸败。"宋果为郭林宗所感悟，改行从政，后任官至并州刺史，"所在能化"。郭林宗的同乡贾淑"性险害，邑里患之"，后在郭林宗的感化下，"改过自立，终成善士"。

　　晋代的文学大家陆机、陆云兄弟，也曾成功的说服侠客弃恶向善。《世说新语·自新门》记载了两则侠客或曰盗贼改恶从善的故事，而在他们浪子回头的过程中，陆氏兄弟的开导起了至关重要的作用。

　　　　周处年少时，凶强侠气，为乡里所患。又义兴水中有蛟，山中有遭迹虎，并皆暴犯百姓，义兴人谓为"三横"，而处尤剧。或说处杀虎斩蛟，实冀三横唯余其一。处即刺杀虎，又入水击蛟，蛟或浮或没，行数十里，处与之俱，经三日三夜，乡里皆谓已死，更相庆。竟杀蛟而出。闻里人相庆，始知为人情所患，有自改意。乃自吴寻二陆，平原不在，正见清河，具以情告，并云："欲自修改，而年已蹉跎，终无所成。"清河曰："古人贵朝闻夕死，况君前途尚可。且人患志之不立，亦何忧令名不彰邪？"处遂改励，终为忠臣孝子。①

　　周处决心向善，但因担心岁月蹉跎而犹豫不决。陆云因势利导，用"侠客"最看重的"名声"打动周处，周处遂弃恶向善而终为忠臣孝子。陆云之兄陆机则慧眼识才，令戴渊感激不尽，后更与之定交，"作笔荐焉"，戴渊从此走上仕途。

　　　　"戴渊少时，游侠不治行检，尝在江、淮间攻掠商旅。陆机赴假还洛，辎重甚盛。渊使少年掠劫，渊在岸上，据胡床指麾左右，皆得其宜。渊既神姿峰颖，虽处鄙事，神气犹异。机于船屋上遥谓之曰：'卿才如此，亦复作劫邪？'渊便泣涕，投剑归机，辞厉非常。机弥重之，定交，作笔荐焉。过江，仕至征西将军。"②

　　《后汉书·第五种传》中也有一段清官劝降盗贼的文字，劝降者用的武器则是"祸福"。

---

　　①　刘义庆：《世说新语》，浙江古籍出版社，1998，第 267 页。

　　②　刘义庆：《世说新语》，浙江古籍出版社 1998，第 267 页。

是时太山贼叔孙无忌等暴横一境，州郡不能讨。羽说种曰："中国安宁，忘战日久，而太山险阻，寇猾不制。今虽有精兵，难以赴敌，请往譬降之。"种敬诺。羽乃往，备说祸福，无忌即帅其党与三千余人降。①

清官、文人或以其人格魅力和渊博学识，如子路"去其危冠，解其长剑，而受教于子"，就是为孔子的人格魅力和渊博学识所折服；或晓以大义，如郭林宗说服宋果即"训之义方，惧以祸败"；或以其言行感化侠客，如郭林宗之母去世后，郭不仅允许"性险害"的贾淑前来吊唁，还向别人解释说"贾子厚诚实凶德，然洗心向善。仲尼不逆互乡，故吾许其近也"，正是在这番言行感召下，贾淑"改过自立"，成为"为州闾所称"的善士；或动之以侠客最看重的名声，如清河劝周处曰："人患志之不立，亦何忧令名不彰邪?"或惧之以祸福，如上举郭林宗说服宋果即"训之义方，惧以祸败"，又如羽"备说祸福"劝降太山贼叔孙无忌；或诱之以"功名富贵"，如陆机与戴渊定交之后，更"作笔荐焉"，戴渊以此为基础，一直作到征西将军；或因其慧眼识才，而令侠客感动，如陆机一句"卿才如此，亦复作劫邪?"，便令戴渊感激不尽，"渊便泣涕，投剑归机"……侠客、盗贼在清官、文人感召下，幡然悔悟，弃恶向善，最终功成名就，实开清官劝降侠客之先河。包公、施公、彭公等清官使侠客为其所用的方法、手段虽各不相同，但大体不外乎上述各方面。如包公一身的浩然正气，使其聚集了一批侠客，其人格魅力起了很大作用；安老爷打动何玉凤放弃自杀念头，其最主要的武器是儒家伦理道德这样的"大义"；施公劝降黄天霸、贺天保最有力的武器则是功名富贵，而黄天霸、贺天保等人念念不忘"绿林中没有庆八十的"则是担心"祸福"了；至于包公之与展昭、颜查散之与白玉堂等则有慧眼识才的知遇之恩。甚至清官喜与侠客兄弟相称，也能在陆机与戴渊的关系中找到影子。

六、联手破案，无往不胜：清官与侠客联手破案的雏形

清官与侠客联手破案的雏形，始于唐传奇。出神入化的盗术描写是唐代豪侠小说的一个重点，皇宫内苑、军事重地、高门豪宅，这些重重防守、常人看来绝不可能得手的地方，侠客盗取则如探囊取物。如红线之千里盗盒、田膨郎之盗取御用之物白玉枕、三鬟女子之盗取玉念珠、车中女子之计盗宫苑之物，这无疑增加了清官破案的难度，侠客的介入成为势所必然。如《谢小娥传》是清官助侠客成功复仇，《剧谈录·潘将军》《剧谈录·田膨郎》则是侠客助清官破案，前者侠客本人即是盗宝者，后者侠客则帮助官方擒获盗贼。这类作品与清代侠义公案小说清官与侠客联

---

① 范晔撰，李贤注，《后汉书》，中华书局简体字本，1999 第 947 页。

手破案的描写已颇为类似。尤其是盗取御用之物成为清代侠义公案小说永不厌倦的话题，如窦尔敦盗御马（《施公案》）、杨香武三盗九龙杯（《彭公案》）、智化盗冠栽赃马朝贤（《三侠五义》）等都是书中的重头戏之一。

七、浪子回头、从军立功：侠客从军

侠客从军不知始于何时，但几乎可以肯定的是历代政权更迭、边疆平叛都离不开侠客的身影。汉唐游侠诗中最感人肺腑的侠客形象亦当属"捐躯赴国难，视死忽如归""孰知不向边庭苦，纵死犹闻侠骨香"的边塞游侠儿。两汉之际、东汉末年、隋末唐初都有大批侠客从军。

侠客从军使其与所依附的高官之间的关系发生根本性的变化。春秋战国时期的"士"与四公子等所谓"卿相之侠"之间的联系还比较松散，众士人可以自由出入于高门权贵之间，择主而事，来去自由。大约从东汉开始，宾客越来越居于受主人役使的地位，伏波将军马援就曾经役使数百家宾客为其从事畜牧业。到东汉末年，宾客越来越接近于宗族、部曲，成为世家豪族的私家势力。[①]而侠客从军，则使侠客与其所依附的高官形成正式的上下级关系，侠客逐步官僚化。大致说来，从军的侠客有以下几种情形：①出身豪门甚至皇族，而又轻财好侠，类似于司马迁、班固所谓"卿相之侠"。他们恰逢乱世，遂待机而动，成为称霸一方的军事集团首领，甚至一国之君。如东汉末年的袁绍"初以豪侠得众，遂怀雄霸之图，天下胜兵举旗者，莫不假以为名。及临场决敌，则悍夫争命；深筹高议，则智士倾心。盛乎哉，其所资也！"[②]在其后的争霸战争中，为袁绍赴"义"死难的人前赴后继，惜乎袁绍刚愎自用，自取败亡。又如两汉之际的南阳皇族刘縯好侠养士，为其弟刘秀得以纵横天下，最终登上皇帝宝座，打下了坚实的基础。其他如东汉末年的袁术、曹操、刘备、孙坚以及唐代开国之君李渊父子等都是这一类型的侠客。②地方大姓，有一定实力但不足以称王称霸者。如王莽末年南阳大姓冯鲂见"四方溃畔"，于是"乃聚宾客，招豪杰""以待所归"[③]，后成为东汉王朝开国功臣。刘秀的军事骨干集团"云台二十八将"，多为此类侠客。③喜交友，以侠行见称者。汉高祖刘邦就任泗水亭长时期就是这样一位侠客，虽然在今天看来，他的所谓侠行不过是市井无赖，但他在此期间结交的萧何、曹参、灌婴等人均成为其集团骨干，为刘邦夺取政权立下汗马功劳。李世民军事集团的重要将领秦琼是这类侠客的代表，他仗义疏财，朋

---

① 参见何兹全：《两汉豪族发展的三个时期》，载中国秦汉史研究会编《秦汉史论丛》第三辑，陕西人民出版社，1986，第115-116页。

② 范晔撰，李贤注，《后汉书》，中华书局简体字本，1999，第1640页。

③ 范晔撰，李贤注，《反汉书》，中华书局简体字本，1999，第770页。

友遍天下，大批侠客聚集在他的周围，对李唐政权的建立和巩固，起到重要作用，可谓功不可没。④无名之侠。当然，侠客从军的主流还是那些没有名气的侠客。从军前，他们多依附于上述侠客，从军后，他们成为英勇善战的军士，为其曾经的主人、现在的上级立下赫赫战功。如曹操手下大将许褚门下侠客众多，曾聚众抵御强人。依附曹操后，许褚成为曹操军中著名将领，被曹操称为"此吾樊哙"，而其门下侠客则号为"虎士"①。可以想见，这是一支战斗力相当惊人的军队。

可见，在动乱时代，从王侯将相甚至开国君主到普通军士，都有侠客的身影。而且，由于他们拥有一定的影响力和较强的战斗力，往往能受到君主的重视，形成一种君臣同心、勠力抗敌的关系，这和清代侠义公案小说中清官与侠客的关系已颇为类似。当然，真正开始关注二者关系并在文学作品中有意识的加以体现却迟至明代才正式出现。明末清初小说《鸳鸯针》第三卷写书生时大来屡次落难，均蒙绿林豪客相救。后时大来中举，不仅洗清了自己的冤枉，还劝说绿林豪客改邪归正，立功边疆，已经是比较成熟的侠义公案类的短篇小说了。后世侠义公案小说"书生落难—侠客相救—书生中举，成为清官—侠客为其效力"的叙事模式已初露端倪。《风流悟》中那个身怀绝艺、仗义疏财的盗贼莫拿我后归顺官府，做了总兵；《警寤钟》中那个飞檐走壁、轻功卓绝的神偷云里手也金盆洗手，官至佥事；《五色石》第三卷中那个义气深重又洞悉朝廷黑暗的绿林豪客竟也在来法的感召下改邪归正，立功边疆；《水浒传》更具体地描写了宋江等一百八人接受招安，为朝廷征剿方腊农民起义的故事。这些直接启发了侠义公案小说"虽意在叙勇侠之士，游行村市，安良除暴，为国立功，而必以一名臣大吏为中枢，以总领一切豪俊"②的叙事模式。而且，清代侠义公案小说中的侠客，往往最终会走向他们并不擅长的战场，几成定势，大概也与受到了侠客从军的影响有关。

八、清官与侠客关系的新特点

1.共同的政治目标

无论是高门权贵及其倾心结纳的刺客，还是卿相之侠以及他们折节下交的门客，他们之间均非真正意义上的上下级关系，而是一种介于上下级和宾主之间的关系。而且，他们没有共同的政治目标，刺客、门客们追求的是物质利益的极大满足或者人格上的极度尊重，贵族公子们则更注重其政治利益的获得或者其政治地位的

---

① 参见《三国志·魏书·许褚传》。
② 鲁迅：《中国小说史略》第二十七篇《清之侠义小说与公案》，载《鲁迅全集》（第九卷），人民文学出版社，1982，第272页。

进一步巩固，二者是一种互取所需、相互利用的关系。而清官与侠客的联合，则有其共同的政治目标，如忠君爱民、除暴安良等。当然，落实到具体作品中，这个共同的政治目标又有所不同：如《施公案》中无论是作为清官的施世纶还是绿林豪杰黄天霸诸人所孜孜以求的其实是功名富贵，施世纶劝降黄天霸的最有力武器是功名利禄，黄天霸、王栋、王梁诸人一度心灰意冷，决意隐居林泉，其根本原因也是因功名利禄无望。黄天霸对施世纶初则甘为家奴，继而心生不满，最后感激涕零，其态度的前后变化，作祟者仍是功名富贵。《三侠五义》则更强调报效祖国，如丁兆蕙就认为："大丈夫生于天地之间，理宜与国家出力报效。"包公勉励卢方诸人时也说："只要你等以后与国家出力报效，不负圣恩就是了。"这与施世纶以世俗的功名富贵打动人心，在思想动机上有着本质的区别，所以展昭等人一旦为包公所用，就会赴汤蹈火、九死不悔，而不会在乎其官职大小。而黄天霸一旦不能获得其预期的功名富贵，自然而然就会心生不满。其他此类小说往往将建功立业与功名富贵混为一体。

2.二者的互补与不对等

清官清廉刚正，爱国爱民，却没有武功，在与邪恶势力作斗争时常因受到他们的武力反抗而束手无策，甚至有生命危险，《三侠五义》中的颜查散如果没有锦毛鼠白玉堂护驾，恐怕早就被刺客刺杀了；包拯若无展昭等一帮侠客明里暗里的协助和帮忙，同样很难逃过庞太师的明枪暗箭；倪继祖如果不是屡蒙智化、欧阳春诸人相救，也不知死过多少次了。按之以历史，中国古代官员因为得罪豪强而不明不白的死于非命者虽不能说比比皆是，却也不在少数。于是，无论是为了伸张正义还是为了保护自身的生命安全，古代清官们都一定会把侠客当作自己须臾不可或缺的人才，从而加以笼络。另一方面，尽管侠客们喜欢独来独往，甚至常常以武犯禁，但他们却依然懂得一个基本的道理：保全清官的身家性命，就可以达到造福黎民百姓的目的。而且侠客虽然武艺高强，胆识过人，却没有职权，只有托附清官，才能使他们行侠仗义、除暴安良的行为合法化。可见，在封建社会里，清官和侠客的确相互需要：没有清官，侠客很难融入官场；同样，没有侠客，清官的生命安全就得不到保障。因此，清官与侠客的结合，成为古人心目中最理想的政治结构：清官的明察秋毫、不徇私情保障了政治的清明；侠客的智谋武艺、敢作敢为保障了国家的太平与强盛。侠义公案小说将清官与侠客联为一体，公正廉明与行侠仗义互补，皇帝圣明和善、清官贤明睿智、侠客武艺高强，侠客在清官的率领下，打击贪官，铲除恶霸，维护正统的封建社会秩序。明君、清官、侠客三位一体的叙事结构，不仅符合统治者的利益，也合乎最广大民众的意愿，这是此类小说能风靡一时的根本原因。

但清官与侠客的关系是不对等的，其主要表现之一就是侠客的奴性，展昭、蒋平、黄天霸是常被征引的典型。但我们如果平心静气的研究一下中国侠文化，就会发现侠客的这种奴性由来已久。古代侠客远没有我们想象的那么天马行空、无拘无束，在很大程度上，"士为知己者死"的实质就是极度的奴性。从春秋战国时期的曹沫、聂政、专诸、豫让、荆轲、侯嬴、朱亥到唐代豪侠小说中的红线、聂隐娘、昆仑奴、古押衙再到《水浒》众英雄直至《聊斋志异》中的田七郎，不管这些男女侠客有多么高强的武艺，他们都是忠心耿耿地为藩镇割据服务的，或者是为贵族公子卖命的，甚至没有起码的正义感和是非观念。展昭等人与他们相比，至少做出了明确的是非判断，选择了当时最能代表普通民众利益的清官作为依附对象。为什么我们能津津乐道于这些所谓侠客的行侠事迹，却对那些依托清官作了许多好事的侠客吹毛求疵呢？

在清代侠义公案小说中，作者对二者关系的不对等也曾有意识的加以揭露并尽量加以弥补。《施公案》中面对黄天霸的指责和挖苦，施公哑口无言；金殿试艺，黄天霸借施展金镖绝技之际，又大大的戏耍了施公一把；《小五义》极力渲染颜查散与白玉堂的结义之情，试图泯灭二者的上下级关系；《续小五义》让于奢大闹金銮殿，当面指责官方的失信；《三侠五义》则着重强调二者为国为民的共同目标。

第八章　儒释道与清代侠义公案小说

第一节　儒家思想与清代侠义公案小说

范伯群认为"侠的意义其实是属于儒家文化传统的。或者说它是弘扬正统思想的"①。章太炎在《检论·儒侠》中也说:"世有大儒,固举侠士而并包之";并进一步说:"儒家之义,有过之于'杀身成仁'者乎?儒者之用,有过于'除国之大害,捍国之大患'者乎?"的确,儒家思想对中国侠文化产生了深远的影响,这在清代侠义公案小说中有具体而集中的体现。儒家思想对清代侠义公案小说的影响,不仅体现为儒家修齐治平、忠孝节义、三纲五常等成为其主导思想,也不仅体现为儒家的伦理道德在侠客身上有清楚的烙印,更体现为侠客们的主要事迹和遭遇在一定程度上体现了中国传统文人的复杂心态。

一、"仁"者思想是清代侠义公案小说的主体精神

清代侠义公案小说中的侠,大多具有浪漫主义的性格与激情,他们轻生死,重承诺,惩恶扬善,锄强扶弱,其侠风义举和儒家的"仁"者思想保持着高度的一致。

在儒家思想体系中,"仁"首先表现为血缘亲情之爱,如《论语·泰伯》云:"君子笃于亲,则民兴于仁";《孟子·离娄上》曰:"仁之实,事亲是也";《孟子·告子下》说得更明白:"亲亲,仁也"。这种血缘亲情之爱具体表现为"孝""弟"。《论语·学而》曰"孝弟也者,其为仁之本欤!",又说"弟子入则孝,出则弟,谨而信,泛爱众,而亲仁",可见,"孝弟"为"仁"之根本。清代侠义公案小说中的侠,就不乏"孝弟"的典范。如《三侠五义》中的丁氏双侠骨子里深受儒家思想影响,渴望积极入世,正如丁二爷自己所说,"大丈夫生于天地之间,理

---

① 范伯群主编《中国近现代通俗文学史》(上卷),江苏教育出版社,1999,第449页。

宜与国家出力报效"（《三侠五义》，第 173 页）。但为了孝道，他们选择了归隐，混迹于鱼肆之中，间或仗剑行走于江湖。包公大哥包山夫妇亦是"孝弟"的典范，"大爷包山为人忠厚老诚，正直无私"，他"凡事宽和，诸般逊让兄弟，再也叫二爷说不出话来"（《三侠五义》，第 8 页）；包山夫人王氏，"也是个四德三从的人"，"就是姒娌之间，王氏也是从容和蔼，在小婶前毫不较量，李氏虽是刁悍，她也难以施展"（《三侠五义》，第 8 页）。他们孝顺父母公婆，真正把兄弟当作手足。他们不仅要想方设法的保护三弟包拯，还对二弟包海夫妇的种种卑劣行径三缄其口。比如，当包山得知二弟包海的妻子李氏，想要陷害三弟包拯之后，暗暗思量"二弟从前做的事体我岂不知，只是我做哥的焉能认真，只好含糊罢了。此事若是明言，一来伤了手足的和气，二来添姒娌疑忌"（《三侠五义》，第 14 页）。当然，表现最突出的则是展昭的孝道。展昭登场时其父已亡，对其母，展昭则恪守为子之道，且看书中的描写："（展昭）在老母跟前，晨昏定省，克尽孝道。一日，老母心内觉得不爽。展爷赶紧延医调治，衣不解带，昼夜侍奉。不想桑榆暮景，竟是一病不起，服药无效，一命归西去了。展爷呼天抢地，痛哭流涕，所有丧仪一切，全是老仆展忠办理，风风光光将老太太殡葬了，展爷在家守制遵礼。"（《三侠五义》，第 76 页）此段文字虽短，却集中体现了展昭的孝道，《孝经·纪孝行章第十》中说："子曰：孝子之事亲也，居则致其敬，养则致其乐，病则致其忧，丧则致其哀，祭则致其严，五者备矣，然后能事亲。"与之相较，展昭"晨昏定省，克尽孝道"是"居则致其敬，养则致其乐"；展母生病，展昭"赶紧延医调治，衣不解带，昼夜侍奉"是"病则致其忧"；展母死后，展昭"呼天抢地，痛哭流涕"是"丧则致其哀"；"所有丧仪一切，全是老仆展忠办理，风风光光将老太太殡葬了，展爷在家守制遵礼"等描写则是"祭则致其严"。可见，作者是严格按照儒家的礼仪来描写展昭的"孝道"的。其实展昭之作官也是一种孝道，《孝经·开宗明义章第一》云："立身行道，扬名于后世，以显父母，孝之终也。"而"扬名于后世"的最佳方式当然就是作官。所以，展昭虽口口声声说不愿为官，说什么"原是个潇洒的身子，如今倒弄的被官拘住了"（《三侠五义》，第 180 页），但在其内心深处，未必不喜欢作官，因为作了官就可以显亲扬名、光宗耀祖，而这些正是封建时代对父母的最大的"孝道"，是"孝之终也"。展昭作官之后，就迫不及待的回乡祭祖，其目的无非就是告慰先人，他光宗耀祖了。

儒家之"仁"，根植于血缘亲情之爱，而又能推己及人，把亲情之爱推广到一切人，从而达到"老吾老以及人之老，幼吾幼以及人之幼"的境界，也即孔子所谓"泛爱众"。《论语·颜渊》载："樊迟问仁。子曰：'爱人。'"《论语·雍也》进一步阐释说："夫仁者，己欲立而立人，己欲达而达人。能近取譬，可谓仁之方也已。"

清代侠义公案小说中的侠，大多拥有这样一种"仁"者胸怀，他们"真是行侠作义之人，到处随遇而安，非是他务必要拔树搜根，只因见了不平之事，他便放不下，仿佛与自己的事一般，因此才不愧那个'侠'字"（《三侠五义》，第85页）。其中最具仁者风范的当数《三侠五义》中的卢方和《施公案》中的褚标，而尤以卢方塑造得最为成功。为突出卢方之"仁"，作者使用了大量笔墨，从不同角度加以渲染。他"和睦乡党""人人钦敬"①，这是丁氏双侠的评价。他处理邓彪"夺鱼"事件，不仅坦承己过，更能处处谦让，终使此次事件得到圆满解决，这是展南侠亲眼所见。（《三侠五义》，第187页）花神庙为救难女，惹上人命官司，仍念念不忘难女，懊恼自己"为人不能彻"，这是王朝、马汉的耳闻目睹（《三侠五义》，第259页）。而其"为人忠厚老诚豪侠"，则是众人的公议（《三侠五义》，第263页）。其中最能体现卢方之"仁"的当数第四十四回"花神庙英雄救难女"，倘以之与《施公案》第三一一回"韩侯庙英雄救弱女"中老英雄褚标的所作所为作一比较，我们将会发现卢方之"仁"的难能可贵之处。两处的情节大体相似，均分为以下几个步骤：①恶霸仗势强抢民女；②英雄路见不平拔刀相助；③混战中家奴误伤恶霸，英雄惹上人命官司；④清官判家奴抵命，英雄无罪获释。不仅如此，甚至连事件发生的地点也相似，分别为花神庙和韩侯庙花神祠。正因为有太多的相似，人们很容易忽视它们的不同之处，而这不同之处，恰恰正能体现卢方之"仁"的难能可贵。它们的不同至少表现在以下几个方面：①事发之时，卢方与褚标二人的心境不同：褚标之心境甚为轻闲，因"闻得韩侯庙甚为幽雅，想去闲游一遭，瞻仰瞻仰，并赏看些古迹"②；卢方当时则心乱如麻，他结义的五弟将御花园、开封府搅得昏天黑地，惹下塌天大祸，并不知去向，卢方即为寻访五弟而下山；②二人与官方的关系不同：褚标与施公是半臣半友的关系，为施公所敬重，在打官司时会少一些心理障碍；卢方的五弟白玉堂刚刚大闹开封府，打官司时定然会多一些心理负担。③二人对弱女的态度不同：褚标吩咐地保带上弱女以便为自己作证；卢方也念念不忘弱女，但他是懊恼自己"为人不能彻"，并转托公差代为善后处理后才放心前往打官司。以上比较没有指责褚标的意思，事实上褚标是《施公案》一书中最具仁者风范的英雄，是一位"古道热肠"的侠客，他对此事的处理也确无不当之处。但通过以上比较，我们也不得不承认，卢方之"仁"更加难能可贵。卢方比褚标更具"仁者风范"，卢方之"仁"是儒家理想人格的体现。

儒家所推崇的仁者是"仁且智"。不光有一颗爱人的心，还要有头脑，有智慧。

---

① 石玉昆述，王军点校《三侠五义》，中华书局，1996。本章所引《三侠五义》原文，皆出自本书。

② 佚名：《施公案》，宝文堂书店，1982，第1019页。本章所引《施公案》原文，皆出自本书。

"仁且智"的典型代表是《三侠五义》中的蒋平和正续《小五义》中的徐良。蒋平虽时常耍一些小聪明，捉弄一下盟兄义弟，但均无恶意，因此蒋平仍然无愧于"仁者"称号。但其最突出的特点在于善于用智。智激韩彰，用其义也；智擒白玉堂，因其傲也；盗簪还簪，更是其得意之作。其智略机变，"把别人的喜怒全叫他体谅透了"（《三侠五义》，第665页），蒋平不愧为揣摩人心理的专家。

但蒋平之智，只能说是小智慧，只能应付小场面，像君山收钟雄，栽赃马朝贤这样的大场面、大手笔，蒋平是应付不来的，非得有大智慧之人不可，书中这位有"大智慧"的人物就是黑妖狐智化。但智化之智，往往不合常规，已经逸出了儒家之智的范畴。

蒋平之智主要表现为善于揣摩人心理，徐良之智则多为随机应变，善于将计就计，且多经过深思熟虑："出世以来，无论行什么样的事情，务要在心中盘算十几回才办。圣人云：'三思而后行'，他够'十思而后行'。他出世以来不懂的吃亏，什么叫上当。抬头一个见识，低头一个见识。临机作变，指东而说西，指南而说北，遇见正人绝无半字虚言。"① "山西雁药酒灌贼人""追周瑞苇塘用计"集中体现了徐良随机应变、将计就计的智慧。

二、清代侠义公案小说的家族观念

儒家思想所强调的是整体利益，相对忽视个人。探研儒家的道德生活，必须先把一个人放在与他相关的社会体系中，否则就失去了价值的意义。侠客一般来说不是独立的政治力量或社会力量，他们必须依附于一股更为强大的势力下，才能汇聚成可发挥其功能和作用的集团。清代侠义公案小说中人际关系之紧密，既是武林社会的真实反应，更充分体现了儒家的伦理道德。

受儒家思想影响，清代侠义公案小说表现出强烈的家族观念，常常将结社关系血缘化，成为具有确定内涵、又有强烈渗透性的社会组织形式。其表现形式有如下几种：一是家族式的父子、兄弟关系。如黄三太、黄天霸父子，贺天保、贺人杰父子，大五义与小五义的准父子关系，郝其鸾、郝素玉的兄妹关系等，这种血亲关系自然无懈可击，由他们组成的小集团，战斗力自然惊人。如《施公案》殷家堡堡主殷洪父子、父女六人就让黄天霸等人吃了不少苦头，若非殷洪父子有意相让，官兵纵能攻下殷家堡，也必伤亡惨重。二是联姻，通过联姻将两个甚至三个小家族合并为一个大家族，其能量也自加倍提升。黄天霸之联姻张桂兰，关小西之联姻郝素

① 石玉昆著，瘦吟山石校点《小五义》，春风文艺出版社，1998，第349页。本章所引《小五义》原文，皆出自本书。

玉，贺人杰之联姻殷赛红，展昭之联姻丁月华，艾虎之联姻沙凤仙、甘兰娘，都有这种最为现实和功利的效果。三是师承关系。儒家提倡尊师重道，侠客更看重师徒关系。"师徒如父子""一日为师，终生为父"，师徒具有不亚于父子的凝聚力，形成一种超常的道德力量，最终导致家族关系的诞生和重组，"欺师"与"灭祖"一样，成为丧尽天良的滔天大罪。清代侠义公案小说也在师承关系上大做文章，黄三太、戴胜驹、李昱、胜奎均师承胜英，份属同门，四人最终都成为江湖上呼风唤雨的角色，就连其徒子徒孙也都成为响当当的绿林人物，其联合实力大得惊人。《三侠五义》中艾虎主动拜智化为师，此后智化对艾虎的呵护照顾不亚于一个父亲。四是结义。江湖好汉彼此意气相投、道义相通，常常结为异姓兄弟。一旦义结金兰，他们就同时承担了类似亲兄弟的义务和礼法，长幼尊卑成为他们必须遵守的礼节。五鼠就是一个以这种兄弟之情为联系纽带的社会群体。五人虽有不同的身世经历，却有着一份永恒不变的兄弟之情。这五个人缺了任何一个，其他人都不会快乐。一个人有了危险，其他人可以奋不顾身的去相救。所以白玉堂在京城惹了祸，卢方就心惊肉跳；白玉堂言语无礼，卢方就难受的要上吊；韩彰负气出走、孤身在外，卢方就整日以泪洗面；白玉堂铜网阵遇害，卢方就寻死觅活。这种感情，早已超过了朋友之情而升华为兄弟情谊，从而纳入了家族关系的体系之中。这种兄弟情感也常常成为清官结交侠客的手段之一，如颜查散之于白玉堂、施俊之于艾虎、施公之于黄天霸、王守仁之于徐鸣皋都近似于这种关系。由义兄义弟生发开去，就有了义父义子、盟叔盟侄等关系，家族在不断扩大，其实力也在不断加强，最终形成庞大的集团，武林门派和帮会的出现正是这种家族关系不断膨胀、壮大的必然结果。《彭公案》黄三太与窦尔墩之争，《施公案》黄天霸与窦尔墩之争都最终演变为两大绿林集团之争。《三侠五义》中的人物泾渭分明，有正邪两大派，江湖中人非正即邪。《小五义》将武林中人划分为"侠义"和"绿林"两大集团，"侠义"中人个个"出身清白，连先前也并无坏处"①，"绿林"人物则大多为盗为匪。"绿林"人物可以弃暗投明，加入"侠义"阵营，"侠义"英雄则必无变节投敌者。

于是，江湖纷争演变为家族纷争，侠客不再是自在逍遥的个体，而成为大家族中的一分子，儒家尊师重道、长幼尊卑等传统伦理道德也因之渗入传统侠义精神之中，相互融合，成为侠客的自觉行动。《小五义》写众英雄破铜网阵，冯渊弃暗投明，要求北侠给他一个名分，"你老倒是认我个徒弟，是儿子，是孙子，我好称呼你老人家"（《小五义》，第787页）。其实，冯渊真正在乎的未必是如何称呼北侠，而是要明确一种家族关系。因为他知道，只有明确了这种家族关系，他才能表明自

①　鲁迅：《三闲集·流氓的变迁》，载《鲁迅全集》（第四卷），人民文学出版社，1961，第124页。

已的诚心，才能真正融入"侠义"阵营，成为其中一分子。中国传统家族观念对侠客影响力之大，由此可见一斑。

三、"夷夏之防"与侠客的民族大义

汉民族一直是一个非常骄傲的民族，从三千多年前开始，我们就开始蔑视四方。"北狄南蛮、东夷西戎"就是较早的蔑视四周的证据。孔子作《春秋》，提出了"内诸夏而外夷狄"①的观点，夷夏之防理论作为儒家的政治主张在中国历史上流传下来，后来则长时间地延续了这一观念。有清一代，其统治者正是一直被视之为"夷"的满清贵族，清代统治者强令男子留辫，"留发不留头，留头不留发"，以马蹄袖、旗袍取代汉族原有衣冠，这是名副其实的"以夷变夏"，但又正是清王朝倡导和维护"国学"，可谓不遗余力，这也是清王朝"历康熙至乾隆百三十余年，威力广被，人民慑服，即士人亦无贰心"②的主因之一。

夷夏之防开始有反侵略、御外侮的含义，随着民族矛盾的激化和民族仇恨的增长，逐渐添加了一些大汉族主义的内容，如认为夷夏种属不同，先天就有优劣之分，甚至自信满满的认为"夷狄之有君，不如诸夏之亡也"(《论语·八佾》)。这一理论在中国的不同历史时期起着不同的作用。当华夏民族受到外族侵略时，夷夏之防的思想激励了华夏民族的爱国主义思想，推动他们积极进行反侵略斗争，捍卫华夏文明。

在民族关系这个既复杂又敏感的问题上，侠文化较普遍地存在着的状况，是"夷夏之防"传统偏见与正义原则的综合。清代侠义公案小说也是如此，侠客行侠、报国，最后追求封荫做官是其常用的叙事模式。侠客报国的方式，或仗剑从戎，驰骋疆场，塞外建功；或抵御外侮，平定内乱，保家卫国。《续小五义》中襄阳王之勾结西夏，《彭公案》中的五路天王齐集四绝山，在当时看来，与《雪月梅》描写的抗倭斗争一样，都属于外族入侵，侠客们在清官的领导下浴血奋战就有了抗击外来侵略的现实意义。他们的大获全胜，对饱受帝国主义蹂躏和践踏的普通民众无疑是一种心理慰藉，同时也有利于增加中华民族抗击外来侵略的信心和决心。《彭公案》将三路天王起名为白起戈，就有嘲讽外来侵略者白动干戈之意思。另外，在大破木羊阵中起到关键作用的隐士如文雅先生张文采、神机居士高志广、知机子郑鸿年、震西方妙手先生项国栋等人几乎都直接或者间接的在"西洋"学过艺，颇有

① 语出《公羊传·成公十五年》："《春秋》内其国而外诸夏，内诸夏而外夷狄。王者欲一乎天下，易为以外内之词言之言自近者始也。"

② 鲁迅：《中国小说史略》第二十七篇《清之侠义小说与公案》，上海古籍出版社，1998，第204页。

"师夷长技以治夷"的意思，似乎又受到洋务派的影响。无论在现代人看来，这些想法是多么的幼稚，但对当时的普通民众乃至清政府都未尝不是一种诱惑。慈禧太后就曾经试图利用义和团来对付八国联军。这些在一定程度上提升了侠义公案小说的思想境界；其中，最具爱国主义激情和民族大义的当属清末李亮丞的《热血痕》。该书叙吴、越相争故事，以侠义英雄陈音、卫倩广交剑客、奇才，共同襄助勾践复国为主线。借古讽今，其创作目的则是"要使不断受外人欺侮的中国，能以雪耻自立"。字里行间充满着一血国耻的爱国情怀和民族情结，正如其正文前《满江红》词所云："愿吾曹，一读一悲歌，思国耻！"①

　　儒家是一种重道德的理想主义，和谐是其最高价值原则，他们主张渐进的和平的以文化的浸润方式来"以夏变夷"，一般不需要使用武力。清代侠义公案小说受此理论影响，在抗击外族入侵取得决定性胜利后，往往体现出中华民族的宽容和大度。《彭公案》中挑起战端的三路天王白起戈战败后请和，彭公不仅不加罪责，还好言安慰："前番在金斗寨合约，以木羊阵为赌，今众位既来和好，我把周百灵还你，木羊阵虽伤了我手下几员将官，也一概不究了。"彭公还设身处地为番王考虑，许诺"待我奏明圣上，你可以三年一来朝，因知你道路遥远，不能年年前来"②。并且亲自作媒，使喜巡府之子与白天王之女永谐秦晋之好。

四、侠客的性道德

　　迈克尔·米特罗尔、雷因哈德·西德尔在其所著的《欧洲家庭史》中说："性冲动的不断存在不得不加以管束和控制，由于人类性行为很大程度上是社会决定的，人们对在已知时代盛行的社会制度的适应，在很大程度上是通过训诫其性行为实现的"③。在古代中国，儒家对性道德的约束尤为苛刻。他们反对任何形式的"寻欢作乐"，如朱熹认为，"闺房之乐，本无邪淫；夫妻之欢，亦无伤碍；然而纵欲生患，乐极生悲"，《诗经》中则有"君子之道，五日一御（性交）"的说法，即使夫妻之间正常的性行为也要严格控制，遑论其他了。这种性道德发展到极致，就是所谓"男女有别，授受不亲"，就是宋明理学之"存天理，灭人欲"。

　　侠客最初受儒家性道德的约束并不鲜明，清代以前的侠客有两个极端，或纵情酒色，或不近女色。而纵情酒色更是几乎成为豪迈的代名词，太子丹以"车骑美女

---

　　①　李亮丞：《热血痕》，华夏出版社，1995，第 1 页。

　　②　贪梦道人：《彭公案》，华夏出版社，1998，第 904 页。如非特别注明，本章所引《彭公案》原文皆出自本书。

　　③　迈克尔·米特罗尔、雷因哈德·西德尔著，赵世玲等译《欧洲家庭史》，华夏出版社，1987，第 106 页。

恣荆轲所欲"①；冯燕曾通奸人妻；红拂夜奔李靖；梁山好汉中虽多不近女色之人，却也不乏好色之徒，如贪恋女色终于得偿所愿的王英、流连娼妓为其所卖身陷囹圄的史进等；汉唐游侠诗中亦有声色犬马、青楼买笑的翩翩美少年。所有这些，都与儒家性道德相去甚远，却为历代文人所激赏。清代侠义公案小说以宣扬忠孝节义为主旨，儒家性道德亦因之成为侠客奉行的准则之一。侠客由纵欲转向情爱，侠骨柔情成为侠义公案小说侠客的一大特点，而贪恋女色、纵情酒色者多成为罪大恶极、人人得而诛之的采花淫贼，《施公案》中的庞天化、《彭公案》中的采花蜂尹亮、《三侠五义》中的白莲花都因之成为反面典型。与之相对应，作者着重刻画的众侠义英雄，则恪守儒家传统性道德，"发乎情，止乎礼"，从不越雷池一步，甚至严守"男女有别，授受不亲"的古训。《三侠五义》写展昭"这日正走之间，看见一座坟茔，有个妇人在那里啼哭，甚是悲痛，暗暗想道：'偌大年纪，有何心事，如此悲哀？必有古怪。'欲待上前，又恐男女嫌疑。偶见那边有一张烧纸，连忙捡起作为因由"（《三侠五义》，第 77 页）。如此谨小慎微的维护男女之大防，与冯燕之通奸人妻，荆轲之纵欲形成鲜明对照。一旦淫乱与个人生命产生矛盾，侠客会毫不迟疑的选择洁身自好。《彭公案》中的粉面金刚徐胜、《永庆升平》中的白胜祖，《小五义》中的白芸生、《续小五义》中的卢珍都曾面临过这种困境，又都能宁死不屈。有人说"我们知道即使是在江湖，中国的传统性道德也是被严格遵守的，或者不如说江湖之遵守传统性道德甚至于比正统社会还要严苛"②，这话并不十分准确，或者说它更适用于清代侠义公案小说。

五、"慧眼识才"的叙事模式

"慧眼识才"本是中国叙事文学的一种基本模式，它寄托着中国传统文人希望得到社会肯定的个人愿望。中国古代文人大多对自己的才华充满自信，有远大的政治抱负，但又缺乏政治经验，不屑于或者不善于投机钻营。因而，真正仕途坦荡、春风得意的寥寥无几。对自己才华的极度自信和低下的政治地位形成了巨大的心理落差。文人们用来填补这种心理落差的方法之一就是希望社会上层能够"慧眼识才"。他们从屈原香草美人的比喻中受到启发，于是一个"慧眼识才"的女性群体脱颖而出。她们或为大家闺秀，或为歌妓名媛，或为风尘侠女，或为仙狐精怪，却均能独具慧眼，识英才于困顿之时，辨明珠于瓦砾之中，继而为之提供一切便利条

---

① 《史记·刺客列传》，载司马迁撰，裴骃集解，司马贞索引，张守节正义，《史记》，中华书局，1982 年第 2 版，第 2531 页，。

② 范伯群主编《中国近现代通俗文学史》（上卷），江苏教育出版社，1999，第 716 页。

件。文人们所要做的只剩下尽情发挥自己的才能即可。

在明清小说中，这种模式得到了更为广泛的应用，以至形成了"才子佳人"的固定套路。到了侠义公案小说，文人们找到了一条更为直接也更为有效的入仕之路，那就是清官的"慧眼识才"。对上，清官们在很大程度上代表着皇帝，拥有极大的权力；对下，清官们关注民生疾苦，与社会中下层有广泛的接触，不像皇帝那样遥不可及。因此，清官之"慧眼识才"成为侠义公案小说"慧眼识才"类描写的一种基本模式，如包拯之与展昭，颜查散之与白玉堂，施公之与黄天霸，彭朋之与白马李七侯等，皆是如此。这些得到清官青睐的侠客是幸运的，如展昭由于包公的推荐，就由一介草民跃升为朝廷的御前四品带刀护卫。想想那些埋头苦读的文人，十年寒窗，若能一朝登第，做个小小的七品知县已经是不错的结局了。这是多么大的反差！展昭虽为侠客，反映的却是广大市民其中也包括中下层文人的幻想。因此，侠义公案小说在满足了广大市民精神需求的同时，对穷困潦倒的中下层文人也未尝不是一种心理安慰，这大概也是此类小说能风行一时的原因之一吧。

"慧眼识才"在侠义公案小说中的另一种表现形式是"才子佳人"模式的翻版，即"美女英雄"模式。这一模式中的美女一般应具备三个条件：首先应是美女，要有"沉鱼落雁"之容、"闭月羞花"之貌。只有这样，才能满足侠客们实际上也是文人们的自信心和虚荣心。其次要武艺高强，最好与英雄不相上下，这样才能在关键时刻助夫君一臂之力。第三，出身武林世家，在江湖中拥有庞大的关系网。其实这一点最为重要，因为只有如此，才能为侠客们建功立业提供最大限度的帮助，黄天霸的妻子张桂兰的父亲凤凰张七，贺人杰的岳父殷家堡堡主殷洪都是在江湖中呼风唤雨的人物。展昭之联姻丁月华，也是如此。丁月华的堂兄丁氏双侠是著名的侠客，多次在关键时刻助展昭脱离险境。如展昭陷空岛被擒，若没有丁氏双侠的鼎力相助，展昭要想脱险，恐怕还要多费一番周折。丁氏双侠帮助展昭到了事无巨细的程度，甚至他结婚所需要的住处也"原是丁大爷给盖的房屋"（《三侠五义》，第397页），展昭只需做好自己的新郎官就可以了。有人说展昭的婚姻是一场虚无缥缈的婚姻，不错，这种"虚无缥缈"感源于两人毫无感情基础，它是一场彻头彻尾的政治联姻。这种政治联姻，使展昭获得强有力的臂助。"军功章啊，有你的一半，也有我的一半"，展昭的赫赫功绩亦有丁月华的奉献。如果说，清官为侠客们平步青云提供了无限的可能性，那么这些"慧眼识才"的美女及其非同寻常的家世背景则为侠客们提供了最为现实的帮助，二者缺一不可。展昭之入仕和联姻集中体现了传统文人的白日梦。

第二节　佛道与清代侠义公案小说

陈廷椰认为"唐代武侠多出自佛道之门""大凡武林高手都是僧道之流或深受佛道思想影响的人""佛道的宇宙观、修炼法术影响了武侠的武功,佛道的人生观与武侠人物的人生价值观相互沟通"[①]。其实不止是唐代豪侠小说,中国传统侠文化一直深受佛道思想的影响,清代侠义公案小说受其影响尤深。

一、道之侠

嫉恶如仇,富有正义感,以蔑视陈规陋俗的道家思想为其文化底蕴,而又熔铸了侠义精神的某些特点,是道之侠的主要特点。《三侠五义》中的智化就是清代侠义公案小说中道之侠的典型代表,甚至其绰号也富有道家文化意蕴。

黑者,谓智化做事狠绝,能忍,不惟忍于人,亦忍于己。智化在霸王庄中卧底,深得马强信任。直至为北侠所擒,智化等将之送到太守府时,马强仍引其为知己,认为"招贤馆许多宾朋,如今事到临头,一个个畏首畏尾,全不想念交情,只有智贤弟一人相送,可见知己朋友是难得的"(《三侠五义》,第443页),智化的忍功果然不错。但不久,为了将马朝贤叔侄这股恶势力一网打尽,智化费尽心机要作一件欺心的事,生生的讹在他叔侄身上,使他赃证俱明,有口难分。于是就有了栽赃马朝贤之举,结果当然是马氏叔侄被抄家斩首,恶势力果真被一网打尽不留一点儿后患。智化做事,的确够狠够绝。朱子认为"老氏之学最忍,它闲时似个虚无卑弱底人,莫教紧要处发出来,更叫你枝梧不住"[②],智化正是这样一个"紧要处发出来"令你"枝梧不住"的人。

妖者,谓智化行事不拘礼法,不循常理,甚至不顾既定的社会规范,因而带有几分邪气。他出身于功勋世胄之家,却以世家公子的身份进入绿林,是为一邪;身在绿林,却又心系朝廷,暗助北侠拿住马强,又反出绿林,是为二邪。栽赃马朝贤天大的一件事情,却要着落在艾虎这样一个小孩子身上,是为三邪。由于智化行事不依常规,只追求正义力量的最终胜利,从不考虑其方法是否符合社会规范,甚至不讲求是否符合江湖道义,往往能令对手捉摸不透,从而出奇制胜。这种不拘一格的行事风格,正与道家崇尚自然,不拘小节的主张相契合。正是由于智化行事不拘

---

①　陈廷椰:《佛道文化与唐代武侠小说》,《上饶师专学报》第14卷第2期(1994),第52—53页。

②　朱熹:《朱子全书》(第18册),上海古籍出版社、安徽教育出版社,2002,第3899—3900页。

一格，他才能逸出南侠、北侠诸人无法挣脱的律法、江湖道义等的约束，从而取得意想不到的效果。

狐者，指智化善于模仿和变化，"装什么像什么"（《三侠五义》，第 646 页）。装"怯坎儿"，则有"王第二"之憨傻，事事都不明白，人人都可冤他；扮俏皮，则有怯王二之玩笑，连丁二爷这"俏皮的都不俏皮了"（《三侠五义》，第 647 页）；学翩翩佳公子，则既有文绉绉的酸态，又能"咬文嚼字的背书"，（《三侠五义》，第 649 页）更有义正词严的劝劝诫，将一个满腹经纶而又酸态十足的腐儒形象演绎的惟妙惟肖。真是"装什么像什么，真真呕人"（《三侠五义》，第 646 页）。智化之所以能如此千变万化，是因为他能够"设身处地的做去"，正如他本人所说："凡事到了身临其境，就得搜索枯肠，费些心思，稍一疏神，马脚毕露。假如平日原是你为你，我为我。若到今日，你我之外又有王二李四。他二人原不是你我。既不是你我，必须将你之为你我之为我俱各撇开，应是他之为他。既是他之为他，他之中决不可有你，也不可有我。能够如此设身处地的做去，断无不象之理。"（《三侠五义》，第 647 页）这段读起来有些拗口的话，不仅在形式上和道家的"道可道，非常道。名可名，非常名"的句式非常接近，而且它所蕴涵的个性鲜明、师法自然等哲学意蕴，亦颇有庄周化蝶的道家韵味。

作者欣赏智化莫测高深的智慧和其行侠效果，因此，智化成为小说后半部的灵魂人物。君山一役，"不战而屈人之兵"，侠义道取得了最为辉煌的一次胜利，这场胜利几乎完全出自智化的妥善统筹和巧妙安排。

智化不顾世俗观念和一切陈规陋俗，只追求正义力量的最终胜利，从不考虑其方法是否符合社会规范，甚至不讲求是否符合江湖道义，往往能令对手捉摸不透，从而出奇制胜。这种不拘一格的行事风格，正与道家崇尚自然，不拘小节的主张相契合，是清代侠义公案小说道侠的典型代表。颜查散不拘礼法、率性而为，处处以生命的真情来对待世事人生，乃至情至性的性情中人，是富有深厚道家文化意蕴的清官代表。读者对智化等道之侠的喜爱，充分说明了读者渴望真情、渴望自由的内心诉求，以及讨厌世俗纷争、向往理想生活的美好愿望。

与追求功名富贵的儒侠不同，道之侠重视的是道义，人情，艺业，而从不把获取功名富贵当作人生的目的。古人云"无欲则刚"[1]，人若热衷功名，顾忌必多，因此，汲汲于功名富贵之人，必受功名富贵之累。展昭、蒋平被讥为奴才，黄天霸的所作所为更有为人所诟病之处。与饱受名缰利锁束缚的黄天霸形成鲜明对比的是白面猱猊甘亮。他的兵器和暗器与黄天霸相似，都为刀与镖，却武功谋略见识处处高

---

[1] 语出邓板桥的对联"海纳百川，有容乃大；壁立千仞，无欲则刚"的下联。

黄天霸一筹。他的暗器"名叫铃儿镖,又叫响镖,只有金陵白面獠猊一人用的,成了一代大名家"(《施公案》,第 722 页),不仅百发百中,而且暗器也用的光明正大,实开四大名捕中无情"明器"之先河。反观以金镖扬名立万的黄天霸,"心中好胜,要在甘大哥面前显能,知道他们再有几个上来的。天霸立定身子,向袋内摸出金镖在手,只见薛虎跳上屋来,随手发了一镖,偏偏被他把朴刀挡住"(《施公案》,第 723 页);甘亮一把单刀力敌薛家五虎而不落下风,黄天霸则只能与其中一虎斗个旗鼓相当。众侠义大闹薛家窝,出谋划策的是白面獠猊,黄天霸只能奔走效劳。黄天霸热衷于功名富贵,甘为家奴;甘亮身为金陵三杰之首,却无意功名,不受官场的羁绊。黄天霸极力维护纲常名教,杀死义兄后又逼死盟嫂;甘亮则无视这些陈规陋习,将刚刚寡居的谢素贞许配义弟为妻。黄天霸一度归隐林泉,却又丢不下功名利禄,终于又回到施公身边,体现的是儒家世俗化后的功名富贵观;甘亮则飘然而来,事成之后又潇洒的离开,颇具道家之神韵。所以,黄天霸最终官居副将,圆了其功名富贵梦;甘亮"临了得道,成了地仙"(《施公案》,第 722 页),可谓各遂所愿。但作者有意处处将两人对照着写,扬抑之意,一目了然。智化、甘亮等道之侠超越世俗,蔑视礼教的精神气质正与《庄子·天下》中的"独与天地精神往来,而敖倪于万物,不谴是非与世俗处"的"神人"精神特质相契合。

一般而言,清代侠义公案小说以忠孝节义为主旨,其主角多为具有浓郁儒家色彩的侠士,如展昭、黄天霸、徐胜、马玉龙等都是如此。而且由于受儒学思想的影响,清代侠义公案小说中很少能独立表现出道家的贵己、贵生、为我的思想。智化的行侠方式和手段以及其清明澄澈的智慧都具有道家文化意蕴,但占据他思想主导地位的仍是儒家的忧国忧民思想。从这个意义上说,纯粹的道侠是不存在的。《三侠五义》中的丁氏双侠更是兼具儒道特点的侠客,双侠骨子里深受儒家思想影响,渴望积极入世,正如丁二爷自己所说,"大丈夫生于天地之间,理宜与国家出力报效"(《三侠五义》,第 173 页)。但为了孝道,他们选择了归隐,混迹于鱼肆之中,间或仗剑行走江湖。"小隐隐于野,大隐隐于市",丁氏双侠正是作者倾力塑造的隐侠形象。因此,丁氏双侠本身的行侠事迹并不多,丁二爷"茶铺偷郑新"大约是双侠的得意之作。但双侠绝非无用之人,而是大有用之人,正合道家"无为而无不为"之思想精髓。双侠拥有良好的人际关系,他们与展昭是郎舅至亲,与智化是世交通家相好,与北侠一见遂成莫逆,与五义是和睦相处的近邻。因此,茉花村成为侠客重要的落脚点。许多重大事件的商议和实行,都与茉花村有关,如展昭比剑定良姻,独龙桥盟兄擒义弟,捉拿采花贼花冲,白玉堂气短拜双侠,盗珠冠栽赃马朝贤等。可以说,开封府、茉花村、君山是群雄聚散的三个中心,双侠凭借他们良好的人际关系,为群雄行走江湖提供了最有力的后勤保障,功不可没。

智化诸人行事不为陈规陋习所拘束，不为功名利禄所羁绊，较之传统儒侠少了一些顾虑和约束，能发挥传统儒侠不能起到的重要作用，因而常常成为清代侠义公案小说中不可或缺的重要角色。他们或武艺高超，或谋略过人，或法术精深，或精通奇门遁甲、五行八卦，往往成为决定胜负的关键人物。如倪继祖和北侠被诬合谋抢人钱财，面对如此奇冤，恪守儒家传统伦理道德的展昭无可奈何，慈悲为怀的北侠有口难辩，若非智化以毒攻毒，栽赃马朝贤，此事的解决恐怕还要大费周折；君山收复钟雄，更非智化的大智慧不可。《施公案》中若无金陵三杰的鼎力相助，黄天霸、关太诸人绝对无法打破薛家窝，救出施公；同样，若无万君兆的帮忙，黄天霸、关太诸人就会被一个采花淫贼庞天化玩弄于股掌之间。《彭公案》在大破木羊阵中起到关键作用的文雅先生张文采、神机居士高志广、知机子郑鸿年、震西方妙手先生项国栋等人都是道家的隐逸之流。有的小说还将道侠作为统率群雄的象征性人物，《大八义》中的左云鹏、《争春园》中的司马傲即为此类人物的代表。

二、隐士

道之侠多为"隐士"。"隐士"是中国古代文化的一大景观，同时也是中国侠文化的一大特色。隐士"看起来冲淡平和，实则往往性情激烈。宋代的学者朱熹早就指出这一点，如果隐士不是性情激烈，他们就用不着做隐士而能与世浮沉，混迹于世人中间了。我们试想一下，较早的隐士伯夷、叔齐，他们觉得周武王'以暴易暴'是错误的，于是隐居于首阳山，最后不食周粟而死。这是何等的激烈。陶渊明本人，耻于为五斗米折腰，因而辞去官职，当了一名隐士，如果他的性情稍微随和一些，断不至于如此"[①]。魏晋风骨中的晋人隐士，许多正是想要达而兼济天下不可得，甚至穷而独善其身亦不可得时，只有未能"出世"而身先隐了。因此，隐士与侠客天然有着密切的关系，历史上不少侠客后来又做了隐士。比如，战国时代的鲁仲连。他一生热心为人排难解纷，最后辞却富贵，浮海而去。宋代的苏轼写过一篇《方山子传》，记载他的朋友陈季常的事情。陈季常少年时，"慕朱家、郭解为人，闾里之侠皆宗之""使酒好剑，用财如粪土"。这个仰慕豪侠的人物，"后来却在光、黄之间做了隐士，头戴古朴的方山冠，号为方山子"[②]。

历史现象反映到文学作品中，就造成了中国侠文化的"尚隐"情结。《吴越春秋》"干将莫邪"中替人复仇的侠客，"越女袁公"中的"越女"，《搜神后记》"比邱尼"中的比邱尼，是较早的隐侠代表。唐代豪侠小说更具有浓郁的"尚隐"情

---

①　王同舟、陈文新：《水浒传：豪侠人生》，武汉大学出版社，2002，第175-176页。

②　王同舟、陈文新：《水浒传：豪侠人生》，武汉大学出版社，2002，第175页。

结，谢小娥成功复仇后即"厚貌深辞，聪敏端特，炼指跛足，誓求真如。爰自入道，衣无絮帛，斋无盐酪，非律仪禅理，口无所言。后数日，娥归牛头山，扁舟泛淮，云游南国，不复再遇"①。红线盗盒后，在酒宴上"伪醉离席，遂亡其所在矣"②。聂隐娘事成之后也是飘然隐去，"自此无复有人见隐娘矣"③。昆仑奴则隐居于市井之中，"后十余年，崔家有人见磨勒卖药于洛阳市，容颜如旧耳"④。明代侠义小说继承了这一传统，《青城舞剑录》宣称"英雄回首即神仙"，并认为五代末的隐士陈抟较之汉初三杰之首的张良"有过之无不及"。《剪灯新话·天台山话隐录》也无限向往"向林间啸傲山间宿。耕绿野，饭黄犊"的隐士生活。《水浒》幸存的众英雄，也纷纷选择归隐：继武松出家，李俊等三人自投"化外国"之后，戴宗纳还官诰，"去到泰安州庙里，陪堂出家"；柴进"辞别众官，再回沧州横海郡为民，自在过活"；李应"缴纳官诰，复还故乡独龙冈中过活。后与杜兴一处作富翁，俱得善终"；阮小七也回到梁山泊石碣村，"依旧打鱼为生"；"朱武自来投授樊瑞道法，两个做了全真先生，云游江湖，去投公孙胜出家，以终天年"。"事了拂衣去，深藏身与名"，正是对侠士隐逸情怀的真实写照。清代侠义公案小说固然不乏黄天霸之类汲汲于功名富贵者，功成身退者却也不在少数。其实不仅侠客有浓郁的"尚隐"情结，一些文人甚至清官的内心深处也涌动着隐逸情怀，如《小五义》第四回清官颜查散劝解白玉堂的一番话，很能代表传统文人的隐逸情怀。

> 大人用手一揪，死也不放，叫道："五弟呀，五弟！想你我当初在镇江相会，你也无官，我也无官。事到如今，你身居护卫，我特旨出都，丢了国家印信，不至于死，无非罢职丢官。你我回到原籍，野鹤闲云，浪迹萍踪，游山玩水，乐伴渔樵，清闲自在，无忧无虑，胜似在朝内为官。朝臣待漏，伴君如伴虎，一点不到，身家性命难保，五弟不至于不明此理。印信丢失不要了。"（《小五义》，第18页）

但"隐士"一词的具体界定，学术界一直没有定论。清代侠义公案小说描绘的"隐士"形象，其所指也各不相同，简要分析如下。

其一，泛指在野的贤良之士和江湖豪杰。《绿牡丹》开篇说"世上不拘英雄豪杰、庸俗之人，皆乐生于有道之朝，恶生于无道之国，何也？国家有道，所用者忠良之辈，所退者奸佞之徒。英雄得展其志，庸愚安乐于野。若逢无道之君，亲谗佞

---

① 李公佐：《谢小娥传》，载张友鹤选注《唐宋传奇选》，人民文学出版社，1979，第71页。
② 袁郊：《红线》，载张友鹤选注《唐宋传奇选》，人民文学出版社，1979，第147页。
③ 裴铏：《聂隐娘》，载张友鹤选注《唐宋传奇选》，人民文学出版社，1979，第157页。
④ 裴铏：《昆仑奴》，载张友鹤选注《唐宋传奇选》，人民文学出版社，1979，第153页。

而疏贤良，近小人而远君子。怀才之士，不得展试其才，隐姓埋名，自然气短。即庸辈之流，行止听命于人，朝更夕改，亦不得乐业，正所谓'宁做太平犬，不为乱离人'。今闻一件故事，亦是谗佞得意，权得国柄；豪杰丧志，流落江湖"。[1]这里的"怀才之士"、丧志豪杰均可称之为"隐士"，小说第五十九回"忠臣为主礼隐士"，狄人杰所礼遇的正是鲍自安、骆宏勋等流落江湖的丧志豪杰。而狄人杰责备鲍自安的一席话亦可作为佐证："有道则仕，无道则隐，此系圣贤之高志也！你既不肯出，则由于无道之秋，亦当务田园、埋名姓，因何截劫江湖，杀之无厌而为强盗乎？"（《绿牡丹》，第203页）《三侠五义》写包公礼遇卢方等五鼠，安慰他说："你等不知圣上此时励精图治，惟恐野有遗贤，时常的训示本阁，叫细细访查贤豪俊义，焉有见怪之理。只要你等以后与国家出力报效，不负圣恩就是了。"（《三侠五义》，第339页）这里的"遗贤""贤豪俊义"显然指一切在野的"怀才之士"，尚未出仕的五鼠自然包括其中。

其二，儒之隐。他们才高八斗、学富五车、胸怀锦绣却又并不刻意追求功名富贵，过着诗酒山林、"耕绿野，饭黄犊"的自娱自乐的隐士生活，而一旦时机成熟，他们也会大展鸿图，在为国为民的基础上为自己谋个一官半职。儒之隐亦可分为两种情形，其一为已致仕的官员。他们秉怀忠义，虽身在草野，却心在朝堂，与朝廷保持着密切的联系，他们或负责为朝廷发现或举荐人才，如《三侠五义》中告老还乡、退归林下的吏部天官李文业；或时刻准备着复出重新为朝廷效力，如《三侠五义》中的金辉、施邦杰。其二是从未出仕的高明之士，因机缘巧合得以为国效力、为民除害，自己也得以接受朝廷的封赏，如《三侠五义》中的毛九锡"是位高明隐士，而且颇晓治水之法"（《三侠五义》，第498页），因帮助官府治水有功，朝廷赏赐"五品顶戴"，其子毛秀也得到"六品职衔"（《三侠五义》，第502页）。

其三，道之隐。他们道法精深，精通五行八卦、奇门遁甲等各种道家法术，却又僻居深山，与世无争，以访友论道为雅事。他们介入江湖的诱因多为道教邪徒或布阵、或使用妖法令清官、侠客束手无策时，由他们出面帮助官府收拾残局，维护正义。《彭公案》中的张文彩、高志广是道之隐的典型代表。

其四，侠之隐。从广义上讲，一切在野的侠客均可称之为"隐士"。但我们此处所说的隐侠其实是相对于江湖而言。也就是说，我们所说的隐侠是指那些已经退出江湖或者还未介入江湖的侠客。退出江湖者，如《彭公案》中的黄三太、白马李七侯，《施公案》中的凤凰张七、万君兆，《儿女英雄传》中的邓九公等，他们大都是曾经叱咤江湖的英雄豪杰，功成名就后退隐林泉；尚未介入江湖者，如《三侠五

---

① 佚名：《绿牡丹》，浙江古籍出版社，1997，第1页。本章所引《绿牡丹》原文，皆出本书。

义》中蛰伏霸王庄时期的智化等。

隐侠是一群性情高洁的孤独者，他们高尚其志，独善其身，不愿与世俗同流合污，因此，他们选择了退出官场、退出江湖，以保全自己，保全自己的真性情，保全自己的独立人格，保全自己的个性。但他们的内心并不平静，仍然涌动着"为国为民"的侠义情怀和"舍我其谁"的英雄豪情。一旦现实需要，他们会义无反顾的重新走向江湖，去履行侠客的职责和义务。智化牢房暗杀奸，甘亮义助黄天霸，黄三太被激劫皇杠，皆是如此。

其五，真隐。《老子•第四十一章》云"大象无形，道隐无名"，鲁迅先生也认为"真的'隐君子'是没法看到的。古今著作，足以汗牛充栋，但我们可能找出樵夫渔父的著作来?"[①]真正的隐者是一群无欲无求者，他们既不追求功名富贵。也不渴望扬名立万，甚至不知岁月更迭。清代侠义公案小说中也描写了一些接近真隐境界的隐士，如《彭公案》第二三九回马玉龙所遇的两位对坐饮酒的渔翁，已依稀可见真隐士之风采。《永庆升平》第六十六回描写贪梦道人"身穿一件旧道袍"，自云"山人乃佚名，自号贪梦道人"，"终日在庙中参修，也不知度过多少春秋了"，忘记姓名，不知岁月更迭，惟贪一梦而已，真正达到了"万事俱休，名利都勾"的仙人境界。

统治者为点缀其太平盛世，对隐士多采取宽容乃至敬重的态度。有时为表明其励精图治的雄心和礼贤下士的胸怀，对隐士往往礼遇有加，商汤三聘伊尹、刘备三顾茅庐即为明证。清代侠义公案小说中也多有礼遇隐士的描写，如包公礼遇展昭、五鼠，狄仁杰礼遇鲍自安等一干丧志豪杰，彭公礼遇李七侯，纪有德三请张文彩，施公三请万君兆等皆是如此，而安学海礼遇邓九公则是变相的清官礼遇隐士的描写。

三、佛之侠

佛之侠是侠与佛教伦理思想相融合的结果。侠与佛本质上有相通之处：侠铲除现世的不平，为大众谋利益，追求现实和理想的人生和社会，跟"佛门广大，普度众生"如出一辙。清代侠义公案小说中佛之侠形象众多，《三侠五义》、正续《小五义》中的欧阳春，《彭公案》中的小方朔欧阳德是其典型代表，而尤以欧阳春最富佛家文化意蕴。

欧阳春的"觉"："佛"是一个外来词，经文里面就是觉悟的意思。"梵语佛陀耶，华言觉者，觉天地之间之真理。"佛教的思想中有这样的观点：世人本是佛，

---

① 鲁迅：《隐士》，《太白》半月刊，1935年2月20日，第一卷第十一期，署名长庚。

因其贪、嗔、痴、慢而不成佛，修行就是去贪、去嗔、去痴、去慢，也就是觉悟。觉有两种解释：一、外觉，观诸法空，外不见人过，亦不被六尘所染。二、内觉，知心空寂，不被邪迷所惑，故名觉。欧阳春在行侠仗义的同时，也在不断的参禅悟佛，也就是"觉"。《三侠五义》第六十五回，北侠坐船游赏诛龙桥，但见"清波荡漾，芦花飘扬，衬着远山耸翠，古木撑青。一处处野店乡村，炊烟直上；一行行白鸥秋雁，掠水频繁。北侠对此三秋之景，虽则心旷神怡，难免几番浩叹，想人生光阴迅速，几辈英雄，而今何在?"这是对人生短暂的感慨和无奈；船过诛龙桥，"北侠也不左右顾盼，惟有仰面细细观瞧。不看则可，看了时未免大扫其兴。你道什么诛龙剑?原来就在桥下石头上面刻的一把宝剑，上面有模模糊糊几个蝌蚪篆字，真是耳闻不如眼见。往往以讹传讹，说的奇特而又奇特，再遇个探奇好古的人，恨不得顿时就要看看，及至身临其境，只落得'原来如此'四个大字，毫无一点的情趣"，这是对虚名的勘破；北侠与静修"话不投机半句多"，静修拂袖而去，北侠暗想："老和尚偌大年纪，还有如此火性，可见贪嗔痴爱的关头，是难跳的出的。他大约因我拿话堵塞于他，今晚决不肯出来。我正好行事"（《三侠五义》，第111页），这是北侠对贪嗔痴爱等七情六欲的勘破。北侠之最终遁入空门，是从一开始就注定了的。

欧阳春的"善"：《三侠五义》描绘北侠的行为的时候，总是围绕一个内在的灵魂——善! 这个善，正来自于佛教的思想，念佛的人都是这样念："阿弥陀佛，善哉善哉!"佛教的教义也是普度众生。北侠请静修为其测字，静修请其说字，北侠随口说一"善"字，静修解曰："此字也是端正字体。善乃人之本性，作善降之百祥，作不善降之百殃。善是随在皆有，处处存心。为善济困扶危，剪恶除强。瞧着行事狠毒，细细想来却是一片好心，这方是真善。再按此字拆开，居士平生多义气，廿载入空门。将来二十年后，也不过一老僧而已"（《三侠五义》，第400页）。静修这段话概括了北侠的两大特性，即"真善"和"义气"。其中，善为成佛根基，义为作侠根本。兼具"善"和"义"，欧阳春确为"佛侠"的典型代表。北侠之"善"体现为行侠仗义时，能够设身处地为局外人着想，"城门失火"绝不致"殃及池鱼"。如北侠剪除马刚之后，曾意味深长的说："那马刚既称孤道寡，不是没有权势之人。你若明明把他杀了，他若报官说他家员外被盗寇持械戕命。这地方官怎样办法? 何况又有他叔叔马朝贤在朝，再连催几套文书，这不是要地方官纱帽么? 如今改了面目，将他除却。这些姬妾妇人之见，他岂不又有枝添叶儿，必说这妖怪青脸红发来去无踪，将马刚之头取去。况还有个胖妾吓倒。他的疾向上来，十胖九虚，也必丧命。人家不说他是疾，必说是被妖怪吸了魂魄去了。他纵然报官，你家出了妖怪，叫地方官也是没法的事。贤弟想想，这不是好处么?"（《三侠五义》，第 357 页）这自然是与北侠早年为官，深体为官的苦楚有关，但结合前后文我们可以看出，比起展昭、白玉堂、蒋平等杀人之后，一走了之的做法，欧阳春此举更具人情味。因为欧阳春此举保护的绝不仅仅是地方官，更包括地方官治下的万千"蚁民"。

此外，北侠之喜结交高僧，善手谈，行侠仗义力求机密隐晦，不喜交际应酬，不重名利，均预示着他日后"放下屠刀，立地成佛"绝非偶然。但欧阳春绝非正统佛教徒，他不仅从不持经诵佛，还吃酒食肉，贪吃嗜睡，甚至杀人放火，颇有几分"狂禅"意味。当然，欧阳春最直接的文学渊源，当为《水浒》中的花和尚鲁智深，只不过少了几分豪迈和野性，多了一些从容和大度。

四、僧道犯罪

宋元以后，佛教已经失去了隋唐时期的鼎盛和辉煌，开始极力向儒教靠拢，佛教信徒或极力援佛释儒，或提倡外儒内释，或主张调和儒释，或高唱三教同源，其直接导致的后果就是佛教的日益世俗化。佛教越来越不像宗教，和尚越来越不像和尚，尼姑也越来越不像尼姑，主要表现为竞其奢淫、与民争利、结交权贵、迎合俗习。到了明清之际，佛教更渐趋衰微，"南朝四百八十寺，多少楼台烟雨中"①的盛况已成明日黄花，禅寺荒芜破落，戒律日益松懈，僧尼犯罪逐渐成为一个严重的社会问题。不仅引起普通民众的垢议，亦为当政者所蔑视，每每引为整肃佛教的口实。明清统治者纷纷制定法律，严格限制僧尼的活动，甚至试图隔断僧俗往来。如《明律》规定"凡僧道军民人等，于各寺观神庙刁奸妇女，因而引诱逃走，或诓骗财物者，各杖一百，奸夫发边卫充军，奸妇入官为婢，财物照追给主"②，甚至严禁妇女入寺烧香，"若有官及军民之家，纵令妻女于寺观神庙烧香者，笞四十，罪作夫男。无夫男者，罪作本妇"③。清朝法律也同样禁止妇女至寺院烧香供佛，僧众不可以在街市中诵经托钵。一些家族的家法更严禁子孙出家，如《临安钱氏谱例》规定"子孙为僧、为道者，当于名下直书：'某人子出家。'不入大宗谱内，以绝邪

---

① 语出唐代诗人杜牧的七绝《江南春》，全诗为："千里莺啼绿映红，水村山郭酒旗风。南朝四百八十寺，多少楼台烟雨中。"

② 《明律》卷 11《礼律》，载薛允升著，怀效锋、李鸣点校《唐明律合编》，法律出版社，1999，第174 页。

③ 《明律》卷 11《礼律》，载薛允升著，怀效锋、李鸣点校《唐明律合编》，法律出版社，1999，第173 页。

道"①。《宁乡熊氏祠规》也规定"僧释原非正道，无父无君。族中有出家者，将父兄责四十，勒令本身入祠，枷号三月，反佛乃止。否则，凭族长处死"②。私人向佛，族长竟有权处死，足见世人对佛教信徒的鄙夷和仇视。

　　社会现实必然会反映到文学作品之中，于是，我们看到清代侠义公案小说描写的各类犯罪活动中，僧尼犯罪占了相当大的比重。寺庙、尼姑庵多为藏污纳垢的淫秽之地，和尚、尼姑中亦不乏杀人越货的巨匪惯盗，各类庙会、神佛诞辰更成为恶霸无赖欺男霸女的最佳场所，最应该崇神敬佛的出家人却作着天理难容的勾当，最需要庄严虔诚的庙会往往成为市井无赖寻衅滋事的温床。僧尼犯罪形形色色，奸淫掳掠，无恶不作，而尤以奸淫者居多，他们或为色胆包天的采花淫贼，如《彭公案》中的飞云僧，《小五义》中的自然和尚；或为倒采花的尼僧，如《三侠五义》中的"慧海妙莲庵"尼姑明心、慧性；或僧尼通奸，如《施公案》中的九黄、七珠；或勾结恶霸无赖诱骗良家妇女，如《小五义》中的云翠庵尼姑；而掠夺无数良家妇女，藏于庙中，供其淫乐更是几乎所有不法僧尼共同的宣淫手段。僧尼多犯奸淫之罪，其外因是佛教戒律的松弛，其内因则是佛教的禁欲主义与人的生理需求相牴牾，正如南炳文所说"儿童无知，止由父母之命入寺披剃。及至年长，血气方刚，欲心一动，能甘寂寞、诚心修行者少，所以僧众多有泛滥不才者，败坏祖风，取人轻慢"③。

　　儒家最重男女之大防，所谓"男女有别，授受不亲"，宋明理学更提倡要"存天理，灭人欲"，因此，奸淫为"有伤风化"的大罪、重罪，统治者多从重惩处。僧尼的淫秽行为增加了社会对僧尼的鄙夷和仇视，这在清代侠义公案小说中也有所体现。如《三侠五义》写包公训诫田起元"不该放妻子上庙烧香，以致生出此事，以后家门务要严肃"（《三侠五义》，第94页），《小五义》第七十五回江樊、邓九如私访九天庙，庙中和尚以有官府太太为由，不许他们进入客房，江樊说"走，我管什么官府太太不官府太太呢。他若怕见人，上他们家里充官太太去。庙宇是爷们游玩的所在，不应使妇女们在庙中"（《小五义》，第452页），第八十八回回首诗云："自古尼僧不可交，淫盗之媒理久昭"（《小五义》，第481页），第一百二十一回作者称赞施俊不许其妻子进庙上香说"究竟是大人家的气象，不让妇女们上庙烧香还愿，最是一件无益之事"（《小五义》，第771页），《施公案》施公责备胡登举"令

_____

　　① 《临安钱氏谱例》，载费成康主编《中国的家法族规》附录，上海社会科学院出版社，1998，第253页。

　　② 《宁乡熊氏祠规》，载费成康主编《中国的家法族规》附录，上海社会科学院出版社，1998，第328页。

　　③ 南炳文主编《佛道秘密宗教与明代社会》，天津古籍出版社，2001，第22页。

尊当朝半生，身居翰林；贤契也读孔圣之书。嗣后莫招三姑六婆之人。令堂不到尼庵，焉有此灾"（《施公案》，第48页），林公责备老者"那老者，我问你，若大年纪，难道还是不知世路么？上庙烧香，古人所禁，你该拦阻才是"（《施公案》，第196页）等都是这种社会心理的真实反映。

与僧尼多犯奸淫之罪不同，道士所犯多为谋逆大罪，他们往往倚仗其妖术或丹药，干一些伤天害理、人神共愤的勾当。或依托权奸谋害忠良，如《三侠五义》中的刑吉；或投靠叛贼、助纣为虐，如《七剑十三侠》中的余半仙、非幻道；或勾结一处、图谋反叛，如《彭公案》《永庆升平》中的八卦教。由于他们大多有邪术在身，一般侠客往往不是其对手，这就需要法术更高的道侠出面，以正克邪，往往手到擒来。《彭公案》写妖道马遇贵用毒香屡胜官兵，众英雄无计可施。幸亏文雅先生张文彩及时赶到，以其人之道还施其人之身，用迷魂沙将其迷倒。类似的描写在清代侠义公案小说中尚有多处，不再一一列举。

清代侠义公案小说描写道士所犯多为谋逆大罪，并非空穴来风，而有其深刻的历史文化根源。

早期道教都起自民间，在很大程度上反映了劳动群众对社会不公的不满情绪和要求改变现状的愿望；加上当时的统治阶级还来不及用封建礼法对它们进行思想约束，加强组织管理，因而每当社会动乱、阶级矛盾激化时，这些道派往往成为组织和发动农民起义的旗帜和纽带。如张角利用太平道发动了规模巨大的黄巾起义，张修领导的一支五斗米道在汉中加以响应。《三国志·张鲁传》注引《典略》说："熹平中，妖贼大起，三辅有骆曜。光和中，东方有张角，汉中有张修"。汉末三国间出现的帛家道、李家道，也时刻准备待机而动，至东晋初，终于发生了李脱弟子李弘在安徽霍山的起义。此后托称李弘（据说李弘是老君应世的化名）的起义，在东晋南北朝期间，更是"岁岁有之"。五斗米道在三国时期，更被张鲁利用在汉中建立政教合一政权，割据巴、汉近三十年。张鲁政权覆灭后，陈瑞领导的五斗米道又企图在蜀中起义而未果；李特、李雄领导的流民起义，在蜀中五斗米道首领范长生的帮助下，占领成都，建立起成汉政权，立国四十余年。当五斗米道传入江南后，在晋末又爆发了规模更大的孙恩、卢循起义，加速了东晋的灭亡。所有这些起义，都是史书详细记载的重大事件，也是早期道教史上重要的一页。但是，汉末以后出现的小道派和起义事件，远不止此。葛洪《抱朴子·道意篇》载："诸妖道百余种，皆煞生血食。"又称："曩者有张角、柳根、王歆、李申之徒，或称千岁，假托小术，……遂以招集奸党，称合逆乱。"早期道教此起彼伏的起义，令那些"真龙天子"心惊肉跳，从此对道教怀有戒心。

另一方面，上层统治者也认识到道教在民间的巨大影响力，因而往往利用道教巨大的影响力为巩固他们的封建政权服务。甚至，还有不少道教徒直接参与了封建政权内部的矛盾和斗争，积极为统治集团的内斗出谋划策，从而攫取巨大的利益。因此，无论是在政治上还是在军事上，道教都曾经起过极为重要的作用。

为了获取进入上层社会的机会，一些道教徒甚至会苦心孤诣的想出一些"奇招""妙招"，以期引起统治者的注意和招揽：有人自诩为"山中宰相"，处处表现出对国家大事的关注，常常发表其鸿篇伟论，美其名曰"身在山林而心存魏阙"；有的表面归隐，暗地里却常常"飞来飞去宰相家"，最终达到入仕的目的，这就是所谓的"终南捷径"。

那些得偿所愿的道教徒，一旦走进官场，往往就会平步青云，担任封建政权的重要官职，甚至可以自由出入于宫廷之间，讨论朝政，间接影响到朝廷决策。因之，道教逐渐成为封建政权的重要支柱之一。

于是，在清代侠义公案小说中，道教徒就有了正邪之分，那些组织农民起义、对抗朝廷以及帮助权贵谋反篡位的道教徒自然被归入邪教，被叫作妖道；而那些与朝廷保持良好关系，辅佐清官讨平叛逆的道教徒则被奉为道教正宗，甚至有可能被皇帝册封为护国真人。这大概是道教独有的现象，儒教、佛教中也会出现败类，但很少形成有共同目标、组织严密的势力集团。

第三节　"入世—出世"的情节结构模式

"入世—出世"是清代侠义公案小说常见的情节结构模式之一。这种结构模式在某种程度上暗合了侠客的人生观和价值观，是儒家入世精神和道家、佛家出世精神的辩证统一，间接反映出儒释道三教合一的思想倾向。儒家强调积极入仕，追求自我价值的实现，扶危济困的侠客在他们认为必要的时候，积极干预社会，是他们追求自我价值、实现自我价值的最重要的方式。他们的事业也不只是在江湖上扶危济困，更在于国家遭灾受难，民族遭受欺辱之时挺身而出，奋不顾身，维护国家和民族大义。也就是我们所常说的忧国忧民、为国为民、侠之大者。清代侠义公案小说中那些飞檐走壁、擅长单兵作战的侠客大多最终走向沙场，参加大规模的军事战争，正是为国为民思想的集中体现。《三侠五义》《小五义》《续小五义》与襄阳王的斗争，《七剑十三侠》镇压藩王的叛乱，是为了维护上层政权内部的团结；《施公案》《彭公案》《永庆升平》《圣朝鼎盛万年青》众侠客忙于剿灭各个山头的草寇和镇压秘密帮会，是为了维护国家的安定；《续小五义》《彭公案》与宁夏国的战争，更是为了维护国家统一和民族尊严。古代文人喜欢"功成身退"，其中，"功成"就是自我价值的实现，反映的正是儒家积极入世的思想和观念。

道家讲求的是出世，它把人的精神逍遥和心境解放作为人的需要和人生价值，把人的无拘无束，回归自然作为人的归宿。人与自然的和谐统一，是道家追求的最高境界，但要达到这种境界，必须要经受住外物干扰的考验。《庄子·大宗师》云："其为物，无不将也，无不迎也，无不毁也，无不成也，其名为撄宁。撄宁者也，撄而后成者也。"晋郭象注曰："物撄而独，不撄则败矣。故撄而任之，莫不曲成矣。"意思是说：人只有被外物扰乱之后，才能达到宁静的心境；如果没有被外物扰乱，就不能达到这种境界。清人郭嵩焘也说："物我生死之见迫于中，将、迎、成、毁之机迫于外，而一无所动心，乃谓之撄宁。置身纷纭蕃变交争互触之地而心固宁焉，则几于成矣。故曰：撄而后成。"今人曹础基说得更明白："指宁静自如的境界，是经受过干扰才能形成。"① 道教徒在得道成仙之前，必要经受种种考验，如《张道陵七试赵升》就是典型的例子，其深层文化渊源当为所谓"撄而后成"。清代侠义公案小说中的道侠，如《三侠五义》中的智化、《施公案》中的甘亮、《彭公案》中的白马李七侯、正续《小五义》中的云中鹤魏真，积极侧身江湖，事成后又飘然而去，体现的正是庄子"撄而后成"的大境界。

儒之侠以"为国为民，兼济天下"为核心，道之侠以"独善其身"为最重要的人生目标，佛之侠既不为"兼济"更不为"独善"，而是为"普渡"。大乘佛法强调入世，通过积极主动的入世修行，踏入红尘、宣传佛法教义、弘扬佛教文化，最终目的是通过普度众生追求正果。入世的目标在"渡人"，通过"渡人"而"渡己"。小乘佛法强调出世，追求的是远离红尘俗世的种种诱惑和困扰，找一个寂静清幽的地方，潜心修行，从而达到佛家的至高境界。出世的目标不在"渡人"而在"渡己"。《三侠五义》中的欧阳春先"入世"，后"出世"，在普度众生的行侠过程中完成了自身的解脱，顿悟成佛，正是佛家"入世"精神与"出世"精神的矛盾统一。

清代侠义公案小说一方面兴致勃勃的描写侠客积极入世干预社会，另一方面又对自由自在的"出世"生活产生无限向往。这种"入世"与"出世"的矛盾，反映的是古代文人"入世"与"出世"思想的辩证统一，是中国人受儒释道三教思想的共同影响和相互作用下产生的必然结果。《彭公案》第三百回"僧道俗大战西洋山"中三人的论战颇能说明侠客"入世"与"出世"的矛盾统一。

> 龙雅仙师说："我劝你两句话，世事如棋局，不着者便是高手。"霍金章
> 哈哈一笑说："老道，你既知世事如棋局，不着者便是高手；你可知一身如瓦

---

① 杜贵晨：《人类困境的永久象征——〈婴宁〉的文化解读》，载《传统文化与古典小说》，河北大学出版社，2001，第 442 页。

瓮，打破时才见真空。"红莲和尚也哈哈一笑说："霍金章，你可知一根竹枝担风月，担起亦要歇肩。"霍金章说："和尚，你既知竹枝担风月，担起亦要歇肩；你可知两只空拳握古今，握住亦须放手。"（《彭公案》，第810页）

所谓"世事如棋局，不着者便是高手"，是超然物外的"出世"观；"一身如瓦瓮，打破时才见真空"是说即使要"出世"，也要先"入世"，其着重点在"入世"；"竹枝担风月，担起亦要歇肩""空拳握古今，握住亦须放手"都是强调"入世"后的"出世"。僧道俗三人的论战表面上平分秋色，实际上达成一致，既要先"入世"后"出世"。于是三人大战一场，不分胜负，相携而去。可见，入世和出世心理互补是我国传统文化的精髓，两种心理相互对应，相互补充，相辅相成地塑造着中国人的文化心理特征。

平心而论，三人的论战并不十分高明，较之后世武侠小说描写的僧道之侠的谈禅论佛要幼稚的多，但《彭公案》的这段描写，在古代侠义小说中是很少见的，可以说是僧道之侠谈禅论佛的开始，其先导作用本不应该抹杀，惜乎多为研究者所忽略。

第九章　方术文化与清代侠义公案小说

作为一个专有名词，"方术"首见于《庄子·天下》："天下之治方术者多矣，皆以其有为不可加矣。"唐成玄英疏注释说："方，道也。自轩顼已下，迄于尧舜，治道艺术方法甚多。"可见，此处的方术是指当时社会上流行的各种各样的技术、艺能。按《汉书·艺文志》所言，方术可分为二大类，一是数术，亦称术数，是研究宇宙天地为主的知识体系，包括天文、历谱、五行、蓍龟、杂占、形法。一是方技，是研究人体为主的知识体系。《后汉书·方术列传·序》把卜筮、阴阳、推步、河洛之文、龟龙之图、箕子之术、师旷之书、纬候之部、铃决之符、易学数术、图录内学等皆属于方术。并曰："其流又有风角、遁甲、七政、元气、六日、七分、逢占、日者、梃专、须臾、孤虚之术，及望云、省气、推处、祥祅，时亦有效于事也。"①其后，唐欧阳询《艺文类聚》中分方术为养生、卜筮、相、疾、医五类；《太平御览》则分方术为十八类，即养生、医卜、诸卜、筮、相、占候、占星、占风、占雨、望气、巫、厌蛊、祝、符、术、幻；清编《古今图书集成》有《艺术典》，其中医部、卜筮部、星命部、相术部、堪舆部、选择部、术数部、射覆部、挂影部、拆字部、技戏部、幻术部、搏戏部、巫觋部，皆属传统方术的范围。方术文化，我们习惯称其为"神秘文化"，目的是将其与自然科学、社会科学区分开来。方术文化对先民影响之深，甚至不下于儒学、佛学等显学。在帝王将相的内心深处，在知识阶层的潜意识里，在普通百姓的日常起居生活之中，方术文化几乎无处不在！有些地方，有些方面几乎成为风俗，近乎中国的民间宗教。而且，由于与通俗小说处于同一文化层面，方术文化对通俗小说的影响尤为深刻，清代侠义公案小说作为通俗小说的一种特殊类型，自然也深受其影响。

---

① 范晔撰，李贤注，《后汉书》，中华书局简体字本，1999，第 1825 页。

第一节　方技与清代侠义公案小说

一、中医与清代侠义公案小说

《汉书·艺文志》说"方技者，皆生生之具，王官之一守也"，可见"方技"实为古代养生学。按照《汉志》的说法，方技包括医经、经方、房中、神仙四种。其中，医经指"原人血脉经络骨髓阴阳表里，以起百病之本，死生之分，而用度箴石汤火所施，调百药齐和之所宜"；经方指"本草石之寒温，量疾病之浅深，假药味之滋，因气感之宜，辩五苦六辛，致水火之齐，以通闭解结，反之于平"①。可见，二者都隶属于中医范畴。当然，中医博大精深，自成一家，已从方术中分离出来，但在古代中国，中医一直隶属于传统方术，而清代侠义公案小说只是偶一用之，且所用者多为皮毛，因此，我们仍将其放入方术文化之中，加以简略分析。

清代侠义公案小说应用中医知识或理论，很多情况下并非为了治病救人或者延年益寿，而是另有用途。大致说来，有以下几种作用：

1.犯罪工具

为了彰显清官智慧，清代侠义公案小说多注重刻画犯罪分子的狡猾，极力渲染其犯罪手段的高明和隐蔽。中医、中药知识也常被犯罪分子所利用，成为其犯罪手段之一，姑且不论这些中医、中药知识在今天看来是否科学，至少在当时，人们是深信不疑的，利用中医、中药知识犯罪，在当时亦应该属于科技犯罪吧。如《施公案》写董六垂涎冯氏美貌，以空心姜酒害死冯氏之夫郝遇朋，施公当即指出"此乃《本草》遗留'六沉八反姜酒烂肺毒方'"，并进一步推断出以董六之身份，必定"不懂药性赋，若依本县想来，必有主谋之人"（《施公案》，第29页）。《三侠五义》写陈大户主仆谋死张有道，用的是"尸龟"，狗儿的供词说得很明白：

> 这宗东西叫尸龟，仿佛金头虫儿，尾巴上发亮，有蠼虫大小。我就问："这宗东西出在哪里呢？"他说："须在坟里找。总要尸首肉都化了，才有这虫儿。"小人一听，就为了难了，说："这可怎么找法呢？"他见小人为难，便给小人两个元宝，叫小人且自拿着："事成之后，我给你六亩地。不论日子，总要找了来。白日也不做活，养着精神，夜里好找。"可是老爷说的："上人差遣，概不由己。"又说："受人之托，当忠人之事。"因此小人每夜到坟地里

---

① 　上述引文分别见范晔撰，李贤注，《后汉书》，中华书局简体字本，1999，第1398、1395、1396页。

去，好容易得了此虫，晒成干，研了末，或茶或饭洒上，必是心疼而死，并无伤痕，惟有眉攒中间有小小红点，便是此毒。(《三侠五义》，第60页)

2.破案手段

清官或其下属，利用其中医知识，或扮作游方郎中，诱出实情；或治好关键证人，使案情大白于天下；或缘情度理，还原案件经过；或引经据典，折服刁民。如《三侠五义》陈大户主仆谋死张有道案，公孙策扮作游方郎中私访至狗儿家，恰逢其妻生病。

> 诊完脉息，已知病源。站起身来，仍然来至西间坐下，说道："我看令媳之脉，乃是双脉。"尤氏闻听，道："何尝不是。他大约有四五个月没见……"公孙策忙又道："据我看来，病源因气恼所致，郁闷不舒，竟是个气裹胎了。若不早治，恐入痨症。必须将病源说明，方好用药。"婆子闻听，不由得吃惊："先生真是神仙，谁说不是气恼上得的呢！待我细细告诉先生。"(《三侠五义》，第56页)

公孙策利用其医术，首先取得尤氏的信任，后连哄带吓，终于诱出实情。《狄公案》写毕顺之妻周氏通奸徐德泰，后周氏用钢针害死毕顺，又用耳屎药哑知悉其奸情的幼女，狄公博闻强记，"曾记得古本医方，有耳屎药哑子用黄连三钱、人黄五分可以治哑，因此二物乃是凉性，耳屎乃是热性，以凉克热，故能见效"[1]。后果治好哑女，迫使周氏当堂认罪。至于华国祥儿媳新婚暴死案更是曲折离奇："此案本县初来相验，便知令媳非人毒害。无论胡作宾是个儒雅书生，断不致干这非礼之事，惟进房之时闻有一派骚腥气，那时便好生疑惑。复来临验之时，又有人说他肚内掀动。本县思想，用毒害人无非是砒霜信石，即便服下，但七窍流血而已，岂有腥秽的气味？……今日听彩姑之言，这明是当日高陈氏烧茶之时，在檐口添火，那烟冲入上面，蛇涎滴下。其时他未看见，便将开水倒入茶壶。其余一半却巧为他泼去，以致未害别人。"(《狄公案》，第66页)中医、中药的相关知识，加上细致的观察，周密的推理，是狄公破案的关键。《施公案》叙盐商方节成年近九十，娶妾王贞娘，一宿而终，王贞娘足月生男，却被族叔方刚"冤妾为私情不节……岂九十老儿生子？亲邻皆顺方刚之言。族中长幼二十余房，公分夫主家财"，施公先以文王故事说明年老生子的可能性，"昔日文王曾生百子，八十五岁而生周公旦，乃九十九子。武王未登殿时，周公旦之外，又得雷震子大义男，凑成百子。固论你方族有这许多读书之人，岂不知晓？因分家财，就推不知"，并进一步提出验证方法：

---

① 佚名：《狄公案》，齐鲁书社，1994，第82页。

"但凡过古稀，能生子者，此子骨髓不满，身不耐寒，惧热怕寒；站在日中无影，即有也须细看，才能看出：先天不足之故。本县之言，尔等皆不信。《藏经》之中，有七言绝句一首：

> 七十生儿惧暑寒，精神衰微形影单。
> 老者生儿能健壮，定有旁人拜孝男。（《施公案》，第106页）

老年得子，其子日中无影的说法，未必科学。但"身不耐寒，惧热怕寒"的说法，是典型的中医口吻，且有一定的科学道理。施公借此辨明真假，为王贞娘洗清冤枉，又令方氏族人心服口服，此又是中医知识在案件中起了关键作用。

3.增强可读性

作者有些地方加入中医相关知识或理论，并非故事情节发展的必需，只是为了增加故事的趣味性和可读性，如《三侠五义》写公孙策用五木汤治好范生之疯病，前来汇报包公。

> 包公听了大悦，道："先生用何方医治好的？"公孙回道："用五木汤。"包公道："何谓五木汤？"公孙道："用桑、榆、桃、槐、柳五木熬汤，放在浴盆之内，将他搭在盆上趁热烫洗，然后用被盖覆，上露着面目，通身见汗为度。他的积痰瘀血化开，心内便觉明白，现在惟有软弱而已。"（《三侠五义》，第163页）

公孙策之治法既新颖奇特，又暗合中医五行理论，读来饶有趣味。又如《三侠五义》第九回作者插入的一段有关中医的议论。

> 原来医者有"望"、闻""问""切"四条，又道："医者易也，易者移也。"故有移重就轻之法。假如给老年人看准脉息不好，必要安慰，说道："不要紧，立个方儿，吃与不吃均可。"后至出来，方向本家说道："老人家脉息不好得很，赶紧预备后事罢。"本家问道："先生，你为何方才不说？"医家道："我若不开导着说，上年纪的人听说利害，痰向上一涌，那不登时交代了么？"此是移重就轻之法。闲言少叙。（《三侠五义》，第56页）

此段议论说明中医注重心理疗法和重视"人性关怀"的特点，思之颇有道理。

二、房中术与清代侠义公案小说

《汉志》云"房中者，情性之极，至道之际，是以圣王制外乐以禁内情，而为之节文。传曰：'先王之所乐，所以节百事也。'乐而有节，则和平寿考。及迷者弗顾，以生疾而陨性命"①。可见，中国古代房中术更侧重于健康长寿的功能，性交主要服务于养生。为了养生，性交既要讲究方法，又要把握一个度，有时要尽欢，有时又要节制，这在历史上是有其进步意义的。

房中术与道教结合以后，曾经经历了一段相当长的兴旺发达期，但自宋代以后，房中术逐渐为王公贵族所利用，成为他们纵欲的遮羞布。他们以养生为幌子，行淫乐之事实，房中术的养生主旨逐渐沦落为性享乐主义。至明朝以后，房中术更加走火入魔，变成了左道旁门、纵欲伤身的代名词。明清艳情小说一度盛行一时，与房中术的堕落不无关系。

清代侠义公案小说以维护封建礼教、封建伦理纲常为己任，自然会对成为纵欲代名词的房中术口诛笔伐，大加鞭挞。如《彭公案》第七十六回叙假仙姑九花娘淫荡无比，为满足一己之私欲致使多人丧命。

> 她乳名叫九花娘，幼年七八岁时，有一个跑马戏的张妈妈看她好，认为干女儿，传了她一身好武艺。张妈妈死后，她又跟哥哥练习拳脚。后来许配一个保镖的人，姓何名必显，十六岁过门，又跟男人练些刀枪棍棒。其性妖淫，一夜无男人陪伴，如度一年。过门未及一年，何必显得了虚弱之病死了。她无有公婆管教，时常招些男人，无论什么男人，过了一个月她就够了，稍不开心，便把他杀掉。去年十八岁，他就杀了有二十多条人命。她有一个远亲表兄，姓贾名玄真，在鸡鸣驿天仙娘娘庙内出家。她时常来庙中住着，贾玄真与她通奸，也得病死了。②

九花娘不仅动辄杀人，更因性欲旺盛，接连克死丈夫何必显、表兄贾玄真，而其本人却安然无恙，仍旧"时常招些男人"，似乎精通道教末流之房中术。作者对九花娘的厌恶憎恨之情，可以说已臻极点。但若以之与《七剑十三侠》中的芳兰相比，九花娘就是小巫见大巫了。《七剑十三侠》第四十四回叙芳兰为白日飞升、位列仙班，使尽浑身解数，妄图迷死徐鸣皋。

> 说话之间，桂香捧出酒肴来，芳兰亲自陪侍，殷勤相劝。鸣皋细看芳兰，生得千娇百媚，分外妖娆。桂香在旁斟酒，你一杯，我一杯。芳兰言语之间，挑动鸣皋，时把秋波送情。鸣皋如此一个顶天立地的豪杰，竟然拿不定主意起来。却是为何？原来这妇人并非人类，乃是千年修炼的妖精。要迷死三百六十五个男人，便可位列仙班，成其正果。今已迷死三百五十五

---

① 范晔撰，李贤注《后汉书》，中华书局简体字本，1999，第1397页。

② 贪梦道人:《彭公案》，华夏出版社，1998，第223页。

人，恰巧鸣皋到来。那妖精知道他十世童男转凡，精神元气，与众不同，只要迷死了他，可以代得十人，立时白日飞升，故此作起法来，一阵妖风将他摄来。方才酒内已下了迷药，所以徐鸣皋心中昏乱，迷失本来。当时酒闹席散，携手入房，成其美事。从此中了妖毒，把众兄弟等置之度外，每日与芳兰调笑。①

妖风摄其人，娇媚动其心，妖艳乱其魂，迷药迷其性，交合夺其精，不要说常人无法抵挡其诱惑，就连十世童男转凡、顶天立地的大英雄、大豪杰徐鸣皋，亦为其所诱，"竟然拿不定主意起来"，终于入其彀中。最后只落得呼天天不应、叫地地不灵，奄奄一息、束手待毙的地步。可见，在清代侠义公案小说中，房中术已经成为彻头彻尾的邪术，与早期以"养生"为主旨的房中术越来越背道而驰。

早期房中术提倡有节制的性欲，较之佛教的禁欲主义，宋明理学的"存天理，灭人欲"，都是一种进步的思想观。可惜最终竟沦为邪教，就连道教徒亦将之称为左道旁门，如《七剑十三侠》第二回海鸥子纵论修仙之道就对采阴补阳的房中术口诛笔伐。

> 炼成了宝剑，然后再学搓剑成丸之法，将那三尺龙泉搓得成丸，如一粒弹子相仿。然后再学吞丸之法，不独口内可以出入，就是耳鼻七窍，皆可随心所欲，方才剑术成功。此非武艺，实是修仙之一道。只因欲成仙道，须行一千三百善事。你看那采阴补阳的左道旁门，妄想长生，到后来反不得善终，皆因未立为善根基，却去干那淫欲之事，欲想长生，恰是丧身。所以修仙之道，或炼黄白之丹，点铁成金，将来济世；或炼剑丸之术，锄恶扶良，救人危急；皆是要行善事，先立神仙根基。(《七剑十三侠》，第3页)

三、神仙与清代侠义公案小说

此处的"神仙"与一般意义上的"神仙"是既有区别又密切相关的两个不同的概念。《汉志》曰："神仙者，所以保性命之真，而游求于其外者也。聊以荡意平心，同死生之域，而无怵惕于胸中。然而或者专以为务，则诞欺怪迂之文弥以益多，非圣王之所以教也。孔子曰：'索隐行怪，后世有述焉，吾不为之矣'。"②可见，长生不老是他们追求的目标。战国时期，在燕、齐沿海地区出现了一批讲神仙术的方士。他们宣称，渤海中有三神山：蓬莱、方丈和瀛洲。山上的宫阙都是用黄金和白银筑

---

① 唐芸洲：《七剑十三侠》，齐鲁书社，1993年，第119页。

② 范晔，李贤注《后汉书》，中华书局简体字本，1999，第1397页。

成的，住着长生的神仙，藏着不死的奇药。齐威王、齐宣王和燕昭王听信这些无稽之谈，多次派人入海去寻找，但回来的人总是说：三神山遥望如云，船到即沉入海底；靠近它，风就把它吹去。此后，秦始皇、汉武帝、汉哀帝都笃信斯术，他们或入海寻求蓬莱，或候祠神仙，但均无效果，神仙方术渐趋衰歇。但古人对仙人的种种描绘和奇特的想象，却仍然影响着后世的文学创作，影响着清代侠义公案小说。

从某种意义上讲，世人对成仙的期望远甚于对功名利禄的追求，《施公案》中的甘亮"临了得道，成为地仙，一人而已"；《彭公案》中的红莲长老"是修道之人，久在深山，永不出庙，受过高人传授，善晓天文地理，懂卦爻之妙。他这日掐指一算，知道徒弟欧阳德有一场大难，该遭劫数，非吾自去不能救他。红莲长老来至老龙背，把那火扑灭，救了欧阳德。又给了他一粒仙丹，这才苏醒过来"(《彭公案》，第 241 页)，俨然已臻神仙境界。《永庆升平》也说："贪利营谋满世间，不如破衲道人闲。笼鸡有食汤锅近，野鹤无粮天地宽。富贵百年难保守，轮回六道易循环。劝君早觅修行路，一失人身万劫难"。但最能说明这一问题的是所谓剑仙小说。唐芸洲编《七剑十三侠》第八回叙飞云子为徐鸣皋相面的一段对话颇能说明问题：

> 飞云子把他左手来一看，不觉拍案长叹一声，道："惜乎吓惜乎！"鸣皋道："敢是贱相不好？"飞云子道："以公子的尊相，少年靠庇下之福，中年有数百万之富，名利二全，为人豪侠，仁义为怀。当生二子一女，早年发达，为国家栋梁。寿至期颐。一生虽有几难星，皆得逢凶化吉，事到危急，皆有高人相救。"鸣皋笑道："照先生这般说，不才就极知足，就算极侥幸了，还有甚可惜？"飞云子道："照公子相貌，若落在平等人家，无甚好处。便生厌世之心。弃家修道，虽不能白日飞升，做得上八洞的神仙，亦可做地行仙，长生不老。十洲三岛，任你遨游，岂不胜那百年富贵，如顷刻泡影哉？"鸣皋道："不才颇愿意学道，未知能否？"飞云子把手摇道："难！难！公子岂肯抛却了天大家私，美妻爱子，却去深山受那凄凉苦楚。虽则一时高兴，日后必然懊悔。这叫做道心难坚，是学道最忌的毛病。所以在下就替公子可惜。"(《七剑十三侠》，第 21—22 页)

名利双收，福寿禄齐全，美妻爱子都比不上学道成仙的诱惑力，中国人对神仙的狂热可见一斑，甚至有"几个店家的小伙伴，看剑侠小说入了迷，忽然要到武当山去学道的事，这倒很和'堂吉诃德'相像的"[①]。但对于身怀绝技的侠客而言，功

---

① 鲁迅：《中华民国的新"堂吉诃德"们》，载王得后、钱理群编《鲁迅杂文全编》，浙江文艺出版社，1993，第 676—677 页。

名富贵触手可及，而学道成仙却只不过是一个虚无缥缈的美梦而已。因此，尽管学道成仙具有无穷的诱惑力，侠客们也大多不愿用现成的功名富贵去赌那不知结局如何的学道成仙之路。

以上只是神仙方术对清代侠义公案小说最显而易见的影响，而其潜移默化的影响却更深刻，其中尤以《庄子》的"神人"说影响较大。《庄子·逍遥游》以浪漫主义笔法描绘了一位超然物外，齐物我，齐生死，齐是非，齐万物的"神人"："藐姑射之山，有神人居焉。肌肤若冰雪，淖约若处子，不食五谷，吸风饮露；乘云气，御飞龙，而游乎四海之外；其神凝，使物不疵疠，而年谷熟。"他们与天地合为一体，所以获得了"物莫之伤，大浸稽天而不溺，大旱金石流，土山焦而不热"的非凡功能。

清代侠义公案小说中深烙着《庄子》"神人"的印记，可以从四个方面看出。首先是清代侠义公案小说塑造了众多相貌具有女性化特征的男性侠客形象。他们或冰肌玉肤，或面目俊雅，或面如白玉，或唇似涂珠，无不与"肌肤若冰雪，淖约若处子"的"神人"形象相暗和。而且，具有女性化特征的侠客，大多是作者所最欣赏的。白玉堂"少年华美"，因"形容秀丽"被呼为"锦毛鼠"[1]；卢珍"粉融融一张脸，两道细眉，一双长目，皂白分明，鼻如悬胆，口赛涂朱，牙排碎玉，大耳垂轮，细腰窄臂，双肩抱拢"[2]；白芸生绰号"玉面小专诸"，长得更是漂亮："细条身材，面如美玉，白中透亮，亮中透润，仿然是出水的桃花一般"[3]；贺人杰"生得面如傅粉，唇若涂朱，一双俊眼，高鼻梁，阔口"[4]；徐胜绰号粉面金刚"面如白玉，亚似桃花，白中透润，润中透白，尖下颌，双眉黑真真斜飞入鬓，一双俊目，黑白分明，准头端正，唇若涂脂，行如宋玉，貌似潘安"[5]；马玉龙"五官俊秀，眉分八彩，目如朗星，鼻似梁柱，唇似丹霞"[6]；张广太"面色微白，双眉带秀，二目有神，准头丰满，齿白唇红；……纽扣上挂着十八子香串，时放奇香"[7]……

最典型的是《永庆升平全传》中的白胜祖，他乃将门之后，可谓贵族子弟。小说中有两次描绘其相貌。一次是酒前，但见他"面如白玉，白中透润，润中透白，由打白润之中又透出一点粉红色的颜色来，顶平项圆，二目禁闭，眉似涂刷，鼻梁

---

① 石玉昆：《七侠五义》，上海古籍出版社，2000，第156页。

② 石玉昆：《小五义》，上海古籍出版社，2000，第271页。

③ 石玉昆：《小五义》，上海古籍出版社，2000，第276页。

④ 佚名：《施公案》，大众文艺出版社，2002，第536页。

⑤ 贪梦道人：《彭公案》，大众文艺出版社，2002，第252页。

⑥ 贪梦道人：《彭公案》，大众文艺出版社，2002，第737页。

⑦ 郭广瑞、贪梦道人：《永庆升平全传·前传》，上海古籍出版社，1993，第121页。

高耸，唇若丹霞，真是行如宋玉，貌似潘安，一脸的书生气"。另一次是酒后："白少将军喝下两杯酒去，更透着好看，真是黑真真眉毛，白生生的脸膛，目似春星，鼻如玉梁，牙排碎玉，唇若涂朱，正在少年。本是白脸膛，又搭着喝下两杯酒去，脸皮一发红，亚赛三月桃花初放，白中透润，润中透白，又打白润之中透出一点红来。"① 其容貌之美丽，堪比"贵妃醉酒"。

"傅粉""涂朱"这些本是女性的特征，而"桃花"一词在中国文化中本就与美人意象密不可分，如崔护的诗"去年今日此门中，人面桃花相映红"，就将美人与桃花并举。上述的这些侠客，都是小说中的重要人物。白玉堂是《七侠五义》中最有光彩的侠客，卢珍和白芸生均是小五义之一，徐胜和马玉龙分别是《彭公案》中部和下部的事实上的主角，张广太和白胜祖也是《永庆升平全传》中占有重要地位的侠客，贺人杰更是"烈烈忠心保大清"的贺天保的儿子，英雄气概不让其父。可见，男性侠客的相貌酷似佳人是作者或者说是说书艺人刻意的创造。

其次是小说人物的居修之所非同寻常，或人迹罕至，或险峻异常，或环境幽雅，或缥缈虚无，如在仙境一般，这与庄子假想的神人居处有极大的相似之处。如《彭公案》中红莲长老的居修之所。

> 一日，他在千佛山真武顶山门以外，瞧见那山前山后，树木成林，果然是峭壁石崖，山清水秀。自己往前信步行走，下了山坡，一路上青山叠翠，碧柳如烟，樵夫高歌于山坡，牧童驱牛于野外，青绒一片，俄然一新；农夫荷锄于田野，渔翁垂钓于河岸，游鱼正跃，野鸟声喧。这地方一年半载都许没人走过，虽然有山，山上却不长草，虽然有地，又不种五谷，只有树木森森。（《彭公案》，第245页）

青山叠翠，碧柳如烟，樵夫高歌，牧童驱牛，农夫荷锄，渔翁垂钓，海阔鱼跃，天高鸟飞，好一派幽雅恬静的风光，令人顿生"望峰息心"之叹。又如《七剑十三侠》对句曲山的描绘。

> 却说众英雄往句曲山来，在路无话，不两日便到了句曲山。来至高峰上面，望到山下，浓云密布；一望白茫茫无边无际。抬头看时，旭日当空。鸣皋道："云从地起，询不虚语。这句曲山还算不得高，那云便在下面了。"不多一会，那轮红日渐渐升高，射入云中，分开好似一洞，望见山下树木田地。少顷，那云雾尽皆消灭，远望长江，正如一条衣带。（《七剑十三侠》，第56页）

---

① 郭广瑞、贪梦道人：《永庆升平全传·后传》，上海古籍出版社，1993，第676—679页。

山在云中，云在山下，远望长江，宛如衣带，虚无缥缈，恍若仙境。《三侠五义》《施公案》的景物描写并不多，往往只是三言两语，略加渲染，却能恰到好处的描绘出隐士处所的幽静雅致。如《三侠五义》毛九锡父子所居之螺蛳庄"村子不大，人家不多，一概是草舍篱墙，柴扉竹牖，家家晾着渔网，很觉幽雅"（《三侠五义》，第497页）；《施公案》第三百八十三回东方亮隐居之松林甸。

> 褚标等三人正在犹疑，打点主意，忽见东北角有座松林，劲节参天，浓荫匝地，约有千万株松，却是好个所在。就从松林里面，隐隐的露出烛光。天霸道："那松林内定有人家，咱们到那里借宿一宵。"于是三人走了一刻，进了松林。只见松林内有三五人家，茅舍竹篱，颇有脱尘之概。（《施公案》，第1283页）

于"劲节参天"，"浓荫匝地"的松林内有三五家茅舍竹篱，因而"隐隐的露出烛光"，给人以超凡脱俗之感，岂非"神人"住所？

再次，剑客的飞行术。《庄子·逍遥游》中说："列子御风而行，泠然善也，旬有五日而后反。彼于致福者，未数数然也。此虽免乎行，犹有所待者也。若夫乘天地之正，而御六气之辩，以游无穷者，彼且恶乎待哉？"《七剑十三侠》第二回有一段关于剑客飞行术的议论，似受《庄子·逍遥游》影响颇深："看官要晓得，剑术最高的手段，连风都没有。在日间经过，只有一道光，夜间连光都看不见，除非他们同道中，才能看见。海鸥子的本领，究竟算不得高，故此他们七弟兄之中，海鸥子乃是着末的一个。"（《七剑十三侠》，第4页）海鸥子辞别徐鸣皋后，又返回将其所赠黄金送还，众人"在此闲谈了已久，并无一人到来。方才起了一阵怪风，把帘子都吹开"。海鸥子之飞行术显然已到了"列子御风而行"的境界，但"此虽免乎行，犹有所待者也"，故"海鸥子的本领，究竟算不得高"。至于"剑术最高的手段，连风都没有。在日间经过，只有一道光，夜间连光都看不见，除非他们同道中，才能看见"，则几乎已臻"乘天地之正，而御六气之辩，以游无穷者"的最高境界。

第四，小说中主人公超越世俗，蔑视礼教的精神气质。《庄子·天下》中有"独与天地精神往来，而敖倪于万物，不谴是非与世俗处"的"神人"精神特质。这种特质在清代侠义公案小说中亦有所体现。

《三侠五义》所写五义之中，卢方过于软弱，韩彰心机过于深沉，蒋平过于诡诈，白玉堂则太傲太狠，只有徐庆"天真烂漫，不拘礼法"，让人欣赏。细品其在开封府被擒之后的高谈阔论，他在金殿试艺时的所作所为，真是充满童趣，让人在忍俊不禁之余，生出几分喜爱，几分怜惜。他如《三侠五义》中的四爷赵虎，《小五义》中的韩天锦、张英，《续小五义》中的鲁士杰、于奢等人朴实天真，无忧无虑，举止性情有如孩童，正是徐庆一类人物。

徐庆诸人不知礼教为何物，全无世俗观念。智化等人则是超越世俗，蔑视礼教，但求无愧于心而已：白玉堂恃才傲物，开封府寄柬留刀，御花园题诗杀命，文光楼大闹太师府，所作所为皆严重触犯了法律；智化、白玉堂、丁兆蕙、艾虎、颜查散等人联合作弊，栽赃马朝贤之举更是犯了欺君大罪；沈中元一投霸王庄，再投襄阳王；甘亮将孀居不久的谢素贞许配义弟，丝毫不把传统贞节观念放在心上。他们行事或许不合乎世俗礼法，甚至不合乎传统道德，却一定合乎正义，合乎天道，他们是"敖倪于万物，不谴是非与世俗处"的"神人"。

庄子对"神人"的肯定，表现了一种独特的信念，认为人的行为应当不为世俗之见所囿，而与天道相合。恰如清代侠义公案小说中的智化、白玉堂、丁兆蕙、艾虎、颜查散、甘亮等人，他们的言行如果从世俗的眼光来看是残缺不全的，但从合天道的角度来看却是完整无缺的。清代侠义公案小说中的"神人"们正是顺应了天道，从"天人合一"的修炼中，获得了与众不同的精神和力量。从其对"神人"的描写中，我们可以找到道家文化"天人合一"的思想内涵。

第二节　数术与清代侠义公案小说

《汉志》将数术分为天文、历谱、五行、蓍龟、杂占、形法六大类。天文家，研究星象，测算星辰日月的运行，观测气候。历谱家，侧重于分四时、定节气，推算日月星辰之行度以记时日，并兼修古代帝王年谱。五行家，研究阴阳五行的变化、推衍。蓍龟家，研究龟卜、蓍筮之术。杂占家，根据各种事物的迹象，推知善恶的征兆，包括占梦、求福、除妖、祈雨等。形法家，研究勘舆地理、相术等。以上六家，皆以自然比附人事，据自然现象推断吉凶灾祥，并为君王施政提供参考。其中，天文、蓍龟对清代侠义公案小说影响相对较小，姑且置之不论。历谱对民间影响较大的是所谓黄历。黄历，或者称作皇历，是在中国农历基础上产生出来的，带有许多表示当天吉凶的一种历法。民间婚丧嫁娶、祭祀祈福乃至修桥筑屋，都要翻阅黄历，以挑选黄道吉日，这在民间几乎已成为一种习俗。清代侠义公案小说对此也多有体现，主要表现在人物不自觉的日常行为中，在此也无须多说。

一、五行与清代侠义公案小说

先民受五行思想影响甚深，如五行思想与阴阳观念等相结合，缔造了国民根深蒂固的"凡事皆有定数，人力不可挽回"的宿命论思想，影响着人们日常生活的方方面面，直至今天仍没有完全退出。清代侠义公案小说中亦不乏"人不该死，五行有救""定数如此""在劫难逃"等宿命论思想，主要表现在人物不自觉的日常行为中，毋庸赘言。

五行思想与八卦相结合，并将之应用于大规模的军队作战和机关埋伏中，是清代侠义公案小说最司空见惯的叙事模式之一。《彭公案》中的画春园、木羊阵，《三侠五义》、正续《小五义》中的冲霄楼等都是全书的大关目、大段落，也是全书最精彩的片段之一，《施公案》大破凌虚楼更是少年英雄贺人杰初出茅庐第一功，甚至水战也往往是"明分八卦，暗合五行"，如《彭公案》中清水滩的两座水师营即按五行八卦排列，厉害无比。

> 看对面一只只麻阳战船排开，船连船，船靠船，把水寨围在当中。也按的五行八卦的形势，四面八方十分的威武。桅杆上晚上是五色号灯，白昼就换了五色的旗子。看号灯，正南方丙丁火，是红色号灯；正西方庚辛金，是白色的号灯；正北方壬癸水，可不是黑色的号灯，白纸的灯笼上面有个黑腰节；正东方甲乙木，是绿灯；中央戊己土，是黄纸糊出来的灯笼。（《彭公案》，第 97 页）

类似描写在历史演义、英雄传奇中已屡见不鲜，清代侠义公案小说虽大量沿用，但创新之处不多，相对较有新意的描写当属《小五义》第五回，作者用五行相生相克理论解释白玉堂的惨死：

> 焕章说："五官端正，二眉带彩，眼有守睛，鼻如梁柱，三山得配。你这相貌所好者，就是准头丰隆。神相书上有四句：准头端正要丰隆，鼻如梁柱作三公。上歪下尖中坍陷，一生贫贱受孤穷。你是木行格局，应该瘦中带神。木瘦金方水主肥，土行格局背如龟。上尖下阔名曰火，五行格局仔细推。"梦太说："你看我后来可是正印好？偏印好？"焕章说："大概可奔正途，定非池中之物，必要显达云程。"（《永庆升平前传》，第 47–48 页）

顾焕章的预言果然应验，马梦太在镇压八卦教的斗争中屡立奇功，并最终飞黄腾达。当然，最精彩的是两位神相相遇。

> 那人一瞅蒋爷面目，说："你是现在的职官？"蒋爷说："怎么看出来了？"那人说："你是五短身材，又是木形的格局。"蒋爷暗惊："好相法！"细一瞧他说："你净瞧我，未看自己，印堂发暗，当时就有祸。"那人说："我倒遇见敌手了。你到底是谁？"（《小五义》，第 196 页）

魏昌一望而知蒋平是"现任的职官",其理论依据也是相书中的五行观念,可见五行观念对相术影响之深。另外,魏昌还曾利用相书中的外五行、内五行理论骗过襄阳王,为自己免去了杀身大祸。

二、杂占与清代侠义公案小说

《后汉书·艺文志》云:"杂占者,纪百事之象,候善恶之征。"① 可见,杂占是通过占卜预测吉凶的一门伪科学,包括谶纬、占梦、占星、祥瑞、扶鸾、测字等。

1.谶纬

谶纬是用诡秘的隐语作为吉凶预测的一门伪科学。谶是神秘的预言,纬是对经的解释。早在先秦就有谶纬之风,秦始皇时有术士散布"亡秦者胡也""祖龙死",皆为神秘预测。东汉初年谶纬大盛。刘勰在《文心雕龙·正纬》说:"光武之世,笃信斯术。风化所靡。学者比肩,沛献集纬以通经,曹褒选谶以定礼。乖道谬典,亦已甚矣。"光武帝把谶纬之学看得很神圣,将之定为内学。

谶纬之学后历经有识之士的批判,其伪科学性质渐为许多文人所认可。但通俗小说的作者为增加故事的神秘色彩和趣味性,仍经常采用谶纬之学作为结构故事的重要线索。《红楼梦》之元宵灯谜,《三国演义》之"三马卧槽",《隋唐演义》之"十八子灭隋"等都是明显的例证。清代侠义公案小说使用谶纬之学,不像《三国演义》等大书特书,而是多为"一语成谶",其作用在于暗示人物今后的命运,塑造人物性格,营造艺术氛围,增强可读性。如《施公案》写贺天保为施公言语所激,脱口而出:"方才老爷说我惧怕于六、于七,不敢跟去,岂不可笑么?为今虽赴汤蹈火,就死在山东,我也是去定咧!"(《施公案》,第 297 页)不料,贺天保"一语成谶",果真死在了山东。《三侠五义》第四十回写蒋平评价白玉堂:"五弟未免过于心高气傲,而且不服人劝。小弟前次略略说了几句,险些儿与我反目。据我看来惟恐五弟将来要从这上头受害呢。"果不其然,白玉堂后来死在铜网阵,其原因就在于其"过于心高气傲,而且不服人劝"。《彭公案》写欧阳德在千佛山真武顶在红莲长老跟前学艺,许诺说:"过五十岁归山受戒,我一定准来,若有半句虚言,必叫火将我烧死就是了。"(《彭公案》,第 127 页)后果在老龙背"被迷魂药治住,桑氏弟兄二人将他烧在桥下"(《彭公案》,第 228 页),幸为红莲长老救,从此出家作了和尚。欧阳德应谶而能免死,此为作者构思巧妙之处。《小五义》第八回写卢方、徐庆、展昭、韩彰四人到一小店吃酒,因少一酒杯,徐庆追打店小二。

不多时,小二捧定一个大酒杯,言道:"错过你们老爷们,我们掌柜的

---

① 范晔撰,李贤注,《后汉书》,中华书局简体字本,1999,第 1393 页。

也不给使，这是我们掌柜的至爱物件，我借来，要是摔了，我这命就得跟了他去。"卢大爷说："怎么这么好?"小二说："我们这里的隔房都知道这玩艺，小名叫'白玉堂'。"卢爷骂道："小辈! 还要说些什么?"小二说："我说'白玉堂'。"展爷拦道："莫说了! 重了老爷的名字了。"小二道："这个酒盏子是粉锭的地儿，一点别的花样没有，底儿上有五个蓝字，是'玉堂金富贵'，故此人称叫白白白白……"三爷眼一瞪，他就不敢往下说了。三爷接来一看，果有几个字，叫展爷念念。展爷说："不错，不错，是'玉堂金富贵'。"三爷说："人物同名，实在少有。"小二说："黑爷爷，你可莫给摔了。"大家饮酒，三爷随喝随瞧，忽然一滑，摔了个粉碎。店小二哭嚷道："毁了白玉堂了! 做了白玉堂了!"三爷抓住要打。展爷解劝，方才罢手。小二哭泣。展爷说："我赔你们就是。"小二说："一则，买不出来;二则，掌柜的要、要我的命。"展爷说："我见你们掌柜的，没有你的事就是了。"回头一看，卢爷一旁落泪。饭也就不吃了。展爷亲身见店东说明。人家也不教赔钱，言道："人有生死，物有毁坏。"卢爷更哭起来了。店钱连摔酒杯，共给了二十两银子。(《小五义》，第37页)

此处，店小二反复说"我借来，要是摔了，我这命就得跟了他去"，"黑爷爷，你可莫给摔了"，"毁了白玉堂了! 做了白玉堂了!"，徐庆打碎酒杯，店东"人有生死，物有毁坏"的话无一不暗示着白玉堂的惨死。尤值得称道的是，作者用一连串谶语不仅暗示了白玉堂的惨死，更通过展昭等人的不同表现，刻画出四人的不同性格。展昭之谦和忍让，卢方之兄弟情深，徐庆之粗鲁爽直，韩彰之沉默寡言，无不跃然纸上。

借助梦境预示将要发生的吉凶祸福，是谶纬的一种表现形式。在清代侠义公案小说中，使用隐含吉凶祸福的梦象，作为小说的楔子或叙事纲目，是其常用的艺术手法，不少小说中的故事情节是由梦衍生或推动的，几乎形成了一种模式：当破案陷入绝境时，当事人便会做一梦，梦中鬼魂说的话或吟的诗暗藏着破案的线索。小说作者还常用梦象来描摹人物的心理变化，如《彭公案》第四十二回写恶霸张耀联请私访的彭公为其圆梦。

张耀联说："昨夜梦见我身在淤泥之中，拔不出腿来，不知如何? 又见一只猛虎来咬了我一口，觉着疼不可言，一急就醒了，通身是汗。今日我心中不安，正想找一个会圆梦的人来圆梦。"彭公说："此梦不祥。身在淤泥之中，被猛虎所咬，必有牢狱之灾，你速宜谨慎。"(《彭公案》，第116页)

"身在淤泥之中,被猛虎所咬",既是其做贼心虚的艺术体现,又是隐语,预示其"必有牢狱之灾"。张耀联虽穷凶极恶、狗急跳墙,阴谋加害彭公,但所有挣扎都无济于事,都无法改变其身陷囹圄的命运。

2. 祥瑞

祥瑞亦是谶纬的一种特殊表现形式,二十四史中,《宋书》首创《符瑞志》。对于所谓"祥瑞",刘知几在《史通·书事》中大加指责:"凡祥瑞之出,非关理乱,盖主上所惑,臣下相欺,故德弥少而祥弥多,政愈劣而瑞逾盛。是以桓灵受祉,比文景为丰;刘石应符,比曹、马而益倍。而史官徵其谬说,录彼邪言,真伪莫分,是非无别,其烦一也。"① 刘知几"德弥少而祥弥多,政愈劣而瑞愈盛"的批评可谓一针见血的指出了封建统治者利用祥瑞粉饰太平的荒唐行为。清代侠义公案小说以"忠义"为主题,免不了要为圣明君主歌功颂德,祥瑞自然必不可少,如《圣朝鼎盛万年青》写乾隆私访而铁树开花就是赤裸裸的歌功颂德,无论是思想上还是艺术上都毫无新意。但清代侠义公案小说中亦有成功运用祥瑞结构故事的范例,如《绿牡丹》利用异种奇花"绿牡丹"勾联故事,使一众江湖豪杰起而效忠国事,堪称清代侠义公案小说利用祥瑞结构故事的典范。武三思自海外带来异种奇花"绿牡丹",武则天以为是祥瑞之事,决定恩开女科,遂为鲍自安等一干英雄豪杰入仕提供了绝佳机会,鲍自安等人决意报效朝廷。

> 未有半刻,只见一人是长行打扮,走进厅上,向花老打了一个千,回说道:"小人在长安,探听得武三思到海外去采选药草,得了一宗异种奇花,花名谓之'绿牡丹'。目今花开茂盛,女皇帝同张天佐等商议,言此花中华自古未有,今忽得来,亦为国家祥瑞事也。出了道黄榜,令天下人民,不论有职无职,士庶白衣人家,凡有文才武技者女子,于八月十五日,赴逍遥宫赏玩,并考文武奇才女子,皇帝封官赏爵。以为花属女,既有奇花,而天下必有奇才之女,恐埋没闺阁,故考取封诰,以彰国家之淳化也。目今道路上进京男女滔滔不绝。报老爹知道!"花振芳道:"知道了。"吩咐赏他酒饭,报子退下。鲍自安听了,大喜道:"我有了主意了!"②

鲍自安的主意就是借朝廷恩开女科之机,率领众豪杰入京,协助狄仁杰肃清朝内奸党、迫使武则天退位、迎请庐陵王还国登基,从而能建功立业,青史留名。正

---

① 刘知几著,姚松、朱恒夫译注《史通全译》卷八《书事第二十九》,贵州人民出版社,1990,第460-461页。

② 佚名:《绿牡丹》,浙江古籍出版社,1997,第194-195页。

是有了鲍自安等江湖豪杰的鼎力支持，狄仁杰得以成功肃清奸党，迎请庐陵王还国登基。"绿牡丹"因之成为江湖草莽得以走向仕途、建功立业的关键。武则天以为绿牡丹"中华自古未有，今忽得来，亦为国家祥瑞事"，一点不假。但此花实为李唐政权之"祥瑞"，却绝非武则天个人乃至其政权之"祥瑞"。小说最初以《绿牡丹》为题，自有深意在焉。

3.测字

测字一般可分为"观字形"来拆解，以及"以字衍化为卦"两种方法。由于一个字可以有多种不同拆法，一个拆法也有多种不同解释，所以没有一成不变的答案。《三侠五义》第六十九回写静修先后为秦昌、欧阳春测字，是清代侠义公案小说利用测字预示故事情节发展，暗示人物性格和结局的典范。

> 秦昌道："君子问祸不问福。方才吾师说'容易'，就是这个'容'字吧。"静修写出来，端详了多时，道："此字无偏无倚，却是个端正字体。按字意说来，'有容德乃大'，'无欺心自安'。员外作事光明，毫无欺心，这是好处。然凡事须有涵容，不可急躁，未免急则生变，与事就不相宜了。员外以后总要涵容，遇事存在心里，管保转祸为福。老僧为何说这个话呢？只因此字拆开看，有些不妙。员外请看，此字若拆开看，是个穴下有人口。若要不涵容，惟恐人口不利。这也是老僧妄说，员外休要见怪。"（《三侠五义》，第 400 页）

其后，秦昌之妾碧蟾欲私通教书先生杜雍，被杜雍拒绝，仓皇间丢下一枚戒指就匆忙而去。秦昌疑为安人之物，不分青红皂白即开口大骂。后此案越来越复杂，最终竟导致四人丧命。推根溯源，碧蟾不守妇道，当为罪魁祸首。但秦昌遇事急躁、不冷静，毫无涵容实起了推波助澜的作用。秦昌本人亦后悔莫及，自责不已："自己却后悔，不该不分青红皂白，把安人辱骂一顿，忒莽撞了"，"总而言之，前次不该和安人急躁，这是我没有涵容处。彼时若有涵容，慢慢访查，也不必陪罪，就没有这些事了。可见静修和尚是个高僧，怨得他说人口不利，果应其言"。

秦昌走后，北侠请静修为其测字，静修请其说字，北侠随口说一"善"字，静修解曰："此字也是端正字体。善乃人之本性，作善降之百祥，作不善降之百殃。善是随在皆有，处处存心。为善济困扶危，剪恶除强。瞧着行事狠毒，细细想来却是一片好心，这方是真善。再按此字拆开，居士平生多义气，廿载入空门。将来二十年后，也不过一老僧而已"。

"善"和"义"概括了北侠的主要性格特点，其中，"善"为成佛根基，"义"为作侠根本。而"廿载入空门。将来二十年后，也不过一老僧而已"则预示了北侠的结局。作者运用测字，预示故事情节发展，暗示人物性格和结局的做法，虽多少有宣扬封建迷信之嫌，但更多的是从艺术角度出发，我们绝不能将其简单的斥为封建迷信而一概抹杀。

三、形法与清代侠义公案小说

《后汉书·艺文志》云："形法者，大举九州之势以立城郭室舍形，人及六畜骨法之度数、器物之形容以求其声气贵贱吉凶。犹律有长短，而各征其声，非有鬼神，数自然也。然形与气相首尾，亦有有其形而无其气，有其气而无其形，此精微之独异也。"[①]"形法"主要包括堪舆术即"看风水"和相术即"相面"。其中，尤以相术对清代侠义公案小说影响甚深。

相术是传统文化的一种方术，是古代朴素的人体信息学，是医术的演变。相术认为命运决定相貌，富贵贫贱是先天所定。形而上学的宿命论是相术的根本思想。

1."风鉴识英雄"的情节设置

魏晋南北朝的官吏选拔制度是"九品中正制"。朝廷选拔地方官员，其主要根据是地方的名门望族以及所谓地方名士对本地读书人的品鉴和评定，然后按照其品德、才干划分为若干等级向朝廷推举，这就是我们常说的"九品中正制"。正是因为这种独特的时代背景，所谓"人伦鉴视"之学悄然兴起，涌现出一批擅长"鉴人"的所谓名士，如司马徽、乔玄、刘邵、孔融等。这些精通所谓"人伦鉴识"的名士认为高明的人一定拥有奇操异行，而且这种奇操异行一定表现在人物的容貌以及言谈举止之上，如魏刘邵《人物志》卷上《九征》云：

> "体变无穷，犹依乎五质。故其刚柔明畅，贞固之征，著乎形容，见乎声色，发乎情味，各如其象。"[②]

所谓的"象"其实就是"征"，它主要表现在个人的形体上："五物之征，亦各著于厥体矣，其在体也，木骨、金筋、火气、土肌、水血，五物之象也。"[③]因此，那些擅长人伦鉴赏的名士，都非常重视人物的"容止"，他们喜欢用玉树、珠玉、玉山、璧玉、脂粉等明显带有女性美特征的词比拟人物。这显然受到了相书的影响，如《世说新语》"容止"门记载王右军见杜弘治，叹曰："面如凝脂，眼如点

---

① 范晔撰，李贤注，《后汉书》，中华书局简体字本，1999，第1395页。
② 刘邵：《人物志》卷上《九征》，清重刻本。
③ 刘邵：《人物志》卷上《九征》，清重刻本。

漆,此神仙中人。"①就受到相书《玉管照神局》:"聪明须得眼如点漆,口如四字,唇似朱红。"②说法的影响。(以上论述参见万晴川《中国古代小说与方术文化》)由于品题者和被品题者都是当时的名士,因此这种"人伦鉴视"之学在当时和后世都产生了很大的影响,一些文人甚至形成了对女性美的病态追求,这也间接影响到了清代侠义公案小说。

受魏晋"人伦鉴视"之学的影响,清代侠义公案小说多有"风鉴识英雄"的情节设置,如《小五义》魏昌神相识蒋平;《七剑十三侠》飞云子风鉴识英雄;《圣朝鼎盛万年青》中的高进忠更因神相识真主而得以平步青云。又如《永庆升平》第二十九回写刘铁嘴为张广太相面。

> 这一日,张德玉从外面带了一个相面的来到家中,给他那三个孩儿相面。相士姓刘,外号人称刘铁嘴,善观气色,能晓吉凶。进得门来,先给张广聚看相,刘先生说道:"你可别恼。我看相是直言无隐。"德玉说道:"先生有话,请讲无妨。"刘铁嘴说:"观此人二目犯相,骨肉无情,多存厚道才好。二令郎广财平常,相貌无奇。所可敬者三世兄广太,五官出众,品貌超群。久后必要官居极品,位列三台,显达云程,定非池中之物。"德玉说:"先生过奖,幼子痴愚,多蒙先生台爱!"送上相金,刘先生辞别而去。③

果不其然,张德玉的三个儿子今后的性格、遭遇、命运被刘铁嘴一一言中。此类情节设置不仅增强了作品的神秘色彩,预示了小说主人公的大好前程,满足了市井细民的白日富贵梦和审美愉悦。

在清代侠义公案小说的结构中,这些命相活动往往能够产生推动故事情节发生、发展的媒介作用。换句话说,某个命相活动可能只是一个偶然发生的事件,却必然能够推动故事的发生和发展,使故事情节波澜起伏、摇曳多姿;同时这段命相活动还具有媒介作用,在故事情节的发展转换中牵线搭桥,因而不可或缺。比如《圣朝鼎盛万年青》高进忠神相识乾隆,不仅为自己飞黄腾达奠定了基础,也为剿灭胡惠乾、方世玉等称霸一方的恶霸无赖埋下了伏笔。

有时此类命相活动亦可设置悬念,吸引读者的阅读兴趣,如《永庆升平》写身陷囹圄、危在旦夕的顾焕章为看守他的王千总、张忠相面。

---

① 刘义庆:《世说新语·容止第十四》,载上海古籍出版社编《汉魏六朝笔记小说大观》,上海古籍出版社,1999,第919页。

② 宋齐邱:《玉管照神局》,载万民英等《四库术数类丛书》第8册,上海古籍出版社,1991,第720页。

③ 郭广瑞、贪梦道人:《永庆升平》,北京师范大学出版社,1993,第151页。

顾焕章说:"唔呀! 尊驾的相貌可喜。印堂发亮,正走中年大运;三山得配,为武将,望后必要掌权;鼻有梁柱,将来必能官居极品。看尊驾目下气色,百日之内定要高升。"王千总听罢,说:"多蒙先生台爱。我们这营伍中升迁,俱有一定的规矩,此时又没有出缺,我何能升迁哩! 来吧,你再给我们这位张老爷看看。"焕章一瞧张忠,大吃一惊,说:"唔呀! 弗好哉! 你这个相貌双眉带煞,地阁发萧,眼无守精。尊驾此时虽则为官,脸上带一般煞气。我可是直言,三天之内,必有大祸临身,恐有掉头之祸。"(《永庆升平全传·后传》,第502页)

照常规,无论是王千总的百日高升,还是张忠的大祸临头都是绝不可能之事,那么作者如何让这两种绝不可能之事变成事实的呢? 读者迫切希望知道顾焕章的神相是如何实现的。原因竟然很简单,张忠不经意间露出破绽,原来他竟然是八卦教教徒;而王千总则因擒贼有功,被破格提升。

2.侠客相貌的女性化倾向

魏晋文人"以貌取人"的态度对后世的官吏选拔也产生了深远的影响。沈括在《梦溪笔谈》中说钟馗因相貌丑陋而落第,羞愧自杀。可以说是"愧杀钟馗"(比起钟馗,被"看杀"的卫玠要幸福的多了)。其实,钟馗因貌丑而落第,并不完全是空穴来风。万晴川在《中国古代小说与方术文化》一书中曾列举古代因貌丑而遭受不公正待遇的举子的例子:宋人元载因其相貌丑陋而落第,同时代的曾鲁公和明朝建文年间的王艮因同样原因由状元降为第二名,明正德年间的张和甚至由状元直接降到了二甲。

与丑陋者艰涩的官运相反,容貌俊美者往往能春风得意,高居要津。如正统年间的周旋因容貌"丰美"而高中状元。明代的李文长、夏言能高居显位,容貌俊美也是重要原因之一。清代甚至有以貌取人入朝为官的规定,并且竟然形成了"理论":"朝廷用人,未可不由骨相参看,乖陋之相,纵或有文,行必偏僻,可不慎欤?"甚至李自成这个草头天子选拔、任命官吏竟然也要求人物"丰伟"。(参见万晴川《中国古代小说与方术文化》)君主的这种潜意识的用人标准在清代侠义公案小说中也显露无遗,如《三侠五义》叙三鼠金殿试艺,蒋平就因其貌不扬,而为君主不喜。

又见单上第四名混江鼠蒋平。天子往下一看,见他匍匐在地,身材渺小。及至叫他抬起头来,却是面黄肌瘦,形如病夫。仁宗有些不悦,暗想道:"看他这光景,如何配称混江鼠呢?"无奈何,问道:"你既叫混江鼠,想来是会水了?"蒋平道:"罪民在水中能开目视物,能在水中整个月住宿,颇

识水性，因此唤作混江鼠。这不过是罪民小巧之技。"仁宗听说"颇识水性"四字，更加不悦。(《三侠五义》，第285页)

及至《续小五义》第十九回小五义金殿面君，蒋平有一番议论，明白指出了宋仁宗这位圣明天子的这一特点。

> "再我知道，天子圣意，最爱长的俊美人物，把他们貌陋的，排在后面，看来看去，看在后面有貌陋的，满让不爱看，也瞧完了。"展爷笑问："你怎么知道？"蒋爷说："我们三个人见驾的时候，见我大哥也喜欢，见三爷亦乐，见了我这个模样，就一皱眉，问相爷何为叫翻江鼠。我那时显我能耐，我说我水势精通，险些没把我剐了。后来叫我捕蟮，不然我怎么知道老爷子最喜体面的。"展爷听着大笑说："四哥虽是多虑，也倒有理。"①

不仅圣明天子如此，就连那些叛党首领也喜欢以貌取人。《彭公案》写邪教会首佟金柱，组织比武夺帅，准备叛乱，丑英雄纪逢春和美英雄马玉龙先后登台，佟金柱就表现出明显的爱憎。先是纪逢春出场：

> 胜昆正在教军场发威，藐视天下英雄，只听得东北一声喊嚷，出来一人，正是打虎太保纪逢春。大众睁眼一看，见此人身高七尺，身穿紫花布裤褂，腰系白带，现换的一双青袜，扎着白花，人家是两贴太阳膏，他却在天灵盖上贴一块白饼，面皮微黑。他来到彩山殿说："王爷在上，我叫纪阄儿，给王爷叩头。"佟金柱一瞧这个模样还要当元帅，就说："纪阄儿，你也敢到彩山殿夺取帅印？有什么能为，真象马猴精。你是哪里人？谁带你入教的？是哪路会总拿文书把你调来？"(《彭公案》，第540页)

话语中带有明显的鄙夷和不满，甚至含有质问的语气，其厌恶之情溢于言表；及至马玉龙登台，则是另一番光景：

> 马玉龙先到彩山殿见了佟金柱，行礼已毕，佟金柱一看马玉龙头戴三角白绫巾，身穿白缎箭袖袍，绣蓝团龙，腰系五彩丝带，足下青靴，面皮微白，透出粉红，如桃花一般，目似朗星，眉如漆刷，鼻梁高耸，唇似丹霞。佟金柱一瞧，就喜爱这一英杰，说："马士杰你下去，如能将前三场交完，再与胜昆比武，力胜五将，可得都会总之爵位。"(《彭公案》，第541页)

佟金柱之所以"一瞧，就喜爱这一英杰"，无非因其貌美而已。这和他一见纪

---

① 佚名：《续小五义》，春风文艺出版社，1998，第118页。

逢春就生厌恶之情是同一道理。

"以貌观人，失之子羽"，相貌的丑俊并不能决定才能的高低，自古因以貌取人而失事者常有。但最高统治者仍热衷于此，可见传统文化影响之深。

鲁迅先生在其《中国小说史略》中评价《三侠五义》等侠义公案小说时曾经说："值世间方饱于妖异之说，脂粉之谈，而此遂以粗豪脱略见长，于说部中露头角也。"其实，这些"以粗豪脱略见长"的侠义小说并没有洗净所谓"脂粉之谈"，书中间或穿插的才子佳人故事自不必说，其中的侠客们也时而露出一些脂粉气。这种脂粉气首先表现为清代侠义公案小说塑造了众多具有相貌女性化特征的男性侠客形象。男性侠客相貌女性化最早渊源于《庄子》中有关"神人"的描述，其最直接的来源则是明清才子佳人小说中的书生形象，但在漫长的演变过程中，魏晋的"人伦鉴视"之学以及由此形成的病态审美观则起了至关重要的作用。

与男性侠客相貌女性化伴随而来的是男性侠客的行为也偶有女儿形态。卢方是个藏不住眼泪的人，而且动不动就要自杀。除了有一些武艺，好打抱不平之外，毫无英雄气概；白芸生遇事毫无主见，只会放声大哭或者痛昏过去；贺人杰更是动不动就脸红。且看贺人杰与殷赛红定亲，面对亲友的取笑，二人的不同表现：

> 众人有与殷龙闹喜酒吃的，与人杰取笑的。笑说一回，好不快乐。惟有贺人杰脸上，只是红一阵，白一阵，害臊的不得了。
>
> 贺人杰只是臊皮。此时郝素玉、张桂兰也都出来，望着贺人杰说道："侄子，现在有了老婆，就是大人了，可不能再有小孩儿的脾气了！"于是你一句，我一句，把他取笑；只说得贺人杰面上通红，站立不住，跑到了张桂兰面前说道："婶娘，你老可请他们不要取笑吧！怪臊皮的，咱可着急了"。张桂兰见他两只眼睛，已急得要流下泪来，又可怜又可笑，当向众人说道："我替人杰说个情儿，等他大娶的时候，再闹新房吧！现在这个小孩子，已臊得要哭了。"①

一个心高气傲、武艺精通的侠客，竟会"急得要流下泪来"，以致让人感觉"又可怜又可笑"，分明更像一个柔弱女子，哪里还有侠客的影子？而其未婚妻殷赛红面对闺中密友更为过分的取笑，其反应是"听了她们的言语，真是急杀。欲要发作，怎奈是个新娘。虽然招婿在家，究竟有些未便。若不发作，实在气不过。忍之者再，只得站起来，向她房内去了"②，比起贺人杰"急得要流下泪来"让人"又可

---

① 佚名:《施公案》。大众文艺出版社，2002，第 536 页。

② 佚名:《施公案》。大众文艺出版社，2002，第 536 页。

怜又可笑"的行为，无疑更自然得多，也更有一些男子气概。

3.圣人异相与清官相貌的丑化倾向

与容貌俊美的侠客形成鲜明对比和巨大反差的是清官相貌的丑化倾向。《三侠五义》中的包公"方面大耳，阔口微须，黑漆漆满面生光，闪灼灼双睛暴露，生成福相，长成威颜，跪在地下，还有人高"。照作者的描绘，包公实际上是一个大耳大嘴、黑脸、双眼突出眼眶的大个汉子，实在丑的可以。但要与施公比起来，包公就"英俊"的多了。《施公案》曾多次渲染施公容貌的丑陋，尤以第一百四十回描写最为详细："长脸，细白麻子，三绺微须，萝蓏花左眼，缺耳，凸背，小鸡胸，细瞧左膀不得劲。头里看他走路，就是跶脚。身材瘦小，不甚威风。"此处，作者概括了施公容貌的十大缺点：①长脸；②麻脸；③须少；④萝蓏花眼；⑤缺耳；⑥凸背；⑦鸡胸；⑧膀斜；⑨跶脚；⑩身材瘦小。施公容貌的十大缺陷被书中的一些人戏称为"十样景"，康熙御赐"施不全"，实取其谐音"十不全"。

清代侠义公案小说着力渲染清官相貌的丑陋，除了增强作品的神奇色彩，激起读者或者听众的审美快感之外，还明显受到"圣人异相"传统观念的影响。

中国古代的儒生方士们为了迎合统治者的需要，以作为自身的进身之阶，竭力将传说中的和历史上的圣贤名儒、帝王将相神化。其手段之一就是极力吹嘘圣人帝王们的长相大大的逸出常规，从而逐渐形成所谓"圣人异相"的传统观念。汉班固《白虎通义·圣人》曰："圣人皆有异表。"东汉王充《论衡·骨相》一开篇就说："人曰命难知。命甚易知。知之何用？用之骨体。人命禀于天，则有表候见于体。察表候以知命，犹察斗斛以知容矣。表候者，骨法之谓也。"接着，王充列举了一系列"圣人异相"的例子："黄帝龙颜，颛顼戴午，帝喾骈齿，尧眉八采，舜目重瞳，禹耳三漏，汤臂再肘，文王四乳，武王望阳，周公背偻，皋陶马口，孔子反羽"，"苍颉四目"，"重耳仳胁"，"苏秦骨鼻"，"张仪仳胁"，"项羽重瞳"，"陈平……貌体姣好"，"韩信为滕公所鉴，免于鈇质，亦以面状有异"，"高祖隆准、龙颜、美须，左股有七十二黑子"。《春秋演孔图》如此描述孔子："身长十尺，海口尼首，月角日准，河目龙颡，斗唇昌颜，均颐辅喉，齿并齿龙形，龟脊龙掌，胼协修肱……"

包公之"阔口""双睛暴露"，施公之缺耳、凸背、鸡胸等都可以从上述圣人中找出类似的异相。推而广之，其他异于常人的相貌也重在渲染包公、施公乃是"生成福相，长成威颜"。当然，除此之外，包公、施公的相貌还有更深的文化渊源和象征意义。

历史上的包拯本是一个"白面长须，面目清秀""和蔼可亲"的忠厚长者，但至迟在元杂剧中的包公已变得丑陋不堪。《生金阁》写包公微服出巡，酒店掌柜初见他时吓了一跳，以为是"没头鬼"又出现了。青天白日被人当作"没头鬼"，包公之尊颜实在让人不敢恭维。怎么的丑法呢?《小张屠焚儿救母》中说他"睁双怪眼乌云黑，两鬓银丝雪练白"。描写包公的相貌，突出了"黑"与"白"的强烈对比。而在中国文化中，"黑"与"白"分别代表着太极的两仪，也即"阴"和"阳"，此处则分别象征着阴间和阳间，暗示他有"日断阳间夜断阴"的能力。

《明成化刊本说唱词话丛刊》说包公"面生三拳三角眼""一双眉眼怪双轮""八分像鬼二分人"，还说他"两耳垂肩，鼻直口方，天仓饱满，脸上有定国安邦之纹"。这种肖像描写除了暗示包公有夜间断鬼的能力之外，还渗入了其他文化观念的影响。

"两耳垂肩"是说包公耳大，而"耳大"在中国古代文化中是富贵的象征。自《三国志通俗演义》开始写刘备"两耳垂肩"之后，"大耳"在古代小说中成为帝王将相或者仙人的专利。如《三国演义》中的刘备、司马炎，《锋剑春秋》中的孙燕，《万仙斗法全传》中的刘邦，《走马春秋》中的刘知远和齐王，《飞龙全传》中的赵匡胤，《西游记》中的杨戬，《牛郎织女》中的牛郎都是"两耳垂肩"。《隋唐演义》中的李世民则是"方面大耳"。《词话》写包公乃文曲星下凡，又官至宰相，更能"日审阳间夜断阴"，具有通神的能力。无论从哪个角度看，他都要"两耳垂肩"了。(参见万晴川《中国古代小说与方术文化》)

"鼻直口方，天仓饱满"亦是相术学中的常用语，为大贵之相。值得注意的是《词话》只说包公"天仓饱满"，而不说其"地阁方圆"是有其深刻用意的。"天庭饱满，地阁方圆"乃是明清小说中用的最滥的一对词语，是形容帝王将相、才子佳人的共用语。《神异赋》在"伏犀贯顶，一品王侯"八字下面注曰："地阁方圆得乎地，天庭饱满得乎天。得乎天者，必贵；得乎地者，必主于富也。"也就是说"天庭饱满"主地位高贵，"地阁方圆"主富有。包公位极人臣，地位不可谓不高贵。但其一生刚直不阿，公正廉洁，"仕至通显，奉己简约如布衣时"，不可谓富有。因此包公是"贵而不富"，故而只能说其"天仓饱满"，而不能说其"地阁方圆"。

《词话》还赋予包公相貌以象征意蕴，如"鼻直口方"象征其为人公正，刚直不阿。"脸上有定国安邦之纹"则象征他乃安邦定国的栋梁之材，等等。

《百家公案》对包公肖像的描绘基本承袭《词话》，但首次明确包公是个"黑汉"，包公那张著名的"黑脸"正式定型。如《断斩王御史之脏》写王御史整顿酒宴款待徐监官:

> 正饮酒间，忽一黑汉撞入进来。王御史问:"谁人?"黑汉道:"我是三十六宫四十五院都节使，今日是年节，特来大人处讨些节仪。"王御史吩咐门子与他十五

贯钱，赏之三碗酒。那黑汉吃了三碗酒，醉倒在阶前叫屈。①

　　这个"黑汉"正是包公，后世包公"那张著名的"黑脸"正肇端于此。包公变黑脸，其最早的渊源当是"包拯笑比黄河清"的传说。据沈括的《梦溪笔谈》记载："孝肃天性峭严、未尝有笑容，人谓包拯笑比黄河清。"类似记载亦见于《宋史·包拯传》："人以包拯笑比黄河清，童稚妇女，亦知其名，呼曰'包待制'。"就是说包拯表情严肃，不苟言笑，说见到他的笑容就像让黄河水变清一样困难。这是以夸张的笔法称赞他的铁面无私。久而久之，包公那张白脸就变成了家喻户晓的黑脸。

　　《施公案》里反复渲染施公的丑陋，并将其生理缺陷总结为不多不少的"十样景"，实取康熙御赐绰号"施不全"之谐音"十不全"。"十不全"一词久已有之，是对"十全"一词的反演。"十全"，意即完美无缺。据《周礼·天官·医师》载，早在周代，每年岁终，都对每个医生一年的行医情况进行考察，以制定他们的俸禄待遇，"十全为上，十失一次之"。由此有"十全十美"之词，即完满无缺之意。"十不全"则是把"十全"否定到了极致，也就是说，"十不全"并不是"并非十全"，而是每一方面都不全，由此，"十不全"成为宁愿将所有疾病揽于一身而让所有人都健康的象征。"十不全"这种自我牺牲的精神，在医术并不发达的古代受到广泛敬重，逐渐由一个词语发展成为享受民间香火的健康守护神。《施公案》称施公为"十不全"，明显受到民间传说的影响，隐指施公乃小民之保护神，反映的是普通百姓对施公的敬重和崇拜。哈尔滨极乐寺"十不全"塑像是个富态的官员，大约就受到了施公故事的影响。

　　4.江湖术士的骗人之术

　　在清代侠义公案小说中，还有一些野心勃勃、不甘心自居于他人之下的江湖术士。这些江湖术士云游四方，以相面、测字为幌子，实则是在寻觅一些所谓的卧虎藏龙，鼓动他们对抗官府和朝廷。他们拿自己的生命做赌注，追求飞黄腾达，最终却丢掉了自己的性命，如《彭公案》中的小张良李珍。

　　　　他如要安分守己，不思妄为，真真是富胜王侯。他家有个相面先生，绰号叫小张良李珍，乃是江湖相士，曾给宋仕奎相面，说他是大贵之相，有帝王之份。又给批八字说："隐隐君王相，堂堂帝王容。祥云白雾起，处处献青龙。至三十六岁，大运亨通，必有高人扶助。"又给他移了坟茔。宋仕奎敬他如神仙一般，留在家中，说："我要得了位，必封你为护国军师。"(《彭公案》，第177页)

──────────

　　① 安遇时《百家公案》，转引自国学数字博物馆─数字国学─集部─《百家公案》─第七十四回《断斩王御史之赃》。

结果可想而知，不仅荣华富贵成镜中花、水中月，还赔上了身家性命，可谓得不偿失。小张良李珍因相术而获得一时的荣华富贵，卒至杀身之祸，不智之极。而另一些相士要比他聪明多了，如赛管辂魏昌因相术而惹祸，又能凭借相术化险为夷，高明之极：

> 此人姓魏名昌，人称他赛管辂魏昌。请他与王爷相面，王爷问他："看看孤有九五之尊没有？"魏昌道："王驾千岁，不可胡思乱想；若要胡思乱想，怕不能落于正寝。"王爷大怒，道："将魏昌推出砍了！"魏昌连连喊冤，说："人有内五行取贵，有外五行取贵。"王爷说："何以看来？"魏昌言："我看着王爷三天吃、喝、拉、撒、睡，可有取贵之处。"果然看了三天，辨别言道："王爷有九五之尊。"王爷道："分明你怕杀，奉承于我。"魏昌言："不然，相书上有云：口能容拳，目能顾耳，定是君王之相。"王爷本不懂相书，反倒喜欢，说："孤坐殿之后，封你个护国大军师。"魏昌言："谢主龙恩！"由此王爷不让魏昌出府。（《小五义》，第29页）

魏昌虽被羁留王府，却深知襄阳王必不能成事，无时无刻不在苦思冥想如何逃之夭夭。最终，皇天不负有心人，魏昌不仅成功逃离王府，还因祸得福，成为钦差大人颜查散的座上宾，其识见无疑要比李珍高明的多。

第三节　人物容貌的类型化

清代侠义公案小说的作者大多是来自底层的说书艺人，他们深受相术观念的影响，往往把相书中的命相判语直接转化为对小说人物外貌的刻画和描写。在这种情况下，虽然小说并没有直接出现江湖术士以及相面、测字、算卦等活动，但作者对人物外貌的刻画与描写已经暗示了人物的性格、品德乃至结局，实际上已经变成了一种特殊的命相活动。事实上，清代侠义公案小说中的人物形貌描写很难跳出相术词汇和相术观念的"框架"，从而形成了小说中人物容貌的类型化描写。

人物形貌描写深受相人术的影响，形成类型化、程式化的特点，始于《金瓶梅》，其后的明清小说或多或少都受其影响，至清代侠义公案小说中发展到极致。而且，这种类型化特征多集中于头部。

一、面部类型化描写

俊美型侠客多"面如美玉"（冠玉、白玉）。"面如美玉"，言其面部色泽白润，宛如美玉。《史记·陈丞相世家》载绛侯、灌婴等人谗陈平曰："平虽美丈夫，如冠玉耳，其中未必有也。"《神相全编》卷二云："昔有人毁陈平于汉祖，曰陈平美如冠玉，未必中之有也。诚哉斯言乎，观人之难也。"《人伦大统赋》亦有"颜如冠玉，声若撞钟"之说。《三国演义》描绘刘备亦是"面如冠玉"。"面如美玉"是清代侠义公案小说描写俊品人物的最通俗用语，《小五义》第一回描写白玉堂的容貌时说他："看品貌，真是面如美玉，白中透亮，亮中透紫，紫中透光，光中透润，润中单透出一种粉爱爱的颜色，如同是出水的桃花吹弹得破。"是对《人伦大统赋》"颜如冠玉"的形象化描写和美化加工。这一段描写也成为清代侠义公案小说描写俊美型人物面容的常用语，如《小五义》中的白芸生"面如美玉，白中透亮，亮中透润，仿然是出水的桃花一般"，《彭公案》中的徐胜"面如白玉，亚似桃花，白中透润，润中透白"，《彭公案》中的马玉龙"面皮微白，透出粉红，如桃花一般"，贺天保"面如桃花"，少年黄天霸"面如傅粉，白中透润，润中透白"，冯元志"本来长得俊秀，今天喝了两杯酒，白生生的脸膛，透出粉红的颜色，齿白唇红，真是俊品人物"。《永庆升平》中的白胜祖"脸皮一发红，亚赛三月桃花初放，白中透润，润中透白，又打白润之中透出一点红来"，其他俊美型人物的面容也大多是"面如美玉"。《小五义》中的卢珍"粉融融的一张脸"，亦可看出受这段描写影响的痕迹。

　　与"面如美玉"类似的尚有"面如满月""面如银盆""面如敷粉"等。"面如满月"，言其脸盘圆圆的、白白的，像满月一样。形容相貌白净丰满而有神采。《神相全编》卷二云："妇人面如满月，下颌丰满，至国母之贵。"《敦煌变文集·维摩诘经讲经文》："其相貌也，面如满月，目若青莲。""面如银盆"，形容脸形丰满，肤色光洁。似从"面如满月"引申而来，"满月"与"银盆"无论是形状还是光泽，都十分相近，李白诗亦云："小时不识月，呼作白玉盘"。在相学理论中，脸形丰满是福相，是所谓有福之人，《神相全编》卷二云："妇人面如满月，下颌丰满，至国母之贵。"因此，在清代侠义公案小说之前，多用来形容身份高贵、气质优雅的美女，如《金瓶梅》中的吴月娘，《红楼梦》中的薛宝钗都是"面如银盆"。《施公案》描写许氏的容貌"容长脸面似银盆"，即沿袭传统。《彭公案》用以形容"七八十岁，精神百倍"的老英雄刘云，也算是一个小小的创新。"面如敷粉"，言其面部光泽白皙，宛如涂过粉一样，如《施公案》中的彦八哥即"面如敷粉，唇似涂朱，子都之姣，不能擅美于前，故当时为之语曰：'莲花似六郎，粉团似八哥。'"

　　正直型人物常用"面如重枣"。面如重枣，即脸色深红。"面如重枣"成为清代侠义公案小说的常用语，似乎受了《三国演义》的影响。《三国演义》说关羽"身长九尺，髯长二尺；面如重枣，唇若涂脂；丹凤眼，卧蚕眉，相貌堂堂，威风凛凛。"此外,《水浒》中的朱仝,《封神演义》中的李兴霸也是"面如重枣"。南宋灌圃翁《都城纪胜》说:"其话本与讲史者颇同,大抵真假相半,公忠者以正貌,奸邪者与之丑貌,盖亦寓褒贬于世俗之眼戏也。""红脸关公"是"正貌",以表彰他的"忠义!"因此,在清代侠义公案小说中,"面如重枣"多用来形容正直型人物。

富贵型人物多为"田字脸",六朝名将李安民即"面如方田,封侯状也"。宋朝诗人吕本中诗《柳州开元寺夏雨》中亦有"面如田字非吾相,莫羡班超封列侯"的句子。

脸生横肉是描写凶恶型恶霸的常用语,《神异赋》曰"面肉横生性必凶",脸生横肉为恶人的典型标志。《施公案》中的九黄即"满脸横肉",韩道卿也是"怪肉横生",凶恶之极。

二、眉的类型化描写

俊品人物多"双眉斜入天仓"或"斜飞入鬓",如《小五义》描写白玉堂的眉毛即是"黑真真两道眉斜入天仓",其相学依据是《神相全编》卷二所说眉"喜清高疏秀弯长,亦宜高目一寸,尾拂天仓,主聪明富贵,机巧福寿,此保寿官成也",又云:"眉毛欲得宽广,双分入鬓,主生平多福而贵,二十六岁人运行中,主大发功名。纬林真人曰:眉为罗计之星。宜阔而不欲侵犯紫气宫。陈图南曰:翠眉入鬓,位至公卿。《广鉴集》云朝中无交眉宰相。"类似的描写如《彭公案》中的徐胜"双眉黑真真斜飞入鬓",少年黄天霸"两眉斜飞入鬓",贺天保"黑真真的眉毛儿""两眉斜飞入鬓",《小五义》中的卢方"两道箭眉斜入天仓",智化"二眉长,入鬓边",《永庆升平全传》中的白胜祖也是"黑真真眉毛"。

另外,《彭公案》描写俊品人物喜用"眉分八彩"。"眉分八彩"取意于王充《论衡·骨相》所载"尧眉八采",乃"圣人异相"。《贫女心镜》亦云:"尧眉八彩,舜目重瞳,内秉圣德,外见神姿,以此推之,内德外形之征也。"《月波洞中记》也认为:"若眉细长稀疏,正平有彩者贵。""眉分八彩"是《彭公案》描绘侠客、清官的常用语,不仅用于中老年,也常用于少年秀美者。《彭公案》"眉分八彩"者有彭公、马玉龙、刘云,均为小说的关键人物。与"眉分八彩"意义相近的还有"双眉带秀"等。

《小五义》描写徐良长着"两道白眉毛",象征其必有出众的能为,《月波洞中记》有"眉生白毛,玉堂骨起,仙人之相"的说法。

三、眼睛的类型化描写

"二眸子皂白分明,黑若点漆,白如粉锭"是清代侠义公案小说描写人物眼睛的常用语，更具有相学意义，如《玉管照神局》云："聪明须得眼如点漆，口如四字，唇似朱红。"《月波洞中经》说："眼睛大而端定，不浮不露、黑白分明者。主可学艺业，异于众人。成家立业。"《广鉴集》曰："两睛黑光如点漆，昭辉明朗光彩肘人者。投贵人臣，神仙高士。奇异之相。"《神相全编》谓"神清秀者．瞳子莹洁，黑白分明，如晓星光肘四远也"，又说"睛如点漆，应不是常流"，卷一则说"黑如漆，白如玉"。《世说新语》"容止"门记载王右军见杜弘治，叹曰："面如凝脂，眼如点漆，此神仙中人。"可见，此段描写象征其人聪明、艺业出众，为奇人异士。侠客中的俊品人物大多如此，《小五义》中的柳青"一双阔目，皂白分明，黑若点漆，白如粉锭"，卢方"一双虎目圆翻，皂白分明"，卢珍"一双长目，皂白分明"，智化"皂白明，一双眼"，《彭公案》中的徐胜"一双俊目，黑白分明"。

目如朗星（春星）：《神相全编》谓"两眼神光如曙星"，是描写俊品人物的常用语，《彭公案》中的马玉龙，《永庆升平》中的白少将军等都是"目似春星"或"目如朗星"。

三角眼：三角眼为五官不正之相，多用来形容奸诈小人。《人伦大统赋》云："三角多嗔，为妒夫之霜刃。四白带杀，作害子之青萍。"《神相全编》曰："眼生三角，凶狠之人，常能损物害人。若是女子，妒夫不良。"《神相全编》卷六："眼若三角，狠毒孤刑。"《三国志通俗演义》中描写曹操"身长七尺，细眼长髯"。"细眼"，其实就是"三角眼"，即眼睛呈三角状而且很小，与蛇、老鼠和蜜蜂的眼睛非常相近。此后，三角眼成为奸诈小人的代名词，形成了固定的模式。《彭公案》中阴谋叛乱的宋仕奎即"青白脸膛，剑眉三角眼"，其他如飞贼谢豹，淫荡成性的丑女马赛花，奸王赵爵，恶道妙手真人，恶霸活阎罗马刚等都是"三角眼"。

鱼目：《神相全编》谓"睛如鱼目，速死之期，气若烟云，凶灾日至"。《彭公案》中的老英雄"鱼眼高恒"刚一登场，就死在碧水寒潭之中，正合相书所言。

眉清目秀：《神相全编》谓："智慧者，眉清目秀，声价少年知。"白玉堂、贺天保、黄天霸等人都是眉清目秀。

四、鼻的类型化描写

"鼻如玉柱"："鼻如玉柱"有两层意义，一是鼻高而直，一是色如美玉。《广鉴集》云："鼻为土宿、万物生于土归于土，象乎山岳，山不厌高，土不厌厚，义为一面之表也。夫天地人三才之中，鼻为人也，欲得高隆而贵。"《人伦大统赋》曰"惟鼻高者号嵩岳，以居中为天柱而高矗。梁贵乎丰隆贯额，色贵乎莹光溢彩，终为平生之福。"《神相全编》称"鼻额若山岳之耸，血脉如江河之漾。耸阔兮富贵可尚"，又说"耸直丰隆，一生财旺"。所以，"鼻如玉柱"是富贵、财源茂盛的象征。

类似的描写如《施公案》中的贺人杰"高鼻梁",《彭公案》中的马玉龙"鼻梁高耸",《永庆升平》中的白胜祖"鼻梁高耸""鼻如玉梁"。

"鼻如悬胆"是清代侠义公案小说的另一常用语,象征富贵,如卢珍即"鼻如悬胆"。《心镜经》云:"鼻如悬胆,终须贵,土醒当生得地来。若是山根连额起,定知荣贵作三台。"许负曰:"鼻如悬胆,家财巨万。"《人伦大统赋》云:"圆如悬胆之形,荣食鼎立,为平生之福,六六至五九,大发财禄。"《神异赋》曰:"鼻乃财星,位居土宿。截简悬胆,千仓万箱。"《神相全编》谓:"如悬胆者,其形从印堂隆隆悬垂,直下准头,准头完美如弹者是也。似悬挂猪羊之胆,有骨法,贵作朝郎,无骨法者,富有千金。"

五、口的类型化描写

四方口、阔口:四方口象征着聪明富贵,如《玉管照神局》云:"聪明须得眼如点漆,口如四字,唇似朱红。"《人伦大统赋》云:"肥马轻裘,由方成于四字。"《贫女》曰:"贵人唇红似泼砂,更加四字足荣华。然主平生之贵,五十六岁入远。大发财禄。口含四字似朱红,两角生棱向上官,定是文章聪俊士,少年及第作王公。"《神异赋》曰:"口不方者不贵,是一齐之齿,四海之方圆,合要方,开要圆。"阔口更是大贵之相,王充《论衡·骨相》记载"皋陶马口",《春秋演孔图》描述孔子"身长十尺,海口尼首",都是渲染其口大。其他相书亦多有类似记载,如《人伦大统赋》云:"出将入相,盖大容乎一拳。"《月波洞中记》曰:"河目海口,食禄千钟。"

在清代侠义公案小说中,四方口、阔口是中性词,应用非常广泛,既可指清官、侠客,也可指权奸恶霸。彭公、瑞明、李七侯、张教习、石铸、刘云、刘天雄、徐庆、徐良、展昭、智化、柳青等清官侠客都是四方口、方海口、四方海口、四字口;奸王赵爵、恶道妙手真人、恶霸李八侯等权奸恶霸也都是四方口。包公等则是阔口。

"口赛涂朱,牙排碎玉""唇红齿白"等都是清代侠义公案小说描写俊品人物的常用语,如卢珍"口赛涂朱,牙排碎玉",白芸生"唇似涂朱,牙排碎玉",贺人杰"唇若涂朱",徐胜"唇若涂脂",马玉龙、白胜祖、曾天寿"唇似丹霞",张广太"齿白唇红",白胜祖"牙排碎玉,唇若涂朱",贺天保"唇若涂脂",欧阳德"唇如涂朱",杜明"唇若涂脂"等。

《玉管照神局》云:"聪明须得眼如点漆,口如四字,唇似朱红。"《神相全编》称:"如朱抹者,口唇红鲜,似涂抹朱砂之红色也。主文章才俊,其名传扬四方。陈图南曰:唇如泼砂,富贵如华红色也。许负曰:"口如含丹,不受饥寒。"郭林宗曰：'唇红齿白食天禄，多艺多财又多官。'《贫女》曰：'贵人唇红似泼砂，更加四字足荣华。'然主平生之贵，五十六岁入远。大发财禄。口含四字似朱红，两角生棱向上官，定是文章聪俊士，少年及第作王公。"《人伦大统赋》曰："惟寿算之先定，以牙齿之可观。康甯者，齐且密。贱夭者，疏不连。上覆下兮少困，下掩上者晚鳏。班马文章，白若瓠犀之美。乔松寿考，莹如昆玉之坚。"

可见，"口赛涂朱，牙排碎玉""唇红齿白"等都是富贵聪俊之相，在清代侠义公案小说中多用来形容容貌俊美者，是个中性词。

六、耳的类型化描写

"大耳垂轮"或"方面大耳"是清代侠义公案小说用得最滥的词语之一，举凡清官、侠客甚至乡绅客商，不论容貌丑俊，大多都是方面大耳或大耳垂轮。《三侠五义》中的包公，《彭公案》中的徐胜，《绿牡丹》中的骆宏勋、余谦等都是"方面大耳"；《小五义》中的卢方、展昭、柳青、徐良、卢珍、白芸生、魏真皆为"大耳垂轮"。

"耳大"在中国古代文化中是富贵的象征。自《三国志通俗演义》开始写刘备"两耳垂肩"之后，"大耳"在古代小说中成为帝王将相或者仙人的专利。如《三国演义》中的刘备、司马炎，《锋剑春秋》中的孙燕，《万仙斗法全传》中的刘邦，《走马春秋》中的刘知远和齐王，《飞龙全传》中的赵匡胤，《西游记》中的杨戬，《牛郎织女》中的牛郎都是"两耳垂肩"。《隋唐演义》中的李世民则是"方面大耳"。（参见万晴川《中国古代小说与方术文化》）

清代侠义公案小说的容貌描写基本上是各种相术词汇的不同排列组合，加以适当的艺术加工，或者突出其某一方面的独特之处，如欧阳春之"碧目虬髯"、徐良之"白眉"、石铸之"蛤蟆嘴"、马杰之"红胡子"等，凡此类侠客必有出众的能为，似乎又受到圣人异相观念的影响。

第十章　鬼神文化与清代侠义公案小说

清代侠义公案小说包含大量超人力因素，"清官＋侠客＋鬼神"成为其惯用的叙事模式，而后者向来为人所诟病，以为其宣扬了封建迷信和因果报应，是落后的，应该批判的东西。特别是清末民初，随着西方侦探小说的涌入和近代科技的发展，清代侠义公案小说中的超人力因素更成为先进知识分子批判的靶子。其实，清代侠义公案小说中出现的大量鬼神现象，某种程度上体现出中国鬼神文化的独特魅力以及复杂内涵，具有深层的文化意蕴，并非简单的"鬼神果报"所能概括。

第一节　清代侠义公案小说中的鬼神崇拜及其文化意蕴

一、古人的鬼神崇拜

鬼神崇拜早在原始社会时期便已存在。古人认为万物有灵，无论是日月星辰还是风雨雷电乃至山川河岳，都有神灵主宰，因而对其产生敬畏，甚至顶礼膜拜，这就是所谓的自然崇拜。古人同时认为人死之后灵魂仍在，于是又产生了对先祖以及鬼神的崇拜。各种丧葬礼仪和祭鬼、驱鬼仪式随之逐渐形成。周代的鬼神崇拜在此基础上进一步发展，逐渐形成了天神、人鬼、地祇三个鬼神系统。同时，周朝人还把先祖崇拜放到与祭祀天地同等重要的地位，将其并列称之为"敬天尊祖"。这就是所谓的"万物本乎天，人本乎祖"。人们崇拜鬼神自然就会虔诚的祭祀，古人的祭祀活动一定伴随着"礼乐"，这就是"礼乐文明"。春秋战国时期"礼崩乐坏"，礼乐文明也逐渐从上层社会走向市井，然后被民间的方士、巫觋继承，道教成立之后，又演变为道教的斋醮礼仪。所以说，夏商周时期的礼乐文明，有很大部分被后来崛起的道教继承下来。道教，在某种意义上，是夏商周礼乐文明的主要继承者。另一方面，随着佛教的传入及其中国化进程，佛、道两教长期论战，对民间鬼神崇拜产生强烈的渗透和影响。原始神灵崇拜与佛道两教长期相互浸染，使"佛道两教的某些神与民间鬼神崇拜中的信仰对象产生了种种复杂纷繁的交叉、重叠和转换的现象"①，同时也使民间鬼神崇拜呈现出复杂化特点。

至唐代，随着佛教中国化进程的彻底完成，鬼神崇拜也得到了很大的发展，唐代社会成为"一个几乎时时、处处、事事都存在着神灵崇拜现象、活动和观念的社会。这种普遍广泛的神灵崇拜渗透于唐人社会生活的每一侧面，每一层次"②，李肇《唐国史补》中的两条记载形象地说明了唐代鬼神崇拜之盛行。

> 每岁有司行祀典者，不可胜纪，一乡一里，必有祠庙焉。江南有驿吏，以干事自任。
>
> 典郡者初至，吏白曰："驿中已理，请一阅之。"刺史乃往，初见一室，署云酒库，诸醢毕熟，其外画一神。刺史问："何也？"答曰："杜康。"刺史曰："公有余也。"又一室，署云茶库，诸茗毕贮，复有一神。问曰："何？"曰："陆鸿渐也。"刺史益善之。又一室，署云菹库，诸菹毕备，亦有一神，问曰："何？"吏曰："蔡伯喈。"刺史大笑曰："不必置此。"③

明清时期，鬼神崇拜进一步发展，不仅先前创造出的大量鬼神被保存下来，同时又有一些新的鬼神被塑造出来，与原有鬼神一起，构成了一个庞杂而又无处不在的鬼神世界，"举头三尺有神灵"是明清时期市井细民的普遍信仰，这就为清代侠义公案小说大量描写鬼神崇拜提供了素材和文化支持。

二、清代侠义公案小说中的鬼神崇拜及其文化意蕴

根据来源和职能，我们可以将清代侠义公案小说中的超人力因素大致分为四大类，即天神、人鬼、地祇三个系统和灵物崇拜。

1.天神崇拜

天神，顾名思义，就是指生活在天上的神仙。《周礼·春官·大宗伯》云："大宗伯之职，掌建邦之天神、人鬼、地示之礼，以佐王建保邦国。以吉礼事邦国之鬼神示，以禋祀祀昊天上帝，以实柴祀日、月、星、辰，以槱祀司中、司命、飌师、雨师，以血祭祭社稷、五祀、五岳，以貍沈祭山林川泽，以疈辜祭四方百物。"④此处我们所说的天神，是指以玉皇大帝为中心的道教神仙谱系，包括日月星辰、风雨雷电等。玉皇大帝、太上老君、惩奸的雷神、司雨的龙王以及九天玄女娘娘甚至包

---

① 程蔷、董乃斌:《唐帝国的精神文明——民俗与文学》，中国社会科学出版社，1996，第503页。
② 程蔷、董乃斌:《唐帝国的精神文明——民俗与文学》，中国社会科学出版社，1996，第502页。
③ 李肇:《唐国史补》，上海古籍出版社，1979，第65页。
④ 崔高维校点《周礼·仪礼》，辽宁教育出版社，1997，第34页。

括佛教中的观音娘娘等是公案小说中常常提及的天神，而《三侠五义》说包公乃魁星下凡，则是颇令人深思的文化现象。

民间传说认为天上的每一颗星斗都代表着世上的一个人，每一颗星的陨落都象征着一个生命的消失，赵云之死有巨星陨落，诸葛亮将死有祭星之举。大凡杰出人物其所对应的星曜也必与众不同，水浒众好汉乃一百零八颗魔星转世，《儒林外史》因"一代文人有厄"上天降下"一伙星君去维持文运"①，《女仙外史》结尾亦有所谓星榜，皇帝被称为紫微星，武曲星有狄青、杨文广，而最为市井细民顶礼膜拜的大清官包拯则被认为是魁星转世。

魁星，亦作奎星。奎，一作蛙字。其来源当为古代越人的青蛙崇拜。《茶香室续抄》十九卷云："龙岩州土人皆戒食蛙，七月七日为魁星诞，必买大者，祀而放之池中。"汉朝纬书《孝经授神契》中有"奎主文章"之说，清人顾炎武《日知录·魁》认为："奎为文章府，故立庙祀之。乃不能像奎，而改奎为魁，又不能像魁，而取之字形，为鬼举足而起其斗。"故魁星神像蓝头像鬼，一脚向后翘起，如"魁"字的大弯勾，一手捧斗，如"魁"字中间的"斗"字，一手执笔，意思是用笔点定中式人的姓名。

魁星信仰的盛行与科举考试的发展有很大关系。科举考试虽始于隋，然直至宋代方成为文人入仕最为重要的途径，也因之求取功名的学子们为了在激烈的竞争当中获胜，莫不在自身努力读书之外祈求异界神明的帮助。故魁星信仰盛于宋代。元代虽无科举考试，但国运短祚，其后的明清两代不仅恢复了科举考试，而且愈演愈烈。因此，魁星信仰自宋代之后经久不衰，成为封建社会读书人崇信最甚的神之一。

魁星信仰与包拯的结缘是一个值得深思的文化现象。历史上的包拯，论文才比不上同时代的范仲淹、欧阳修，论政绩也比不上同时代的王安石、寇准，让其成为"主天下文章"的魁星似乎有些说不过去。但包拯的刚直不阿、公正无私，使其在民间和中下层文人中获得了极高的声誉，其在民间的威望甚至超过了孔子。正如孙楷第所云："包老爷毕竟更有权威，在民间他的势力几乎和关老爷（照宋元说话当称'关大王'）一样。如果世间的人真须要一位文圣和武圣配进来，那末包公是唯一之选，因为平民对他的印象比孔圣人深多了。"②在科举制度盛行的时代，绝大多数读书人既然没有打通关节的关系和门路，当然只有寄希望于能够获得公平竞争的机会，于是"关节不到"的"阎罗包老"（《宋史·包拯传》）自然成为读书人心目

① 吴敬梓：《儒林外史》，河北大学出版社，2004，第8页。
② 孙楷第：《包公案与包公故事》，载孙楷第《沧州后集》，中华书局，1985，第68页。

中魁星的不二人选。但包拯的智慧主要表现为断案如神，而折狱在神职体系中属阎王、判官的职责范围，与魁星的关系不大，包拯在成为魁星之前，就曾经先后被赋以判官、阎王之职。普通民众对于其所喜爱和崇拜的人物，自然是希望其能耐越高越好，权力越大越好，职责越多越好。于是，《三侠五义》中的包公在神职系统就有了双重身份和职能，他既是阴司的法官，其地位犹在判官之上，俨然地狱阎罗；同时他又是魁星下凡，掌管全国的科举考试，为国家拣选出范仲禹、颜查散、倪继祖这样的栋梁之才。"能者多劳"正是包公的真实写照。

2. 人鬼

我们此处所说的人鬼，严格说来应当包括鬼魂和人神。根据古代文献的相关记载和大量考古发现，古人很早就在灵魂崇拜之中引入了鬼魂崇拜。他们认为人死后，灵魂仍独立存在，这些独立存在的灵魂，普通人的称为鬼，大忠大孝的善人升格为神。民间崇拜的鬼神，主要是人死后变成的鬼魂和人神，因为它们往往具有神秘的力量。

蒲松龄《聊斋志异·章阿端》里说："人死为鬼，鬼死为聻。鬼之畏聻，犹人之畏鬼也。"①说明鬼的可怕。但在清代白话侠义公案小说中，鬼魂多以冤死者的身份，为清官断案提供帮助和破案线索，在破案过程中起着不可小觑的作用。因此，这些鬼魂不再那么可怕，而是更令人同情，甚至有几分可爱。《三侠五义》第五回"乌盆诉苦别古鸣冤"中的乌盆鬼，有人的情感，说到动情处会"放声痛哭"；有人的知觉，被扔到地上，会因"倭了我脚面了"而发出"哎呀"的呼痛声。在这里，人鬼的界限被消除了，我们看到的是一个充满七情六欲的活生生的人，一个孤苦无依的弱者，在向青天大老爷诉说自己的冤枉与委屈。

当然，并非所有的冤魂都像乌盆鬼那样逆来顺受，苦苦期盼清官的出现。有些冤魂也会采取激烈的复仇手段，这就是所谓的冤魂索命。

> 这刘学士遭马顺之害，一点忠魂不散，径附体在马顺儿子身上，历数马顺之恶。马顺见其附体于子，多请僧道禳解求释，只见其子口中说道："马顺，汝害吾甚酷，吾今已诉知上天。不过七年之间，汝之死日，比吾尤惨酷也。汝今禳解何益，祸不旋踵矣。"言讫，其子口鼻流血，面目皆青肿而死。马顺见儿子被刘公忠魂附体，活捉而死，心中甚惧，悔之莫及。②

但在清代侠义公案小说中，大多数冤魂既不会像刘学士那样直接复仇，也不

---

① 蒲松龄著，但明伦评，《聊斋志异》卷八，齐鲁书社，1994，第562页。

② 孙高亮：《于少保萃忠全传》，人民文学出版社，1988，第62页。

会像乌盆鬼那样竹筒倒豆子，将冤情和盘托出，清官只需按图索骥，捉拿凶手就可以了。他们往往借助梦境，以隐语的方式给清官一些暗示，清官必须凭借自己的智慧，猜出隐语，才可能破案。这样，既增加了破案的难度，彰显了清官的智慧，又可以制造悬念，吸引读者或听众。较早采用鬼魂托梦叙事模式的公案小说是唐传奇《聂小娥传》，其后宋元话本有《三献身包龙图断冤》。至清代侠义公案小说，鬼魂托梦成为结构小说的重要手段，以致形成"到处都有鬼神"的局面。

在漫长的历史长河中，大量历史人物被人为地神化，并逐渐演变为某个地区甚至全国的保护神。在民间传说中，大凡帝王将相、忠臣义士、孝子节妇乃至有一技之长的历史人物几乎都可成神，供奉这些人神的道观和庙宇遍布中国的城镇和乡村，人神崇拜因之成为民间最重要的崇拜形式之一。

人神崇拜在清代侠义公案小说中多有表现，如《海公小红袍》结局说海瑞死后有人"于月朗天清的海面上看到官船十余艘，中间大船上竖有两面大旗"，上写着"天下都城隍"几个大字，"中间坐着一位身穿大红袍的尊神，正是海瑞。于是地方上兴盖天下都城隍庙，塑海瑞金像，世代香烟不绝"。海瑞故事的结局明显是虚构，目的是突出时人对海瑞的顶礼膜拜，甚至将其彻底神化，这种处理方式，非常符合海瑞在读者心目中的地位，同时与故事开头嘉靖皇帝梦中见到的景象前呼后应，从而收到首尾连贯、浑然一体的艺术效果。

3. 地祇

地祇，亦称地示，即地神。《史记·天官书》："夏日至，祭地祇"。我们此处所说的地祇是指在民间传说中常驻民间的各类人类的保护神或专门神，如土地、城隍等。

土地神，古称社神。《说文》云："社，地主也，从示，从土。"中国是一个农业大国，在漫长的农耕生活中，先民日出而作、日入而息，与土地有着割舍不断的感情。因为他们始终改变不了靠天吃饭的命运，只能从土地中获得生活必需品。土地神作为农业保护神，自然受到民众的喜爱和崇拜，其在民间受欢迎的程度似乎并不在玉帝之下，古土地庙（或土地祠）亦因之成为清代民间的一大景观。

城隍神和土地神一样，都是民间鬼神体系里的重要神灵。城隍即城壕，壕有水为池，无水为隍。范土为城，凿壕为隍。城隍神之称见于史书始于《齐书·慕容俨传》，书中记载慕容俨因祷告城隍神而得到其庇护。从先秦到明清，城隍一直被奉为祭祀对象。城隍神和土地神一样，在民间逐渐成为地方守护神，并形成由正直大臣死后担任的习俗。

在清代侠义公案小说中，清官在折狱过程中，如遇到疑难或困惑，最经常的求助对象往往就是土地和城隍。在民间鬼神体系中，城隍神和土地神同为地方守护神,二者的职能没有明显的不同。因此,在清代侠义公案小说中,二者也时而同时出现,其职责是保护遇险的清官或皇帝,《圣朝鼎盛万年青》中乾隆私巡江南,每次遇险,都是由暗中负责保护的城隍神和土地神招徕侠客救险。《施公案》中的施公也屡次蒙城隍神和土地神救命。

> (贤臣)两眼发黑,忽悠悠地魂灵早已出了窍,飘飘荡荡,就要归阴。暗中惊动当方土地,本处城隍,一见贤臣灵魂出窍,二位神圣不觉着忙,暗说:"不好,施大人他乃是星宿临凡,保护真命帝王,今日不应归位,若由他去,玉帝岂不归罪?"二神上前挡住爷的灵魂。①

门神是中国普遍存在的家庭守护神,多为民间供奉。他们深入千家万户,与人们的日常生活息息相关,因此几乎成为家家户户都会供奉的保护神。《礼记·月令》关于"祀门"的记载,大概是最早的有关门神崇拜的记载。不同朝代,门神亦不同,如汉代以庆成为门神,唐代门神是秦琼和尉迟敬德,宋代则由焦赞充当。门神有武将门神和文官门神之分。武将门神为保护神,其主要作用是驱邪除鬼、逢凶化吉;文官门神更像是吉祥神,其主要功能是科举高中、升官发财和延年益寿等。《三侠五义》第五回描写张别古带乌盆鬼告状,被县府门神阻拦,乌盆鬼不敢入内,直到包公写了一张字条,命人拿出去焚烧,乌盆鬼才得以进入县衙,反映的就是这种门神信仰。

4.灵物崇拜

灵物崇拜源于先民的动物崇拜。上古时代,先民的生存条件十分恶劣,而自身条件却十分有限。因此,他们渴望能像鸟儿在天空自由自在的翱翔,像鱼儿在水中无拘无束的畅游,他们羡慕虎豹的凶猛、猿猴的矫捷、马的迅猛、兔的跳跃,于是产生了动物崇拜。《诗经·商颂·玄鸟》"天命玄鸟,降而生商,宅殷土芒芒。古帝命武汤,正域被四方",当为较早的有关动物崇拜的记载。

在清代侠义公案小说中,灵物崇拜所占的比例很大。灵物(动物、植物乃至自然现象)或遵照神鬼的意旨,或为了替主人申冤,往往采取多种方式为清官破案提供帮助:它们或主动报案,或通过暗示。如黄狗、老鼠、黑驴、乌鸦、狐狸、大雁、鲤鱼等动物都能为了报恩,帮助主人申冤;树叶、旋风、蜘蛛等都能够通过暗示,表明冤屈。施公巧破叔嫂通奸案、刘医图财害命案,就是因为水鼠告状才使案情峰回路转,最终沉冤得雪。

按照其作用的不同,清代侠义公案小说中出现的灵物,可分为以下几类:

---

① 佚名:《施公案》,宝文堂书店,1982,第441-442页。

1.灵物救人

《三侠五义》第二回写包公出生后，其二哥包海之妻李氏为家产撺掇男人，谎说包公已死，欲将其抛弃于荒郊野外。

> 用茶叶篓子装好，携至锦屏山后，见一坑深草，便将篓子放下。刚要撂出小儿，只见草丛里有绿光一闪，原来是一只猛虎眼光射将出来。包海一见，只唬得魂不附体，连尿都唬出来了。(《三侠五义》，第 10 页)

小说对虎这一灵物的青睐，不仅增添了小说的传奇成分，更具有深远的文化意蕴。虎乃十二生肖之一，代表十二生辰中的"寅"。在灵物崇拜中，虎为百兽之长，自古被视为威震邪恶的神兽而受到崇拜，难怪居心叵测的包海被吓得"连尿都唬出来了"。

小说第三回写因包公的庇佑免遭雷击的狐狸，几次三番挫败包海夫妇的阴谋，救了包公的性命，亦属灵物救人。狐狸崇拜在民间很是流行，古代的农村妇女尤其热衷供奉狐仙，以求得狐仙的庇护，甚至形成一人就供奉一个狐仙的习俗。在《山海经》《搜神记》等志怪小说中，有关狐仙的故事和传说也占了不小的篇幅。《三侠五义》中的狐狸不仅多次搭救包公的性命，更极力促成包公和李小姐的姻缘，作者这样描写不仅契合民间的狐仙崇拜心理，更能发现《聊斋志异》中《青凤》《娇娜》《狐变》诸作的影响。

"大难不死，必有后福"，包公幼年历经磨难，而屡蒙灵物（虎和狐）搭救的情节设计，取意于《诗经》，预示了包公日后必将成为圣人。《诗经·大雅·生民》叙述周始祖后稷出生后即遭遗弃，而屡为动物所救的故事："诞寘之隘巷，牛羊腓字之。诞寘之平林，会伐平林。诞寘之寒冰，鸟覆翼之。鸟乃去矣，后稷呱矣。"

2.灵物鸣冤

此类灵物故事在清代侠义公案小说中占有很大比例，许多案件都是由灵物告状或者发现冤情开始的。灵物申冤不仅其方式千差万别，其原因也有所不同。

其一，知恩报恩。此类灵物大都受过主人的恩惠，当主人遇害或者遭受冤屈时，它们便通过各种方式为主人鸣冤。《三侠五义》第四十九回"佛门递呈双乌告状"写两只乌鸦前来为被冤枉的和尚法聪鸣冤。

> 这一天，包公下朝，忽见两个乌鸦随着轿呱呱乱叫，再不飞去。……忽听乌鸦又来乱叫。及至退堂，来到书房。包兴递了一盏茶，刚然接过，那两个乌鸦又在檐前呱呱乱叫。包公放下茶杯，出书房一看，仍是那两个乌鸦。包公暗暗道："这乌鸦必有事故。"(《三侠五义》，第 285 页)

后在两只乌鸦的指引下，经过一番波折，终使真凶伏法，法聪无罪开释，包公问他乌鸦之事，"原来这两个乌鸦是宝珠寺庙内槐树上的，因被风雨吹落，两个乌鸦将翅摔伤。多亏法聪好好装在笸箩内将养，任其飞腾自去，不意竟有鸣冤之事"。

在民间，乌鸦被认为是不祥之鸟，它的出现往往预示着灾祸的降临。文学作品中也常常借助乌鸦渲染悲剧气氛，如鲁迅先生的短篇小说《药》的结尾出现的那两只乌鸦就极大的渲染了作品的悲剧色彩，使作品增色不少。但"乌鸦反哺，羊羔跪乳"，乌鸦同时又是重感情、能报恩的有灵性的动物。作者将乌鸦鸣冤写入故事中，不仅构思奇特，而且也合乎大众的崇奉习俗，更增强了故事的神秘色彩，可谓一举数得。

其二，怨鬼跟随。如果说，《三侠五义》中的灵物多为虎、狐狸、狗、马、乌鸦等具有深层文化意蕴的动物，对灵物还是有所选择的话，《施公案》中的灵物选择则更注意其神奇色彩，而已经不太关注其所蕴藏的文化意蕴，几乎所有动物如老鼠、黄雀、猪、水獭、螃蟹等，均可成为告状者。这些灵物甚至与受害者没有多大的联系，而多为死者冤魂附体，如《施公案》第四回"水獭无知公堂告状"：

> 且说施公升座，忽见一物，自公案下扒出，站起往施公拱爪，口中乱叫。……细看原来是一个白水獭。施公口内称奇：莫非此物也来告状？想罢，高声大呼："白水獭，你果有冤屈，点点头儿。……"施公言罢，往下观看。众役也为留神。见水獭拱手点头。这是怨鬼跟随，附着畜类身形，横骨揸腹，不能言语，口中乱叫，内带悲音。（《施公案》，第16—17页）

其三，鬼神借动物暗示破案线索。如《施公案》第一回写施公破案受阻，在梦中见到九只黄雀、七个小猪，即隐指九黄、七珠两个罪魁祸首。

其四，发现冤案。古人法律意识淡薄，他们恪守"民不与官斗""屈死不告状"的原则，很少主动报案。因此，在清代侠义公案小说中，相当一部分案件是通过冤魂告状、灵物鸣冤、鬼神暗示或清官明察秋毫主动发现的，甚至清官的坐骑也会帮助清官发现冤情。《三侠五义》中李太后的冤情就是包公的坐骑首先发现的：包公自陈州放赈的归途，路过草州桥东，轿杆险些折断。包公欲改为乘马，不料"刚然扳鞍上去，那马哧的一声往旁一闪，幸有李才在外首坠镫，连忙拢住。老爷从新搂搂扯手，翻身上马。虽然骑上，他却不走，尽在那里打旋转圈。老爷连加两鞭，那马鼻翅一煽，反倒向后退了两步。"原来此马乃是神驹，"它有三不走：遇歹人不走，见冤魂不走，有刺客不走"（《三侠五义》，第95页）。包公于是在此处细细寻访，终于发现了流落民间的李太后，并为其平反昭雪。

第二节 鬼神描写的动因

一、悦目赏心：鬼神描写的审美动因

作为稗史野乘，小说与正史不同。正史讲究"实录"，重在伦理道德的教化和经验教训的总结，以供雄才大略的政治家治国平天下的《资治通鉴》；小说长于"虚构"，重在其娱乐性、趣味性，多为人们茶余饭后以资消遣的《娱目快心编》。虽然小说家们一个个扳起面孔严肃地说自己的作品是如何的有助于教化，但实际情况往往如司马相如的《子虚赋》，劝百而讽一。娱乐性、趣味性才是小说家们所孜孜以求的，正如《忠烈侠义传》序所云："无论此事有无，但能情理兼尽，使人可以悦目赏心，便是绝妙好辞。"因此，小说追求"事迹新奇"甚至"惊魂落魄"的艺术效果，尚奇猎奇传奇成为大部分小说家的刻意追求。早在唐宋时期，小说便因其"作意好奇"的艺术特点，而被称为传奇。鲁迅则认为："传奇者流，源盖出于志怪，然施之藻绘，扩其波澜，故所成就乃特异，其间虽抑或托讽喻以纾牢愁，谈祸福以寓惩劝，而大规则究在文采与意想，与昔之传鬼神明因果而外无他意者，甚异其趣矣。"所谓"文采与意想"，反映在阅读效果上，就体现为"悦目赏心"。

小说是如此，作为平民文学的侠义小说更是如此，正如现代武侠小说作家金庸先生所说："我以为武侠小说和京戏、评弹、舞蹈、音乐等等相同，主要作用是求赏心悦目，或是悦耳动听"，"艺术主要是求美、求感动人，其目的既非宣扬真理，也不是分辨是非"。[①]清代侠义公案小说的作者群体，几乎不约而同的继承了唐宋传奇"作意好奇"的传统，充分发挥小说追求"事迹新奇"的特点，在小说中穿插描写了大量鬼神等非人力因素，形成清代侠义公案小说"传鬼神明因果"的显著特色。传奇人、叙异事，穿插以鬼神世界的诡秘恐怖，以达到夺魄惊魂的艺术效果，在很大程度上满足了当时读者的尚奇猎奇心理，是此类小说能够风行一时的主要原因之一。尚奇猎奇传奇是中国古代小说尤其是清代侠义公案小说的一大艺术特色。小说作者也并不讳言他们传奇猎奇的创作手法，惜红居士在其《李公案奇闻》第一回中说："今只得将稀奇的案卷拣那紧要的编出，其余寻常案牍，一切概不登录。庶几买此书的不枉费钱文，看此书的不虚目力，及编书的一片苦心，并非偷工

---

① 陈祖芬：《成年人的童话——查良镛（金庸）先生北京行》，《光明日报》，1994年12月10日。

减料。"①惜红居士的这段话旗帜鲜明地阐述了清代侠义公案小说大量描写鬼神等非人力因素的目的，即满足读者或者听众猎奇好奇的心理。

二、以神为戏：调节气氛

与西方宗教信仰的执着和虔诚不同，中国人在对待神灵的态度上，明显表现出一种实用、功利的心态，"平时不烧香，难时抱佛脚"是大部分中国人对神灵态度的真实写照。当人们需要鬼神帮助自己排忧解难的时候，他才会心甘情愿的送上一些财物作为供品，他本人也会亲自虔诚的祷告，祈求鬼神的青睐和庇护。不过，如果日子过得平安顺遂，则很少有人会想到还有众多鬼神需要供奉和祷告。而且，在大多数中国人看来，神仙也并非不食人间烟火，他们也需要靠凡人的供奉生活，和凡尘俗子需要依赖神仙的庇护生活一样，没有本质的区别。因此，逢年过节的时候，如果没有人布施给鬼神任何衣服、食物、金钱或者其他生活必需品，这些高高在上的神仙其实也会忍饥挨饿。《西游记》第四十回写火云洞附近的土地、山神一个个穷得"披一片，挂一片，裈无裆，裤无口"②；《海公大红袍》第二回写雷州土地因地处荒凉，"十载都没有一灶香"，只好靠收受贿赂度日，都体现出鬼神对人的依赖。因此，中国古代民众往往不自觉的对所谓的神仙少了一份恭敬和虔诚，更多了一些现实和功利，甚至还包括戏谑。最明显的例证是民间庙会的热闹非凡，在这里，我们看到的不是对鬼神的虔诚和恐惧，而是民众的娱乐大聚会。更有借庙会大发横财者，如龚炜在《巢林笔谈》中说："往时见神庙有参谒迎送之礼，以为失事神之体，今有摄篆入帘之事矣。设柜收钱，神庙旧规，今更有异神联会者矣。赛会只有旗牌等官，今更设中军。里中有兴者，整顿仪仗，顶戴彩服，先期公坐，扬扬自得，直以神为戏耳。"

因此，逛庙会对大多数民众而言，与其说是来敬神，倒不如说是娱乐。这类人神相娱的描写，在清代侠义公案小说中随处可见。《彭公案》第一回就叙述了张家湾里仁寺娘娘庙大会的热闹景象："赶庙的买卖不少，熙熙攘攘，锣鼓喧天。也有变戏法的，唱大鼓书的，医卜星相，三教九流，各种生意人围绕甚多"。观音菩萨的诞辰，甚至逐渐成为青年男女约会、一见钟情乃至情定终身的绝佳机会，如《施公案》写卫生与珊珊在二月十九日观音神诞这天，一见钟情，后竟因此为人所乘，惹出人命大案。在这里，庙会和观音神诞其实不过是为民众提供了一个娱乐场所而已，很少有人是真正虔心向佛的。

① 惜红居士:《李公案奇闻》，北京师范大学出版社，1993，第1页。
② 吴承恩著，李卓吾、黄周星评《西游记》，山东文艺出版社，1996，第495页。

民间"以神为戏"的心理，对中国古代小说的创作产生了很大影响。一方面是对鬼神法力无边和因果报应的虔诚和恐惧；另一方面，也并不缺乏对鬼神的戏谑和调侃。神魔小说《西游记》《封神演义》是这种"以神为戏"写法的典型代表，正如鲁迅在《中国小说的历史的变迁》中所说："至于说到这部书（《西游记》——引者注）的宗旨，则有人说是劝学，有人说是谈禅，有人说是讲道，议论纷纷。但据我看来，它不过出于作者之游戏。"[①]齐天大圣无所顾忌地同上界的各位神仙开各种各样的玩笑，他无视神仙佛祖的尊严，既看不上太上老君和玉皇大帝，也常常与如来佛和观音菩萨开些无伤大雅或者有伤大雅的玩笑。他可以嘲笑如来佛竟然是妖精的外甥，也可以诅咒慈悲为怀的观世音"一世无夫"，这些描写姑且不论其是否有其深层意蕴，作者对鬼神的戏谑是显而易见的。清代侠义公案小说继承了这一写法，并进一步发挥，形成自己独特而鲜明的艺术特色。在清代侠义公案小说中，寺庙、道观、尼姑庵多为藏污纳垢的淫秽之地，和尚、道士、尼姑中亦不乏杀人越货的巨匪惯盗，各类庙会、神佛诞辰更成为恶霸无赖欺男霸女的最佳场所，最应该崇神敬佛的出家人却作着天理难容的勾当，最需要庄严虔诚的庙会往往成为市井无赖寻衅滋事的温床，这难道不是对神佛极大的讽刺？

鲁迅先生认为，所谓喜剧，就是将那些没有价值的东西撕破给人看，清代侠义公案小说中借助鬼神表现出没有价值的东西，并将其撕破给人看，我们因此感觉滑稽、荒唐和可笑，反而达到了调侃和讽刺的目的，并造成了浓烈的喜剧效果。《刘公案》第九十二回叙淫僧们庙内宣淫，遭官兵围捕，大难临头之时高呼"救苦救难观世音"，并虔诚的发誓从此"天天把香烧""若有假话，神叫我，只变驴来不变人！"在这里，神仙的庄严与僧人肆无忌惮的的白日宣淫形成强烈的反差，收到浓烈的喜剧效果和讽刺效果。又如《彭公案》中福承寺和尚法缘、法空也是好色之徒，竟然在神像背后夹壁墙的地窖里，囚禁着几十个漂亮女人，供其肆意淫乐。其他如《施公案》中的九黄、七珠不仅杀人越货，还僧尼通奸，更掠夺了无数良家妇女供其淫乐。《三侠五义》、正续《小五义》《永庆升平》《七剑十三侠》等皆有大量此类描写。

辛辣的讽刺之外，也有轻松幽默的调侃。《小五义》第二十七回写欧阳春、智化假意与钟雄结拜，欧阳春的誓言是"断子绝孙"，智化则一面盟誓："过往神祇在上，弟子智化与钟雄、欧阳春结义为友，有官同作，有马同乘，义同生死。如有三心二意，天打雷劈，五雷轰顶，不得善终，必丧在乱刃之下，死后入十八层地狱，上刀山，下油锅，难捣磨研。"与此同时，他又"嘴里起誓，脚底下不、不、不、

① 鲁迅：《中国小说的历史的变迁》，载《鲁迅全集》（第九卷），人民文学出版社，1978，第332页。

不、不、不、不，就画开'不'字了"。作者解释说：

> 那宋时年间起誓应誓，不像如今大清国起誓，当白玩的一般，古来一个牙疼咒儿，还要应誓。缘故那时有监察神专管人间起誓，那里若有起誓的，监察神就在云端里看见，有慧眼遥观，就知道这个人日后改变心肠不改。不改，也就不记了；若要改变，就将这人记上，到时好叫他应誓。正是君山烧香，监察神全在云端站定，头一个心肠不改，不用记了；第二个也不用记了，他应誓不应誓皆是一样；第三个不实着，与他记上，拿笔写了许多，那个神仙说不用写了，你是净听见他的嘴，没看见他的脚，不教天打，不教雷劈，不教五雷轰顶，不教这个那个的。神仙一有气，把笔一丢，从此再不管了。不然怎么以后起誓不灵了哪？（《小五义》，第156–157页）

读者至此，只会发出会心的微笑，谁也不会认真追究是否真有这么两位监察神的存在。但在轻松幽默的调侃之外，我们仍能读出作者对当时社会信誉缺失的一缕心酸和无奈。

第十一章 结语:侠义公案小说 向武侠小说之嬗变

清代侠义公案小说自合流之日起就处于逐步分离的过程中,一般来说,创作时间越往后,清官戏越少,侠客戏越重。与之相对应,陈腐的封建伦理道德和神鬼因素所占比重也越来越小。也就是说,"公案"的痕迹越来越淡,以至于无法辨认,而更接近于今人眼中的"武侠小说"。清末民初是中国社会的剧变期,"小说界革命"的巨大震撼,侦探小说的大量译入,公案小说成为批判焦点,使侠义公案小说自身也到了非变不可的地步。因此,20世纪的前20年,成为侠义公案小说寻求新突破并逐步走向沉寂的过程,但逐步摆脱了公案小说桎梏的侠义小说仍不绝于缕,探寻着侠义小说的新出路。至20世纪20年代终于形成了武侠小说的创作高潮,完成了侠义公案小说向武侠小说之嬗变。

但"武侠小说"这一名词其实是个"舶来品",在清末之前,古代中国从未出现过"武侠"一词,韩非子"侠以武犯禁"固然寓有"武侠"之内涵,但"武侠"作为一个复合词却从没出现过。究其原因,大概与古人重武德、轻武技的侠义传统有关。"武侠"一词的发明权应当归属于日本,明治时代后期的通俗小说家押川春浪创作了三部名字中带有"武侠"二字的小说,分别是《武侠舰队》《武侠之日本》以及《东洋武侠团》,风行一时,甚至席卷整个日本。此外,押川春浪还创办了《武侠世界》杂志(1912年)①,这是我们所见"武侠"一词的最早运用。此后,旅日学者梁启超、徐念慈等人先后在《中国之武士道》《余之小说观》等文中提到"武侠"一词,但真正标明为"武侠小说"者,却始自林纾在《小说大观》第三期(1915年12月)发表的短篇小说《傅眉史》。从此,"武侠"之名不胫而走,出现了一批以"武侠"命名的小说、杂志,如钱基博、恽铁樵编撰的《武侠丛谈》(1916年)、姜侠魂编撰的《武侠大观》(1918年)、唐熊撰的《武侠异闻录》(1918

---

① 关于押川春浪武侠作品及其在中国的传播和影响,可参看董立婕《游侠与武侠发生期内涵的比较研究》第四部分《武侠概念的内涵:从押川春浪到梁启超的<中国武士道>》,西南大学硕士学位论文,2016,第69-98页。

年)、许慕羲编撰的《古今武侠奇观》(1919 年)、平襟亚主编的《武侠世界》月刊、包天笑主编的《星期》周刊之《武侠专号》等，而"武侠小说"作为一种特殊的小说类型，也得到社会大众的普遍接受，沿用至今。

第一节　侠义公案小说向武侠小说嬗变的原因

一、清末民初的社会剧变

清末民初是中国社会激烈动荡的时期。一方面，民族危机日趋严重。如果说从嘉庆道光到光绪甲午战争前，中国朝野对于民族危机的感觉还相当迟钝，其心态尚比较从容，步伐亦不免过于缓慢，从文人士大夫到市井细民，尚有闲情逸致欣赏《施公案》《三侠五义》之类"为王先驱"的故事；那么甲午战争之后尤其是庚子之后，思想界、知识界国亡无日的感觉已极为强烈，救亡图存成为时代最强音。另一方面，资产阶级思想的传播，清王朝的覆灭、中华民国的建立，使原有的封建伦理道德如忠孝节义、三纲五常等遭到了猛烈冲击。另外，在清末的社会背景下，西方现代文化对于长期闭关锁国的中国的社会结构产生了剧烈震颤和变革，中国人的文化意识也发生了重大变化，新科学、新思想日益深入人心，迷信、愚昧成为批判的对象。

在这一社会背景下，形成了一股除旧布新的革新浪潮，各行各业都在发生着巨大变化，文学自然也不能例外。曾经形成席卷全国之势的清代侠义公案小说，由于其宣扬的忠孝节义、三纲五常等封建伦理道德以及非科学、反科学的因果报应、神鬼因素，已经大大落伍于当时社会，成为一些进步文人、学者重点批判的靶子。侠义公案小说已到了非变不可的时刻。

二、"小说界革命"的影响

以救亡图存、振兴中华为目的，文学界先后提出了"诗界革命""小说界革命"的主张，将文体的革新提升到了政治化的高度。早在同治十一年末（1873），蠡勺居士就已经发出"谁谓小说为小道哉"[①]的呼喊，可惜只是空谷足音，反响不大。光绪二十三年（1897），严复、夏曾佑在《国闻报》发表《本馆附印说部缘起》，提

---

① 蠡勺居士：《昕夕闲谈·小叙》，1875，申报馆单行本，序言第 1 页。按：同治十一年末（1873），蠡勺居士开始在《瀛寰琐记》连载翻译小说《昕夕闲谈》，1875 年由上海申报馆出版发行其单行本。

出"非有英雄之性，不能争存；非有男女之性，不能传种"①的观点，影响渐深。随后，梁启超在《译印政治小说序》中开始大力强调小说的教化功能和政治作用，说"六经不能教，当以小说教之；正史不能入，当以小说入之；语录不能论，当以小说论之；律例不能治，当以小说治之"②，小说的作用被梁氏无限夸大。而其在《论小说与群治之关系》一文中，更进一步强调说："欲新一国之民，不可不先新一国之小说。故欲新道德必新小说，欲新宗教必新小说，欲新政治必新小说，欲新风俗必新小说，欲新学艺必新小说，乃至欲新人心，欲新人格，必新小说。"因此，"今日欲改良群治，必自小说界革命始，欲新民，必自新小说始"③。显然，在梁氏看来，"小说界革命"乃一切社会变革的前提和基础。为了实现其通过"小说界革命"变革社会的政治主张，梁启超不仅亲自撰写了政治幻想小说《新中国未来记》，还创办了专门刊登新小说的杂志《新小说》。《新小说》还开辟了"小说丛话"专栏，振兴中华民族的"尚武精神"成为"小说丛话"的一个重要话题，如署名为"定一"者在评论古今名著时说：《水浒》以雄古笔，作状伟文，鼓吹武德，提振侠风，以为排外之起点。"④《水浒》一书为中国小说中铮铮者，遗武侠之模范；使社会受其余赐，实施耐庵之功也。"⑤尽管其观点尚有可商榷的地方，但其鼓吹中华民族之"尚武精神"，唤醒民众抗击外来侵略的目的性非常明确。

与《新小说》同样试图以"尚武精神"唤起民族自信心和排外情绪而有较大影响的还有创办于上海的《小说林》月报。如清光绪三十四年（1908年），署名"觉我"的徐念慈在《小说林》月报发表了《余之小说观》一文，希望能够借日本之武侠精神激发民众的"尚武"热情，其言曰："日本蕞尔三岛，其国民咸以武侠自命，英雄自期，故博文馆发行之押川春浪各书，若《海底军舰》则二十二版，若《武侠之日本》则十九版，若《新造军舰》《武侠舰队》（即本报所译之《新舞台》三）、

---

① 严复、夏曾佑：《〈国闻报〉附印说部缘起》，载阿英编《晚清文学丛钞·小说戏曲研究卷》，中华书局，1960，第2页。按，严复、夏曾佑1897年在天津《国闻报》发表长篇论文《本馆附印说部缘起》，阿英将其编入《晚清文学丛钞》，因其发表于《国闻报》，故称之为《〈国闻报〉附印说部缘起》。

② 梁启超：《译印政治小说序》，载阿英编《晚清文学丛钞·小说戏曲研究卷》，中华书局，1960，第13页。

③ 梁启超：《论小说与群治之关系》，载阿英编《晚清文学丛钞·小说戏曲研究卷》，中华书局，1960，第14、18页。

④ "定一"，本名于定一（1875—1932），字瑾怀，江苏武进人。引文转引自袁良骏《清末民初侠义小说向武侠小说的蜕变》，《海南师范学院学报》（社会科学版），2003年第1期，第17页。

⑤ 转引自袁良骏《清末民初侠义小说向武侠小说的蜕变》，《海南师范学院学报》（社会科学版），2003年第1期，第17页。

《新日本岛》等，一书之出，争先快睹，不匝年而重版十余次矣。"①

三、侦探小说的大量译入

清末民初，侦探小说大量译入，并形成一股侦探热潮。根据日本学者中村忠行的统计，"在约一千一百部的清末小说里，翻译侦探小说及具侦探小说因素的作品占了三分之一左右"②。阿英《晚清小说史》也说："先有一两种的试译，得到了读者，于是便风起云涌呼应起来，造就了后期的侦探翻译世界。与吴趼人合作的周桂笙（新庵），是这一类译作能手，而当时译家，与侦探小说不发生关系的，到后来简直可以说没有。如果说当时翻译小说有千种，翻译侦探要占五百部以上。"③外来侦探小说的流行，受到冲击最大的当然就是中国传统的公案小说。经过千余年演变发展的公案小说虽然在中国小说史上具有一定的地位和价值，但是作为一种通俗文学样式，在当时的背景下，其社会功能、认知功能、娱乐功能、审美功能等方面与西方侦探小说之间还存在着不小的差距。侠义公案小说作为一种特殊类型的公案小说，自然也会受到冲击。

四、侠义公案小说的自身缺点

无论是其思想性还是其艺术性，清代侠义公案小说自诞生之日起就有其天生的不足之处。思想上，清代侠义公案小说宣扬的忠孝节义、三纲五常等封建伦理道德以及善恶果报等宿命论思想，虽不能一概抹杀，甚或在某些方面还有其进步意义，但其思想局限也是显而易见的。就其艺术性而言，神鬼因素的大量介入，破案手法的单一，情节结构的雷同化，全知视角的叙事模式等都有其天生的艺术缺陷。侦探小说的大量译入，资产阶级思想的广泛传播，使侠义公案小说的这些思想、艺术上的缺陷暴露无遗。加上大量续作、拟作的粗制滥造，造成了人们的审美疲劳，也倒尽了人们的胃口。侠义公案小说已到了非求新、求变不可的关口。

第二节 嬗变期的代表作品及其主要表现

嬗变期的侠义公案小说其突出特点是侠义小说与公案小说的彻底分手，分别发

---

① 觉我：《余之小说观》，载阿英编《晚清文学丛钞·小说戏曲研究卷》，中华书局，1960，第45页。

② 参见中村忠行：《清末侦探小说史料（三）》，《清末小说研究》第4期（1980），日本清末小说研究会出版。转引自陈平原《中国小说叙事模式的转变》，上海人民出版社，1988，第46页。

③ 阿英：《晚清小说史》，东方出版社，1996，第217页。

展成为侦探小说和武侠小说。侦探小说由于种种原因，在中国始终没有发展成为一种真正成熟的小说类型。而在当时的特殊历史背景下，武侠被赋予了特殊内涵。其中的"武"，被解读为中华民族源远流长的"尚武精神"；其中的"侠"，则被解读为抗击外侮、救国救民的"侠义"精神。但嬗变期的小说作品还不可避免的带有侠义公案小说影响的痕迹。

一、从《李公案》到《九命奇冤》：侠义公案小说向侦探小说之嬗变

翻译侦探小说的流行，使侠义公案小说受到很大冲击。侠义公案小说基本上是第三视角叙事，采用顺叙形式，按照事件发生、发展的顺序，绘声绘色的描写案件发生的经过以及清官断案的过程。小说作者还不时的跳出来向读者发表评论，介绍情况，谁是好人，谁是罪犯，读者往往能一目了然。因而，虽然小说情节也有一定的曲折性，但总体上却缺乏悬念性。而西方侦探小说以悬念、推理贯穿全书，大大满足了读者的审美和娱乐需求。相形之下，中国侠义公案小说的艺术缺陷就暴露无遗，但经过漫长历史积淀而逐渐形成的中华民族特有的审美心理结构一时之间还难以发生质的改变，于是有人提出了改良传统小说的呼声。而在创作实践中较早进行尝试的当为《李公案》。

《李公案》全称为《李公案奇闻》，清光绪二十八年（1902 年）"文光书坊"刊行，共三十四回，约八万字。作者署名为"惜红居士"，生平事迹不详。《李公案》吸收了西方侦探小说的某些创作手法，如悬念、推理等，部分突破了传统公案小说的叙事模式，这主要表现在小说的前半部。在小说的前十八回，李公不是以清官的姿态而是以一个业余侦探的身份出现。在具体情节安排上，《李公案》打破了传统侠义公案小说的顺叙模式，同时还吸收了西方侦探小说时空交错的叙事手法和限知叙事模式，大大增强了小说的悬念性。小说从客船旅客无端被杀开始，将凶手及其杀人动机搁置起来，而让李公以一个业余侦探的身份介入此案，将悬念如剥笋般层层解开，直至案情大白，悬念才全部解开。原来小白鲩因与李公之父有仇，欲杀李公以泄愤却误杀他人。《李公案》这种叙事手法摆脱了传统侠义公案小说叙事结构的束缚，比较符合侦探推理文学的审美追求。因此，虽然其思想上缺乏创新，甚至更为守旧，整体艺术成就也不高，但其注意吸收西方侦探小说的某些叙事手法，在探索中西文学相互融合方面作出的努力却具有开拓之功，是不容抹杀的。

晚清著名小说家吴沃尧为了"塞崇拜外人者之口"①决心改良公案小说，以和西方侦探小说一决高低，其代表作为《九命奇冤》。在思想内容上，《九命奇冤》重

---

① 吴趼人:《中国侦探案弁言》，海风《吴趼人全集》（第 7 卷），北方文艺出版社，1998，第 72 页。

在抨击吏治，批判封建迷信思想。作者以冷嘲热讽的笔墨，揭露了凌贵兴一伙的愚昧、狂妄、利令智昏，和官吏的昏庸、贪婪，具有谴责小说的意味。

《九命奇冤》在叙事模式上打破了传统顺叙方式，采用倒叙手法，将全书最为悲惨的场面置于开头，并借鉴法国侦探小说作家鲍福《毒蛇圈》，用对话与相应的象声词将当时的场面写的惊心动魄、悬念迭生：

> "唅！伙计，到了地头了。你看大门紧闭，用甚么法子攻打？""呸，蠢材，这区区两扇木门，还攻打不开么？来，来，来！拿我的铁锤来！"砰訇，砰訇，"好响呀。""好了，好了，这响炮是林大哥到了。林大哥，这里两扇铁牢门，攻打不开呢。""嗯，俺老林横行江湖十多年，不信有攻不开的铁门。待俺看来，呸！这个算甚么，快拿牛油柴草来，兄弟们一齐放火。铁门烧热了，就软了。""放火呀！"劈劈啪啪，一阵火星乱迸。"柴火烧它不红，快拿些木炭来。"豁剌剌！豁剌剌！门楼倒下来了。"抢进去呀！""咦！难道人家说梁家石室，原来门也是石的。""林大哥，铁门是用火攻开了，这石门只恐怕火力难施，又有甚么妙法？""呸！众兄弟们有的是刀、锤、斧、凿，还不并力向前！少停凌大爷来了，倘使还没有攻开，拿甚么领赏？"①

开头神秘、紧张的场面描写，使读者充满了疑惑，这样，作者一开始就紧紧抓住了读者的注意力，迫使读者急于解事件真相，而迫不及待的读下去。另外，作者还打破了传统侠义公案小说那种全知全觉的叙事模式，采用限知叙事模式，使情节更加跌宕起伏，错落有致。作者还将传统侠义公案小说清官私访情节与限知叙事模式相结合，设置了"苏沛之"这一崭新的清官形象。清官微服私访，是侠义公案小说常用的叙事模式，但多为正面描写，读者清楚明白，只瞒过罪犯，甚至连罪犯都瞒不过，只好等着侠客历经艰难险阻去解救。"苏沛之"私访，不仅瞒过了罪犯，瞒过了受害人，瞒过了小说中的所有人物，甚至也瞒过了读者，从而使小说情节扑朔迷离，具有极强的艺术感染力。这不能不说是西方侦探小说与传统侠义公案小说相互融合的产物。

《九命奇冤》虽然与西方侦探小说还有不小的差距，但其在融合中西文学创作手法方面作出的探索和尝试，无疑对后起的中国侦探小说的创作提供了可资借鉴的经验，其影响是相当深远的。

---

① 佚名、吴趼人《侠义风月传·九命奇冤》，北方妇女儿童出版社，2001，第191页。

二、《热血痕》：高举反帝爱国之大旗

弘扬中华民族之"尚武"精神，高举爱国主义的大旗，探寻救国救民之出路，是嬗变期武侠小说的一个主要特点。冷血（陈景韩）写于1904年的政治幻想小说《侠客谈·刀余生传》①虽非典型的武侠小说，却是侠义公案小说向武侠小说过渡的重要作品。小说以荒诞的表现形式，抒发其浓郁的反帝爱国思想。小说主人公刀余生是一个杀人如麻的大盗和"刽子手"，却有着一套自己的救国理念，提出"我意欲救我民。救我国，欲立我国我民于万国万民之上"，就必须要"取优去劣"，把不合格者统统杀掉。为此，他提出了二十八种应杀之中国人，这显然不切实际，而具有政治寓言的意味，但作者却通过这么一种荒诞的理论，抒写自己的政治主张和救国理念，其爱国主义之激情和浓郁的"尚武"情结跃然纸上。

1907年出版的李亮丞的《热血痕》一书，共四十回，利用卧薪尝胆的历史故事，讲国仇家恨，宣扬抵御外侮、振兴中华民族的爱国思想，寓意深远。其正文前有一首《满江红》词，抒发山河破碎的悲愤和报国无门的悲壮胸怀，并试图激起中华民族之爱国情怀：

> 闲煞英雄，销不尽填胸块垒；徒惆怅，横流无楫，磨刀有水。侧注鹰瞵横太甚，沉酣狮睡呼难起。叹鲁阳，返日苦无戈，空切齿！
> 局中人，都如此，天下事，长已矣。且抽毫搵臆，撰成野史；热血淋漓三斛墨，穷愁折叠千层纸。愿吾曹，一读一悲歌，思国耻！②

《热血痕》第一回作者自述其创作动机道："受辱不报，身不能立，有身者耻；家不能立，有家者耻；国不能立，有国者耻。此《热血痕》一书所由作也。"③从思想内容上看，该书将吴、越相争故事武侠化，让陈音、卫情等男女侠客在帮助勾践复国中发挥重要作用，其精神境界较之一般侠义公案小说汲汲于功名富贵，心甘情愿为"大僚"之"隶卒"的侠客要高尚得多。更重要的是，该书借古讽今，其创作主旨是"要使不断受外人欺侮的中国，能以雪耻自立。"其爱国主义情怀，是其他侠义公案小说所不能比拟的。而且作者文笔洗练，情节跌宕起伏，艺术上亦有其独到之处，虽不能比肩《三侠五义》，却也是侠义公案小说中少有之艺术精品。

此外，以武侠抒发爱国主义之激情的尚有许多，影响较大的如叶小凤的《古戍

---

① 《刀余生传》，初载于1904年9月《新新小说》第一号"侠客谈"栏，后收入短篇小说集《侠客谈》。
② 李亮丞《热血痕》，团结出版社，2016，前言第2页。
③ 李亮丞《热血痕》，团结出版社，2016，第2页。

寒筲记》（1914年）、《蒙边鸣筑记》（1915年）等。

三、初具规模的侠情小说

清代之前的侠客，或视女人为玩物，如《燕丹子》中的荆轲，《冯燕传》中的冯燕；或绝情泯欲，如《水浒》中的诸多英雄。清代侠义小说开始注重在刀光剑影中插入风花雪月的儿女情事。《侠义风月传》《儿女英雄传》《绿牡丹》皆以侠骨柔情贯穿全篇，开侠情小说之先河，至于风靡一时的侠义公案小说也形成了美女英雄的叙事模式。不仅如此，小说作者还提出了"既美且才，美而又侠"[1]，"儿女无非天性，英雄不外人情"[2]，"有了英雄至性，才成就得儿女心肠；有了儿女真情，才做得出英雄事业"[3]的论点。嬗变期的侠义公案小说继承了这一传统，并有所发展，出现了一些较有特色的"侠情"小说。如《三童传》"以太平天国时期三个少男少女的感情纠葛为题材，构思了一个充满张力的爱情悲剧故事，恩仇交织、情义相煽，使人物在激烈、复杂的矛盾中通过行动展示自己的性格和内心世界，已经初具侠情小说规模"[4]。《古戍寒筲记》在历史故事中不时穿插入英雄美人的旖旎风流，古凝神的坐怀不乱，杨春华的一夜风流，五儿、涵碧对杨春华的痴情和缠绵，作者都处理的美轮美奂，摇曳多姿，极具艺术魅力。林纾《傅眉史》写出了战乱年代中的家庭离乱和儿女情长，角度颇为独特。此外，李定夷的《霣玉怨》（1914年）、赵苕狂《剑胆琴心录》（1908年）、邵振华《侠义佳人》（1909年）也是这一时期难得一见的侠情小说。

嬗变期的侠情小说注重铺叙侠情，艺术上亦有所突破，作品数量也明显增多，已经初具侠情小说之规模。此类小说上承《侠义风月传》《儿女英雄传》《绿牡丹》之余绪，下开王度庐悲情小说之先河，在武侠小说发展史上具有承前启后的重要作用。

四、《仙侠五花剑》：白话剑仙小说的滥觞

《仙侠五花剑》，三十回，署"海上剑痴著"。光绪二十七年（1901年）坊刊仿聚珍版。此书以南宋秦桧擅权为背景，叙述虬髯客、黄衫客、空空儿、聂隐娘、红线女、昆仑摩勒、精精儿、古押衙、公孙大娘、荆十三娘等十位剑仙不满于下界人心不古、侠盗不分，气愤于秦桧结党营私、作威作福、残害忠良，于是重历红尘，

① 佚名、吴趼人：《侠义风月传·九命奇冤》，北方妇女儿童出版社，2001，第188页。
② 文康：《儿女英雄传》，浙江古籍出版社，1997，第1页。
③ 文康：《儿女英雄传》，浙江古籍出版社，1997，第3页。
④ 范伯群：《中国近现代通俗文学史》（上卷），江苏教育出版社，1999，第466页。

收徒论道，惩恶扬善的故事。

从思想内容上看，该书还未脱离忠孝节义等封建伦理道德的束缚，寄希望于虚幻的仙侠来维护封建秩序，似乎与清代侠义公案小说有极深的渊源。但小说思想亦有其进步之处，主要表现在以下两个方面：其一，严格区分侠客与盗贼的不同。《仙侠五花剑》第一回说："世人偶然学得几路拳，舞得几路刀，便俨然自命为侠客起来，不是贻祸身家，便是行同盗贼，却把个侠字坏了，说来甚可慨然。""又因其时宋刻的书卷甚多，那书中也有胡说乱道讲着义侠的事儿，却是些不明事理的笔墨，竟把顶天立地的大侠弄得像是做贼做强盗一般，插身多事，打架寻仇，无所不为，无孽不作。倘使下愚的人看了，只怕渐渐要把一个侠字，与一个贼字、一个盗字并在一块，再也分不出来，实于世道人心大有关系。"①作者有意识的区分侠客与盗贼，较之《水浒》以及《施公案》《彭公案》等侠义公案小说是非界限的模糊，无疑是一种进步。其二，作者将批判的矛头直接指向擅权误国、残害忠良的秦桧奸党集团。该书故事开头说道："话说上界太虚山虬龙洞有位剑仙，即世传风尘三侠中的虬髯公，自从升真得道，在此山中修心炼性，不复干预尘世间事。逮至宋朝高宗南渡，奸相秦桧擅权，朝中大臣有大半皆其私党，作威作福，倚势害人，弄得天下不平的事日多。一日，虬髯公偶然静中思动，要想重下红尘，再做些行侠仗义之事，稍做奸邪。"（《仙侠五花剑》，第424页）联系到该书出版于"庚子国变"之后，作者此举似有深意在焉。书前狌鸥子序说："红羊劫急，白马盟新；强暴跳梁，桀黠构扇，弱肉争食，公道何存。言者颊鸣，闻之眦裂。痛中原之板荡，借箸谁筹；制南越之猖狂，请缨无路。人情汹汹，天意梦梦。兰成无取乐之方，屈子有《离骚》之作，则欲消磨岁月，开拓心胸，代梁父之吟，下东坡之酒，舍是编其奚属哉！"②可见，《仙侠五花剑》的确是作者目睹国难而报国无门的发愤之作。而其在具体描写中，侠客与秦桧奸党集团的斗争占了很大篇幅，也说明了这一点，其思想境界较一般的侠义公案小说要高明得多。

从艺术上看，小说情节生动，结构严谨，文字流畅，可读性较强。而且该书将"神仙任侠二传，合成儿女英雄，双管齐下，而又老妪都解。如吟香山之诗，疟鬼可驱，似读孔璋之檄者，古人未作，后世无闻焉"③。这在小说创作体例上是一种创

---

① 海上剑痴：《仙侠五花剑》，载侯忠义《中国古代珍稀本小说》（5），春风文艺出版社，1997，第423-424页。

② 狌鸥子：《仙侠五花剑序》，载侯忠义《中国古代珍稀本小说》（5），春风文艺出版社，1997，第417页。

③ 狌鸥子：《仙侠五花剑序》，载侯忠义《中国古代珍稀本小说》（5），春风文艺出版社，1997，第417页。

新。此后的《七剑十三侠》《蜀山剑侠传》在这方面似乎受到了《仙侠五花剑》的
启发。

另外，值得一提的是书中两位女侠白素云和薛飞霞所习之"落花风"和"扫
叶拳"的每一招都有一个富有诗意的名字，配以女侠轻盈婀娜的身姿，颇似一幅幅
美丽的人物风情画，极具感染力，如红线教白素云练习"落花风"："如何是蝴蝶穿
花，如何是蜜蜂抱蕊，如何是狂风拂柳，如何是急雨摧蕉；那一手是飞燕出林，那
一手是寒鸦绕树；低一伏是落花流水，高一窜是飞絮扑帘；荡一荡是风摆荷花，点
一点是露凝仙掌；猛一脚是春雷惊笋，重一拳是晴雪压枝；宽一路是斜月移花，紧
一步是残风扫叶。"[1]这哪里是在打拳，分明是在跳舞。薛飞霞所习之"扫叶拳"共
有"残枝坠地、落叶辞根、荇带逐波、柳丝垂雨、枯荷贴水、断梗泊崖、荆棘翻
阶、寒藤绕树、凝烟剪蔓、冒雨牵萝、踏月披榛、因风拨草、林间扑蝶、花底撩
蜂、伏地畚云、入山扫雾、擎拳摧朽、俯手拉枯一十八记门径"[2]。如此富有诗情画
意的名称，给人以无尽的艺术想象的空间。虽不如金庸之"夫妻刀法""玉女剑法"
更具艺术韵味，但在当时已属难得。

五、《剑绮缘》：涉外武侠之凯歌

嬗变期的武侠小说开始将关注的目光投向国外，出现了涉外题材的武侠小说，
其代表作为宣樊的《剑绮缘》（1910 年）。

小说主人公"余"远渡重洋，赴美国当华工，在美帮助好友周生经营矿业，使
其资产迅速膨胀，达百万美金。美国矿主葛兰脱为吞并周的矿产，施展阴谋诡计害
死了周生和为其仗义执言的律师，并绑架了"余"及周的家人。"余"临危不惧，
与葛兰脱斗智斗勇，成功逃离魔爪，并在美国警察的帮助下将葛兰脱绳之以法，又
帮助周的家人打赢官司，取回其财产。最后，"余"与周的家人一起返回祖国。

"余"虽没有高强的武功，却凭借其过人的胆识和智慧、充沛的体力、精湛的
枪法、自觉的法律意识，在美国正义人士的帮助下为自己和周生讨还了公道，洵可
谓涉外武侠之凯歌。该书思想上最具特色的是将中国传统侠义精神与资产阶级"自
由""平等""博爱"思想融为一体。"余"虽没有传统武功，却颇有古侠客之风，
鲁仲连"为人排忧解难，而无所取也"的高风亮节正是其人生信条，所以当周母
提出将周妹秀君嫁给他时，他婉言谢绝。同时，"余"又具有"自由、平等、博爱"

---

[1]　海上剑痴：《仙侠五花剑》，载侯忠义《中国古代珍稀本小说》（5），春风文艺出版社，1997，第
447 页。

[2]　海上剑痴：《仙侠五花剑》，载侯忠义《中国古代珍稀本小说》（5），春风文艺出版社，1997，第
550-551 页。

的新观念、新思想。正是这一点，使他获得了美国正义人士的帮助，赢得了斗争的最后胜利。

此外，这一时期较有影响的武侠小说尚有陈景韩（陈冷、冷血）《侠客谈》①，叶小凤《古戍寒笳记》（1914年）、《蒙边鸣筑记》（1915年），李定夷《實玉怨》（1914年）、《尘海英雄传》（1917年），罗韦士《刘戈》《戮蛇》《雪里红》《三童传》（1914年，载《礼拜六》周刊），是龙《黑儿》《烟扦子》（同上），剑秋《燕子》，指严《虎儿复仇记》（同上）、《鱼壳外传》（1915年，载《礼拜六》周刊），苏曼殊《焚剑记》（1915年），海沤《贾大姑》《芳姑》（1915年），冥飞《侠婢诛仇记》（1916年），莲侬《贪官有后》（1916年），冷风编《武侠丛谈》（1916年，收钱基博、王西神、许指严等14人所撰武侠笔记小说48篇），姜侠魂《天涯艺人传》（1917年）、《江湖廿四侠》（1918年），林纾《技击余闻》（1914年）、《傅眉史》（1915年，载《小说大观》）等。限于篇幅和才力，无法对这些作品一一进行详细论述，但它们在武侠小说发展史上，都有其不容忽视的作用和意义。

至20世纪20年代，武侠小说已蔚为大观，形成了众多不同风格、不同流派的作品和作者。向恺然之《江湖奇侠传》《近代侠义英雄传》，赵焕亭之《奇侠精忠传》正续集，顾明道之《荒江女侠》，姚民哀之《四海群龙记》，姜侠魂、杨尘因之《江湖廿四侠》，文公直之《碧血丹心》三部曲，陆士谔之《八大剑侠》《血滴子》等均是曾传颂一时的名篇佳构。这些武侠小说在继承传统的基础上推陈出新，并形成不同的风格和流派，完成了侠义公案小说向武侠小说的嬗变。

第三节　嬗变期武侠小说残留的旧痕迹及其坎坷命运

一、嬗变期武侠小说残留的旧痕迹

处于嬗变期的武侠小说在艰难的进行着蜕变和涅槃，无论是在思想上还是艺术上都取得了一些突破和进步，但仍然不可避免的残留着蜕变的旧痕迹，其主要表现如下：

1.封建伦理道德的残余

清代侠义公案小说竭力宣扬的忠孝节义、三纲五常等封建伦理道德在这一时

---

① 《侠客谈》：陈景韩短篇小说集，包括《刀余生传》《路毙》《刀余生传二》三个短篇武侠小说。它们在结集前先后初载于1904年9月、10月、12月《新新小说》第一、二、三号"侠客谈"栏。

期的武侠小说中仍有表现。如《殷小鹍》（花妈，1915 年），叙丐女殷小鹍复仇事，小说结局写丐女嫁予恩公陶君且"事姑至孝，待夫有礼"，显然受《儿女英雄传》影响颇深。《冰娥》（仪邪，1915 年）写县令张庚之妾陈冰娥，备受大妇摧残。后张庚以贪赃事败露，死于狱中。冰娥不仅不改嫁，反而为张庚抚养其私生子，充满了逆来顺受、从一而终等封建道德说教。其创作灵感或许受到了《聊斋志异·妾击贼》的影响，而其精神实质则与黄天霸逼死盟嫂，朱节妇以死守节并无区别，都是立足于封建的"节烈观"。《村妇报仇录》（陈郎明，1916 年）也是写"节妇"报仇的故事，其创作目的就是"以彰节烈云"。即使一些优秀的武侠小说，如《仙侠五花剑》《热血痕》等饱含爱国激情的佳作，也往往将"爱国"与"忠君"混为一谈。当然，封建伦理道德有其合理的成分，不可一概抹杀。但处于清末民初这样一个特殊的历史时期，再过度宣扬忠孝节义、三纲五常这一套，的确有些不合时宜。

2.神鬼因素的残留

嬗变期的武侠小说仍有侠义公案小说神鬼因素的残留痕迹，即使在一些优秀作品中也不例外，遑论剑仙小说和一些出于商业目的而粗制滥造的作品了。虽然这些神鬼因素或许有艺术上的考虑，我们不能一概斥之为封建迷信。但大量神鬼因素的存在，仍使作品减色不少。如《热血痕》女主角卫茜的"剑仙"化。当其走投无路，正欲撞柱寻死之际，被仙人广成子用"一阵神风……摄往崆峒山"。从此之后，她就在崆峒山苦修剑术，艺成后下山报家仇、雪国恨，轰轰烈烈、流芳百世。而且，不仅她的剑是神剑，术为剑术。就连她坐下的那头黑驴都是"神物"，可以"入火不烧，逢水不溺"。作者还将《老人化猿》的故事也移植到她身上，以增强其神异色彩。小说还有一些斩蟿龙、除蛇怪的情节，节外生枝，画蛇添足。斩蟿龙时，竟让村妇勾引蟿龙出水交配而后斩之更是荒天下之大唐，这些都暴露了作者的某些落后观念和低级趣味。《刺马记》也有一些迷信色彩，如黄英如鬼魂显灵，张汶祥关帝庙求预兆等。

3.气功的神化

气功本为中国古代养生学分支，有着极深的历史渊源。但在文学作品中，直至宋人洪迈《夷坚志》中的《八段锦》才正式出现有关气功的详细描写。此后，直至清代侠义小说，气功作为一种高深武功，始频繁出现，并出现了金钟罩、铁布衫等善避刀枪的硬气功。如《彭公案》中的邱成因病昏迷之际被仇人连砍数刀而毫发无伤，就因其有金钟罩护身，气功已被无限神化。但清代侠义公案小说渲染气功还不至于太出格，有硬气功护身者毕竟还有罩门，《施公案》中的毛如虎，《彭公案》中的庞天化都是因为其罩门被破而最终明正典刑。至义和团运动兴起，气功与道教巫术相结合，被吹嘘成无所不能的神功，不仅刀枪不入，甚至在枪林弹雨中亦可安然无恙。但这些所谓的高深气功，不过是人们的一种天真的向往而已，我们的血肉之躯再强硬，也无法与尖刀利刃相提并论，更遑论洋枪大炮了。义和团的勇士们就是在刀枪不入的口号中，悲壮的倒在洋人的枪弹之下。但面对强权外敌及其先进的武器，政府束手无策的尴尬，普通民众心中洋溢着一种强烈的民族情感，他们寄希望于侠客高深莫测的武功，希望他们无所不能。于是，直至1917年，许慕羲编撰的《古今武侠奇观》中的《甘凤池》中还有大侠甘凤池置身发射的炮口前而安然无恙的描写，明显是在宣扬义和团式刀枪不入的愚昧。

二、嬗变期武侠小说的坎坷命运

嬗变期武侠小说命运坎坷，一些比较优秀的武侠小说，如《侠客谈》《剑绮缘》《古戍寒笳记》《热血痕》等并没有受到人们应有的足够重视，更没有产生其应该产生的社会轰动效应，它们开辟的基本正确的武侠小说创作之路也受到了阻滞。直至今天，这些作品也没有引起人们应有的重视。究其原因，大概有这样一些：

其一，清末民初在文坛占统治地位的先是西方侦探小说，接着是"鸳鸯蝴蝶派小说"，言情小说、黑幕小说风起云涌，铺天盖地，几乎垄断了整个文坛。武侠小说只能在夹缝中艰难的求取生存与发展之路。

其二，一些文学上的保守派，如林纾等人，仇视文学革命，反对白话文运动。不仅坚持用文言文写作武侠小说，甚至用武侠小说如《荆法》《妖梦》等攻击"文学革命"。而当时一些革命者则希望通过武侠小说唤醒民众，如陈天华之《狮子吼》。因之，一些武侠小说被赋予了过多的政治色彩，而其艺术性，被有意无意地忽略了。

其三，职业武侠小说作者出现，他们出于商业目的，只求数量，很难兼顾质量。导致武侠小说粗制滥造的倾向越来越严重，为了赚钱，不惜胡编乱造，互相模仿和摘抄，走向了与清代侠义公案小说相似的道路。因此，这一时期武侠小说的创作是江河挟泥沙俱下，鱼龙混杂，良莠不齐，大大影响了人们对这一时期武侠小说的印象和判断。

参考文献

一、古代典籍

（一）小说类

1.汉魏六朝笔记小说大观［M］.上海：上海古籍出版社，1999.

2.刘向.说苑［M］.向宗鲁，校.北京：中华书局，1987.

3.干宝.搜神记［M］.汪绍楹，校注.北京：中华书局，1979.

4.刘义庆.幽明录［M］.郑晚晴，辑注.北京：文化艺术出版社，1988.

5.余嘉锡，笺疏.世说新语笺疏［M］.北京：中华书局，1979.

6.鲁迅.古小说钩沉［M］.济南：齐鲁书社，1997.

7.李时人.全唐五代小说［M］.何满子，审定.西安：陕西人民出版社，1998.

8.李昉，等.太平广记［M］.北京：中华书局，1961.

9.罗烨.醉翁谈录［M］.上海：古典文学知识出版社，1937.

10.洪迈.容斋随笔［M］.上海：上海古籍出版社，1978.

11.洪迈.夷坚志［M］.北京：中华书局，1981.

12.王铚.默记［M］.北京：中华书局，1981.

13.程毅中.宋元小说家话本集［M］.济南：齐鲁书社，2001.

14.齐东野人.隋炀帝艳史［M］.上海：上海古籍出版社，1994.

15.袁于令.隋史遗文［M］.上海：上海古籍出版社，1994.

16.施耐庵.水浒全传［M］.郑振铎，王利器，吴晓铃，校点.北京：人民文学出版社，1954.

17.熊大木.大宋中兴通俗演义［M］.上海：上海古籍出版社，1994.

18.冯梦龙.警世通言［M］.杭州：浙江古籍出版社，1997.

19.冯梦龙.醒世恒言［M］.杭州：浙江古籍出版社，1997.

20.冯梦龙.喻世明言［M］.杭州：浙江古籍出版社，1997.

21.凌濛初.初刻拍案惊奇［M］.杭州：浙江古籍出版社，1997.

22.凌濛初.二刻拍案惊奇［M］.杭州：浙江古籍出版社，1997.

23.陆人龙.型士言［M］.//《古本小说集成》编委会.《古本小说集成》影印本.上海：上海古籍出版社，1994.

24.天然痴叟.石点头［M］.//《古本小说集成》编委会.《古本小说集成》影印叶敬池刊本.上海：上海古籍出版社，1994.

25.东鲁古狂生.醉醒石［M］.//《古本小说集成》编委会.《古本小说集成》影印本.上海：上海古籍出版社，1994.

26.瞿佑作.剪灯新话［M］.//《古本小说集成》编委会.《古本小说集成》影印嘉靖刊本.上海：上海古籍出版社，1994.

27.李桢作.剪灯余话［M］.//《古本小说集成》编委会.《古本小说集成》影印张光启刊本.上海：上海古籍出版社，1994.

28.冯梦龙.东周列国志［M］.蔡元放，评.长沙：岳麓书社，1990.

29.方汝浩.禅真逸史［M］.济南：齐鲁书社，1998.

30.熊大木.杨家将演义［M］.上海：上海古籍出版社，2000.

31.李春芳.海刚峰先生居官公案传［M］.//《古本小说集成》编委会.《古本小说集成》影印明万历刊本，上海：上海古籍出版社，1990.

32.陈玉秀.古今律条公案［M］.//《古本小说集成》编委会.《古本小说集成》影印明书林刊本，上海：上海古籍出版社，1990.

33.丘兆麟.详情公案［M］.//《古本小说集成》编委会.《古本小说集成》影印明存仁堂本，上海：上海古籍出版社，1990.

34.佚名.详刑公案［M］.//《古本小说集成》编委会.《古本小说集成》影印明潭邑明德堂刊本，上海：上海古籍出版社，1990.

35.葛天民，等.明镜公案［M］.//《古本小说集成》编委会.《古本小说集成》影印明三槐堂刊本，上海：上海古籍出版社，1990.

36.余象斗.廉明奇判公案［M］.//《古本小说集成》编委会.《古本小说集成》影印余氏双峰堂刊本，上海：上海古籍出版社，1990.

37.余象斗.皇明诸司公案［M］.//《古本小说集成》编委会.《古本小说集成》影印三台馆余氏刊本，上海：上海古籍出版社，1990.

38.佚名.郭青螺六省听讼新民公案［M］.//《古本小说集成》编委会.《古本小说集成》影印明手抄本，上海：上海古籍出版社，1990.

39.佚名.海公小红袍全传［M］.//《古本小说集成》编委会.《古本小说集成》影印明文德堂刊本，上海：上海古籍出版社，1990.

40.安遇时.包龙图判百家公案［M］.杭州：浙江古籍出版社，1996.

41.李永祜，等校点.龙图公案［M］.北京：群众出版社，1997.

42.王世贞.剑侠传［M］.台北：台北金枫出版公司，1986.

43.褚人获.隋唐演义［M］.广州：广东人民出版社，1981.

44.鸳湖渔叟.说唐全传［M］.上海：上海古籍出版社，2000.

45.鸳湖渔叟.说唐演义后传［M］.上海：上海古籍出版社，1996.

46.陈忱.水浒后传［M］.上海：上海古籍出版社，1994.

47.佚名.后水浒传［M］.沈阳：春风文艺出版社，1985.

48.俞万春.结水浒传［M］.长沙：岳麓书社，2003.

49.蒲松龄.聊斋志异［M］.但明伦，评.济南：齐鲁书社，1994.

50.纪昀.阅微草堂笔记［M］.上海：上海古籍出版社，1981.

51.吴敬梓.儒林外史［M］.上海：上海古籍出版社，2000.

52.钱彩，金丰.说岳全传［M］.合肥：安徽文艺出版社，2004.

53.李百川.绿野仙踪［M］.杭州：浙江古籍出版社，1997.

54.佚名.五鼠闹东京传［M］.//《古本小说集成》编委会.《古本小说集成》影印本，上海：上海古籍出版社，1993.

55.佚名.绿牡丹［M］.上海：上海古籍出版社，1996.

56.文康.儿女英雄传［M］.杭州：浙江古籍出版社，1997.

57.石玉昆，述.七侠五义［M］.俞樾，重编.上海：宝文堂书店，1980.

58.石玉昆，述.三侠五义［M］.俞樾，重编.北京：中华书局，1996.

59.佚名.小五义［M］.上海：宝文堂书店，1980.

60.佚名.续小五义［M］.沈阳：春风文艺出版社，1998.

61.佚名.施公案（402回本）［M］.上海：宝文堂书店，1982.

62.佚名.施公案（434回本）［M］.北京：大众文艺出版社，2000.

63.佚名.施公案（188回本）［M］.上海：上海古籍出版社，1993.

64.贪梦道人.彭公案［M］.上海：宝文堂书店，1980.

65.贪梦道人.彭公案（225回本）［M］.北京：大众文艺出版社，2000.

66.贪梦道人.彭公案（100回本）［M］.上海：上海古籍出版社，1993.

67.贪梦道人.彭公案（341回本）［M］.北京：华夏出版社，1998.

68.郭广瑞，贪梦道人.永庆升平全传［M］.上海：上海古籍出版社，1995.

69.佚名.乾隆巡幸江南记［M］.上海：上海古籍出版社，1997.

70.唐芸洲.七剑十三侠［M］.济南：齐鲁书社，1993.

71.吴璿.飞龙全传［M］.济南：齐鲁书社，1995.

72.佚名.包公案·李公案·林公案［M］.北京：大众文艺出版社，2000.

73. 佚名. 刘公案·海公小红袍 [M]. 北京：大众文艺出版社，2000.

74. 佚名. 狄公案·蓝公案·海公案 [M]. 北京：大众文艺出版社，2000.

75. 佚名. 荆公案·于公案·夺魄惊魂 [M]. 北京：大众文艺出版社，2000.

76. 惜红居士. 李公案奇闻 [M]. 北京：北京师范大学出版社，1993.

77. 佚名. 银瓶梅·争春园·世无匹 [M]. 古吴娥川主人，编次. 北京：华夏出版社，1998.

78. 陈朗. 雪月梅 [M]. 北京：华夏出版社，1995.

79. 佚名. 大八义 [M]. 北京：中国文史出版社，2006.

80. 傅璇琮. 中国古代小说珍秘本文库 [M]. 西安：三秦出版社，1998.

81. 易军，选注. 清代笔记小说类编：武侠卷 [M]. 合肥：黄山书社，1998.

82. 齐裕焜主. 珍本禁毁小说大观 [M]. 郑州：中州古籍出版社，1992.

83. 黄霖，韩同文. 中国历代小说论著选：上. 南京：江西人民出版社，1982.

（二）史学著作

84. 杨伯峻. 春秋左传注 [M]. 北京：中华书局，1981.

85. 刘向. 战国策 [M]. 高诱，注. 上海：上海古籍出版社，1978.

86. 吕不韦. 吕氏春秋 [M]. 高诱，注. 上海：上海书店，1986.

87. 司马迁. 史记 [M]. 裴骃，集解. 司马贞，索引. 张守节，正义. 北京：中华书局，1975.

88. 班固. 汉书 [M]. 颜师古，注. 北京：中华书局，1975.

89. 范晔，司马彪. 后汉书 [M]. 北京：中华书局，1975.

90. 刘邵. 人物志 [M]. 清重刻本.

91. 陈寿. 三国志 [M]. 裴松之，注. 北京：中华书局，1975.

92. 房玄龄，等. 晋书 [M]. 北京：中华书局，1975.

93. 沈约. 宋书 [M]. 北京：中华书局，1975.

94. 魏收. 魏书 [M]. 北京：中华书局，1975.

95. 李百药. 北齐书 [M]. 北京：中华书局，1975.

96. 萧子显. 南齐书 [M]. 北京：中华书局，1975.

97. 李延寿. 北史 [M]. 北京：中华书局，1975.

98. 李延寿. 南史 [M]. 北京：中华书局，1975.

99. 刘昫，等. 旧唐书 [M]. 北京：中华书局，1975.

100. 欧阳修，宋祁. 新唐书 [M]. 北京：中华书局，1975.

101. 薛居正，等. 旧五代史 [M]. 北京：中华书局，1975.

102.欧阳修.新五代史［M］.北京：中华书局，1975.

103.脱脱，等.金史［M］.北京：中华书局，1975.

104.脱脱，等.宋史［M］.北京：中华书局，1975.

105.宋濂，等.元史［M］.北京：中华书局，1975.

106.张廷玉，等.明史［M］.北京：中华书局，1975.

107.赵晔.吴越春秋［M］.《四部丛刊》影印明弘治刻本

108.刘知几.史通通释［M］.上海：上海书店影印本，1988.

（三）其他典籍

109.袁柯.山海经校注［M］.上海：上海古籍出版社，1980.

110.高亨.周易古经今注［M］.北京：中华书局，1984.

111.高亨.周易大传今注［M］.济南：齐鲁书社，1979.

112.朱熹.诗经集传［M］.北京：中华书局，1962.

113.吴毓江.墨子校注［M］.北京：中华书局，1993.

114.朱谦之.老子校释［M］.北京：中华书局，1984.

115.程树德.论语集解［M］.北京：中华书局，1990.

116.郭庆藩.庄子集释［M］.北京：中华书局，1961.

117.焦循正.孟子正义［M］.北京：中华书局，1987.

118.韩非.陈奇猷，集释.韩非子集释［M］.上海：上海人民出版社，1974.

119.屈原，等.朱熹，集注.楚辞集注［M］.上海：上海古籍出版社，1979.

120.屈原，等.王逸，章句.洪兴祖，补注.楚辞补注［M］.上海：上海古籍出版社，1983.

121.刘安.高诱，注.淮南子［M］.上海：上海书店，1986.

122.逯钦立.先秦汉魏晋南北朝诗［M］.北京：中华书局，1983.

123.应劭.吴树平，校释.风俗通义校释［M］.天津：天津人民出版社，1980.

124.苏轼.孔凡礼，点校.苏轼文集［M］.北京：中华书局，1982.

125.梨靖德，编.王星贤，点校，朱子语类［M］.北京：中华书局，1986.

126.郭茂倩.乐府诗集［M］.北京：中华书局，1979.

127.罗大经.王瑞来，点校.鹤林玉录［M］.北京：中华书局，1983.

128.纪昀，等.四库全书总目提要［M］.北京：中华书局，1965.

129.金圣叹.金圣叹全集（一、二）［M］.北京：光明日报出版社，1997.

130.吴跰人.吴跰人全集［M］.海风，主编.哈尔滨：北方文艺出版社，1998.

131.张君房.云芨七签［M］.北京：中华书局，2003.

132.陈抟.袁忠彻,订正.神相全编［M］.贵阳：贵州人民出版社，1983.

133.王朴，宋齐邱.太清神鉴·玉管照神局［M］.昆明：云南美术出版社，1993.

134.佚名.月波洞中记［M］.台北：台湾商务出版社，1983.

135.张行简.人伦大统赋［M］.北京：中华书局，1985.

136.管仲，等.管子［M］.台北：台湾商务印书馆影印《四库全书》本，1986.

137.和凝父子.疑狱集：四卷［M］.台北：台湾商务印书馆影印《四库全书》本，1986.

138.郑克.折狱龟鉴：八卷［M］.台北：台湾商务印书馆影印《四库全书》本，1986.

139.桂万荣.棠阴比事：一卷［M］.台北：台湾商务印书馆影印《四库全书》本，1986.

二、近现代著作

（一）文学史、小说史

1.鲁迅.中国小说史略［M］.北京：人民文学出版社，1991.

2.鲁迅.中国小说的历史的变迁［M］.鲁迅全集：第九卷.北京：人民文学出版社，1981.

3.刘大杰.中国文学发展史［M］.上海：复旦大学出版社，2006.

4.郑振铎.插图本中国文学史［M］.北京：作家出版社，1957.

5.胡适.白话文学史（插图珍藏本）［M］.北京：商务印书馆，2006.

6.郑振铎.中国俗文学史［M］.北京：商务印书馆，2005.

7.游国恩，王起，萧涤非，等.中国文学史［M］.北京：人民文学出版社，1979.

8.袁行霈.中国文学史［M］.北京：高等教育出版社，1999.

9.陈平原，陈国球.文学史［M］.北京：北京大学出版社，1995.

10.范伯群.中国近现代通俗文学史［M］.南京：江苏教育出版社，1999.

11.郭箴一.中国小说史［M］.台北：台湾商务印书馆，1986.

12.齐裕焜.中国古代小说演变史［M］.兰州：敦煌出版社，1990.

13.黄岩柏.中国公案小说史［M］.沈阳：辽宁大学出版社，1991.

14.孟梨野.中国公案小说艺术发展史［M］.北京：警官教育出版社，1996.

15.曹亦冰.侠义公案小说史［M］.杭州：浙江古籍出版社，1998.

16.黄岩柏.公案小说史话［M］.沈阳：辽宁教育出版社，1993.

17.刘荫柏.中国武侠小说史［M］.石家庄：花山文艺出版社，1992.

18.王海林.中国武侠小说史略［M］.太原：北岳文艺出版社，1988.

19.阿英.晚清小说史［M］.上海：上海文艺联合出版社，1954.

20.胡士莹.话本小说概论［M］.北京：中华书局，1980.

21.陈汝衡.说书史话［M］.北京：人民文学出版社，1987.

（二）史学、专著类

22.张国风.公案小说漫话［M］.杭州：江苏古籍出版社，1992.

23.郭沫若.中国史稿［M］.北京：人民出版社，1979.

24.李肇.唐国史补［M］.上海：上海古籍出版社，1979.

25.米特罗尔，西德尔.欧洲家庭史［M］.赵世玲，等译.北京：华夏出版社，1987.

26.钱静方.小说丛考［M］.北京：商务印书馆，1924.

27.蒋瑞藻.小说考证［M］.北京：商务印书馆，1935.

28.赵景深.中国小说丛考［M］.济南：齐鲁书社，1980.

29.瞿同祖.中国法律与中国社会［M］.北京：中华书局，1981.

30.张晋藩.清代民法综论［M］.北京：中国政法大学出版社，1998.

31.李汉秋，朱万曙.包公系列小说［M］.沈阳：辽宁教育出版社，1993.

32.萧宿荣.施公案和彭公案［M］.沈阳：辽宁教育出版社，1993.

33.董国炎.明代小说思潮［M］.哈尔滨：北方文艺出版社，1992.

34.董国炎.明清小说思潮［M］.太原：山西人民出版社，2004.

35.黄强.李渔研究［M］.杭州：浙江古籍出版社，1996.

36.侯忠义.三侠五义系列小说［M］.沈阳：辽宁教育出版社，1993.

37.刘若愚.中国的侠［M］.周清霖，唐发饶，译.上海：上海三联书店，1991.

38.田毓英.西班牙骑士与中国侠［M］.台北：台湾商务印书馆，1983.

39.崔奉源.中国古典短篇侠义小说研究［M］.台北：台湾联经出版社，1987.

40.阿英.小说闲谈［M］.上海：上海古籍出版社，1983.

41.朱万曙.包公故事源流考述［M］.合肥：安徽文艺出版社，1995.

42.陈平原.陈平原小说史论集［M］.石家庄：河北人民出版社，1997.

43.胡适.胡适论中国古典小说［M］.武汉：长江文艺出版社，1987.

44.蒋瑞藻.小说考证［M］.上海：上海古籍出版社，1984.

45.吴慧颖.中国数文化［M］.长沙：岳麓书社，1996.

46.叶舒宪.中国古代神秘数字［M］.北京：社会科学文献出版社，1998.

47.李土生.中国传统文化散论［M］.北京：中国社会科学出版社，2005.

48.闵东宽.中国古典小说在韩国之传播［M］.上海：学林出版社，1998.

49.宋莉华.明清时期的小说传播［M］.北京：中国社会科学出版社，2004.

50.庞朴.浅说一分为三［M］.北京：新华出版社，2004.

51.刘燕萍.怪诞与讽刺：明清通俗小说诠释［M］.上海：学林出版社，2003.

52.胡适.胡适文集［M］.北京：人民文学出版社，1998.

53.淡江大学中文系.侠与中国文化［M］.台北：台北学生书局，1993.

54.叶洪生.论剑——武侠小说谈艺录［M］.上海：学林出版社，1997.

55.汪晓原.性张力下的中国人［M］.上海：上海人民出版社，1995.

56.于晓骊，刘靖渊.解语花——传统男性文学中的女性形象［M］.石家庄：河北人民出版社，2001.

57.南炳文.佛道秘密宗教与明代社会［M］.天津：天津古籍出版社，2001.

58.程蔷，董乃斌.唐帝国的精神文明——民俗与文学［M］.北京：中国社会科学出版社，1996.

59.王同舟，陈文新.水浒传：豪侠人生［M］.武汉：武汉大学出版社，2002.

60.沈之奇.大清律辑注［M］.怀效锋，李俊，点校.北京：法律出版社，2000.

61.梁治平.寻求自然秩序中的和谐［M］.北京：中国政法大学出版社，1997.

62.范忠信，郑定，詹学农.情理法与中国人——中国传统法律文化探微［M］.北京：中国人民大学出版社，1992.

63.王亚新，梁治平.明清时期的民事审判与民间契约［M］.北京：法律出版社，1998.

64.薛允升.唐明律合编［M］.怀效锋，李俊，点校.北京：法律出版社，1999.

65.费成康.中国的家法族规［M］.上海：上海社会科学院出版社，1998.

66.梁启超.饮冰室合集［M］.北京：中华书局，1989.

（三）工具书

67.程毅中.古小说简目［M］.北京：中华书局，1981.

68.傅惜华.子弟书总目［M］.上海：上海文艺出版社，1954.

69.孔令境.中国小说史料［M］.上海：上海古籍出版社，1982.

70.孙楷第.中国通俗小说书目［M］.台北：台北广雅出版社，1983.

71.福建师范学院中文系文学教研室.中国古典文学评论资料索引［M］.福州：福建人民教育出版社，1961.

72.北京师范大学资料室，中国社会科学院图书资料室.中国古典文学研究资料索引：第一辑［M］.北京：中华书局，1979.

73.北京师范大学资料室，中国社会科学院图书资料室.中国古典文学研究资料索引：第二辑［M］.北京：中华书局，1982.

74.王俊年.中国近代文学论文集（1919—1949）：小说卷［M］.北京：中国社会科学出版社，1988.

75.陈平原，夏晓虹.20世纪中国小说理论资料：第1卷［M］.北京：北京大学出版社，1997.

76.芮和师，等.鸳鸯蝴蝶派文学资料［M］.福州：福建人民出版社，1984.

77.魏绍昌.鸳鸯蝴蝶派研究资料［M］.香港三联书店，1980.

78."教育部"重编国语辞典编辑委员会."教育部"重编国语辞典［M］.台北：台湾商务印书馆，1981.

79.中文百科大辞典［M］.台北：百科文化事业股份有限公司，1984.

80.胡文彬.中国武侠小说辞典［M］.石家庄：花山文艺出版社，1992.

三、论文及论文性的析出文献

1.胡适.《狸猫换太子》故事的演变［J］.现代评论.1925，1（14-15）.

2.胡适.《三侠五义》序［M］.//胡适文存（第3集）：卷6.上海：亚东图书馆，1930.

3.胡适.五十年来中国之文学［M］.//胡适古典文学研究论集.上海：上海古籍出版社，1980.

4.李玄伯.与胡适之先生论《三侠五义》书［J］.猛进，1925（9）.

5.孙楷第.谈谈《包公案》［J］.国语旬刊，1929，1（8）.

6.赵景深.包公传说［J］.青年界.1933，3（5）.

7.李家瑞，从石玉昆的《龙图公案》到《三侠五义》［J］.文学季刊，1934（2）.

8.刘永济.论古代任侠之风［J］.思想与时代，1942（12）.

9.孙楷第.钓金龟故事溯源［J］.图书馆季刊，1942，5（2）.

10.阿英.关于石玉昆［M］.//小说二谈.北京：中华书局，1959.

11.赵景深.《施公案》考证［M］.//小说戏曲新考.上海：上海世界书局，1939.

12.赵景深.关于石玉昆［M］.//银字集.上海：永祥印书馆，1946.

13.王虹.《龙图公案》与《三侠五义》［J］.文苑，1940（5）.

14.赵景深.百回本《包公案》［M］.//中国小说丛考.济南：齐鲁书社，1980.

15.卫聚贤.《包公案》及其考证［J］.说文月刊，1945，5（3-4）.

16. 吴晓铃. 说《三侠五义》［J］. 大晓报·每周文学, 1946（19）.

17. 杜颖陶. 施世纶与唐三藏［N］. 华北日报·俗文学, 1948（60）.

18. 顾随. 看《小五义》［N］. 华北日报·文学副刊, 1948.

19. 杜颖陶. 以黄天霸为中心推测近代武侠小说的背景［N］. 华北日报·俗文学, 1948.

20. 卫聚贤. 《彭公案》考［J］. 东方杂志, 1948, 44（7）.

21. 刘保绵. 关于龙图公案［J］.//李啸仓. 宋元伎艺杂考. 上杂出版社, 1953.

22. 赵景深. 《三侠五义》前言［M］.//石玉崑. 三侠五义, 上海：上海文化出版社, 1956.

23. 熊起渭. 《三侠五义》的思想和艺术［N］. 光明日报, 1956-06-03.

24. 侯岱麟. 评新本《三侠五义》［N］. 光明日报, 1956-09-30.

25. 侯岱麟. 略谈《三侠五义》［J］. 读书月报, 1956（6）.

26. 赵景深. 《三侠五义》再版题记［M］. 石玉崑. 三侠五义. 上海：上海文化出版社, 1957.

27. 吴小如. 读《三侠五义》札记［J］. 文艺学习, 1957（4）.

28. 傅璇琮. 《施公案》是怎样一部小说［J］. 读书月报, 1957（4）.

29. 李少春. 我为什么不演《连环套》［J］. 大众戏曲, 1959（3）.

30. 赵侃. 石玉昆及其《三侠五义》［J］. 河北文学, 1961（4）.

31. 吴英华, 吴绍英. 有关《三侠五义》作者的一首可贵的诗［N］. 天津日报, 1961-8-29.

32. 邵曾琪. 《施公案》和施公戏［J］. 上海戏剧, 1962（3）.

33. 孟超. 杨小楼演《黄天霸》［N］. 光明日报, 1962-05-21.

34. 卫星. 试谈京剧《连环套》［J］. 上海戏剧, 1962（6）.

35. 刘方萱. 谈京剧《连环套》［J］. 上海戏剧, 1962（7）.

36. 朱家渲. 漫谈"八大拿"一类的戏［J］. 上海戏剧, 1962（9）.

37. 刘方萱. 如何评价"施公戏", 与邵曾琪同志商榷［J］. 上海戏剧, 1962（10）.

38. 刘世德, 邓绍基. 清代公案小说的思想倾向——以《施公案》《彭公案》《三侠五义》为例, 兼论"清官"和"侠义"的实质［J］. 文学评论, 1964（2）.

39. 星宇. 论"清官"［N］. 人民日报, 1964-05-29.

40. 王思治. 试论封建社会的"清官""好官"［N］. 光明日报, 1964-06-03.

41. 吴晗. 试论封建社会的"清官""好官"读后［N］. 光明日报, 1964-06-03.

42.王思治.关于"清官""好官"讨论中的若干问题［N］.光明日报，1964-06-03.

43.张晋藩，邱远猷.封建国家的官只能是地主阶级专政的工具［J］.政法研究，1966（1）.

44.关于封建"清官"的本质和作用问题座谈纪要［J］.政法研究，1966（1）.

45.汤志浩.对历史上的"包公"艺术形象和包拯应该"一分为二"［N］.光明日报，1966-03-20.

46.陈杰罗姆.反叛时期的叛逆者：彭公案小说中的秘密社团［J］.亚洲研究杂志，1970（39）.

47.庄司格一.正义的呼唤——"公案侠义"的世界［M］.//内田道夫.中国小说的世界，李庆，译.上海：上海古籍出版社，1992.

48.庄司格一.关于《龙图公案》［G］.//池田末利.鸟居久靖先生花甲纪念论集：中国的语言和文化.奈良：鸟居久靖教授华甲纪念会，1972.

49.马幼垣.《龙图公案》的主题和性格化［J］.通报，1973（59）.

50.沃尔夫冈·鲍尔.《龙图公案》的传说［J］.东方，1974（23，24）.

51.李福清.说唱艺人石玉昆和他的清官及侠义故事［C］.//中国曲艺家协会研究部编辑.曲艺艺术论丛.北京：中国曲艺出版社出版，1982.

52.马幼垣.中国通俗文学中的包公传说［D］.美国耶鲁大学博士论文，1971.

53.郭汉城，等.黄天霸戏产生的时代原因及其思想倾向［J］.文艺研究，1980（5）.

54.胡士莹.明清说公案［M］.//话本小说概论.北京：中华书局，1980.

55.谭正璧.论《小五义》［J］.上海师范学院学报，1981（2）.

56.张世俊，等.评《三侠五义》［J］.青海社会科学，1981（3）.

57.华夫.评《三侠五义》［J］.实践，1981（5）.

58.侯健.武侠小说论［M］.//中国小说比较研究.台北：东大图书公司，1983.

59.钱穆.释侠［M］.//中国学术思想史论丛：二.台北：东大图书公司，1980.

60.张远芬.漫谈《小五义》及其续书［M］.//郑云波，吴汝煜.中国古代通俗小说阅读提示.南京：江苏人民出版社，1983.

61.谢振东，等.试论《施公案》［M］//《施公案》附录.上海：宝文堂书店，1982.

62.邓绍基.从《三侠五义》谈侠义人物［J］.学习与研究，1982（8）.

63.曲家源.论《三侠五义》的思想倾向及其广泛流传的原因［J］.四平师范学院学报，1983（3）.

64.周先慎.《三侠五义》评析［J］.文学遗产，1983（3）.

65.沈香阁.《彭公案》的作者与内容考［J］.春秋，1984（636）.

66.石昌渝.《三侠五义》是一部思想平庸的书［J］.文史知识，1986（1）.

67.孟犁野.公案与侠义合流的产物——《施公案》［J］.中国人民警官大学学报，1986（2）.

68.赵正群.《三侠五义》和侠义与公案小说［C］.//春风文艺出版社编.明清小说论丛：第四辑，沈阳：春风文艺出版社，1986.

69.张赣生.中国武侠小说的形成与流变［J］.河北大学学报，1987（4）.

70.于盛庭.石玉昆及其著述成书［J］.明清小说研究，1988（2）.

71.孟犁野.惊险性传奇性现实性：《三侠五义》的美学特色［J］.中国人民警官大学学报，1988（4）.

72.孟越才.《小五义》等清侠义小说为何能赢得读者［J］.明清小说研究，1989（3）.

73.孟繁仁.试论《世无匹》的侠义描写［C］.//春风文艺出版社编.明清小说论丛：第三辑.沈阳：春风文艺出版社，1985.

74.石昌渝.清平山堂话本·前言［M］.//洪楩，编辑.中国话本大系：清平山堂话本.石昌渝，校点.杭州：江苏古籍出版社，1990.

75.齐裕焜.公案侠义小说简论［J］.明清小说研究，1991（1）.

76.荆学义.晚清武侠公案小说与农耕文化［J］.内蒙古师范大学学报，1991（1）.

77.卜安淳.清官与清官意识［J］.古典文学知识，1992（3）.

78.陈廷榔.佛道文化与唐代武侠小说［J］.上饶师专学报，1994，14（2）.

79.王俊年.侠义公案小说的演化及其在晚清繁盛的原因［J］.文学评论，1992（4）.

80.路云亭.忠侠、花侠、匪侠——清代武侠小说人物堕落性类别［J］.古典文学知识，1992（5）.

81.萧相恺.《施公案》小说与施公戏［M］.//萧相恺.珍本禁毁小说大观，郑州：中州古籍出版社，1992.

82.阿部泰记.鼓词《龙图公案》是石玉昆原本的改作［J］.文献，1995（1）.

83.程毅中.《清稗类钞》中的公案小说［J］.书品，1993（1）.

84.寒操.《施公案》的刊行年代［J］.古典文学知识，1993（1）.

85.孟犁野.《李公案》简说［J］.明清小说研究，1993（3）.

86.薛利华，陆渭民.窦尔墩其人［J］.黑龙江史志，1994（3）.

87.王尔敏.清代公案小说之撰著风格［J］.中国文哲研究集刊，1994（4）.

88.杨子坚.“施仕伦”与“施世纶”［J］.明清小说研究，1994（4）.

89.龙英台.活的文化死的理解［N］.南方周末，1999-4-9.

90.路云亭.论清代武侠小说人物群的类型与文化走向［J］.学术论丛，1994（5）.

91.阿部泰记.清蒙古车王府鼓词《三侠五义》《包公案》［J］.山口大学文学会志，1994（44）.

92.吴继刚.俞樾改《三侠五义》为《七侠五义》之不妥［J］.淮阴师范学院学报，1995（2）.

93.苗怀明.《小五义》《续小五义》的刊行者石铎及其文光楼书坊［J］.编辑学刊，1995（6）.

94.苗怀明.《龙图耳录》版本考述［J］.文教资料，1995（6）.

95.苗怀明.《三侠五义》的成书过程［J］.古典文学知识，1996（3）.

96.苗怀明.清代公案侠义小说的悬念设计与叙事策略［J］.通俗文学评论，1996（4）.

97.吴小如.略论旧公案小说中的清官［N］.北京日报，1996-5-23.

98.徐文凯.中国的侠客与西方的剑客：《三侠五义》与《三剑客》比较论略［J］.语文函授，1996（5）.

99.苗怀明.清代侠义公案小说的传承与创新［J］.广东社会科学，1997（1）.

100.苗怀明.清代中后期出版业的发展与清代公案侠义小说的繁荣［J］.编辑学刊，1997（2）.

101.涂秀红.包公戏与包公小说的关系［J］.福建师范大学学报，1997（2-3）.

102.宋克夫.正续《小五义》作者考论［J］.文献，1997（3）.

103.小野四平.短篇白话小说中的判案［M］.//施小炜，译.中国近代白话短篇小说研究.上海：上海古籍出版社，1997.

104.苗怀明.清代公案侠义小说的繁荣与清代北京曲艺业的发展［J］.北京社会科学，1998（2）.

105.苗怀明.《三侠五义》成书新考［J］.明清小说研究，1998（3）.

106.苗怀明.清代公案侠义小说与清代中后期大众文化心态［J］.通俗文学评论，1998（4）.

107.孔敏繁.包公故事与清官文化、包公故事在海外［M］.//包拯研究.北京：中国社会科学出版社，1998.

108.苗怀明.《三侠五义》与《小五义》《续小五义》关系辨［J］.信阳师范学院学报，1999（3）.

109.罗嘉慧.“侠义”的蜕化及历史定位——谈清代公案侠义小说［J］.中山

大学学报，1999（6）.

110.耿瑛.《三侠五义》及其续书［M］.//耿瑛.书林内外集，沈阳：春风文艺出版社，1999.

111.耿瑛.清代四大公案评书［M］.//耿瑛.书林内外集，沈阳：春风文艺出版社，1999.

112.武润婷.试论侠义公案小说的形成和演变［J］山东大学学报，2000（1）.

113.古今.《施公案》的思想倾向［J］.聊城师范学院学报，2000（3）.

114.邱培城.江湖侠客已无多——从《三侠五义》看晚清文学作品中的侠［J］.武警工程学院学报，2001（1）.

115.程毅中.《包龙图判百家公案》与明代公案小说［J］.文学遗产，2001（1）.

116.黄克.《忠烈侠义传》的再认识［J］.文艺研究，2001（3）.

117.伍大福.试论《三侠五义》中包公形象的丰富性［M］//马康盛，宋元强.包拯研究与传统文化.合肥：安徽人民出版社，2001.

118.苗怀明，明清公案侠义小说《三侠五义》及续书艺术特色一二［M］//中国分体文学史.上海：上海古籍出版社，2001.

119.王立，论从己出，详名深细——评《侠义公案小说史》［J］.中国图书评论，2002（4）.

120.李昀瑾，"狸猫换太子"情节与佛典的关系［J］.东方人文，2002，12（1）：4.

121.宋伟杰.晚清侠义公案小说的身体想象解读三侠五义［M］.//陈平原，王德威，商伟.晚明与晚清：历史传承与文化创新.武汉：湖北教育出版社，2002.

122.钱敏.论白话侠义小说与白话公案小说之渊源［J］.江汉大学学报，2003（6）.

123.陈文新，苏静.论《水浒传》与英侠传奇的三种类型［J］.明清小说研究，2003（4）.

124.苗怀明.乡关何处觅英魂——清代民间艺人石玉昆生平著述考论［J］.南京大学学报，2003（6）.

125.杨绪容.论《龙图公案》的成书［J］.中华文化论坛，2003（4）.

126.胡彦，陈青.理想的承载——浅析《三侠五义》所构建的侠义世界［J］.浙江树人大学学报，2004（3）.

代后记：致谢

时光如水，逝者如斯。光阴荏苒，倏忽三载。回首三载求学路，正可谓无限感慨在心头，其中惟论文写作感触尤深。

论文选择清代侠义公案小说为题，而以中国古代文化对其影响为主要切入点，是基于清代侠义公案小说研究虽取得了一些成就，但其研究现状并不容乐观，清代侠义公案小说与中国古代文化之相互影响的研究尤其薄弱这一客观事实。审视和解读清代侠义公案小说，是为了领略金戈铁马中蕴藏的文化意蕴，品味作品的艺术真实，体味中国文化的博大精深及其强大的渗透力。这是我在写作中不断努力的动力和目标。尽管限于时间和才力，这一目标实现的不够彻底，但我仍在写作过程中体味到无穷乐趣，并陶醉于其中。

当然，论文写作不仅是一种体现，更是一种检验和考验。自我虽不失热情，但仍然难以真正做到完全融于其中，尽情享受那一份快乐。定性思维和惰性心理所带来的顽固力量，淡化问题意识所带来的消极影响，纷繁芜杂的家庭琐事，寻找工作处处碰壁的现实压力，连同"书到用时方恨少"的无奈齐涌心头，于是我选择了宁静和寂寞。在宁静和寂寞中忘记现实的种种压力，在默默中理清纷乱的思绪，在磨砺中追求思想的自由，在书海中品味艺术的快乐。正是在不断的写作与反思中，我获得了精神上的愉悦和心灵上的慰藉，或许论文写作过程本身就抒写着难得的充实吧。

只要心中还有希望，一切就是好的，甚至有时候困惑也意味着希望。因此，我相信，如果我最终选择"读书—教书—著书"的人生道路，那么今天仅仅是个开始，尽管这开始的第一步走得是如此的艰难和步履蹒跚，但无论如何，尝试总意味着希望吧。

因此，我首先要感谢我这三年的学习经历，感谢扬州大学给了我体验人生的绝好机会。

足以铭心的是，我的论文从选题到修改直至最后定稿，都离不开恩师董国炎教授的悉心指导。先生严谨的治学态度，深厚的学术修养，敏锐的学术眼光，切中肯綮的学术评论，使我在与先生一次次的长谈中受惠多多。虽然，也曾经因为先生的严厉而心生敬畏，但也正是先生的批评与激励，才使生性愚拙的我有了质的进步和提高。先生的谆谆教诲让我意识到，思索并在思索中不断进取的人生竟是这样丰富和充满诗意。而先生无微不至的关怀，则是我战胜困难、排除干扰的无穷动力。

最后，谨向在读博期间所有关爱和帮助过我的老师、同学、家人、朋友致以衷心的感谢！